Ludwig Anzengruber

Der Sternsteinhof

Ludwig Anzengruber

Der Sternsteinhof

Roman

BECHTERMÜNZ VERLAG

Genehmigte Lizenzausgabe für Bechtermünz Verlag
im Weltbild Verlag GmbH, Augsburg 1996

Neuausgabe
Basierend auf der 8. Auflage, Volksausgabe 1950
erschienen im Hera Verlag, Wilhelmshaven
© 1996 by Florian Noetzel GmbH
Verlag der Heinrichshofen-Bücher, Wilhelmshaven
Alle Rechte, auch das der fotomechanischen Wiedergabe
(einschließlich Fotokopie), vorbehalten
Umschlagbild: Artothek, Peissenberg
Umschlaggestaltung: Adolf Bachmann, Reischach
Gesamtherstellung: Presse-Druck Augsburg
Printed in Germany
ISBN 3-86047-512-6

1.

Ein Gußregen war herniedergerauscht. Wallend und gischend schoß das sonst so ruhige Wässerlein zwischen den zwei Hügeln dahin; auf der Höhe des einen stand ein großes, stolzes Gehöft, am Fuße des andern, längs den Ufern des Baches, lag eine Reihe von kleinen Hütten.

Die letzte dieser Hütten war gar verwahrlost, der Türstock stand fast frei in der geborstenen Mauer, die Fensterrahmen hingen schief, hie und da guckte ein nackter Stein aus dem rauhen, verwitterten Anwurfe hervor, und wenn auch die ärgsten Risse und Sprünge mit Lehm verschmiert und mit Heu und Stroh verstopft waren, so machte das den Anblick nicht besser. Dahinter stieg ein schmaler Streif bearbeiteten Bodens hinan, bestellt mit etlichen Gemüsebeeten, einem Akker mit Krautköpfen und einem andern mit Kartoffelpflanzen. Die Einfriedung dieses Besitztums war mehr angedeutet als wirklich, von Schlingpflanzen umwucherte Pflöcke standen weitab von einander, und quer zwischen deren gabelförmigen Enden lagen vermorschte, schlanke Baumstämme.

Wenn der Bach, in den sie allen Unrat leiteten und warfen, träge dahinfloß, dann machte er der ärmlichen Siedlung viel Unlust, dann befiel auch die Beschränktesten da unten eine unklare Empfindung, in welcher Enge, in welchem Schmutze sie dahinlebten, aber heute wuschen die Wasser dahin, und in die kühlende Feuchte der Luft mischte sich frischer Erdgeruch und würziger Pflanzenduft, und auf dem Sternsteinhof dort oben konnten sie es auch nicht wohlatmiger und gesünder haben.

Auf dem Bänklein vor der letzten Hütte saß ein etwa vierzehnjähriges Mädchen, außer einem Kopftuche, einem Hemdchen von ungebleichtem Leinen und einem verwaschenen, blauen, weißgetüpfelten Röckchen hatte es nichts am Leibe. Die Kleine hatte die Füße an sich gezogen, daß sie in

– 5 –

der Luft baumelten, nur manchmal streckte sie den linken aus, drückte die Sohle in die feuchte Erde und sah nach dem Grübchen, bis sich dieses mit Wasser füllte, dann war der Schuh fertig. Ja, wer Schuhe hätte, der könnte unter die reichen Leute gehen, wohl auch da hinauf nach dem Sternsteinhof.

Sie hob wieder das Köpfchen. Von ihrem Gesichte war nichts zu sehen als das runde Kinn, der untere Teil der vollen Backen und die Spitze der kleinen Nase zwischen dem Spalt des Kopftuches, das sie zum Schutze der Augen tief in die Stirne gezogen hatte, denn das war auch nötig, hinter dem Hügel, ihr im Rücken, ging eben die Sonne unter, und daher flammten die Fenster des Gehöftes, nach dem sie so unverwandt hinsah, in sprühendem Feuer. Das nasse Schieferdach des Wohnhauses, das dort inmitten weitläufiger Wirtschaftsgebäude stand, verschwamm förmlich in dem tiefdunklen Grau der Wolken, die dahinter standen und nur an den Rändern einen ganz schmalen, rotgoldenen Saum zeigten, so daß es fast aussah, als reiche der Sternsteinhof bis an den Himmel.

Wunder hätte es das Kind nicht genommen! So weit der Himmel reicht – o, wie weit war das – gehört aller Boden zum Sternsteinhof und noch ein gutes Stück ebenen Landes dazu. Was die Wiesen an Vieh ernähren konnten, die Äcker zu tragen vermochten, das hatte der Sternsteinhof-Bauer in Ställen und Scheunen. Das sagten ja die Leute, daß ihm alles wie vom Himmel fiel, seit er den feurigen Stein, die Sternschneutze, die just zur Zeit, als er den neuen Hof zu bauen begann, auf seinen Grund herniederschoß, aus der Erde heben und in das Fundament einmauern ließ.

Plötzlich wirbelte inmitten des dunklen Grau ein helles, sandfarbiges Wölkchen lustig empor, der Rauch, der aus einem der Schornsteine ober dem Schieferdache aufstieg. Das Mädchen starrte danach hin und seufzte leise. Von der Seite gesehen, mit dem übergebundenen Tüchelchen, dessen Zipfel hohl und spitz, das Gesicht verdeckte, mußte sich ihr Köpfchen wie das eines kurzschnäbeligen Vogels ausnehmen; und nachdem sie vorhin nach dem Goldrande der Wolken aufgeblickt hatte und nun gerade vor sich hinsah, so war es, als hätte zuerst der Vogel etwa aus der jungen Saat in die blaue Weite geguckt, und plötzlich beäugle er etwas ganz Nahes und besänne sie, ob er darauf los gehen solle.

Ganz so sah es wenigstens nach der Meinung eines halbwüchsigen Bürschchens aus, das schon längere Zeit hinter den Zweigen der mannshohen Büsche im Vorgärtchen der Nachbarhütte lauerte. Als der putzige Vogel da drüben den Schnabel senkte, übermannte den Burschen die Lustigkeit seiner Vorstellung so, daß er mit dem Knebel, den er sich aus einem seiner Hemdärmel drehen wollte, um den lauten Ausbruch seiner Heiterkeit zu ersticken, nicht mehr rechtzeitig zustande kam und nun in ein prustelndes, gröhlendes Lachen ausbrach, dem aber sofort ein krampfhafter, pfeifender Husten folgte.

Die Kleine schrak anfangs heftig zusammen, jetzt aber klatschte sie in die Hände und rief lachend: »Siehst, das geschieht dir recht, Muckerl, das ist die Straf' dafür, daß du die Leut' so erschreckst.«

Was auch der Angeredete zu entgegnen gedachte, eine Entschuldigung oder Grobheit, für den Augenblick mußte er die eine wie die andere für sich behalten. Er lehnte an der Mauer und rang nach Luft, und in sein Gehuste klang das helle, fröhliche Lachen von drüben.

Eine dralle, behäbige Frau setzte mit einem ärgerlichen Rukke Pfanne und Topf, die sie eben zur Hand genommen, auf den Herd zurück und trat unter die Türe.

»Was gibt's denn da wieder für Dummheiten?« sagte sie. »Muckerl, du wärst wohl jetzt alt genug, um gescheit zu sein.«

»Es is ja aber weiter nix, Mutter, als a bissel a Hetz«, sagte der Bursche.

Die mütterliche Mahnung an sein Alter schien allerdings wohl angebracht. Wie er so dastand, barhäuptig und barfüßig, in Hemdsärmeln, verlegen an dem einen einzigen Hosenträger zerrend, erschien er so engbrüstig, so völlig in der Entwicklung zurückgeblieben, kaum so groß wie das Dirnchen vor der Hütte nebenan, und er mag es wohl ein um das andere Mal vergessen, daß er volle drei Jahre mehr zähle, wie denn auch die Leute, denen davon gesagt wird, sich's gewöhnlich wiederholen lassen und dazu noch den Kopf schütteln.

Für Personen, die schon etliche Mal die Gelegenheit wahrnahmen, wohlangebrachte Mahnungen zu äußern, hatte es sicher nichts Überraschendes, daß Muckerl, sobald ihm die Mutter den Rücken kehrte, zum Vorgärtel hinaushuschte.

Er näherte sich dem Mädchen.

»Gut'n Abend, Helen'!«

»Gut'n Abend, Muckerl. Rück' zuher.« Sie machte ihm auf dem Bänkchen Platz. »Was hast denn vorhin so gelacht, wie nit g'scheit?«

»Über dein' Vogelhauben. Geh' tu's weg.« Er löste ihr den Knoten.

Das Dirnchen griff nach dem Tuche, das ihr in den Nacken sank und legte es vor sich in den Schoß. »Was irrt dich denn das, dummer Ding?«

»Freilich irrt's mich, weil ich dein G'sicht gern säh'.«

»Na, so gaff'.« Sie drehte den Kopf über die eine Schulter nach ihm und sah ihm ganz nah, ohne zu lachen, in die Augen. »Hast leicht noch kein solch's g'seh'n?«

Er schüttelte den Kopf.

Es war ein vollbäckiges Kindergesicht mit gesundem Rot auf der kaum merklich braun angehauchten Haut, umrahmt von reichen Flechten schwarzen Haares mit bläulichem Schimmer. Die Stirne war frei, wölbte sich oben etwas vor, das gerade Näschen zeigte einen fein modellierten Rücken und zierliche Nüstern, die brennend roten Lippen waren voll, die obere schien ein klein wenig aufgeworfen, die untere ein bißchen eingekniffen, unter dichten Augenbrauen und zwischen schwerbefransten Lidern funkelten ein Paar graue Augen mit merkwürdig großen, dunklen Sternen.

Nachdem das Mädchen eine Weile den bewundernden Blik-

– 8 –

ken des Jungen standgehalten, sagte es spöttisch: »Wenn ich
auch dir g'fall. Muckerl, so laß dir sagen, du mir gar nit.«
»Das glaub' ich«, lachte der Junge. Er hatte ja alle Morgen
beim Kämmen sein Bild im Spiegel vor sich und wußte, wie er
aussah mit seinem braunen, borstigen Haarschopf über der
breiten Stirne, der knolligen Nase darunter, den schmalen
Lippen, den fahlen, eingesunkenen Wangen; nichts war auffallend an ihm als die großen schwarzen Augen, und die waren nicht schön, denn sie traten zu stark aus den Höhlen.
»Das glaub' ich, Helen'«, wiederholte er. Er nahm es von der
besten Seite. »Wie einer aussieht, dafür kann keiner, und dagegen kann er auch nichts machen.«
»Völlig schiech bist, Muckerl«, neckte die Dirne.
»Und du rechtschaffen sauber«, sagte der Junge.
»Das ist halt jetzt«, sagte sie ernst, »denk' aber, was ich zu
wachsen hab', bis ich groß bin wie andere Leut'. Meinst ich
bleib' sauber?«
»Die Säuberste wirst da herum.«
»Das ist auch was.« Die Kleine rümpfte das Näschen.
»Sag' ich denn da in Zwischenbühel?« fuhr Muckerl eifrig
fort. »Im ganzen Landviertel mein' ich.«
»Geh', dummer Bub, fopp ein ander's! Du wirst alle groß-
g'wachsenen Weibsleut und uns kleine Menscherln alle vom
ganzen Landviertel kennen!«
»Das hat's auch gar nit not. Hat's nit zugetroffen, was ich vor
zwei Jahr' von der Reitler's Eva g'sagt hab'? Daß die ihr'n
langen Leib und d' kurzen Füß' behalt'? Nun, und kommt die
heut' großg'wachsen, nit daherg'schritten wie ein' Gans, die
ein'm anblasen will?«
»Du hast recht, völlig hast recht, Muckerl«, laute Helen',
dann faßte sie ihn plötzlich an beiden Händen. »Sag', verstehst du leicht wahrsagen, wie ein Zigeuner?«
»Sei nit einfältig, ich versteh' nur, was 'n Leuten g'fallen mag,
und schätz' wohl auch, ob, was ich heut' seh', sich darnach
auswachst, und das ist mir so unter'm Holzschnitzen kommen. Du weißt, mit Löffeln und Rühreln hab' ich schon –

– 9 –

kaum aus der Schul' – ang'fangt, später hab' ich wohl auch ein'm heiklichen Bauern an einer Stuhllehn oder am Türsims was g'schnitzt, aber das g'freut mich schon lang nimmer, tragt auch nur wenig Groschen, damit erhalt' ich mein' Mutter nit und käm' selber mein' Lebtag zu nix. Weißt, zulernen will ich. Denen, die d'weltlichen Mandeln und Heiligenbilder machen, will ich's nachtun. Der Herr Pfarrer hat's auch schon meiner Mutter versprochen, den ersten Heiligen, den in zuweg bring', nimmt er in unser Kirchen. Schon a Zeit schau' ich mir alle Sach' daraufhin an, ob's ihr Holz wert wär', wenn man's schnitzte und dasselbe kann ich mir dann auch so leibhaftig in's Pflöckl h'neindenken, daß ich mein', ich dürft' nur mit'm Messer nachgeh'n, daß ich's herauskrieg', aber zu eilig bin ich d'rauf aus, und da fallt oft da und dort a Span z'viel weg und 's Ganz wird mir schief und scheelweanket; hab' ich erst a sichere Hand, dann bin ich Meister und schneid' nur G'fallsams, wofür mich's Holz nit reut.«

Die Kleine hatte die ineinander geschlungenen Hände auf die Schultern des Burschen gelegt und stützte sich so auf diese. »Gelt«, sagte sie, »mich tät'st schnitzen?«

»Wie d' dasitz'st, von Kopf bis zun Füßen, aber lieber noch, wenn d' einmal großg'wachsen bist. Verlaß' dich d'rauf, du wirst bildsauber, Helen'; um dich werden sich die Buben raufen.«

»Muckerl! du Himmelsakkermenter! wo steckst denn?« rief es von nebenan. »Gleich komm'! 's Nachtmahl steht auf'm Tisch!«

»Die Mutter«, flüsterte der Junge und glitt von dem Bänkchen herab. »Gute Nacht, Helen'! 's kann wohl sein – «

»Was denn?«

»Daß ich dann auch mit rauf'.« Er huschte davon.

Als er in dem rein und sauber gehaltenen Stübchen bei Tische saß, keifte die Mutter: »Wie oft soll ich dir's noch sagen, mach' dich da drüben nicht unnütz'. Du bist doch wahrhaftig kein Kind mehr und ein Bursch in deinen Jahr'n vergibt sich etwas und es ist auch ganz unschicksam, wenn er sich mit so ein' halbwüchsigen Menscherl umtreibt. Verträglich bin ich gern mit alle Nachbarsleut, aber vertraulich nit mit jedem und mit den Zinshoferischen wohl zur allerletzten Letzt. Die Dirn' wächst um die Alte auf, und die kenn' ich noch von meiner ledigen Zeit her, die ist von der Art, die keinem ein Gut's tut, sie hätt' es denn dabei besser, und der nichts Übles zustoßt, ohne daß sich's zugleich für andere schlechter trifft.« Muckerl hatte sehr aufmerksam zugehört, jetzt schloß er den offenen Mund hinter einem Löffel Suppe. Er aß schweigend weiter. Offenbar war ihm das Gesagte so unverständlich, daß er ihm mit keiner Frage beizukommen wußte.

Unter der Türe der verwahrlosten Hütte zeigte sich die schlanke, hagere Gestalt eines alten Weibes. Nichts als die blitzenden, großen, grauen Augen hatte die Alte mit dem Kinde gemein.

»Komm' h'rein essen.«

»Essen?« fragte die Kleine gedehnt. »Wieder ein Schmalzbrot?«

»Sei du froh, wenn wir Schmalz darauf haben, es schmeckt doch weniger hart, wie trocken.«

Gähnend trat das Kind in die Stube, schloß aber hastig den Mund und zog tief die Nase kraus vor der moderigen Feuchte, die in dem engen Raum gärte und ihn noch unfreundlicher machte, als er es in seiner Unwohnlichkeit ohnehin schon war.

»Die Kleebinderin ärgert's wohl groß«, sagte die Alte, »daß dir ihr Muckerl nachschleicht?«

»Kann ja sein«, antwortete die Kleine, indem sie den Kopf zurückwarf und die Schultern hob, als wollte sie andeuten, der große Ärger der Kleebinderin sei ihr ganz gleichgültig.

»Du fangst aber bissel früh an«, fuhr die Alte mit gutmütigem Spotte fort, »dir sagen zu lassen, daß du schön bist.«

»Ich hab' ihn nit g'rufen, und kein' Anlaß zur Red' geben«, entgegnete schnippisch das Mädchen, nahm mit unwilliger Gebärde das dargereichte, mit triefendem Fett beschmierte Brot an sich und ging zur Hütte hinaus. An großen, harten Brocken kauend, stand sie dort und sah nach dem Sternsteinhof hinauf, der dort oben lag wie ein Schloß.

Alle Märchen, von denen sie gehört oder gelesen hatte, vermischten sich in ihrem Kinderkopfe. –

Da war einmal eine blutjunge, bettelarme Dirne. Wohl war sie bildsauber, aber das merkte ihr niemand an, denn sie hatte nur schlechte Kleider und mit denen lag sie nachts in der Herdasche; der war es aufgegeben, auf einer glühenden Pflugschar über ein Wasser zu schreiten, einen gläsernen Berg hinanzuklettern und in dem Schlosse dort oben einem bösen, alten Weibe, das den Schlüsselbund nicht ausfolgen wollte, den Kopf zwischen Deckel und Rand einer eisernen Truhe abzukneipen. Dann aber war das Schloß entzaubert, gehörte mit allem Hab und Gut innen und allem Grund und Boden außen der armen Dirne, die nun bis an das Ende ihrer Tage herrlich und in Freuden lebte.

Wahrhaftig, die kleine Zinshofer Helene war ein weltkluges, entschlossenes Kind. Sie schätzte ganz richtig, daß viel Anstrengung, Mühsal und Pein auf dem Wege nach solch' einem verzauberten Schlosse liegen müsse, auf die Hilfeleistung gütiger Feen machte sie sich keine Rechnung, »schöne Prinzen« schienen ihr kein dringliches Erfordernis, und »alte Weiber« mochten sich vorsehen.

2.

Helene erfüllte die Vorhersagung des Kleebinder Muckerl. Ja, sie übertraf, wie er sich selbst gestehen mußte, seine Erwartungen. Freilich, einige Zeit war darüber vergangen, aber wer fragte nach, wo die hingekommen? Der Muckerl wenigstens tat es nicht, dem war sie kurzweilig genug geschwunden. Was sie gebracht hatte, war gut, was sie noch bringen konnte, wird besser sein, und dem sah er freudig und geduldig entgegen.

Er verstand sich jetzt aufs Holzschnitzen. Er erhielt seine Mutter und kam für das ganze Hauswesen auf. Das erste, was er vornahm, als er seine Hand sicher fühlte, war kein leichtes Stück und bezeugte guten Mut und Selbstvertrauen; ein ganzes »Krippel« stellte er fertig. Die heilige Familie im Stalle zu Bethlehem, Öchslein und Esel fehlten nicht, nur die Hirten ließ er weg, an deren Stelle dachte er sich eben die fromme Gemeinde von Zwischenbühel, denn die war ja da, um anzubeten, und darum schnitzte er keine hölzerne Andacht hinzu. Der Pfarrer stellte, versprochenermaßen, das Bildwerk in der Kirche auf, da er es aber doch nicht für ein Kunstwerk halten mochte, auf dessen Besitz man gegen einen umherstreifenden Touristen, oder sei es auch nur gegen einen Confrater stolz tun konnte, so beschloß er, es der Geschmacksrichtung seiner Pfarrkinder näher zu bringen, und ließ von einem durchreisenden Künstler, der sich Flächenmaler nannte, weil er Fensterläden, Türbalken und Haustore behandelte, die Figuren mit schreienden Ölfarben anstreichen.

Die Gemeinde fand das über alle Maßen schön, und einige versetzte allein der Geruch des frischen Anstriches in eine andächtige Stimmung. Als Muckerl sein Werk mit Farbe überdeckt fand, geriet er in eine sehr geteilte Stimmung. Die Farbe, ja, die Farbe macht sich ganz gut, es schaut das Ganze wie

– 13 –

lebendig her, und der Pfarrer mochte wohl recht haben, als er sie dazutun ließ, aber Fleisch, Gewand und Haare waren immer ein Klecks, und da glänzte es an Stellen, wo es nicht gehörig war. Muckerl sah mit Befremden, wie manche Falte, die er geschnitten hatte, unschöne Buckeln machte, und wieder, wie eine andere vom Leibe abstand, wo sie sich schmiegen sollte; womit er es versehen hatte, das trat nun auffällig hervor, dagegen verschwanden die Gesichtszüge seiner Heiligen, von denen er überzeugt war, sie wären ihm aufs beste geraten, ganz unter einem dicht aufgetragenen Anstriche. Wahre Puppenköpfe hatten sie auf den Schultern sitzen. Plötzlich entsann er sich des kleinen, hölzernen, bunten Türken, der ober dem Krämerladen als Zeichen des Tabaksverschleißes angebracht war.

»Der Himmelherrgottssakkermenter«, murmelte er ziemlich laut, »hat mir's Ganze verschänd't.« Erschrocken fuhr er zusammen und bekreuzte sich.

Das war aber doch nicht recht vom hochwürdigen Herrn, daß er einen solchen hat über die Sach' lassen! Hätt' er nit dazu ein' andern finden können? War es nit ganz unaufrichtig, daß er überhaupt gar nit hat verlauten lassen, daß eine Farbe dazu soll, und daß er sie darauf haben will? Die Farb' mag der Muckerl nit verreden, sie mag ja 'm Messer nachhelfen, aber decken darf sie nicht, was das gut gemacht. Wer aber soll das machen? Wer kann sich wohl besser dazu anschicken, als der, dem 's selbe Schnitzwerk von der Hand 'gangen ist? Das Lernen wird keine Hexerei sein, und der Muckerl will's erlernen. Er erlernte es. Bald wunderte sich das ganze Dorf über die bunten Holzstatuetten, die er zwischen den Fenstern zur Schau stellte, kein Heiliger des Kalenders brachte ihn in Verlegenheit, denn da er mit der himmlischen Familie fertig geworden, wird er doch Aposteln, Nothelfern, Märtyrern, heiligen Frauen und Jungfrauen beizukommen wissen.

Nicht lang', so hatte man es auch in der Umgegend Rede, was für ein Geschickter da drüben in Zwischenbühel sitze, und wenn einer ein' Herrgott, eine Gnadenmutter oder ein' Heiligen brauche, so dürfe er nur zu dem gehen. Aber nur wenige kamen, und die feilschten rechtschaffen, am meisten ängstigten den Muckerl die sogenannten Herrgottlkramer, die mit solcher frommen Ware das Land abliefen, sie dachten ihn als billige Bezugsquelle auszunützen und verhielten sich ihm gegenüber wie Kunsthändler in einer Großstadt gegen einen talentierten Anfänger in der Malerei.

Schwere Sorge beschlich oft den Muckerl. Selten, gar selten war es, daß ein Bäuerlein, ein altes Mütterchen, eine junge Dirne Nachfrage hielt, noch seltener, daß er nach stundenlangem Feilschen einen Herrgott, der nicht genug blutig sein konnte, einen Namenspatron, der nie »andächtig« genug schien, verkaufte; die Herrgottlkrämer bekam er öfter zu Gesichte, die aber machten ihn mit ihren Ausstellungen schwitzen, mit ihren Angeboten ganz verzagt, und oft rief er sie unter Tränen in den Augen zurück, wenn sie an der Türe in wegwerfendster Weise fragten: »Na, gibst mir's diesmal mit oder nit? Noch ein' Gang her, is mir der ganze« – folgte ein sehr derber Ausdruck – »nit wert!«

Aber da fand sich mit einmal ein Absatz. Eines Abends trat ein Mann in Muckerl's Hütte, nannte sich einen Handels-Agenten für religiösen Hausrat, hätte das Beste sagen hören über den Heiligenschnitzer zu Zwischenbühel und wäre gekommen, dessen Ware zu sehen. Er äußerte sich über die vorgelegten Proben sehr freundlich, lächelte mitleidig, als er den Preis erfuhr, um den bisher diese Arbeiten abgegeben wurden, bot sofort das fünffache, gab Vorschuß und bestellte nach Dutzenden. In der Stadt, beteuerte der Herr Agent, hätte man derlei nötiger als im Lande, dort wäre mehr Geld, aber auch mehr Gottlosigkeit. Darum gehe man jetzt daran, den religiösen Sinn zu heben, was am besten durch massenhaften Umsatz von billigem und gefälligem religiösen Hausrat zu bewerkstelligen sein dürfte, wofür denn eine Handelsgesellschaft aufkommen wolle. Der Herr Kleebinder möge nur darauf achten, immer gleich gute Ware zu liefern, so würde ein lohnender Absatz für längere Zeit gewiß sein.

– 15 –

Muckerl schwamm in Seligkeit, fast hätte er sich vergessen und wäre dem kleinen, säbelbeinigen Männlein um den Hals gefallen, aber ein leider in den unteren Volkskreisen eingewurzeltes Vorurteil ließ ihn davon abstehen, denn der Mann, der sich mit der Hebung des christlich-religiösen Sinnes befaßte, war, beschämenderweise, ein Jude.

Nun rückte gute Zeit ins Haus, mit ihr aber auch manches, das die alte Kleebinderin derselben nicht recht froh werden ließ und sie ihr endlich gar verleidete.

Es war an einem Samstagabende, als Muckerl den Hügel hinter den Hütten herabkam. Er trug seine kurze Jacke mit blanken Knöpfen, seinen saubern Brustfleck, seine guten Schuhe, kurz, sein Feiertagsgewand, seine bestaubten Füße, sein erhitztes Gesicht ließen schließen, daß er nicht von nah, wohl gar von der Kreisstadt, heimkehrte.

Er trug ein kleines Päckchen, es war in sein rotes geblümtes Taschentuch eingeschlagen und kam in keiner seiner Hände, noch sonst zur Ruhe; er faßte es bald in die Rechte, bald in die Linke, drückte es gegen seine Brust, barg es im Rücken, schob es unter die eine oder die andere Achsel und holte es sofort wieder hervor.

Vorsichtig lugte er durch die Zweige des lebenden Zaunes in seinen Garten, und als er seine Mutter nicht um die Wege sah, war er mit einem Sprunge auf Nachbarboden und trat durch die rückwärtige Tür in die Zinshofersche Hütte.

Er fand Helene mit der Alten zusammensitzen, Rüben schälen und in einen Topf schneiden.

»Guten Abend, miteinander«, sagte er.

»Guten Abend«, sagten die beiden.

»Wie geht's?« fragte er. »Wie geht's? So weit ich's euch abzusehen vermag, nit übel, denk' ich. In der Stadt bin ich g'wesen. Halt ja. Müd' bin ich, erlaubt's schon, daß ich mich setz'.«

Das Mädchen wies mit der Hand, in der es das Messer hielt, nach der Gewandtruhe, die in der nahen Ecke stand. Muckerl setzte sich. Er hielt das Paket an beiden Enden angefaßt und drehte es zwischen den zehn Fingern fortwährend herum.

– 16 –

Nach einer Weile sah die Alte auf, wobei ein finsterer Blick die Tochter streifte, und sagte: »Na, wie schaut's denn aus in der Stadt?«

»Ich dank' der Nachfrag'«, entgegnete Muckerl, »es ist völlig schön dort und so gangbare Wege haben's, ganze Steinplatten. Ja, Helen', wie ich da drauf gleichen Schritt's getrabt bin, hab' ich an dich gedacht.«

»An mich? Ich wüßt' nit, was ich mit'm Stadtleuten ihren Pflaster zu schaffen hätt'.«

»Dort tritt sich nit leicht ein's ein' Scherbe, ein' Nagel oder solch's Teufelszeug' ein, wie da bei uns schnell gschehen is und erst neulich dir.«

»Ach, ja so. Das ist längst wieder heil. Schau mal.« Die Dirne streckte vom niedern Schemel, auf dem sie saß, den rechten Fuß dem Burschen hin.

»Mein Seel',« sagte der, »ganz sauber verheilt. Wär auch schad' um die fein' Füß', wenn's ein' Narbe verschandeln möcht'.«

»Is dir Leid d'rum, so breit' mir halt, wo ich geh' und steh', eine Strohdecken d'runter.«

»Da weiß ich mir eine bessere Abhilf'. Ich gib ein Futteral d'rüber.« Der Bursche sagte das mit kurzem, wie Husten klingendem Lachen und ward darnach rot bis unter die Haare. »Das heißt«, fuhr er stotternd fort, »das heißt, wenn halt d'Zinshofer Mutter damit einverstanden wär', so wären da ein Paar Schuh'.«

Die Dirne blickte ihn von der Seite an. »Nur der Mutter Einverständnis braucht's, meinst du? Ich denk', es ist die Frag', ob ich's tragen will?«

»Du wollt'st sie nit?« stammelte Muckerl.

»Dir, seh' ich, muß mer schon z'Hilf kommen«, sagte die Alte. »Du mußt auch erst bei jungen Weibsleuten aufhorchen lernen, die verreden oft, wonach ihnen Herz und Hand giert.«

»Was du alles weißt«, höhnte die Dirne, dann wandte sie sich an Muckerl. »Wirst wohl auch was recht's eingekauft haben?

Laß' mal schau'n, daß ich ein' Ung'schickten auslach'. Werd dir wohl für'n guten Willen danken müssen, passen werd'ns mer eh' nit.«

»Wird sich ja weisen«, schrie Muckerl, der plötzlich wieder in scherzhafte Laune geriet, in hochgehobener Hand das Bündel schwang, als ziele er in bedrohlicher Weise nach dem Kopfe der Dirne. »Gleich kommt's.«

»Na, sei so gut«, kreischte Helene, fuhr vom Sitze empor und entrang ihm das Tuch. Nachdem sie dasselbe aufgeknüpft hatte, betrachtete sie die Schuhe. Sie stützte das rechte Bein auf den Schemel und hielt die Sohle des Schuhs an die des Fußes. »Schau'«, sagte sie, »wahrhaftig, die könnten mir recht sein und schön sein's auch, recht schön.«

Sie drehte sie eine Weile in den Händen, bot sie ihm dann zurück. »Da nimm's wieder«, seufzte sie.

»Ja, warum denn?« fragte ganz ratlos der Bursche. »Warum denn, Helen'?«

»Nein, Muckerl, ich muß dir danken, wirklich muß ich dir recht schön danken. Ich sag's, wie's wahr is. Da dazu g'hören Zwickelstrümpf', die hab' ich nit, und mit bloßen Füßen tret' ich lieber auf auf d' bloße Erd' als auf Leder. Auslachen mag ich mich nit lassen.«

»Du Närrisch,« sagte mit triumphierender Miene der Bursche, »meinst du, ich denk nur vom Gründonnerstag auf Karfreitag? Ah, mein', nein.« Er zerrte ein kleines Päckchen hervor, das er in eine Jackentasche gezwängt hatte. »Da schau', was da d'rein is.«

Es waren Zwickelstrümpfe und hochrote Strumpfbänder mit Seidenbandschleifen.

»Muckerl«, schrie die Dirne, vor Freude die Hände zusammenschlagend. »Du bist doch ein guter Bub'.« »Ja, gut is er, der Muckerl«, sagte die Alte.

Helen' setzte sich neben den Burschen. »Na, därfst auch zuschau'n, wie ich's anleg'.« Ohne sich im mindesten durch seine Nähe beirrt zu fühlen, probierte sie Strümpfe und Schuhe an. »Wie das paßt«, lachte sie, »du dürft'st von mein' Füßen 's Maß g'nommen haben.«

»Das hab' ich auch mit'n Augen; drauf muß ich mich ja verstehen, von welcher Größ' Hand, Fuß und Kopf zu eines Menschen sein'm Leib paßt.«

Die Dirne hielt den Saum des Rockes in der Höhe, wo die Strumpfbänder saßen, um die Beine geschlagen und betrachtete selbstgefällig ihre Füße. »Bis daher«, sagte sie lächelnd, »ist die Prinzessin fertig, von da ab fangt 's Bettelweib an, und das ist weitaus 's größere Stück.«

Muckerl erhob sich. »Nur nit verzagt. Kommt Zeit, kommt Rat. Noch is nit aller Tage Abend. Gut' Nacht, 's ist jetzt Zeit, daß ich geh', sonst ängstet sich d'Mutter oder schilt gar. Gute Nacht, miteinander.«

Schon am andern Morgen hatte er Ursache, zu bereuen, daß er an seine Gutmütigkeit so gar keinen Vorbehalt geknüpft. Helene kam vorbeigelaufen, als sie aber ihn und die alte Kleebinderin in der Küche stehen sah, verweilte sie sich ein wenig. »Guten Morgen«, rief sie und rasch einen Fuß nach dem andern vorstreckend, fuhr sie fort, »eine närrische Freud' hab' ich mit den Schuhen und Strümpfen, 's is gleich ein anderes Gehen. Dank' dir schön dafür, Muckerl.«

Die alte Frau sah ihren Sohn mit einem Blicke an, vor dem er sich verlegen zur Seite krümmte.

Die Dirne wies die glänzenden Zähne, warf beiden einen boshaft lachenden Blick zu und lief weiter.

Die Kleebinderin faltete die Hände ineinander und ließ sie in den Schoß fallen. »Muckerl!« Mehr war sie außerstande hervorzubringen, die Überraschung verschlug ihr die Rede, über welchen Umstand der gewissenhafte Bursche sich jedes heuchlerischen Bedauerns enthielt, dagegen fand er es sehr unbehaglich, daß sie diesen Tag über, so oft sie seiner ansichtig wurde, mit dem Kopfe schüttelte.

Etwa eine Woche darnach kam Muckerl wieder einmal aus der Stadt zurück, aber diesmal umging er das Dorf nicht, er hielt sich auf der geraden Straße und schlenkerte auffällig mit den Armen, als wollte er die Leute, die eben um die Wege waren, sehen lassen, daß er mit leeren Händen käme.

Gleichen Weges war eine gute Weile zuvor Helene mit flinken Füßen durch das Dorf gerannt, sie hielt dabei ein schweres Bündel mit beiden Armen gegen die Brust gepreßt. Jetzt kniete sie inmitten ihrer Stube, vor ihr auf dem Boden lagen Wäschestücke, Latzschürzen, Röcke und ein Sammetspenzer ausgebreitet, und sie sah unter den langen Wimpern auf all' die Herrlichkeiten herab, ein Lächeln innerster Zufriedenheit in den Winkeln der aufeinandergepreßten Lippen.

Die alte Zinshoferin schlug ein über das andere Mal die Hände zusammen. Endlich fragte sie: »Vom Muckerl?«

Das Mädchen nickte.

»Wofür hat er dir's gegeben?« fragte die Alte mit scharfem Tone, der jedoch bei ihrem lauernden Blick und gemeinen Lächeln nicht nach mütterlicher Strenge klang, sondern nach rüder Neugierde, die zu wissen verlangt, woran man sei, und Herrischkeit, die bestimmen will, wohin es weiter solle.

Die Dirne sah stirnrunzelnd empor. »Wofür? Dafür, daß ich ihm auf der Straßen nit 'n Weg und daheim nit d'Tür weis'. Für weiter nix.« Sie lache höhnisch auf. »Du mußt wohl dein' Zeit a dankbar's Gemüt g'habt haben, weil d' so fragen magst!«

Als Muckerl der weit außerm Ort, im Busche, ihn erwartenden Dirne das Bündel einhändigte, ließ er sich von ihr zwei Dinge in die Hand versprechen, daß sie in ihrem neuen Putz seiner Mutter nicht unter die Augen gehe und daß sie sich nächsten Sonntag von ihm in's Wirtshaus führen lasse. Ob er auf nur einen Augenblick daran dachte, wie ungereimt es war, der Mutter verheimlichen zu wollen, was sonntags jeder als Neuigkeit von der Schenke mit heimtragen wird? Ach, der Bursche dachte wohl an gar nichts, als wie schön, wie gar aus der Weis' schön, die Dirne war!

In der Samstagnacht, vor dem Einschlafen, drehte sich Helen' im Bette nach der Mutter um. »Hörst? Ich hab' vergessen dir zu sagen, morgen führt mich der Muckerl in's Wirtshaus.«

»Und du geh'st?«

»Warum nit? Wozu hätt' ich mein' Putz? Jetzt, wo ich unter

d'Leut gehen kann, hab' ich kein' Ursach' mehr, ihnen fern z'bleiben.«

»Na, da heißt d' aber auch schon vom Montag 's Kleebinder Muckerl sein Schatz.«

»Mein'twegen, mir schadt's nit, und ihm macht's ein' Freud', und die gönn' ich ihm.«

»Die gönnst ihm?« murrte die Alte. »Spiel du dich nit auf die Erkenntliche hinaus! Wär' dir so um's Herz, so ging wohl dein' Mutter allen andern voraus! Nit? Aber wann nur du dich z'sammstatzen kannst, so mag ich nebenherrennen wie ein' Hadernkönigin. Der Muckerl würd' mich auch bedenken, wenn du ihm nur ein gut' Wort gäbest.«

»Ich hab' um mein' Sach' keins an ihn verlor'n, werd' ich doch nit um fremde betteln.«

»Ja, das stünd' dir nit an, du hochfahrig's Ding? Halt'st dich 'leicht schon vor'm Bettelngehen sicher? Nimm nur dein' Holzschneider. Fahrt ihm einmal unversehens der Schnitzer in d'Hand und bleiben ihm die Finger verkrümmt, is 's mit der ganzen Herrlichkeit vorbei. Hätt'st wohl auch auf was G'scheiter's warten können.«

In selbstgefälliger Eitelkeit, die Worte dehnend und singend, entgegnete die Dirne: »Zuwarten und aufdringen ist nit mein' Sach'.« Sie befühlte ihre vollen Arme, die sie vor sich über der Bettdecke liegen hatte, den einen mit dem andern. »Mit solche Arm' braucht mer nur festz'halten, was einem taugt, unter dö, was darnach greifen.«

»Freilich wohl, dalkete Gretl! Aber laßt mer sich einmal d'rauf ein, dann halt't mer nit nur, mer wird auch g'halten und mag nit loskommen.«

Das Mädchen kehrte sich gegen die Wand und gähnte. »Pah, wär' mir d'rum, riskieret ich halt ein blaues Fleckel.«

3.

Der Sonntag hat seine festliche Stimmung vom ersten Läuten der Kirchenglocken, das in der Morgenluft verklingt, bis nachmittags, wo man, vom Segen heimkehrend, wieder über die heimische Türschwelle tritt; darnach aber, wenn die Sonne sich neigt und die Vögel zu lärmen aufhören, während »Manner und Buben« im Wirtshause damit anheben, beginnt für jene, die in den Stuben sitzen, für die Bäuerinnen, für die Bursche, die kein Geld haben, für die Bauern, die es sparen wollen, für die Unkräftigen, die vom Siechtum eben erstanden sind oder sich in dasselbe gelegt haben, eine verlassene, nachdenkliche, ja, langweilige Zeit.

Gegen das Verlassensein hilft freundnachbarlicher Besuch, gegen die Nachdenklichkeit unterhaltsame Ansprache, welche auch der Langweile nicht aufzukommen gestattet. Es war daher recht christlich von der alten Matzner Rest, am oberen Ende des Ortes, daß sie sich entschloß, die Kleebinderin am unteren Ende desselben heimzusuchen. Die alte Resl befand sich nicht einmal allein auf ihrem Stübel, sie hatte da jederzeit ihr einzig Kind, die Sepherl, um sich, mochte sie übrigens auch einen kleinwenig selbstsüchtigen Anlaß zu dem Besuche bei der Mutter Muckerls haben, so soll das der Christlichkeit ihres Unternehmens keinen Abbruch tun; wer kann im Verkehr unter Menschen diese Schwäche hoch aufnehmen, die selbst der Frömmste im Verkehr mit Gott nicht los wird, durch den er für sich die ewige Seligkeit zu gewinnen hofft.

So gingen denn Mutter und Tochter die schmale Straße zwischen der Häuserzeile und dem Ufer des Baches dahin.

Sepherl war eine mannbare Dirne, mittelgroß, mehr sehnig als voll gebaut, was, wie die Rauheit ihrer Hände, von früher, harter Arbeit herrühren mochte; sie hatte ein rundes, gutmütiges Gesicht, das schönste in selbem waren große, frische, blaue Augen, die sie oft, wie wundernd, weit aufriß, und daher rührte wohl die dünne, in der Mitte gebrochene Falte, die ober den Brauen von einer Schläfe zur anderen lief.

Ihr Mund war klein, wie im Wachstum zurückgeblieben nahm sich, geschlossen, die blutroten Lippen in tiefe Winkel verlaufend, wie der eines Kindes aus, das dem Weinen nahe ist.

Die alte Kleebinder saß bei geschlossener Türe am Fenster, als die beiden in das Vorgärtchen traten. Sie beeilte sich ihnen entgegen.

»Bist allein«, sagte die Resl.

»Ja, mein Muckerl is in's Wirtshaus.«

»Ich weiß.«

»Tut euch setzen. Sepherl, nimm dir den Sessel aus dem Eck dort. Is recht schön, daß ihr euch wieder einmal anschau'n laßt.«

»Freut uns, wann wir dir nit ung'legen kommen. Heut' is a schöner Tag und 'n Weg von uns her kann mer wohl für ein' klein' Spaziergang rechnen. Es wär' auf gar nit unlustig zu gehen, tät' nur der Bach nit sein, der stinkt so viel.«

»Ja, so viel stinken tut er«, sagte Sepherl mit dünner Stimme und wunderte sich hinterher, das heißt, sie machte große Augen, sei es über die üble Eigenschaft des Baches, oder weil sie, ungefragt, dazwischengesprochen.

»Dich sieht mer aber fast gar nit außer Haus, Kleebinderin?«

»Ich komm' so viel schwer ab. Weißt ja, Matzner Resl, mein Muckerl arbeit't heim. Feldarbeit braucht kein Nachräumen, aber Stubenarbeit braucht's, man glaubt nit damit fertig z'werden. Ja, er schafft aber auch fleißig die ganze Woche über. No, wollt' er sich heut' einmal lustig machen, hab' ich mir gedacht, soll er.«

»Hast recht, Kleebinderin. Ich kann nit anders sagen, als daß du recht hast. Er is a braver Bub' und gönnt dir, als seiner Mutter, ja auch alles Gute.«

»Das tut er. Der liebe Gott mag ihm's lohnen.«

»Amen! » sagte die alte Res, dann deutete sie nach der oberen

Lade eines breiten Wäscheschrankes. »Gelt, jetzt is wohl wieder Geld da d'rein, wie der alte Kasten schon seit viel Jahr' nimmer beisamm' g'seh'n hat?«

»Es is schon ein's d'rein«, sagte die Kleebinderin, vom Ellbogen auf die Hände dazu beteuernd schüttelnd, »ich sag' nit, daß kein's d'rein wär', aber so viel, wie du vermeinst, mein' liebe Matznerin, wohl nit! Mußt ja bedenken, daß aus 'n harten Zeiten her noch Schulden zu zahlen waren, und was 's Arbeitszeug kost't und d'Farben, wie hoch d'Fracht, z'steh'n kommt und was ein'm d'Steuer abbricht, Jesus, du mein!« Sie beugte sich, beide Hände auf die Knie gestützt, vor und sprach zur Diele hinab. »Kannst mir's glauben, wann d'besten Freund' kämen, nit ein' Heller hätten wir zu verleihen.«

»Mein' liebe Kleebinderin, wer so gut als ich weiß, wie ein'm nach nothafter Zeit jeder z'ruckg'legte Groschen anlacht, dem leid't 's d'Freundschaft nit, daß er davon borgen kommt. Mußt also nit meinen, in hätt' an dein' Geldtruhen klopfen woll'n.«

»Glaub's eh nit, bist ja von je a Sparmeisterin g'west.«

»Mußt auch nit glaub'n, ich vermut' gar so viel bei dir. Gott sei Dank, rechnen hab' ich noch nit verlernt. Es is wahr, ös habt's jetzt ein schön's Einkommen, und der Muckerl is rechtschaffen fleißig, aber dafür will er halt auch sein' Aufheiterung haben, wie ja billig is; doch das leucht' ein'm ein, daß du kein Haus sparen kannst, bei dem Aufwand, den er macht.«

»Mein Muckerl?«

»Na ja, und es wird ihm 's auch niemand verdenken, daß er sein jung' Leben g'nießt und sich wie andere Bursche mit'n Schatz in's Wirtshaus setzt.«

»Mein Muckerl? Mit ein' Schatz?«

»Und sauber is die Zinshofer Helen', da laßt sich nix sag'n.«

»Die Zinshofer Dirn?«

»Und gegen d'Armut, die 's plagt, kommt ja der Muckerl auf. Schand' macht's ihm keine, sie kann sich seh'n lassen neben

ihm, wie er's jetzt h'rausputzt hat von Kopf bis zun Füßen.«
»Von Kopf bis zun Füßen, sagst? O, der scheinheilige Lotter!
Und ich wüßt' um die ganze G'schicht nit einmal von Füßen
an, wenn nit das kecke Mensch, um mich z'ärgern, die Schuh'
und Strümpf' g'wiesen hätt', die er ihr kauft hat.«
»Jesses! – So ein Unbedacht! – Heilige Mutter Anna! – Hätt'
ich nur nix g'sagt!« Die alte Resl legte nach jedem dieser An-
und Ausrufe die Hand vor den Mund, aber nur, um sie sofort
wieder wegzunehmen, und nach dem letzten faßte sie nach
den Händen von Muckerls Mutter. »Mußt mir nit bös' sein,
Kleebinderin.«
»Ich muß dir wohl danken«, entgegnete diese niedergeschla-
gen, »daß du mir noch heut' rechtzeitig damit in's Haus'
kommen bist und ich nit morgen vor all'n Leuten im Ort ein'
Narren gleichschau'.«
»Nimm's nit übel, Kleebinderin, daß ich's frei bered', mir is
gleich die Sach' nit recht richtig vorkommen, und ich mocht'
schwer daran glauben, aber sag' selber, mußt' ich nit? Konnt'
ich mir denken, du wüßtest um nix? Freilich war mir rätsel-
haft, wie sich's hat schicken mögen, daß dir mit einmal die
Zinshoferischen Leut' recht sein, die du nie hast leiden mögen!«
»Nach all dem, heut' weniger wie je. Jesses, der gottlos'
Bub'!«
»Aber was wahr is, Kleebinderin, is wahr, d'Schönste hätt' er
an ihr.«
Die Kleebinderin wies mit der Hand alle Schönheit entschieden von sich.
»Ja, ich an deiner Stell' gäb' auch nix d'rauf. Dein Bub' is a
braver Bub', ein guter Bub', aber d'Schönheit plagt 'n just nit,
und neb'n der Zinshofer Dirn' kommt er gar nit auf. Heirat'
ein Mann z'tief unter sein' Vermögen, is er seiner Wirtschaft
feind, heirat' er z'hoch über sein' Schönheit, is er's seiner
Ruh'.«
»Mein' liebe Matznerin, das is a dalket Reden! Für mein'
Bub'n is mer d'Schönste g'rad sauber g'nug und wär'
d'Zinshofer Dirn' nur anderer Leut' Kind, so sorget ich nit.«

»Verzeihst schon, aber so viel, wie du von dein'm Muckerl, kann auch die Zinshofer von ihrer Helen' halten, denn jede Mutter hat's schönste Kind und die Alte achtet 's wohl für kein' Gnad', die vom Himmel fällt, wenn dein Sohn ihr' Dirn' zum Weib nähm'! Mein liebe Kleebinderin (diese Ansprache überzuckerte jedesmal eine bittere Pille, die eine Alte der anderen einzugeben Lust hatte), halt' du dein' Bub'n so hoch d'willst, aber af's Kirchdach mußt 'n nit setzen; wo junge Leut' g'nug af ebenen Boden ohne B'schwer sich z'sammfinden mögen, wird ihm kaum einer andern Mutter Kind dorthin nachsteigen. Freilich, ein arm's Hascherl wüßt' ich, daß sich lang' schon einbild't, er säß' so hoch über alle andern, und sich 'n gern herunterholet, aber kein' Leiter find't, die hinanreicht.« Sie streichelte Sepherls Scheitel und tätschelte deren Wange. Die Dirne ward glührot im Gesichte und blickte wieder wundernd auf. Frau Resl erhob sich.
»Nun, denk' ich, wär' g'nug g'schwätzt, vielleicht schon all's z'viel; aber wenigstens weißt, woran d'bist, Kleebinderin und wann d'dazu schaust, so ließ sich wohl noch verhüten, was dir etwa nit in 'n Kram taugt. No, nix für ungut. B'hüt' Gott!«
»B'hüt' Gott! kommt gut heim. Völlig verwirrt hat mich euer Reden. Gute Nacht!«
»Gute Nacht, Kleebinderin!«
Auf der Straße fragte die Dirne mit leiser, klagender Stimme: »Nun sag mir, mußten g'rad' wir ihm 'n Verdruß in's Haus tragen?«
»Du Tschapperl, du! Hätten wir ihm den ersparen können?! Ich wollt' mir nur niemand bei der Kleebinderin zuvorkommen lassen; sie sollt' seh'n, daß alte Freundschaft die erste am Platz is, und sie sollt' hören, was mich schon lang' druckt, zu sagen, nit meinetwegen, sondern dein'twegen.«
Das Mädchen schüttelte den Kopf. »Morgen weiß er's, daß wir da waren, und dann schaut er mich mit kein' guten Aug' mehr an.«
»Bisher hat er dich mit gar kein'm ang'schaut! Is dir so um sein Anschau'n, kannst ja z'frieden sein, wann er derweil auch

nur böse Augen in dir stecken läßt. Kommt Zeit, kommt Rat.«

Beide schritten längs des Baches dahin, von dem nun in der Abendkühle eine widerlich riechende Feuchte aufstieg.

Allein gelassen, geriet die Kleebinderin, je mehr sich die Zeit dehnte, in immer größere Aufregung und Befürchtungen, der Falschheit ihres Sohnes wegen, so daß zuletzt die arme Alte ebensowenig an einer Stelle zur Ruhe kam, wie eine Maus in der Falle.

Das Wirtshaus lag am andern Ende des Dorfes. Da der Garten etwas anstieg, so war eine Kegelbahn in demselben nicht anzubringen, weder in der Höhe noch der Quere nach; bergauf hätte kein Spieler die Kugel bis zu den Kegeln zu treiben vermocht, sie von selbst bergunter laufen zu lassen, dabei wär' weder Kunst noch Spaß gewesen, und quer, nach einer Seite überhängig, mußte es ja jeden Schub verreißen und käm' der beste Schreiber vor lauter Anwandeln zu keinem Spiel. Aber kegeln wollten die Bauern, und so war denn die Bahn vor dem Hause, längs der Straße angebracht und, wer einkehren wollte, mußte unter dem Vordach hindurch, an den lärmenden, meist hemdärmeligen Spielern vorbeigehen.

Als der Kleebinder Muckerl mit der Zinshofer Helen' herankam, blickten alle verwundert auf.

»Je, Muckerl, getraust du dich auch einmal von deine Herrgottl'n weg?« rief der Wirt und folgte den beiden durch den Hausflur, an Gaststube und Küche vorbei, in den Garten nach. Der Bursche, der eben zum Schub angetreten war, verzog das Maul, verdrehte die Augen und ließ, als ob er über diese Begegnung auf das nächste vergäße, die schwere Kugel aus der Hand fallen, worauf er einen Schrei tat und auf einem Beine herumhüpfte, als sei das andere geschädigt worden.

Es mußte das ein guter Spaß sein, weil ihn alle belachten.

Im Garten war es kühl und fast einsam. An einem Tische saßen zwei alte Bauern und an einen zweiten ein Knecht mit einer Dirn.

»Was soll ich bringen?« fragte der Wirt. »Wirst wohl ein'

– 27 –

Wein woll'n, ein' bessern, versteht sich und ein Backwerk?
Wirst dich nit spotten lassen?«
Versteht sich, daß der Muckerl sich nicht spotten ließ.
»Sapramost,« rief einer der Bursche draußen, »ist aber die
Zinshoferische sauber, die is die Schönst' word'n von all'n!«
Auf der Bank hinter dem langen Tische, auf dem die Spieler
ihre Krüge stehen hatten, saßen etliche Dirnen, die mochten,
während der Schatz kegelte, zusehen oder untereinander
plaudern, durften auch ab und zu einen Schluck nehmen.
Hatte eine ein Glas mit süßem Weine vor sich und etwa gar
ein Zuckerbretzel dazu, so war das eine große Aufmerksam-
keit, oder sie – bezahlte sich's selbst.
Bisher hatten sie ziemlich fremd gegeneinander getan und
sich nur wenige Worte gegönnt. Oft sah eine die andere mißtrauisch von der Seite an und dann wieder von ihr weg, nach
der Kegelbahn und verfolgte eifrig den Gang des Spieles oder
tat wenigstens so, während sie mit dem Schatz zu liebäugeln
versuchte und dabei auch beobachtete, »ob nit die daneben
ein schlechts Mensch mache« und ihn ihr abzuwenden verlangt, wobei es allerdings vorkam, daß die Betreffende selbst
einen Augenblick darauf vergaß, daß sie seit acht Tagen mit
einem »Neuen« gehe und aus alter Gewohnheit dem »Frühe-
ren« zulächelte. Jetzt aber, wo mit einmal die Zinshoferische
die Schönste sein sollte, rückten sie naserümpfend zusammen, zogen bedauernde und spöttische Gesichter und wußten
wohl, wem das Bedauern und der Spott galt.
»Merkwürdig«, sagte der Wirtshannsl, nebenbei bemerkt,
seines Vaters beste Kundschaft, »merkwürdig, daß bis heut'
keiner von uns um der ihr Sauberkeit g'wußt hat!«
»Kein Wunder«, sagte ein anderer, »wann hat man's voreh'
auch zu G'sicht kriegt? Nit außer, nit unter der Arbeit. Ihr
Hütten liegt am untersten, untern End' und müß't mer erst
g'wußt hab'n, was mer dort z'suchen hat, eh' man sich nach
Feierabend dahin müd' lauft, und in's Tagwerken hat's ihr
Mutter nit g'schickt.«
Das war richtig, die Helen' hatte noch niemand arbeiten gesehen.

– 28 –

Als jetzt ein stämmiger Bursche in die Ärmel seiner Jacke schlüpfte und sagte: »Die Schnur is aus, schreibt's ohne meiner weiter. Ich geh' mir die zwei Leuteln anschau'n«, da schrien die Dirnen lachend: »Tu' dich nur nit in Kleebinder Muckerl verschau'n!« Sie bildeten jetzt eine Kette und hatten gegenseitig die Arme um Nacken und Hüften geschlungen.
»Sorgt's nur, daß euch keiner von euere Muckerln ausreißt«, sagte der Stämmige mit pfiffigem Augenblinzeln.
Nicht lange, so war ein Bursche nach dem andern verschwunden und bei den Dirnen, die nun aneinanderrückten wie Schafe, wenn's donnert, blieb niemand zurück als der Wirtshannsl. Der Schalk wußte, daß er nun als der »einzig G'scheite« bei den armen, vernachlässigten Geschöpfen einen Stein im Brette haben werde, und da verletzte Eitelkeit gar manche veranlaßte, sich so zu benehmen, als wäre ihr darum zu tun, die widerfahrene Kränkung auch zu verdienen, so sah er einem recht unterhaltsamen Abend entgegen. Wirklich schallte es bald unter dem Vordache vor lautem Gelächter und Geschrei, das manchmal in ein grelles Aufkreischen ausartete. –
Der Kleebinder Muckerl war im Orte wohlgelitten, in besonderer Achtung stand er nicht, kam ihm ja auch gar nicht zu. Körperstärke, Arbeitstüchtigkeit, erwirtschaftetes, auch überkommenes Geld wertet der Bauer frischweg, darauf versteht er sich, das bewährt sich unter seinen Augen als zu Nutz' und wünschenswert; vor dem Manne, dem man nicht auf den Grund der vollen Tasche zu sehen vermag, rückt er den Hut und gibt ihm, als einem, dem Gott über die andern emporgeholfen hat, wie der hohen Obrigkeit, aus Respekt, kurze Reden. Alle andere Schätzung und Wertung ist ihm überkommen, selbst was unseres lieben Herrgotts und all' seiner Heiligen Gnad' und Barmherzigkeit anlangt, verläßt er sich auf seines Pfarrers Wort und Lehr'. Alles, was in seinem Kreise dem Hergebrachten zuwiderläuft, macht ihn verlegen und mißtrauisch, 's mag ja von Gott gegeben sein, 's könnt's aber auch der Teufel geschenkt haben, wer weiß sich da schnell aus? Und gar, was so inmitten zwischen dem Weltli-

– 29 –

chen und Heiligen liegt, das Gebiet der Kunst, das ist ihm allzeit nebelgrau geblieben und dürfte es ihm wohl bleiben; vor einem Kunstgegenstande wagt er sich kaum über das reservierte Urteil hinaus: Das schaut schön aus! Da war denn nun der Kleebinder Muckerl, klein und knirpsig, sicher außerstand, auf dem Felde seinen Mann zu stellen, freilich war sein Glück, daß er findig und geschickt genug war, sich daheim mit leichterer Arbeit mehr Geld zu verdienen, als manche andere mit der harten, aber feiern durfte er auch nicht, und sein'm Sack war wohl noch auf'n Grund zu seh'n, übrigens, war solche Arbeit überhaupt welche zu nennen und Ehr' dabei aufzuheben? Wohl heißt's, zu Zwischenbühel da sitzt einer, der versteht's Herrgottlmachen und Heiligenschnitzen, aber (die guten Zwischenbüheler empfanden instinktiv, daß ihr Dorfkind kein Genie sei) wenn er's gar so ausbündig, so aller Welt ungleich verstand', säß' er nit mehr unter uns. Eben dieses Gefühl der Gewöhnlichkeit Muckerls, das dem unzureichenden Grunde, ihn als etwas Besonderes zu betrachten, entsprang, machte ihn wohlgelitten, nur wollten ihn die Burschen unter sich nicht als einen gleichen gelten lassen, und schau' ein's, nun möcht' mit einmal das Halbmännel, der Stub'nschaffer gar vor allen was voraushaben und mit der Schönsten vom Ort gehn?!

Dazu dürft' ihm doch wohl der Weg zu verlegen und zu verleiden sein.

Wär' anders denen unter'm Vordache draußen die Lustigkeit vom Herzen gegangen, so hätten sie die Gesellschaft, die da rückwärts im Garten saß, verlachen können, denn die kam zu keinem Behagen.

Der Stämmige, der zuerst herbeigeschlichen war, hatte sich ohne viele Umstände an Muckerls Tisch gesetzt, nachdem er dem Herrgottlmacher ein paar kurze Reden gegönnt, wobei er, über dessen Achsel hinweg, Helenen zublinzelte, ging er sofort daran, sich dieser gegenüber als den Spaßhaften und Zutätigen zu bezeigen, denn er hielt dafür, daß der Deckel rasch vom Korbe müsse, wenn er Hahn darin sein wollte, denn die andern Burschen würden nicht lang wegbleiben, aber schon der nächste, der hinzukam, fand ihn verdrossen mit einer hochgeröteten Backe dasitzen.

Und alle Bursche, wie sie sich nun hinzufanden, richteten erst vorab paar Worte an den Muckerl, dann reckten sie die Hälse und sprachen von dem nächsten Tische herüber zu der Dirne, als säße die allein unter ihnen.

»Zinshofer Dirn', anschau'n is wohl erlaubt?«

»Wenigstens nit verboten«, sagte sie.

»Könnt'st uns ein G'fallen erweisen – «

»Wüßt' kein Grund.«

»Sag' uns, wie d' so sauber sein magst?«

»Dank für's Kumplament, is mir leid, daß ich's nit z'ruckgeben kann.«

»Macht nix. Auf d'Säubrigkeit von andere verstehst dich halt nit. Das sieht man.«

Alle Burschen lachten, und zum Ärger der Dirne, Muckerl mit. Da saß sie nun, wie sie es gewollt, unter Leuten und wünschte sich weit weg. Hätte sie lieber die dumme Geschichte mit dem Muckerl, wo doch noch nichts dahinter war, geheim gehalten! Was brauchte sie die durch's ganze Ort zu tragen und von morgen an sein Schatz zu heißen? Dafür haben sie auch die Bursche genommen, als sie vorerst Muckerl ansprachen, als ob sie gar nicht da wäre, aber statt nur ihre Ansprach zu suchen und dadurch zu zeigen, hie säßen zwei, die kein Drittes neben sich leiden, hat er sie wie allein sitzen lassen, und da haben denn die andern getan, als ob er nicht da wäre, und die Hände nach ihr ausgereckt, wie nach einem Ding, das man nur aufzugreifen braucht, etwa wie die junge Katz' beim Fell, und er ist daneben gesessen, hat keinem auf die Finger geklopft, er hat sich nicht um sie gewehrt, nein, er hat sie sich um ihn wehren lassen, als wär' er ihrer so ganz sicher und sie müßte sich in allem, lieb oder leid, in ihn schicken. Lachen mag er, statt in den Tisch zu schlagen, als man ihr in's Gesicht bietet, sie vergäb' sich was, wenn sie mit ihm ging'!

Diese Gedanken schossen ihr durch den Kopf, während sie die fortdauernden Stichelreden der Burschen zungenfertig zurückgab. In augenfälligem Unbehagen saß sie da, zwischen

den Händen, die sie vor sich auf den Tisch gestemmt hielt, ihr
Taschentuch zerrend und zerknüllend; mit klarer Stimme, die
aber etwas höher klang als sonst, schnellte sie ihre Gegenreden heraus und schielte dabei unter den zusammengezogenen
Brauen nach einer leeren Tischplatte neben, nur manchmal
warf sie Muckerl, der an ihrer Seite duchste, einen zornigen
Blick zu, wenn der gutmütige Bursche in das allgemeine Gelächter einstimmte und dadurch die Heiterkeit auf ihrer beiden Kosten auf das Bedenklichste erhöhte.
Der Klang einer Zither am Nebentische machte sie zusammenschrecken. Sie wußte, was nun kommen werde. Gegen
alle Rede glaubte sie aufkommen zu können und keine schuldig bleiben zu müssen, aber singen konnte sie nicht, dazu war
ihre Stimme zu schrill und dafür fehlte ihr das Gehör, das
wußte sie vom Kirchengesange her, auch auf's Wortreimen
versteht sie sich nicht und hat nie auf solche Alfanzerei etwas
gegeben; gegen Trutzliedeln ist sie wehrlos.
Da hob schon einer damit an.

> *»Beim Herrgottlmachen,*
> *Bei'n Heiligenschnitzen*
> *Tu ich mich d' ganz' Wochen*
> *Krump und bucklet sitzen.«*

Darauf sang ein anderer:

> *»Ich kenn' ein jed's Fladerl,*
> *Jed's Maserl im Holz, –*
> *Und 's allersauberste Maderl,*
> *Dös wär halt mei Stolz!«*

Nun kam der Stämmige an die Reihe:

> *»Spannst du dich mit der Schönsten z'samm,*
> *Gib, Herrgottsschnitzer, acht,*
> *Am End', da hätt'st damit erst dann*
> *Ein Herrgottsschnitzer g'macht!«*

Das zündete. Aber ehe noch das stürmische Gelächter sich
beruhigen konnte, hatte Helen' den Muckerl an der Hand ge-

faßt, emporgezogen und war mit ihm dem Ausgange zugeschritten.

»Oh! Hoho!« schrien die Bursche. »Schon fortgeh'n, wo's
erst lustig wird und 's schönste Paar dazu?!«

Obwohl es nun auch dem Muckerl für ausgemacht galt, daß
er just nicht unter Freunden gesessen habe, wofür er ihnen,
ohne »Behüt' Gott« zu sagen, den Rücken kehrte, so konnte
ihn doch der Spott über das schönste Paar, den er, auf sich ge-
münzt und vom Neide eingegeben glaubte, nur schmunzeln
machen.

Die Dirne aber fühlte nur eine Spitze gegen sich heraus, weil
sie mit einem gar so Ungleichen gehe, der obendrein weder
Maul noch Hand zu brauchen wußte, der sie reden und sich
von ihr leiten ließ. Mit einem trotzenden Blick in all' die spöt-
tischen Gesichter, wandte sie sich unter der Schwelle ab und
schritt Hand in Hand mit dem Burschen hinweg. Bis sie das
Wirtshaus außer Sicht hatten, gingen sie so, dann gab ihn das
Mädchen frei und trat von ihm zurück.

»Aber warum denn, warum denn?« fragte der Bursche, der
den kräftigen Druck ihrer Hand nicht ungerne weiter empfunden hätte.

»Es war nit deshalb«, sagte sie. Sie sprach es nicht aus, wes-
halb sie nach seiner Hand hätte fassen können, noch was
anderes sie veranlaßte, es zu tun, aber der Bursche verstand
sie und schritt, vor sich hinblickend, neben ihr her.

Sie sprachen kein Wort und gingen mit raschen, hallenden
Schritten durch das Dorf.

Bei seiner Hütte angelangt, bot ihm die Dirne kurz: »Gute
Nacht!« Sie übersah wohl in der Dunkelheit des Burschen
dargereichte Hand und war ihm rasch aus den Augen.

Ihre Türe hörte er knarren, ein paar keifende Worte der Alten, dann war alles ringsum stille. Die Sterne brannten hoch
am Himmel, die Mondsichel glänzte. Fern bellte ein Hund,
und nun hörte er auch den Bach leise gurgeln.

Seufzend wandte er sich ab und schritt nach seinem Häuschen.

4.

Als Muckerl in die Schlafkammer trat, richtete sich die Kleebinderin im Bette auf.

»Noch wach, Mutter?«

»Ja.«

»Aber wie kommt denn, daß d' so spät noch auf bist?«

»Ich denk' wohl daher, weil ich nit schlafen kann.«

»Ei, mein.«

»Hast dich gut unterhalten?«

»So, so.«

»Warst allein?«

Muckerl blieb die Antwort schuldig.

»Ob d' allein warst, frag' ich. Druckt die doch 's G'wissen, du falscher, hinterhälterischer Bub' du, weil d' dich mit der Sprach' nit heraustraust? Meinst, die Sach' bessert, wenn mir's fremde Leut' zutrag'n?«

»Ah, mischen sich schon welche ein?«

»Mit der Zinshofer Helen' bist g'wesen.«

»Na, so war ich halt mit ihr.«

»Ja, leider Gott's, wär's ein' andere – «

»Mir steht kein' andere an.«

»Kein Wort verlieret ich, aber g'rad die!«

»Ich weiß, du kannst s' nit leiden, und so verlierst mehr als ein Wort d'rüber und hebst nachtschlafender Zeit zun Streiten an. Ich aber hab' kein' Lust mit dir z'warteln und 'n Schlaf versäumen, taugt mer auch nit, wo ich morgen früh an die Arbeit will. Gute Nacht!«

»Schön! Der Mutter 's Maul verbieten und aus'm G'sicht geh'n, das hast also schon abg'lernt von ihr und glaubst, daß dabei ein Segen sein kann?«

»Jesses! Was du dir einbildst! Gott soll mich strafen, wann von dir a Red' war. Nix als mein' Ruh' will ich, weil da d'rüber doch nit ruhig mit dir z'reden is.«

– 34 –

»Weil d' nit ruhig zuhören magst, so sag'. Ich glaub' dir ja
recht gern, daß sie über mich kein Wort verloren hat, sie
wird's schon so zustand bringen, dich deiner Mutter abwendig zu machen, wie sie 's ja auch ohne ein Wort zustand
gebracht hat, daß du dir ihr z'lieb' über deine Kräften Auslagen machst.«
»Selb' war mein freier Willen.«
»Du hast noch ein' freien Willen!«
»Und über meine Kräfte war's nit.«
»So? Hast du 's so überflüssig? Hast du 's scheffelweis steh'n,
daß du nur zuz'greifen und nit rechnen brauchst? Na, is mir
lieb, aber 's ist auch 's erstemal, daß ich davon hör'! Doch laß'
dir sagen, wenn d' dich schon auf'n Guttäter z'nausspielen
willst, so gib dein Almosen an Bedürftigere und an Leut', die
's verdienen.«
»Es war kein Almosen.«
»Freilich nit, glaub's wohl, ein Präsent war's, wo du noch hast
schön bitten müssen, daß 's ja möcht freundlich ang'nommen
werden; denn ein Almosen z'nehmen, sind d'Zinshoferschen
viel z'stolz, obwohl nit eins im Ort is, das so nix hätt', wie die
nix haben.«
»Aber, Mutter«, schrie Muckerl, vor Ärger lachend, »das is
schon hellauf zum Verzweifeln, wie du daherred'st, erst soll
ich's an Bedürftigere geb'n, und dann weißt selber niemand,
der weniger hält', wie die! 's is ja ein Unsinn!«
»Immer besser, Muckerl, immer besser! Heiß' du deiner
Mutter Reden unsinnig, aber Unsinn oder nit, in hab' nit nur
von Bedürftigere g'redt, sondern auch von solche, die s' verdienen.«
»Na ja, du redest so fort, 's eine in's andere, und d'rüber
würd' der Morgen grau. Ich hab' schon g'sagt, Almosen war's
kein's, daß ich nach'm Bedürfen oder Verdienen fragen müßt',
mir war um's Schenken und von dem Mein'm werd' ich wohl
weggeben dürfen, was ich entbehren mag!«
»Sag' lieber, was andere nit entbehren mögen!«
»Mein Geld is 's aber doch«, sagte der Bursche trotzig, »und
um das Bissel, was ich mir von mein' Verdienst z'ruckb'halten

– 35 –

hab und wovon du gar nix wüßt'st, wenn dir nit fremde Leut' davon g'sagt hätten, brauchtest du kein so g'waltig' Aufheben z'machen! Unsere Kastenladeln hast stürzen können, wie d' willst, 's wär' kein luketer Sechser h'rausg'fallen, bis ich zun Schnitzen ang'hob'n hab'; all's Geld, was jetzt im Haus is, rührt von meiner Arbeit her, von dem hab' ich dir nix g'nommen und nimm dir nix, so kannst dich wohl zufrieden geb'n!«

Die Kleebinderin schlug die Hände zusammen und blickte zur Stubendecke auf, wie über eine ganze unerhört unbillige Zumutung. »Zufrieden geb'n?!« sagte sie mit weinerlicher Stimme. »Bin ich denn a schlechte Mutter, die ihr'm Kind kein' Freud' gönnt und verlangt, dasselbe soll sich z'tod arbeiten, daß du mir 's Geld vorwerfen magst?! Hast du mich je klagen g'hört die lange Zeit über, wo ich allein hab' schaffen und sorgen müssen, daß wir uns ehrlich fortbringen? Ich hab' kein' Müh' und kein' Plag' gescheut, uns 'n Mangel fernz'halten, und dabei nie keine andere Meinung g'habt, als daß in tät', wie einer rechtschaffenen Mutter zukäm'! Wenn alleinige Weiberarbeit was zu erübrigen vermöcht', so hält' der Kasten nit erst auf dein Geld zu warten brauchen, womit du jetzt groß tust und mit dem ich mich zufrieden geben sollt', auf für die Kränkung, daß zwischen uns, die wir noch kein' Tag geschieden waren, jetzt mit einmal eine Fremde stehen soll, mir just die Allerwildfremdeste, die du hast finden mögen! Nein, Muckerl, gegen das kommst du mit dein'm Geld nit auf, und wenn du sagst, daß du mir nix davon nähmst, so sag' ich, sei ohn' Sorg', ich nimm dir nix davon, kein' Groschen! Bin ich dir im Weg, so geh' ich. Konnt' in die Jahr her 'n Unterhalt für zwei bestreiten, werd ich mit Gott's Hilf' wohl noch so viel arbeiten können, daß ich mich allein fortfristen mag.« Sie drückte schluchzend den Kopf in die Kissen.

Der Bursche streckte ratlos die Arme gegen die Alte aus.

»Mutter! Ich bitt' dich, tu' doch g'scheit! Verfall nit auf Gedanken und sinn' Sachen aus, womit d' ein frei verzagt machen könnt'st! Laß dir sagen, was kann denn ich dafür, daß mir g'rad die Dirn g'fallt? Aber schau' dir nur die andern dagegen an! D' mehrsten tun 'n Augen weh, wenig' vertragen ein näher Zuseh'n, und keine is ihr gleich. Noch bevor ich g'wußt hab', was die zweierlei Leut' auf der Welt bedeuten, hat mir schon kein' andere gefallen und jetzt erst recht nit! Kein größer Unglück könnt' ich mir denken, als wann die nit mein würd'. Wahrhaftig ich will nit davon sagen, obwohl ich mir's oftmals schon ausgedacht hab', was für ein Segen das sein wird für die Arbeit, wenn mir vom früh'n Morgen bis Feierabend so was Schön's im Haus unter'n Augen h'rumgeht, das ist just, als ob ein'm beim Schnitzen und Pinseln was geschickt die Hand führet; aber nit, wie ich denk', mit ihr mein's Lebens froh z'werden, muß ich dir sagen, daß d' mich recht verstehst, sondern, daß 's ohne ihr weiter für mich kein' Freud' auf der Welt gäb'! Gegen 's selbe Einseh'n hab' ich mich a Zeit hart g'nug g'wehrt, denn nit nur deiner Warnung bin ich eingedenk g'west, so viel ein's bei ein'm solchen Blindekuhspiel noch z'seh'n vermag, hab' ich auch g'seh'n, z'erst an mir h'runter, daß ich mich in der Säubrigkeit nit ihr an d'Seit stellen kann, denn ein wenig z'nebenher an ihr hin, wo ich manch's g'merkt hab, was mir nit hat g'fallen mög'n und noch nit g'fallen mag, aber trotzdem kenn' ich kein' andern Wunsch und Will'n, als sie zu haschen und zu halten. Ja, sie is eitel, unwirtschaftlich und trutz', wie viel' sind das aber auch, um die sich nit d'Müh' lohnen möcht', es ihnen abz'gwöhnen? Sie aber - das war gleich mein Denken – könnt' wohl noch recht, ganz recht werd'n, wann sie allweil um dich wär', wann's von dir zulernet! D'rum hab' ich g'hofft, weil ich nit von ihr lassen kann und sie mir doch auch gut is, daß du sie doch einmal, mir z'lieb', leiden kannst!«

»Ja, weil du das eine nit kannst, soll ich's himmelweit andere können«, murmelte die Kleebinderin. »So sein die Kinder! Von ihr'm ersten Schrei an müssen sich die Eltern in sie schikken. Dös klein bissel Folgsamkeit, was g'rad' nur die Zeit, von wo's d'Kinderschuh' antun, bis wo sie 's vertreten haben, nebenherlauft, is gar nit der Red' wert. Na, woll'n's einmal überschlafen. Gute Nacht!«

»Gute Nacht, Mutter«, sagte Muckerl und zog, tief einatmend, die Decke an sich.

Die Kleebinderin begann nun eine ernste Selbstschau zu halten. Wozu war auch das leidige Gezänk? – rückte sie sich vor. – Bin doch nit gar so alt, daß ich mir nimmer vorstell'n könnt', wie ein'm jung z'Mut is. Warum will ich Heu gegen 'n Wind häufeln und mein'm Bub'n die Dirn verleiden, ohne die er nit sein mag, statt mich z'freu'n, daß sie ihm gut is? Weil ich nit will, daß ein'm andern g'fallt, was mir nit, und eigentlich hab' ichs doch nur gegen die alte Zinshoferin, die hat nie was taugt, aber was kann die junge für ihr' Mutter? Muß 's just derselben nacharten? Kreuzbrave Eltern hab'n oft schlechtgeratene Kinder; 's kann doch auch einmal umkehrt der Fall sein. Wenn d'Helen' erst da im Haus sein wird, wo 's nix Unrecht's sieht noch hört, und sie laßt sich bedeuten, gar so unlenksam wird sie ja nit sein, warum sollt' sie nit a brav' Weib abgeben, für'n Muckerl schon gar, der g'wiß a braver Mann wird?! Eher als nit! Aber all' dös hätt' ich vorhin bedenken soll'n, statt, daß ich unvernünftig mich in d'Hitz' red', bis ich vor Gift und Gall nimmer aus weiß. Bin doch wahrhaftig recht a bösartig', eigensinnig' alt' Weib! –

»Muckerl«, rief sie halblaut, »schlafst schon?«

»Nein, Mutter.«

»Ich denk' just, daß mer der Leut' Gered' und Zwischentragerei ein End' macht und die Sach' fein sorgsam einfädelt, dürft' wohl geraten sein, die Zinshoferischen zu uns z'laden. Taugt dir's, so hätt' ich nix dagegen, wann du 's am nächsten Sonntag herüberbitt'st.«

»Ja, Mutter.«

Mehr sagte er nicht, aber darüber, wie er es sagte, war die alte Frau recht vergnügt.

So fanden sich denn am Sonntagnachmittag die vier Leute im Kleebinderhäusel zusammen. Die beiden Bäuerinnen saßen sich gegenüber und sagten sich weder Liebes noch Leides,

– 38 –

sondern sprachen vom Wetter und vom Wirtschaften: die Kleebinderin, ihrer Überlegenheit bewußt, redete ein langes und ein breites, und die Zinshoferin, öfter verstohlen gähnend, warf Kurzes und Schmales dazwischen. Helene bezeigte sich mehr respektvoll als freundlich, sie sah meist vor sich nieder, selten blickte sie nach Muckerl, der ihr gegenüber saß und kein Auge wandte. Er war der einzige, den die Langeweile nicht anfocht, weil er sich ganz rückhaltlos zufrieden und glücklich fühlte.

Vom nächsten Tage ab galt es im Dorfe für ausgemacht, daß nunmehr alles zwischen dem Kleebinder Muckerl und der Zinshofer Helen' in Richtigkeit sei. Die Dirne blieb sich übrigens in ihrem Verhalten ganz gleich, was die alte Kleebinderin veranlaßte, immer nachdrucksamer mit dem Kopfe zu schütteln. Es eilte der Helen' gar nicht, sich bei der Mutter Muckerls einzuschmeicheln, sie suchte deren Umgang nicht und hielt ihr bei Begegnungen gleichmütig stand, so wie sie auch die Neigung des Burschen weder ermutigte noch ablehnte; ja, einem weniger Gutmütigen hätte sie sicher das Schenken verleidet, sie verstand sich zu keiner Bitte und zu keinem Danke. Hatte sie Kleider oder Schuhwerk abgetragen, so sagte sie zu Muckerl: »Nun, schau' einmal, wie schnell das ruiniert! Sein doch recht betrügerische Leut', die so was verkaufen mögen, und du laßt dir auch alle schlechte War' aufhängen.« Oder wenn es sie nach irgendetwas verlangte, einem Schmuckgegenstande und derlei, so fragte sie: »Meinst nit auch, daß das schön wär' und mich kleiden möcht'?«

Er suchte dann bessere Ware und auch das Schöne und Kleidsame herbeizuschaffen.

Sie schlug es dem Muckerl rundweg ab, sich von ihm nochmal in das Wirtshaus führen zu lassen. Er tauge eben nicht unter Leute und darum sei es schwer, mit ihm unter ihnen zu sitzen. Am Kirchtag aber – das verspricht sie – geht sie mit ihm auf den Tanzboden.

»O, du mein Gott«, klagte die Kleebinderin, »die Dirn' hat ein' Stolz, wie ich nie 'glaubt hab', und je mehr der Bub' unterduckt, je stolzer tut sie und mit allem stellt er sich zufrieden.«

Er stellte sich nicht zufrieden, er war es wirklich. Lieber wie eine, die sich z'gring acht't, muß ihm doch die Dirn' sein, die sich vielleicht ein bissel z'hoch halt't, aber doch nit zu gut für ihn. Nein, das tut sie nit. Er weiß ja, was ihm auf nächste Kirchweih' bevorsteht!

Es war noch ziemlich lange bis dahin.

5.

Daß schöne Mädchen gerne unscheinbare neben sich dulden, dürfte nicht schwer zu erklären sein, und daß letztere sich den ersteren aufdrängen, hat seinen Grund wohl darin, weil im Umgange mit einer so viel Umworbenen vielseitigere Aufschlüsse über das zu erwarten stehen, was nun einmal der großen Mehrzahl der Menschen das Interessanteste im Leben ist und bleibt, über das Lieben und Geliebtwerden. Daß sich die Minderhübschen dabei auch mit der Hoffnung trügen, gelegentlich einen der herzwunden Abgewiesenen für sich in Beschlag zu nehmen, mag im allgemeinen wohl nur eine boshafte, durch nichts begründete Anschuldigung sein.

Unter den Dirnen, die sich zu Helen' gesellten, war auch die Matzner Sepherl. Die Harthändige mit den wundernden Augen wußte sich einzuschmeicheln, sie pries so rückhaltlos die Schönheit der Kameradin, und andernteils wußte sie den Muckerl nicht genug zu loben, so daß sie es nur rechtschaffen recht fand, daß die Schönste nicht mit einem der g'mein' Bauersleut', sondern mit einem so Kunstfertigen und Ausbündigen hausen wolle, was ganz angenehm zu hören war.

Sepherl teilte auch mit Helene die neidische Bewunderung des Sternsteinhofes, während alle andern da unten am Fuße des Hügels sich mit dem gotteingesetzten Unterschiede zwischen reich und arm zufrieden gaben und von keinem Wunschhütchen träumten, das sie auf den Gipfel versetzen könnte.

Sepherl war schon zu öfteren Malen auf dem reichen Hofe gewesen, sie hatte dort eine alte Base, die seit dem vor Jahren erfolgten Tode der Bäuerin dem Hauswesen vorstand; diese brave Schaffnerin tat sich nicht wenig auf ihre Bedeutung zugute, schätzte aber ganz richtig, daß sie selbe nur dem mächtig' großen Anwesen verdanke, und ließ sich bei günstiger

Gelegenheit gerne dazu herbei, ein oder das andere Dorfkind darauf herumzuführen und zu verblüffen. Ein paarmal hatten die beiden Dirnen die Alte aufgesucht, ohne mehr als deren allerdings wohnliches Stübchen vom ganzen großen Sternsteinhof gesehen zu haben, dann aber wurden sie auf den nächsten Sonntagnachmittag geladen, wo die Herrenleute »aus« sein würden und auch wenig Gesinde sich daheim verhalten werde.

Es war ein sonniger Herbstnachmittag, an dem die beiden Dirnen in Begleitung Muckerls längs des Baches durch das Dorf schritten, bis wo in der Mitte desselben, der Kirche gegenüber, die Brücke über das Wasser und auf den Weg führte, der zum Sternsteinhof hinanstieg.

»B'hüt dich Gott, Muckerl«, sagten die beiden, denn der war nicht geladen worden, und ihn mitbringen, wäre eine Unhöflichkeit gewesen. »B'hüt' dich Gott und laß' dir unterdess' die Zeit nit lang werden.«

»Habt derwegen kein' Sorg',« sagte er, indem er sich auf das Brückengeländer stützte. »Unterhaltet euch gut.«

Helen' war boshaft genug, ihm ein »Auch so viel« zuzurufen, dann eilten die Dirnen mit flinken Füßen den Hügel hinan.

»Wirst sehen, Helen'«, keuchte Sepherl, der es nicht gelingen wollte, den halben Stritt, den sie gegen die Kameradin zurückblieb, einzubringen. »Wirst sehen, wieviel und was 's all's da oben gibt; ganz weg wirst sein darüber.«

Helene lächelte mit den geöffneten Lippen, zwischen denen sie im raschen Gehen die Luft einsog. Sie nahm sich vor, nicht »ganz weg« zu sein.

Aber was sind menschliche Vorsätze ungekannten und ungeahnten Eindrücken gegenüber? Die alte Schaffnerin empfing die beiden Mädchen mit herablassender Freundlichkeit, bewirtete sie mit einer Schale Kaffee, ein seltenes Getränk für Leute von da unten, das sollte die richtige Stimmung hervorrufen, denn leerer Magen macht trübe Augen, dann ging es an's »Umsehen«.

Bei Sepherl war dabei nichts Neues zu sehen, sie schenkte all'

dem Aufgezeigten und Vorgewiesenen einen flüchtigen Blick
– wobei ihre Augen immer noch verwundert genug taten, um
die ehrgeizige Frau Bas' bei guter Laune zu erhalten – und
machte sich das Vergnügen, auf Helenens Gesicht zu achten;
diese brauchte sich anfangs gar nicht Gewalt anzutun, um das
gleichgültigste von der Welt beizubehalten, denn als es im
Erdgeschosse durch die Gesindestuben ging, fand sie eben
nur mehr Stuben und mehr Hausrat auf einem Flecke, als sie
sonst Gelegenheit hatte, beisammen zu sehen, indes weder
die einen noch der andere vom Gewohnten sich unterschie-
den. Als sie aber über den Hof nach den Wirtschaftsgebäuden
folgte, die mit den blanken, handlichsten Geräten, ja mit Maschinen vollbestellt waren, zu deren Gebrauchserklärung sie
allerdings noch stolz mit dem Kopfe nickte und ein er-
heuchelte Verständnis murmelte, als sie an den Scheuern mit
den aufgehäuften Vorräten vorbeikam und im Geflügelhofe
Hunderte von girrend, krähend, quakend und kollernd sich
brüstenden Tieren sie wirre machten und als sie endlich in
den übergroßen Ställen vor einer ganzen Herde Vieh stand,
ein Stück immer schöner als das andere, da waren ihre Augen
denn doch allmählich größer geworden, und befangen schlich
sie nebenher, als es zurück nach dem Wohnhause ging, dessen
Oberstock nun erstiegen ward.
Was sie da sah, als sie mit eingehaltenem Atem von Stube zu
Stube ging, an Notwendigem in ausgesuchter Form und an
Entbehrlichem, das breit, wie hier nicht zu entraten, an seinem Orte stand, der reiche Vorrat an Wäsche und Kleidern,
der ihr einen halblauten Schrei der Verwunderung erpreßte,
als die Schaffnerin die Schränke aufschloß, der grobe versperrte Schrank, dem sie einen scheuen Blick zuwarf, als sie
hörte, er wäre bis an's oberste Fach mit reinem Geschirr und
Silbergeräte angefüllt, endlich die eiserne Kasse, der weder
ein Dieb noch das Feuer ankonnte, worin der Bauer bar mehr
liegen hatte, als alle Dörfler da unten zusammen mit Häusern
und Gründen schwer waren, und vor der sie fast andächtig die
Hände faltete, all' das verschmolz in ihr zu einem Bilde der
Macht und Herrlichkeit des Reichtums.

Gedrückt und verschüchtert verließ sie das Haus und atmete
froh auf, als es nach dem Garten ging. Die beiden Dirnen
wurden übrigens von der Alten auch nur dahin geführt, weil
sich dort, von einer großen Rebenlaube aus, am schönsten
weisen ließ, was für Liegenschaften zum Sternsteinhofe gehörten. Es war viel Grund und Boden, aber den Eindruck
ausschließlichen Besitzes machte er doch nicht, er reichte
nicht, bis wo Himmel und Erde in eins verschwammen, und
rings lag doch auch viel fremdes Eigentum.

Die Schaffnerin setzte den Dirnen noch ein Gläschen Wein
vor, damit diese, wie sie wohlwollend bemerkte, wieder zu
Leben kämen, dann entließ sie die beiden sehr zufrieden darüber, ihnen Anlaß gegeben zu haben, das weniger als je zu
sein.

Eine gute Strecke legten die Mädchen schweigend zurück,
dann blieb Helene stehen und sah nach dem Hofe. »Hast
recht g'habt, Sepherl«, sagte sie, »man kann wirklich ganz
weg sein.«

»Gelt ja?« sagte die.

»Denk' nur«, fuhr Helene fort, »die, welche 'mal den Bub'n
vom Sternsteinhof-Bauer kriegt, . . . er hat ja wohl nur den
ein'?«

»Wie d' fragen magst! Freilich, nur 'n Toni.«

»Die den einmal kriegt und da oben hinauf zu sitzen kommt,
die muß's schon so gut haben, wie's kein' Prinzessin auch nit
besser haben kann!«

»Pah, was d' red'st! Einer Prinzessin, die g'wöhnt is, vom gol-
denen Geschirr zu essen und daß die Soldaten vor ihr ,G'wehr
h'raus' schreien, der fehlet noch viel! Meinst denn, so a recht a
reiche Bauerstochter bekäm' da sonderlich mehr unter
d'Händ', als 's von ihr's Vaters Hof her g'wöhnt is? So arme
Menscher wie wir, glaubeten sich dort freilich wie im Himmelreich, aber von uns kommt keine h'nauf.«

»Schwerlich«, seufzte Helen'.

»Gar nit, sag' ich dir! Du denk'st nit, wie stolz die allzwei
sein, der Alte wie der Junge. Kein' Dirn' im Ort, so viel wir

ihrer auch sein, halt' der Toni auch nur des Dank's für's Grüßen wert.«

»Da g'schieht nur denen recht, die ihn anred'n«, rief Helen',
»ich grüß ihn nit!«

»Und wenn er sich ja unterstünd'«, fuhr Sepherl fort, »auf
unsereine ein Aug' z'werfen, sein Vater schlüg' ihm allzwei
aus'm Kopf.«

»G'schäh ihm so wegen mir – Gott verzeih' mir d'Sünd' –
aber ich könnt's zufrieden sein, dann müßt's der Alte trotz'm
Sternsteinhof billiger geben, und um den nähm' ich auch 'n
blinden Toni.«

»Pfui, wie du auch nur so grauslich daherreden magst, wo du
doch schon für dein' Teil ein' Bub'n hast, auf den d' stolz sein
kannst! Der Toni vom Sternsteinhof, wie reich er is, stellt
sein' Tag nix vor als ein' Bauern, geg'n den is wohl der Kleebinder Muckerl ein ganz anderer. Dazu is der hochmütige
Sternsteinler – wann d' ihn dir je von der Näh' betracht' hast,
mußt mir recht geben – weitaus nit der Schönste und Stärkste,
und er kann doch wahrlich nit, wie der Muckerl, was ihm an
Kräftigkeit und Hübschheit fehlt, ausgleichen durch sein'
Künstlichkeit und sein' Bravheit und sein' Gutheit.«

»Schau, was du all' über ihn weißt«, lachte Helen', »schier
werd' ich mit dir eifern müssen, es hat völlig 'n Anschein, als
ob d' in mein Muckerl verliebt wärst.«

Sepherl wandte ihr errötendes Gesicht ab. »Geh' zu, sei nit
törig.«

»Brauchst ja nit rot z'werden, wenn es nit wahr ist«, neckte
Helene. Es machte ihr Spaß, da sie sich den unbestreitbaren
Besitz des Burschen von Sepherl geneidet dachte, diese durch
lose Reden zu ärgern. Sie schlug ihr derb auf die Achsel. »Na,
trutz' nit! Wann dir gar so um ihn is, kannst ihn ja hab'n. Gib
mir ein gut Wort, so laß' ich'n dir.«

»Hast du auch nur ein' Laut von mir g'hört, der dir das Recht
gibt, ein' solche Red' wider mich z'führ'n?« zürnte Sepherl.
»Daß der Muckerl kein' andere will wie dich, und selbst
wenn er eine möchten tät, mich schon af d'Allerletzt, das

weißt, und weil du 's weißt, so laß' dir auch sagen, daß dich
solch' unb'sinnt Schwätzen nur selber verunehrt und ich mich
für dein G'spött noch allweil z'gut halt'!«

»Bist du aber empfindlich«, sagte Helene, über die Achsel
nach ihr blickend. »Wann der Bub' mein is, so werd' ich mir
doch über das Meine ein' Spaß erlauben dürfen? Und sag' ich
scherzweis, ich tät' dir 'n gönnen, so darf das doch dich nit
beleidigen, die 'n für so ein' Ausbund halt'! Das im G'spaß,
im Ernst aber – is er, wie er is, ich bin auch, wie ich bin –
vermöcht' ihn ein' andere nur an' klein' Finger z'fassen,
kannst mir glauben, daß ich 'n ihr schon nicht mehr streitig
machet!«

Ja, so durfte die Zinshofer Helen' wohl reden. Sepherl nickte
zustimmend. »Wär' auch ein Einfall, sich mit dir z'messen,
der Muckerl tät' dazu nur lachen. Aber schau', da is er und
steht noch all'weil geduldsam auf der Brucken.«

Er stand wirklich noch da. Viel Wasser war, während er hier
wartete, den Bach hinabgeflossen, und er fragte sich, wie viel
wohl noch da unter der Brücke werde hinweglaufen müssen,
bis sich schicken wird, was er wünscht und hofft.

Er stand, daß der Bach gegen ihn floß, sah nur das währende
Zudrängen und Herankommen und achtete nicht auf das
gischtende, wallende, rastlose Gerinne, das hinter seinem
Rücken, was er gebracht hatte, Scheit oder Halm, auch mit
sich fortführte.

Früh am nächsten Morgen fand sich Helene auf dem Sternsteinhof ein.

»Je, was machst du da?« fragte die alte Schaffnerin, als sie ihrer ansichtig wurde.

»Denk'«, sagte die Dirne, indem sie nach ihrem rechten Ohrläppchen wies, »ein Ohrring is mir verloren gegangen. Hab'
ich ihn nit da heroben bei euch verstreut?«

»Hab nix g'seh'n.«

»Sollt' er dir gleichwohl unterkommen – «

»Will schon darauf achten.«

Über den Hof kam ein untersetzter, stämmiger Bursch auf die beiden zugeschritten.

»Da kommt unser Bauerssohn«, flüsterte die Alte, die Dirne mit dem Ellbogen anstoßend.

Helene betrachtete den Herantretenden. Er hatte krauses, schwarzes Haar, eine gerade, ziemlich fleischige Nase und braune, helleuchtende Augen. Sie erwartete nach dem, was Sepherl über ihn gesagt hatte, keinen Gruß, aber sie grüßte auch nicht.

»Wen hast denn da bei dir, Kathel?« fragte er.

»'s is die Zinshoferische von da unten«, sagte die Alte, mit einer beiläufigen Handbewegung nach dem Fuße des Hügels, welche dartun sollte, wie wenig für hier oben das da unten zu bedeuten habe. »Die Matzner-Sepherl hat's gestern mit heraufgebracht, und da hab' ich ihr große Augen machen gelehrt. Über lauter Aufschaun hat's gar ein' Ohrring verloren, ohne daß sie es gemerkt hätt'. Gelt ja, du?« Sie legte ihre knöchernen Finger auf die runde Schulter der Dirne.

»Wahr ist's«, sagte Helene, »schön habt ihr's da heroben.« Sie sagte das aber in einem Tone gleichmütiger Anerkennung, wie wenn sie gestern gerade nicht gar zu Ungewöhnliches gesehen hätte und als ob sie etwa mehr absonderlichkeitshalber, als aus sonst irgend einem Grund in der armseligsten Hütte da unten wohne.

»Na, wenn dir's gefallen hat«, sagte der Bursche, »kannst ja öfter kommen.«

»Bist gutmütig«, lachte die Dirne, »denkst, mit den Augen tragt euch kein's was hinweg, und gönnt ein'm 's Anschau'n.«

»Bist du so interessiert?« schmunzelte der Bursche. »Wer weiß, 's eine oder 's andere könnt'st du ein'm leicht wohl abbetteln.«

»Meinst?« entgegnete sie, ihm voll in die Augen sehend. »Wenn ich's drauf antragen möcht', könnt 's ja sein; aber auf's Betteln verleg' ich mich eben nit, ich b'sinn' mich noch oft, ob ich nimm, was mer mir antragt.« Sie wandte sich an die Schaffnerin. »Also sei so gut, wegen 'm Ohrringel. Sollt'st 's zufällig doch finden, so leg' mir's af d' Seit'. Es wär' mir leid, fänd' sich's nit, 's eine nützt mir nix ohne 's andere, und obendrein ist 's ein G'schenk. Schau', so sehen's aus.« Sie bog den Hals und reckte den Kopf hinüber, daß die Alte im linken Ohrläppchen den Ring betrachten konnte, dann kehrte sie sich ab. »B'hüt Gott miteinander!«

Der Bursche tat einen leisen Pfiff. »Die ist bissel hoffahrtig, scheint mir.«

»Mir schon auch«, meinte die alte Kathel.

»Aber gleichwohl sauber, das muß ich schon sagen.«

»Sie ist 'n Kleebinder Muckerl sein Schatz.«

»'m Holzmandel-Macher?«

»'m selb'n.«

»So.«

Als Helene in der Hütte unten anlangte, keifte die alte Zinshoferin: »Wo streichst du denn schon herum in aller Früh?«

»Af'n Hof oben war ich. Ich muß gestern dort ein Ohrring verstreut hab'n – «

»Pah, du Gans, schau' ein andermal doch lieber vorerst ordentlich im Haus nach, eh' d' nach allen Enden ausläufst. Dein' Ohrring liegt in der Tischlad', grad vorhin hab' ich's g'seh'n.«

»Jesses, nein, was ich für ein verlorenes Ding bin! Freilich da ist's. Na, da bin ich froh. Hätt' mir 'n Gang und die Angst darum ersparen können.«

Sie tat einen scheuen Blick nach der Mutter und lächelte, als diese ihr den Rücken kehrte, vor sich hin.

Es war nach dem Mittagessen, als der Toni vom Sternsteinhof, nachdem er in der Küche seine Pfeife in Brand gesetzt, in's Freie trat und langsam quer über die große Wiese hinabzugehen begann; einem anderen hätte es übel bekommen können, das liebe Gras so in den Boden zu treten, wer aber wollte es ihm wehren, dem künftigen Eigner? Nicht einmal der gegenwärtige, sein Vater, hätte ihn darüber vor den Leuten grob anlassen mögen, und einen »Rüppler« hinterher unter vier Augen scheute der Bursche um so weniger, als es dabei bisher

– 48 –

noch immer – und um ganz anderer Streiche willen – ganz
glimpflich abgelaufen war. Der Alte tat sich auf seine Strenge
etwas zugute, aber wenn ihm im Tun und Lassen seines »Einzigen«, auf den er stolz war, etwas mißfiel, so begnügte er
sich, seine Überlegenheit dadurch zu zeigen, daß er mit lautem Geschrei und Poltern das Unvernünftige, Unschicksame
oder Unwirtschaftliche des Geplanten, Geschehenen oder
Unterbliebenen aufwies, bis ihm der Atem oder der Faden
der Rede ausging, der Junge hatte dabei nur demütig zuzuhö-
ren, und das war er gern zufrieden.

Toni hatte etwa zwei Dritteile des Weges, hinab zum Rande
des Baches, zurückgelegt, als er die Türe der letzten Hütte da
unten sich öffnen und Helene heraustreten sah. Die Dirne
schwenkte ein Wäschestück in der Hand und setzte vorsichtig
Fuß vor Fuß in die Tapfen früherer Tritte, welche wie Stufen
an das Wasser hinabführten. Dort bückte sie sich, senkte den
vollen Arm in das Gerinne und wusch das Leinenzeug.

Bei dem Erscheinen des Mädchens kniff der Bursche die Augen zusammen und zog den Mund breit. Er setzte langsam
seinen Weg fort, bis er am Rande des Baches, zwischen zwei
verkrüppelten Weiden, der Wäscherin gerade gegenüber
stand. »Pst! Pst!« machte er.

Die Dirne fuhr mit einem Schrei empor und, da sie beide
Hände mit ausgespreiteten Fingern, etwas unter dem Halse,
gegen ihre volle Brust drückte, so entglitt ihr das Wäschestück. Sie fand eben noch Zeit mit einer Fußspitze darauf zu
treten, damit es nicht fortschwimmen könne.

»Jesses, was du mich aber erschreckt hast«, sagte sie leise.

Wieder spielte um den Mund des Burschen ein spöttisches
Lächeln, verflog aber schnell, und er sagte, ebenfalls leise, im
Ton neckender Vertraulichkeit: »Geh' zu, wo du da d'Wiesen,
wie breit sie liegt, vor 'n Augen hast, siehst mich wohl schon a
Weil' da herabentersteig'n.«

Die Dirne zog die Brauen zusammen und biß auf die Unter-
lippe, während sie sich rasch zum Wasser niederbeugte.

Nach einer Weile sagte er: »Du, ich hätt' mit dir wohl was
z'reden.«

Sie schwenkte hastig das Linnen, dann faßte sie es mit beiden Händen, drehte es zusammen und rang es aus, dabei hatte sie sich erhoben, aber erst als sie damit fertig war, kehrte sie ihr hochgerötetes Gesicht dem Burschen zu und sagte hart und rauh: »Ich wüßt' nit, was du mir zu sagen hättest, und bin auch gar nit neugierig.« Sie wandte sich zum Gehen.

»Laß 's bleiben«, murrte der oben und schwenkte um, und unter dieser Bewegung glaubte er wahrzunehmen, daß die Dirne an der Türe der Hütte, über ihre Achsel weg, ihm lachend nachblickte, das bewog ihn, auch den Kopf zu drehen, aber er begegnete nur ihren großen, herausfordernd abgünstigen Augen und stieg verdrossen, den Hut im Nacken, die Händ' in den Hosentaschen, spreitbeinig den Weg hinan, den er herabgekommen war.

Wenn auf dem langen Tische in der Gemeindestube des Sternsteinhofes die Schüsseln dampften, so trat der Bauer hinzu und sprach mit lauter Stimme das Tischgebet, Knechte und Mägde murmelten es nach, dann setzte er sich, langte paarmal mit dem Löffel, Vorkostens halber, nach dem Aufgetragenen, was den andern das Zeichen gab, sich, wie sie dem Rang nach in der Reihe saßen, die Teller voll zu schöpfen oder zu häufeln. Während die Dienstleute aßen, spielte der Bauer mit dem Löffel, beobachtete, ob nicht einer oder eine ein »heikliges« Gesicht machte, und richtete an einzelne kurze Fragen und Reden, zum Schlusse sprach er die Danksagung und ging mit Toni in die reiche Stube hinauf, wo sich's beide an einem sorgfältiger bestellten Tische wohl sein ließen, wie ihnen zukam, da sie es ja doch nach unseres lieben Herrgotts unstreitigem Willen besser auf der Welt haben sollten wie andere Leute.

Abends nach der Mahlzeit, wenn die alte Kathel das Tischgerät weggetragen hatte, blieben Vater und Sohn ungestört.

Der Sternsteinhofbauer war, trotzdem er mit etwas vorgebeugten Schultern ging und saß, einen halben Kopf größer als sein Bub, auch hatte er einen beträchtlichen Leibesumfang, und auf einem Stiernacken trug er den großen Kopf, mit der niederen breiten Stirne. Über den Hängebacken blinzelten kleine, graue, bewegliche Augen, beschattet von dichten Brauen, braun wie das kurzgeschorene Haar und der Backenbart, welcher vom oberen Rande der Ohren bis zu deren Läppchen reichte, eine knollige Nase ragte über einen Mund mit dicken, wulstigen Lippen, zwischen denen er den Atem schnaufend einsog und die Laute dröhnend hervorstieß.

Den Toni beschäftigte die Frage, ob wohl der Alte um seinen Wiesenfrevel wisse? Er sollte darüber nicht lange im unklaren bleiben.

Der Bauer beugte sich bis zur Tischkante vor, sah seinen »Einzigen« mit emporgezogenen Augenbrauen an und begann mit dem Kopfe wie ein Pagode zu nicken. »Bist mir a rarer Vogel, du!« summte er.

»Warum, Vater?«

»Warum? Warum? Wirst's wohl wissen warum, und daß ich das duckmäuserische Gefrag' nit leiden kann, weißt auch! Bist heut' leicht nit d'ganze Wiesen querh'nunter und querauffi gelatscht? Was denkst denn eigentlich dabei, wem du da sein Gut in Grund und Boden h'neintrittst, 's meine oder 's deine? Ich mein' schier, 's wird 's meine sein, noch lang' nit 's deine, verstehst, und daß du mir 's meine schädigst, dageg'n tu' ich Einspruch! Komm' du mir nur nit etwa mit der dalketen Red', daß 's ja doch 'mal 's deine sein würd', da hat's, wie g'sagt, noch lang' hin, und wann du dich gleichwohl in dein' Gedanken als künftigen Eigner aufspielst, so ist dieselbe Urrassigkeit nur noch dümmer, und ich seh' wohl, es ist a reine Gnad' vom Himmel, je länger er mich da af der Wirtschaft sitzen laßt, und so lang' ich mich noch bissel rühren kann, denk' du auch nit an's Verheiraten und daß ich dir in d'Ausnahm' geh'! Noch lang' nit! Denn kaum wärst du da der Herr davon, rennest mer wohl mit lustige Brüderln gleich rudelweis über Felder und Wiesen und tretest n' Gottessegen in d'Erd'; das ist aber der Anfang vom Verwirtschaften, und da könnt' ich's wohl bald erleben, daß mein Ausnahmsstübel mit einmal kein Dach und keine Mauern mehr hätt'! Ach, nein, ich hab' wohl mein findigen Notarjus, wann ich einmal geh' – noch denk' ich nit d'ran – aber dann muß der mir

– 51 –

d'Sach so verklausulieren, wann gleich kein Stein vom Haus
und kein fußbreit Boden mehr dein bleibt, daß doch ich da
mein Verbleiben und Auskommen hab', und für den Fall
löffel' du aus, was d' dir einbrockt hast, von mir darfst nit 's
G'ringste erwarten; als Ausnehmer kann ich kein' Einleger
brauchen. Verstehst? Ja, da sitzt er, der Lalli, und läßt in sich
h'neinreden wie ein Stock.« Er schlug mit der Hand in den
Tisch. »Sag' mir nur, 's eine möcht' ich doch wissen, was hast
denn eigentlich af der Wiesen z'suchen g'habt?« »Aber gar
nix nit, Vater. Freig'standen, es war halt ein unb'sinnt's
Stückl.«
»Ein unb'sinnt's Stückl? Na ja, hab' mir's eh' denkt, dös is
allweil dein' letzte Red'. Bis zum Hals h'nauf hab ich's schon,
deine unb'sinnten Stückeln! Komm' mir nit wieder damit!«
»Es wird nix mehr vorkommen.«
Der Alte erhob sich. »Sagst auch all'weil, aber wann du
glaubst, mit mir spaßen zu können, werd' ich dir doch 'nächst
ein' Ernst zeigen.«
»Wird nit notwendig sein.«
Der Bauer duckte den Kopf zwischen die emporgezogenen
Achseln und ging murrend nach der Türe.
»Gute Nacht, Vater«, rief Toni und sah ihm verstohlen
schmunzelnd nach.
Der Alte ging nach seiner Schlafkammer, die nichts enthielt
als ein Nachtkästchen, zwei Stühle und ein Bett mit eisernem
Gestelle; da hält sich kein Ungeziefer, und auf Strohsack,
Roßhaarpolster und unter rauher Klotze schläft sich's am ge-
sündesten, das hatte dem Sternsteinhofbauer einer versichert,
der bei den Soldaten gewesen und trotz ausgestandener Stra-
pazen hundert Jahre alt geworden war, und so weit hoffte er,
es auch zu bringen. Er dachte, daß er noch lange nicht in's
Ausgeding müsse, und an den »unb'sinnten Stückeln« seines
Sohnes immer eine gute Ausrede haben werde, wenn er vor
der Zeit und zu dessen Gunsten auch nicht wolle.
Das hätte der Toni wissen sollen; ihm würde über seinen
nachsichtigen Vater das Lachen vergangen sein.

– 52 –

6.

Am Morgen des zweiten Tages darnach lehnte der Toni vom Sternsteinhof an der Bretterwand einer Scheuer und schmauste sein Pfeifchen. Er sah hinab nach dem Häuschen des Kleebinder Muckerl, der sich im Vereine mit dem alten Tagwerker Gregori mühte, eine große Kiste heraus und auf einen Schiebkarren zu schaffen; nachdem sie das fertig gebracht, bückte sich der Alte, um das Scheibband, das ihm von den Achseln herabbaumelte, an die Handhaben zu legen, dann spuckte er in die Fäuste, griff zu und fuhr des Weges.

Die Helen', die unter ihrer Türe gestanden hatte, kam jetzt herzu, Muckerl faßte sie an der Hand, und beide schritten plaudernd, langsam hinterher. Die alte Kleebinderin lief in das Vorgärtel, nickte und sah ihnen lange nach.

Die Dirne ging mit bloßem Kopfe, sie wird also den Holzschnitzer nur eine Strecke und nicht allzu weit begleiten.

Toni paffte in kurzen, hastigen Stößen Rauchwölkchen aus seiner Morgenpfeife, während er den beiden, da unten wandelnden, immer kleiner werdenden Gestalten mit den Augen folgte, bis er sie ganz am oberen Ende des Ortes, nicht größer wie Krähen im Schnee, hinter der Wegkrümmung verschwinden sah. Er blickte um sich, und da er niemand in der Nähe merkte, machte er sich eilig davon, legte, fast laufend, die Strecke bis zur Brücke zurück, dort lehnte er sich an's Geländer, verschnaufte ein wenig und ging dann langsam zum Dorfe hinaus.

Er schritt bedächtig immerzu, bis er auf Helene traf, die gerade unter dem Busche stand, wo sie sich damals verstohlenerweis mit Muckerl zusammengefunden.

»Grüß' dich Gott, Dirn'«, sagte Toni.

»Auch so viel«, entgegnete Helen'.

»Wohin 's Weg's?«

– 53 –

»'n Muckerl hab' ich begleit', jetzt geh' ich wieder heim.«

»So, 'n Muckerl? Ist das dein Schatz?«

»Ich wüßt' nit, warum ich dich in dem Glauben irr' machen sollt'; er wird schier so was sein.«

»Wundert mich.«

»Daß ich ein' Schatz hab'?«

»Dös nit. Eine, wie du, kann zehn für ein' hab'n, wenn's will.«

»Na, jetzt weißt, eb'n wenn's af's Wollen ankommt, da taug'n mir die zehne für ein' schon gar nit; da wär' mir schon einer wie zehne lieber.«

»Ja, aber so einer wie zehne is doch der Muckerl nit!«

»Das sag' ich auch nit, aber laß' mir'n in Fried'. Daß er mir mehr gilt wie ein anderer, mag dir völlig g'nügen, um wieviel mehr, kann dir gleich sein.«

»Nein, das is mir eb'n nit gleich, das möcht' ich wissen, du, als d'Schönst'« –

»Schwätz' du nit von der Schönsten! Lang' bevor ihr ang'hoben habt, mich als dieselbe ausz'schreien, hab' ich ihm schon dafür 'golten. Vielleicht verstehst, daß er dadurch schon geg'n andere voraushat; vielleicht auch nit, jed'nfalls erspar' ich's Erklären.«

»Verstünd's eh', wann er nur wie unsereiner und kein so Halbmandl wär', oder du eine, die sich mit jedem z'frieden geb'n müßt', das is aber nit, und zu dir paßt ein Säuberer.«

»Ah, mein, dem frag' ich g'rad nach! Säubrigkeit hab' ich für mich selber g'nug, und von ein'm andern seiner laßt sich nichts h'runterbeißen.«

»Freilich nit, aber es könnt' sich ja einer finden, der mehr hat wie der Muckerl, wovon mer h'runterbeißen kann, und da wurd' doch nit schaden, wenn der nämliche ein wengerl leidlicher zun Anschau'n wär?«

Die Dirne sah den Burschen mit zugekniffenen Augen von der Seite an. »Natürlich, weißt du mir auch gleich ein' solchen?«

»Könnt' sein«, schmunzelte Toni, »und am End' is er gar nit weit von da.«

»Wann d' ihm begegnest, so sag: ich ließ' ihn schön grüßen, und mein'thalb'n möcht' er nur bleiben, wo er is.«

»Ich werd' ihm's sagen, glaub' aber nit', daß er sich daran kehrt.«

»Das is sein Sach'. Und jetzt, b'hüt Gott!«

»No, eil' nit, ich ging gern noch mit dir – «

»Kannst ja, wenn mer ein' Weg haben.«

»Daß mer sich ausreden, aber da durch's Ort – «

»Dir z'lieb werd ich doch kein' Umweg machen?! Ich wüßt' nit warum und wozu. Was ich von dir anhör'n mag, das kannst schon auf offener Straße vorbringen, wenn auch Leut' unter'n Türen stehen oder aus'n Fenstern schauen.«

»Eben der Leut' wegen is mir um dich.«

»Um mich? Was brauch' ich die Leut' z'scheuen, wo ich ihnen unter'n Augen herumgeh'? Aber du fürcht'st wohl, daß dein'm Vater zu Ohren kommt, du wärst da herunten mit einer von uns g'seh'n word'n?«

»Oh, hoho!« lachte der Bursche. »Da kennst du mein' Vatern schlecht; der schreit wohl bei jedem Anlaß rechtschaffen herum, aber schließlich, wie groß er is, steck ich'n doch in Sack.«

»Da gib nur Obacht, daß d' dir nit doch einmal die Taschen dabei zerreißt.«

»Kein Sorg'! Bei mein'm Vadern richt' ich all's, was ich will.«

»Alles?«

»Alles!«

»Na, 's wird sich wohl auch bei all'm bisherigen um nix b'sonders g'handelt hab'n.«

Toni begann mit großem Eifer von seinen unb'sinnten Stückeln zu erzählen, aber er verstummte, als sie an den ersten Hütten des Dorfes vorbeischritten.

»Da hast's«, flüsterte er, »da stehen schon welche und gaffen.«

»Laß' s' doch, wenn s' Zeit und Lust dazu hab'n«, sagte die Dirne und begann mit lauter Stimme von dem Wetter, den Ernteaussichten, ihrem Haushalt und ihrer Wirtschaft zu reden, bis zur Brücke, wo sie dem Burschen »gute Mahlzeit« bot.

»Nur ein's noch«, sagte der.

»Was?«

»Willst mir wirklich kein' G'legenheit geb'n, daß ich mich einmal mit dir ausreden könnt'?«

»Nein, wirklich nit.«

»Warum?«

»Warum willst wissen? Weil mir der Spatz, den ich da herunten samt sein' Nest in den Händen hab', lieber is wie du stolzer Tauber da drob'n af'm Dach vom Sternsteinhof.«

Der Bursche stieß ein paar kurze, höhnende Lachlaute aus, dann sah er der Wegschreitenden eine gute Weile nach, plötzlich ward er es müde, stemmte die Ellbogen auf dem Brückengeländer auf, schob alle zehn Finger unter den Hut, dessen Krempe ihm dabei tief in die Stirne fiel, und kraulte sich in den Haaren.

So sah ihn Helene noch lange dort stehen, als sie mit der alten Kleebinderin an der Vorgärteltüre plauderte.

Auf dem Sternsteinhofe wurden Knechte und Mägde zum fleißigen Kirchenbesuche angehalten, aber der Bauer und sein Sohn nahmen es damit nicht so genau; war es ihnen vormittags nicht gelegen, Gott die Ehre zu geben, so ließen sie sich, wenn nichts dazwischen kam, nachmittags beim Segen sehen; öfters fuhren sie auch nach dem nahen Marktflecken, wo sie mit Bauern, die ebenfalls reich, also mehr ihresgleichen waren, verkehren konnten, und da schickte es sich häufig, daß sie erst inmitten oder zu Ende des Gottesdienstes hintrafen und ihnen just Zeit blieb, ein paar andächtige Vaterunser zu beten, ehe es zum Wirtshaustisch ging.

Aber seit seiner Begegnung mit Helene im Busch versäumte Toni keine Frühmesse, blieb die Predigt über und besuchte nachmittags den Segen. Er ließ den Bauer allein auf dem Hofe sitzen und allein auch nach dem Marktflecken fahren und sprach sich dem Alten gegenüber sehr verständig dahin aus, daß derselbe als Herr in allem seinen Willen haben müsse, wie gut es aber auch sei, wenn einer an seiner Statt, den

– 56 –

Dienstleuten zum erbaulichen Beispiele, sich gehörigerweis in der Dorfkirche sehen lasse.

Zweimal noch unter der Zeit war er Helenen über den Weg gelaufen. Er sah sie unter der Straße entlang kommen und eilte nach der Brücke, um sie zu überholen, aber sie war stets flinker gewesen, und ihm blieb nichts übrig, als ihr in einiger Entfernung zu folgen, und da kehrte sie sich das eine, wie das andere Mal an der Hütte der alten Matzner Resl gegen ihn, sah ihn mit großen Augen befremdet, ihm kam vor, auch ein wenig spöttisch, an und verschwand unter der Türe, um nach einer Weile mit Sepherl herauszutreten und eifrig plaudernd, ohne einen Blick zur Seite zu tun, mit der Kameradin vom oberen Ende des Dorfes zum unteren zurückzukehren.

Nun geschah es oft, daß der Toni mitten unterm Essen Gabel und Messer aus der Hand legte, statt der Arbeit nachzugehen in irgendeinem Winkel stand, saß oder lehnte und in das Narrenkastel guckte, das heißt, ausdruckslos vor sich hinstarrte; das alles mochte er mehr als vier Wochen getrieben haben, als ihm der Bauer eines Mittags vom Tische weg in's Freie nachfolgte.

»Nun, Bub«, sagte er, »an dir kann wohl der Herr Pfarrer sein' Freud' hab'n?«

»Warum, Vater?«

»Weil d' dich so nachdrucksam af's Fasten und Beten verlegst.«

»Ich? Mich?«

»Ja, du dich! Und laß' dir sagen, wenn d' dich kastei'n willst, so hätt' ich soweit nix dageg'n, aber das beschauliche Wesen – tu mir d'Freundschaft – leg' ab! Der Sternsteinhof is kein Kloster, und es bringt da kein Verdienst, sondern nur Schaden, wann du dein' Arbeit so ganz beiseitesetz'st.«

»Das tu' ich doch nit, das bild'st d' dir ein«, sagte der Bursche, indem er sein errötendes Gesicht wegwandte.

»Ja, 's is a wahre Einbildung, gelt?« lachte der Alte und entfernte sich, paarmal nach seinem Sohne zurückblickend, es berührte ihn wie immer gar nicht so unangenehm, wenn er sich diesem überlegen zeigen konnte.

Toni ging durch den Hausflur in den Garten. Er ließ sich in der Rebenlaube nieder. Er stützte den Kopf mit der Linken, den Ellbogen hatte er auf das eine Knie aufgestemmt, auf dem anderen lag flach seine Rechte; so saß er nachdenklich eine geraume Weile, dann seufzte er auf: »So kann's nit fortgeh'n.«
Der Garten hatte ein Seitenpförtchen, von welchem ein ausgetretener Weg, auf dem Kamme des Hügels, über die Wiesengründe führte. Wer diesem schmalen Steig, der sich mählich bergab verlor, folgte, hatte das Dorf im Rücken. Toni schlenderte bedächtig auf selbem dahin, oft blieb er stehen und sah nach der letzten Hütte da unten in Zwischenbühel.
Plötzlich riß es ihn herum, und er beugte den Oberleib vor und streckte den Hals. Helene war auf die Straße getreten. Kein Zwinkern der Augen, kein Zucken der Mundwinkel wie damals, als er über die Wiese nach dem Bache hinunterstieg, zeigte sich jetzt in dem Gesichte des Burschen, nur die äußerste Spannung war darin zu lesen, mit welcher er von der Höhe aus jede Bewegung der Dirne beobachtete.
Helene trug einen kleinen Buckelkorb, sie stand eine Weile und blickte um sich, dann ging sie unten an dem Ufer des Baches in der gleichen Richtung fort, wie Toni oben am Kamme des Hügels.
Gewiß, sie ging dürres Astwerk oder Tannenzapfen auflesen in dem kleinen Nadelholzbestande, welcher der Gemeinde gehörig war und der »tote Wald« hieß; es war das ein kümmerliches Gehölze, nahe dem Rande des Baches, der es bei Hochwasser überflutete und Sand und Gerölle zwischen den Stämmen ließ, aber ganz war es dem Verderben geweiht, seit der Borkenkäfer dort zu hausen begann; kahl ragten die schlanken Schäfte empor, morsch brachen sie in sich zusammen, nur wenige gesunde Bäumchen fristeten noch für unbestimmte Dauer ihr Sein. Der tote Wald war aufgegeben. Selbst des Leseholzes wegen gab es keinen Streit, nur die Allerärmsten des Ortes schickten ab und zu ihre Kinder, um von dem Geäste heimzuholen, was einem nicht unter dem Griffe zermürbte.

Daß ihn die Dirne gesehen habe und ihm nun geflissentlich über den Weg laufe, das galt dem Burschen für ausgemacht, doch empfand er diesmal keine freudige Genugtuung darüber, er fühlte sich vielmehr bange und beklommen, einen Augenblick wünschte er sogar, sie möchte nicht gekommen sein, doch weil sie es war, achtete er bald auf nichts mehr, als mit der Gestalt, die flink auf der Straße da unten sich fortbewegte, gleichen Schritt zu halten.

Nahe, wo der Steig endete, führte er hinter den Büschen knapp am Rande des Baches dahin; dort blieb der Bursche einen Augenblick stehen, mit verhaltenem Atem und ohne Regung, damit er nicht unversehens an einen Zweig des Strauches rühre, der ihn deckte. Nur durch das schmale Bett des Wassers getrennt, ihm gerade gegenüber, saß die Dirne auf einem Erdaufwurf, der Schuh mochte sie wohl gedrückt haben, sie hatte ihn ausgezogen und schüttelte ihn, dann zog sie ihn wieder an, streßte den Fuß zierlich vor und lockerte ihr Strumpfband, darauf erhob sie sich und stritt rasch in den Tann, hinter dessen schlanken Stämmen sie verschwand. Toni legte die kurze Strecke Weges bis an den Bach zurück, lief über den Baumstamm, der da statt einer Brücke diente, und sah nahe im toten Wald Helene erwartend stehen. Er ging entschlossen auf sie zu.

Sie ließ ihn auf drei Schritte herankommen, dann warf sie mit dem einen Arme den Korb von der Schulter zur Erde und streckte den anderen gegen ihn aus. »Das muß einmal ein End' haben«, rief sie.

»Das mein' ich auch«, sagte der Bursche und nickte dazu ernst mit dem Kopfe.

»Ganz offen gesteh' ich's«, fuhr sie fort, »heut hab' ich dich wohl von der Höhen daherkommen g'seh'n und es d'rauf ang'legt, daß ich mit dir zusamm'treff', weil mir dein Nachlaufen durch 'n Ort und ewig' Angaffen in der Kirchen hitzt schon einmal z'dumm wird! Hilft's bei dir nit, wenn mer, was dich angeht, kurz und bündig in ein'm Sprüchel sagt, brauchst du zum Verstehen 'leicht ein' Predigt oder ein' Litanei?«

»Red' dich aus, red' dich nur aus,« sagte Toni, indem er vor sich zu Boden sah.

»Du bild'st dir wohl ein, du wärst gar ein besond'rer und alle anderen g'ring' gegen dich? Freilich, du bist der einzige Sohn vom reichen Bauer af'm Sternsteinhof und selber einmal der Herr d'rauf, halt ja, das bist du, aber deßtweg'n brauchst 'd doch mich nit für ein schlecht's Mensch z'halten!« Sie hatte unterdem von den nahestehenden Bäumen dürre Äste abgebrochen und neben den Korb hingeworfen, jetzt schwang sie eine dünne Gerte in der Hand und führte damit einen Lufthieb gegen den Burschen. »Halt'st mich 'leicht nit dafür?«

»Wie käm' ich auf den Gedanken?« sagte er kleinlaut, ohne den Blick vom Boden zu erheben.

»Bist noch nit d'rauf 'kommen, so helf' ich dir d'rauf! Was willst mit all' dein'm Nachlaufen und Aufdringlichkeiten bezwecken, als daß ich den Burschen, der's ehrlich mit mir meint, fahren lassen sollt', dir z'lieb', der's nit in Ehren meint, nit in Ehren meinen kann, noch darf?!«

Toni blickte auf. »Wieso nit könnt' und nit dürft'?«

»Dumme Frag'«, zürnte die Dirne. »Nimm du mich nur nit für gleicherweis so dumm und ehrvergessen, daß ich dir ein G'hör schenken und dabei übersehen könnt', wie groß und breit der Sternsteinhof zwischen uns zweien liegt, von wo ich niemal Hoffnung hab' aus einer Fensterrahm' auf Zwischenbühel herunterz'schauen. Jetzt weißt mein' Meinung, und von heut', bitt' ich mir aus, bleib' von mein' Weg'n und schau in der Kirchen, wohin z'schauen hast, wenn dich d'Frommheit h'neinführt, nach'm Altar und nach der Kanzel, aber nit nach'n Weiberbänken; mein'tweg'n auch dahin, aber nach einer andern.«

»Bist fertig? So hör' auch mich an. Ob ich geg'n andere stolz bin, kommt da nit in Frag', du hast dich in derer Hinsicht g'wiß nit über mich zu beklagen; wär' ich nur halb so übelnehmerisch wie du, so laufet ich jetzt wohl schon heimzu, übrigens g'schieht's weder aus Demütigkeit, noch tu' ich mir ein' Zwang an, daß ich dir standhalt', es is mir nur d'rum, daß ich dich seh' und hör', und hast kein' freundlich G'sicht und kein gut' Wort für mich, so nimm ich auch mit ein' finstern und mit unb'schaffene vorlieb, und dafür, daß ich dich gern hab', kann ich just so wenig wie der Herrgottlmacher, möcht' also nit, du nähmst mir's übler auf und lägest mir's anders aus wie dem.«

Helene hob die runden Schultern.

»'s tät deiner Ehr' nit 'n geringsten Abbruch, wann d' dich mitleidig bezeigest zu mir.«

Helen' runzelte die Brauen. »Du Narr, du, setz' dir keine Dummheiten in' Kopf, so fehlt dir gleich nix!«

»Hast schon recht, wenn du's ein' Dummheit nennst und ein' allmächtige dazu! Alles, was du dagegen vorgebracht hast und mehr noch, hab' ich mir selber g'sagt, mich z'Anfang g'nug dawider g'sperrt und g'spreizt und doch hat's mich unterkriegt, daß ich mich jetzt nimmer ausweiß. Leni, mein Seel' und Gott, auf dein' Red' vorhin, daß der Sternsteinhof zwischen uns zwei'n stünd', hätt' mir einer sagen können, derselbe wär' niedergebrannt bis af'n Grund mir wär's nit nah'gangen.«

Die Dirne lachte laut auf. »Das kannst ja erprob'n. Zünd' ihn an!«

»Das is ein sündhaft' Reden. In Vatershaus wird doch keiner Feuer anlegen.«

»No, mein' nur nit, daß ich dich dazu anstiften möcht'! Ich wollt' dir nur weisen, daß's schließlich doch allweil af mein frühere Sagen h'nauslauft und jed's weitere Reden zwischen uns überflüssig is. Hätt'st du dein' Hof eben nit, könnt mer dir a ehrlich Absicht zutrauen, so bist du aber der Toni vom Sternsteinhof, und die Dirn', die sich mit dir einlaßt, vergibt sich von vorhinein.«

»Als ob ich's – wie ich bin – nit ehrlich meinen könnt'! Af'm Sternsteinhof bleibt's nit allweil so b'stellt wie jetzt, kann auch ein' Veränderung eintreten.« –

»Wenn dein Vater sterbet, meinst?« Die Dirne sah ihm bei der Frage scharf in die Augen.

Er wandte sich ab. »Ich wünscht' ihm den Tod nit, bewahr' aber g'setzt – «

»Der Mann is noch nit so alt, daß er von heut' af morgen stirbt; der kann's noch ein' Reih' von Jahr'ln mitmachen. Glaub' kaum, daß d' eine find'st, die sich, dad'rauf z'warten einlaßt.«

»'s wär' auf das nit notwendig, nur af a schicksame G'legenheit brauchet mer z'passen, dann krieget ich ihn schon herum. Was mir anliegt, das setz' ich bei ihm durch, da bin ich sicher.«

»Das hast schon einmal g'sagt.«

»Du kannst auch d'rauf glaub'n, und über kurz oder lang vermöcht' ich dir's auch zu weisen. Nach der Leut' G'red' frag' ich 'n Teufel. Auf dich allein kommt's an. Aufrichtig g'sagt, Leni, ließest du den Muckerl geh'n, und haltest zu mir, wann – «

»Was wann?«

»Wann ich dir 's heilig Versprechen gäb', daß ich dich zur Bäuerin af'm Sternsteinhof mach'?!«

»Geh' zu«, schrie sie auf, mit beiden Armen abwehrend. Ein flüchtiges Zittern überlief ihren Körper, dann stand sie starr mit leuchtenden Augen, zwischen den halbgeöffneten Lippen den Atem hastig, aber geräuschlos einsaugend; sie fuhr mit der Rechten nach dem linken Arm, den sie dicht an den Leib geschmiegt hielt, und kneipte sich paarmal in das pralle Fleisch; dann bückte sie sich rasch nach dem Korbe und warf das Reisig, das herumlag, in denselben. Als sie sich mit hochgerötetem Antlitz wieder aufrichtete, sagte sie neckend: »Meinst, ich trau' dir nur gleich so? Das müßt'st mir schriftlich geb'n.«

»'s gilt schon«, sagte ernsthaft der Bursche. »Heut' schreib' ich's noch nieder. Find' du dich morgen da an der Stell' ein, kannst's haben.«

»Ich komm' schon«, lachte sie, »ich bin ja auch neugierig, was du für eine Handschrift schreibst. B'hüt' dich Gott, der'weil!« Sie warf den Buckelkorb über die Achsel, nickte dem Burschen freundlich zu und lief ein paar Schritte, dann hielt sie inne und kam bedächtig zurück. »Laß's doch lieber sein«, sagte sie.

»Ja, warum denn aber?«

»Armer Hascher, am End' reuet dich der ganze Handel.«

»Mich nit, da d'rauf gib ich dir mein Wort.«

»Laß' gescheiterweis mit dir reden, Toni. Jetzt, wo ich wohl glauben muß, daß du's ehrlich meinst, wär' es von mir nit rechtschaffen, wenn ich dir verhehlen tät', was mir eben für Bedenken durch 'n Kopf schießen. Bevor sich nit d'schicksame G'legenheit find't, wo du dein' Vadern herum z'kriegen glaubst, können wir uns nit offen als Liebsleut' zeigen, denn was ihm bis dahin verschwiegen bleiben soll, dürfen wir nit in der Leut' Mäuler bringen; wir müssen also heimlich zueinand' halten. Gelt ja?«

Toni nickte.

»Und da ist's wohl nit gut möglich, daß ich ohne ein Aufseh'n z'machen und ein aufdringlich's Gefrag' zu wecken, n' Muckerl, so mir nix, dir nix, abweis', und du kannst auch nit verlangen, daß ich's tu', solang die Sach' noch in Lüften hängt; denn wie ein fest's Zutrau'n du auch haben magst, so is uns ein rechter Ausgang doch nit verbrieft. Gelt nein? So is wohl für all' Fäll' besser, ich laß' den Bub'n noch weiter neben mir herzotteln und tu dazu nix dergleichen.«

»O nein! Mußt mich nit für gar so einfältig halten!« brauste der Bursche auf. »Wenn du die Meine sein willst, leid' ich nit, daß ein anderer an dich rührt.«

»Mein lieber Toni, da hast du nix z'leiden, das müßt' wohl vorerst ich, und daß d' der'halb'n ganz sicher gehst, so sag' ich dir: so wenig ich mir den Bub'n hab' nah' kommen lassen und nah' kommen ließ', bevor ich ihm nit als Weib ang'hör', ebensowenig sollst du mir nah' kommen, bevor ich nit als Bäu'rin af'm Sternsteinhof sitz'! Is dir das nit anständig, meinst du's anders, so magst dein' G'schrift nur b'halten!«

»Af Ehr' und Seligkeit! Leni, einer anderen trauet ich nit so viel, aber du darfst dir schon all's herausnehmen geg'n mich!

Tu', wie d' glaubst und für recht halt'st; dem, was mich dabei verdrießt, muß ledig ich nach ein'm End' seh'n; sei nur freundlich zu mir, gibt mir öfter Gelegenheit, daß ich dich sehen und hören mag und bei'n Händen fassen kann.« –

Sie standen Hand in Hand und lächelten sich an. Da zog die Dirne die Hände zurück und sagte: »Morgen is auch ein Tag. Morgen bered'n wir's andere. Aber weil d' mein braver Bub sein willst und weil d' so willig Vernunft ang'nommen hast – ich bin sonst wohl gar nit freigebig – doch geh' her, sollst ein' Lohn dafür hab'n.« Sie schlang ihm den Arm um den Nacken und preßte ihre Lippen auf die seinen, dann lief sie eilig auf und davon.

Toni ging an den Bach, er taumelte, als er den Steg überschritt, so daß er ärgerlich auflachte, dann ging er, wie träumend, über die Wiese dem Sternsteinhofe zu. Von der Höhe sah er, ferne auf der Straße unten, verschwindend klein, die Gestalt der Dirne sich hastig fortbewegen, und manchmal schien ihm, als unterbräche ein Sprung oder ein Stolpern die Gleichmäßigkeit ihrer Schritte.

In der nächstnächsten Nacht, als die alte Zinshofer eingeschlafen war und »Holz zu sägen« begann, erhob sich Helene vom Lager, trat an das Fenster, zu dem der Vollmond hereinschien, und griff nach einer bereitgehaltenen Nadel, sie nähte an einem kleinen Leinwandtäschchen, fügte eine Schnur daran und, nachdem sie das Anhängsel um den Hals genommen, schlüpfte sie wieder unter die Decke. Sie schlief unruhig, und wenn sie halbwach nach dem Täschchen griff, so knitterte das, als ob es ein Papier enthielte. Es umschloß auch ein solches – das Eheversprechen des Toni vom Sternsteinhof.

7.

Schon einige Male hatte die Sepherl, wenn sie vom oberen Ende nach dem unteren kam, um Helene aufzusuchen, diese nicht daheim getroffen.

Die alte Zinshofer sagte, sie wäre nach dem toten Walde gegangen, und lachte über die närrische Dirn', die jeden andern Tag dahin liefe, Klaubholz sammeln, wobei sie immer für einen gesunden Span hundert mit Wurmmehl heimbrächte; aber besser sei doch, sie tue etwas, wenn sie damit auch nichts richte, als sie möcht' gar faulenzen und etwa auf dumme Gedanken gebracht werden.

Eines Tages aber setzte sich's Sepherl in den Kopf, die Kameradin wieder zu sehen und entschloß sich, selbe auf dem Heimweg oder an Ort und Stelle zu überraschen. Sie ging nach dem toten Walde. Die lange Strecke bis hin hatte sie keine Begegnung, doch als sie vor den Tannen stand und eben beide Hände hohl vor den Mund legte, um durch einen lauten Ruf ihre Anwesenheit und Wartestelle der Gesuchten kundzugeben, da krachten im Gehölze dürre Zweige unter nahenden Tritten. Sie ließ erschreckt die Arme sinken, als sie an der Seite Helenens den Toni vom Sternsteinhof herankommen sah. Der Bursche duckte sich allerdings hinter die Stämme, aber es war zu spät, um nicht bemerkt zu werden.

Helene schritt auf Sepherl zu. »Je, du bist da? Grüß' dich Gott!«

»Grüß dich auch Gott«, antwortete kurz die Angesprochene. Helene faßte die Dirne an der Rechten, um Hand in Hand mit ihr dahinzuschlendern, aber da Sepherl mit unwilliger Gebärde sich losriß, fragte sie: »Na, was is's denn? Was hast denn?«

»Du warst nit allein!«

»Wer sollt' denn bei mir g'west sein?«

»Für blind müßt's mich nit nehmen, und Verstecken is vor klein' Kindern gut. Ich hab'n ganz gut g'seh'n, 'n Bauerssohn vom Sternsteinhof.«

»Und wann er's war? Kann in ihm 'n Ort verwehren?«

»Davon is kein' Red', aber heut is nit's erstemal, daß d'hertriffst. Er sucht dich da, und du laßt dich finden. Sollt'st dich wohl schämen!«

»Ich wüßt' nit warum. Denkst du von mir Schlecht's?«

»Ich will just nix Schlecht's von dir denken, aber Recht's kann ich doch auch nit, wo du zu noch ein'm halt'st neb'm Muckerl.«

»Du sollt'st dich hüten z'sag'n, daß ich's mit ein' andern halt'. Wo hast denn 'n Beweis? Übrigens schätz' ich, bist du weder zu mein' Richter, noch zu sein' Wachter b'stellt!«

»Trutzig tun steht dem gar wohl an, den man af üblen Weg'n betrifft.«

»Auf üblen Weg'n?!« schrie Helene.

»Ja, af üblen Weg'n«, ereiferte die Sepherl, »ich sag' af üblen Weg'n, weil 's seitab von Ehrlichkeit und Ehrbarkeit führ'n. Von zwei'n muß doch allweil einer der Betrogene sein, nit? Und wer's da wär', is für mich gar kein' Frag'! Was willst denn mit dem reichen Bauerssohn? Vielleicht dein' G'spaß hab'n, weil's doch zu kein Ernst führen kann? 's selbe steht schon ein'm Weibsleut übel g'nug an und is nit ehrlich geg'n den, der's ernst meint; denn ehrlicherweis kann man nur ein'm ang'hör'n für's Leben, oder verlangst du's leicht paarweis für Zeit und Weil'?!«

»Purr! Hast du ein Maul! Kann mich aber von dir nit beleidigen. Ich weiß ja, geg'n eine, die bei mehr Mannleuten Anwert find't, da red't der Neid aus euch, bei denen sich der eine einzige für's Leben ewig nit einstell'n will! Überhaupt versteh' ich nit, wie du da so aufbegehr'n magst! Dir kann ja recht sein, wenn ich mich mit'm Muckerl entzwei, vielleicht wirst du dann eins mit ihm.«

»Laß' dir sagen«, schrie zornrot Sepherl, »laß' dir sagen, du bist'n gar nit wert, du grauslich's Ding, du! Und daß d' es weißt, mit dir geh' ich auch gar nimmer.« Sie lief etliche Schritte voraus.

»Geh' zum Teufel, wann d' willst! Wer bist denn du, daß ich mir a Gnad' aus deiner Freundschaft machen müßt'?!«

Schweigend rannten die beiden auf der Straße dahin, eine voran, die andere hinterher.

Helene biß sich auf die Lippen. Nach einer Weile rief sie: »Du, Sepherl!«

»Was gibt's?« fragte die Angerufene, ohne stehenzubleiben oder den Kopf zu wenden.

»Du wirst doch von dem heutigen nix weiter verlauten lassen? Gelt nein?«

»Wenn ich nit darnach g'fragt werd', nit!« lautete die trockene Antwort.

Sepherl wurde aber gar bald darnach gefragt, die Entfremdung zwischen ihr und Helenen fiel zuerst der alten Matzner Resl auf, und diese machte das in Erfahrung Gebrachte der Kleebinderin zu wissen, welche den Muckerl davon in Kenntnis setzte und am Schlusse einer sehr eindringlichen Rede fragte: ob er nach allem, was er sich schon habe gefallen lassen, sich auch das noch gefallen lassen wolle.

Muckerl erklärte mit aller Entschiedenheit, die ihm zu Gebote stand, daß er das nicht gesonnen sei und die Dirne rechtschaffen zur Rede stellen werde. Er machte sich auch denselben Abend noch auf den Weg nach dem toten Walde; doch als er des Gehölzes ansichtig wurde, stand er von dem Gedanken ab, es zu betreten. Scheute er ein Zusammentreffen mit dem Burschen, oder fürchtete er, bei einer Überraschung vielleicht mehr zu sehen, als ihm lieb sein möchte? Darüber gab er sich keine Rechenschaft, meinte nur, daß er es eigentlich ja doch nur mit der Dirne allein zu tun habe, und setzte sich unweit des Tanns auf einen Geröllhaufen, um die Heimkehrende zu erwarten; als er sie endlich herankommen sah, erhob er sich und ging ihr entgegen.

Als er vor ihr stehenblieb, tat sie noch einen Stritt auf ihn zu und stand so hart an ihm, daß er hätte aufblicken müssen, um

– 67 –

ihr in die Augen zu sehen, aber er hob den Kopf nicht und
sagte leise:

»Ich hätt' mit dir z'reden.«

»So red'!«

»Ich weiß, wo du herkommst.«

»Das is kein' Kunst, es weiß jeder, woher *der* Weg führt.«

»Ich mein', von wem du herkommst, mit wem du warst, weiß
ich.«

»Nun?«

»Mit'm Sternsteinhoferbub'n treibst d' dich da herum.«

»Was weiter?«

»Das brauch' ich mir nit g'fallen z'lassen!«

»Wann d' dich überhaupt d'rum z'bekümmern hätt'st, freilich
nit!«

»Was sagst du?« fragte, durch die kurzen Reden der Dirne erregt, der kleine Bursche mit erhobener Stimme. »Was sagst
du? Ich hätt' mich da d'rum nit zu bekümmern? Ich mich nit?
Mußt ich nit dasteh'n, wie aus'n Wolken g'fall'n, wie d'Mutter davon z'reden ang'hob'n hat?!«

»So, dein' Mutter hetzt dich also geg'n mich auf? Gut, daß
ich's weiß.«

»Sag' du nur nix geg'n mein' Mutter, damit kommst du nit
auf; mein' Mutter is ein Ehrenweib – «

»Mag sie zehnmal ein Ehrenweib sein«, schrie jetzt Helene,
»deßtwegen bin doch ich auch noch keine schlechte Dirn'!
Kein einzig's find' mer auf im ganzen Ort, das mir a Schlechtigkeit nachsagen kann!«

»So? Und zeigt das von einer Ehrlichkeit und Rechtschaffen-
heit und Bravheit, wenn du mit ein'm andern gehst?«

»Wann ich ging – ich sag wann – so ging ich allweil nur mit
ein'm, von ein' andern weiß ich nix!«

»Von ein' andern weißt nix? Wer wär' denn nachher ich, wenn
ich nit der eine bin, mit dem d' zu geh'n hast?«

»Mit dem ich zu geh'n hab'? No hörst, Muckerl, jetzt seh' ich
wohl, du willst eifern, und dazu hast du noch gar kein Recht.«

»Bin ich nit dein Schatz?«

»Warst's vielleicht, kannst's noch sein, oder bist's gar niemals g'wesen. Schatz nennt auch der Fuhrmann d'Kellnerin vom Wirtshaus, wo er alle heilige Zeit einmal einkehrt. Das Wörtl Schatz wird viel beredt, aber sagt nix.«

»Und du red'st jetzt auch nur, weil d' nix z'sagen weißt! Ich hab's vom Anfang nit anders g'meint, als daß du mein Weib werden sollt'st, und ich durft' nach dein'm Bezeig'n wohl auch voraussetzen, daß du dazu 'n Willen hast; und daß du mein Bewerben gar nit oder anders verstanden hätt'st, das glaub' ich nit, denn vor der Zeit, wo s' n' ersten Schuh selber an d'Füß bringt, is jede Dirn so g'scheit, daß sie sich in denen Sachen auskennt; und wann du meinst, es könnt' dir kein einzig's im ganzen Ort a Schlechtigkeit nachweisen, so irrst dich! Ein'm einzigen fragt freilich 's ganze Ort wenig nach, und wie d'Sach' zwischen uns zwei'n steht, so bringt's dich just auch nit in's G'schrei; schlecht handelst aber trotzdem gegen mich, wann du mir hinter'm Rücken mein' ehrlich' Meinung so übel vergiltst!«

»Tu' jetzt dein Maul zu und d'Ohren auf, damit ich dir beibring, wie wir eigentlich zueinand' stehen. Davon, daß ich dein Weib werden sollt', war zwischen uns, wann d' dich recht b'sinnen willst, niemal die Red'! Präsent' hast mir g'macht, eing'laden hast mich zu euch h'nüber, das war alles! Das hast du freiwillig; ich hab dir nix nit abgebettelt und mich euch auch nit aufgedrängt. Daß ich 's g'schenkte G'wand nit z'ruckg'wiesen und af gute Bissen an eurem Tisch kein Spott g'legt hab', das kann mir auch nur verübeln, wer mich nit bloß und hungrig hat herumrennen g'seh'n. Da d'raufhin könnt' ich mich aber doch nit unfreundlich geg'n dich bezeigen? Kein Hund knurrt die Hand an, die'n streichelt und füttert. Ich könnt' mir wohl denken, daß dir nit alleinig d'rum sein würd', an mir ein gut' Werk z'tun, aber ich braucht's auch nicht anders aufz'nehmen, denn bis af'n heutigen Tag hast du mich ung'fragt neben dir herlaufen lassen. Reut dich jetzt dein Wegg'schenkt's, so schick' ich dir z'ruck, was ich davon noch im B'sitz hab', aber das Recht räum ich dir nit ein, mit mir z'eifern, und mich z'Red z'stellen! So steht die Sach' zwischen uns zwei, und damit hab'n wir ausg'redt!«

Muckerl begann sich hinter dem Ohr zu kraulen. »Mein G'schenkt's nimm ich nimmer z'ruck«, stotterte er, »und was 'es Fragen anlangt, so hab' ich's nur unterlassen, weil ich g'meint hab', es verstünd' sich doch alles von selber. Wann d' aber g'fragt sein willst, so könnt' ich dös doch gleit hitzt an der Stell'.«

»Nach dem, was d' heut' schon all's g'redt hast, verlang' ich mir nix mehr von dir z'hören. Wann überhaupt, so dürft's a ziemliche Weil' dauern, bis ich dir das Gered'te vergiß!«

»Aber schau', Helen' – wann 's noch bös g'meint g'west wär'! – Aber, geh' zu – du wirst doch nit so sein?«

»Eingedenk deiner Gutheit geg'n mich, will ich dir was sag'n. Wann dir anständig is, mit mir zu verkehren wie bisher und anders nit, wie ich dir vorhin ausdeut' hab', so will ich's weiter mit dir versuchen und dir dein dumm' Aufbegehren verzeih'n.«

»Da d'rauf gib mir d'Hand!«

»Da hast's.«

»Gelt ja, es gilt aber auch dafür, daß d' 's mit kein' andern halt'st?«

Sie zog die Hand zurück. »'s kann dir wohl g'nügen, wenn ich sag', daß ich's mit kein'm and'rerweis halt', wie mit dir!«

»No zürn' dich nit! 's machet mich völlig unglücklich, wann ich dich bös' af mich wüßt'. Werd' mir nur bald wieder ganz gut, daß ich dir abfragen mag, was ich gern höret.«

»Vor all'm laß' nur du dich nit wieder aufhetzen und wär's auch von ein'm Ehr'nweib, wie dein' Mutter is! Wann der Sau 's Ohr fehlt, faßt's kein Hund d'ran, und wann a G'red kein' Grund hat, so sucht mer ihm vergebens ein' Anhalt.«

Muckerl begann nun, seine Mutter zu entschuldigen. Sie hätte, nur aus Sorg' um ihn, verlogenen Bescheid für wahr genommen; es also im Grunde niemandem übel gemeint, auch nicht der Helen', die sie ja bislang, eh' sie durch das unb'schaffene Gered' irr' gemacht wurde, alles Gute gegönnt habe und wieder gönnen werde, nachdem sich jetzt all' das Nachgesagte als falsch herausgestellt. Doch, über das hartnäckige Schweigen und die trotzigen Gesichter der Dirne sich mehr und mehr ereifernd, gelangte er mählich dahin, seiner Mutter immer weniger Dank für ihre Sorge zu wissen, schließlich es ganz ungerechtfertigt zu finden, daß sie sich überhaupt da eingemengt habe, und als er sich von der Dirne bei deren Hütte verabschiedete, war er der alten Frau ernstlich böse geworden.

Die Kleebinderin hatte alle Mühe, dem verdrossenen Burschen das Vorgefallene abzufragen, dann schlug sie darüber im Geiste die Hände über den Kopf zusammen. Sie beschloß, Helene nun öfter in's Haus zu laden und jed'mal, so lange es anginge, daselbst zu verhalten; für die rauhe Jahrzeit sollte Muckerl an Kleidern nicht mehr schenken, als notwendig, sich aus der Türe zu wagen, damit die Dirne, auch ungeladen, den warmen Ofen aufsuchen käme und sich gewöhne, in der Stube zu sitzen, und schon mit dem nächsten Fasching sollte dann alles zu gutem Ende gebracht und Hochzeit sein. Ein verheiratet' Weib hat weniger Anfechtung und mehr Furcht vor üblem Ruf; welch's sich nit dazu verstünd', Ungebühr dem Haus fernz'halten und derselb'n außerhalb auszuweinen, das müßt' schon gar ein schlecht's Geschöpf sein – und für ein solches mochte die Kleebinderin ihre künftige, wenn auch unwillkommene Schwiegertochter doch nicht halten.

8.

Der himmlische Patron der Kirche zu Zwischenbühel, Sankt Coloman, ist ein »später Heiliger«, sein Tag fällt auf den dreizehnten Oktober. Da sich aber das Wetter in der ersten Hälfte dieses Monats meist leidlich anließ, so daß die Tanzlustigen sich im Freien, auf der Wiese hinter dem Gasthausgarten herumtreiben konnten, wo eine große Scheuer zum Tanzboden umgestaltet war, so fand der Zwischenbüh'ler Wirt für die Gäste, die unter Dach bleiben wollten, sein Auslangen mit zwei Stuben, der gewöhnlichen Gaststube und seiner Wohnstube, die er für diesen Tag ausräumte; letztere nahm der Sternsteinhofbauer in Beschlag, der sich jede Kirchweih vor den »Unteren« sehen lassen wollte, als einer, dem nichts zu gut und nichts zu teuer; ihm gesellte sich eine Schar »großer Bauern« von fern und nah, die ihn alle in seinem Hochmute unterstützten, wenn auch keiner unternahm, es ihm gleich zu tun.

Einige unter ihnen hielten aber nicht nur dieses Unterfangen für zu ungeheuerlich, sondern verzichteten überhaupt darauf, auch nur in bescheidener Weise neben dem Sternsteinhofbauer glänzen zu wollen, fanden es ungleich angenehmer und nutzbringender, sich von ihm zechfrei halten zu lassen und nur, wie es Gästen eines solchen Wirtes zukam, dafür zu sorgen, daß »gehörig was d'raufginge«.

Darunter war einer, dessen Bescheidenheit fast der Tugend der Selbstverleugnung gleichkam, wenn man bedachte, daß gerade er es vermocht hätte, so tief in den Sack zu langen wie der Sternsteinhofer und so wenig wie der befürchten mußte, die Finger leer herauszuziehen. Es war das ein langer, dürrer Mensch mit eingesunkener Brust, hohlen Wangen und tiefliegenden, unter buschigen Brauen hervorblitzenden, dunklen Augen, zwischen denen scharf eine Hakennase vorragte, die

Lippen hielt er zusammengekniffen; wenn er sie öffnete und sprach, so sah es aus, als ob er seine Rede vorab auf ihren Geschmack prüfe. Das Feiertagsgewand, das er trug, sah unsauber aus. Er hieß der Käsbiermartel, Martin war nämlich sein Taufname, und die andere Bezeichnung verdankte er der gewiß löblichen, ökonomischen Eigenheit, mit einem Glase Bier und einem Stück Käse vor sich, bei stundenlangen Zechgelagen auszuharren; für diesmal aber, wo es galt, dem, was der Sternsteinhofer »auftragen und vorfahren« ließ, alle Ehre anzutun, kam er seiner Gastpflicht in solchem Maße nach, daß öftere Male am Tische die zarte Äußerung laut wurde: »Ja, Käsbiermartel, wo frißt und saufst denn du nur all's das hin?« Daraufhin blickte er von seinem Teller auf, mit arbeitenden Backen und dem überlegenen Lächeln eines Mannes, dem es gelungen, plötzlich einen schönen, bisher unbeachtet gebliebenen Zug seines Charakters zu enthüllen.

Der Käsbiermartel war nicht ohne Begleitung von Schwenkdorf, wo er hauste, auf den Zwischenbüheler Kirchtag herübergefahren, er hatte sein einziges Kind, die etwa zwanzigjährige Sali mitgebracht, welche nun mit dem Toni vom Sternsteinhof draußen im Wirtshausgarten saß.

Die Dirne war hochaufgeschossen, so daß sie trotz einer gewissen Fülle etwas derbknochig aussah. Die schwarzbraunen, dickhaarigen Scheitel, die starken, geschwungenen Brauen und die gebogene Nase – glücklicherweise nur ein schwaches Abbild der väterlichen – verliehen ihrem länglichen Gesichte den Ausdruck der Willensstärke, der aber durch die fast schüchternen Blicke ihrer dunklen, in einem unbestimmten bläulichen Glanze schwimmenden Augen wieder wettgemacht wurde. Rosalie schien nicht gewohnt, sich unter fröhlichen Menschen zu bewegen, sie sah deren lärmend lustigem Treiben zugleich verschüchtert und neugierig zu; sie schien nicht zu wissen, was sie als reiche Bauerstochter für Respekt von Seite ihres Tänzers beanspruchen konnte, auch nicht, was die ärmste Dirne in solchem Falle für Aufmerksamkeiten fordern würde; schweigend saß sie an der Seite des wortkargen

Burschen, und wenn er sie an der Hand aufzog und sagte: »Springen wir auch 'mal herum«, oder ihr Glas füllte und ihren Teller mit Backwerk häufte, so dankte sie ihm mehr mit Blicken als mit Worten. Sie dachte wohl, es sei echt männisch, sich wenig mit einem Weibe abzugeben.

Den Toni vom Sternsteinhof nahm es zwar wunder, daß Käsbiermartels Sali es nicht rügte, wie mürrisch und verdrossen er neben ihr sitze, aber er war es in die Haut hinein zufrieden; er sorgte nur, seiner Verstimmung so weit Herr zu bleiben, daß niemand dem Grund derselben auf die Spur zu kommen vermöge. Er bemühte sich, die gleichgültigste Miene von der Welt beizubehalten, während er Helene nicht aus den Augen ließ, wenn sie plaudernd mit dem Holzschnitzer über den Rasen dahinschritt oder beim Tanze in den Armen des unbeholfenen Knirpses sich »gering« machte, damit der sie herumschwenken oder in die Höh' lüpfen konnte; verlor sie sich aber ganz in dem Gewühle, so daß sie nicht mehr zu sehen war, dann befiel den Toni eine Unruhe, er machte einen langen Hals, rückte auf dem Sitze hin und her, erhob sich wohl auch ein und ein anderes Mal.

Eben begann wieder der Baß zu schnurren, die Trompete zu schmettern und die Klarinette zu gellen, die Paare traten zum Tanzen an; der Kleebinder Muckerl hatte diesmal die Matzner Sepherl aufgezogen. Helene kam langsam über die Wiese dahergeschritten bis an den Zaun, der diese von dem Garten schied, sie warf einen Blick herüber, dann kehrte sie sich ab, lehnte sich mit dem Rücken gegen das Gatter und stützte den vollen Arm auf einen Pfahl. Sie hielt das Gesicht dem Tanzboden zugewendet.

Toni erhob sich, er winkte der Dirne an seiner Seite mit der Hand zu und sagte: »Bleib' nur, ich will bloß ein klein's wengerl schau'n.« Er ging auf den Zaun zu und blieb zwei Schritte hinter Helenens Rücken stehen. »Leni«, rief er halblaut.

Durch eine kaum merkliche Bewegung des Kopfes zeigte die Dirne, daß sie nach ihm hinhorche.

»Ich bitt' dich«, fuhr er fort, »schau' dir nur die schmerzhafte Muttergottes an, die 's mir da an d'Seiten g'setzt haben.«

Die Dirne griff spielend die Schürze auf und führte sie gegen das Gesicht, darunter die hohle Hand zu bergen, die sie vor den Mund legte. »Das is gut für'n Unterschied«, flüsterte sie. »Wenn man ihr dein Halbmandel quer über'n Schoß leget, wär 's Karfreitagbild fertig; zun bußfertigen Gedanken-Erwecken taugen die zwei.«

Helene kicherte unter der Schürze. »Noch eins, Leni. Komm' morgen!«

»Werd' nit können.«

»Es is um nix G'ring's.«

»Werd' halt schau'n.«

«B'hüt dich Gott.«

Die Dirne neigte den Kopf, während der Bursche sich entfernte, und ging dann so bedächtig, wie sie gekommen, nach dem Tanzboden zurück.

Als der Toni an den Tisch trat, sah er zwei Gestalten, eine dikke und eine dünne, seinen Vater und den Käsbiermartel, in dem Hausflur erscheinen und sich nach dem Garten wenden, rasch bot er der Sali die Hand. »Springen wir wieder 'mal mit herum«, rief er und zog das Mädchen hastig mit sich fort; als die Alten am unteren Ende des Gartens eintraten, eilten die Jungen just zu seinem oberen hinaus.

Der Käsbiermartel zeigte mit seinem knöchernen Arm nach dem Paare. »Schau, wie schön sauber sie mit ihm Schritt halt't«, schmunzelte er. »Ich sag' dir, sie mag ihn leiden.«

»Wundert mich nit, is auch ein sauberer Bub'«, sagte der Sternsteinhof-Bauer.

»No, so uneben is die Dirn' just auch nit, daß's ihm z'wider sein müßt'!«

»Bewahr'.«

»Also geb'n wir s' einmal z'samm, wie wir's schon seit langem übereins worden sein!«

»'s hat ja noch Zeit.«

»'s hat Zeit! 's hat Zeit! Bei dir hat's Zeit! Die Dirn is mannbar, sag' ich dir, warum sollt' s' d'schönst' Zeit verpassen und überständig wer'n, wie wann s' ein arm's Waiserl wär', das nix mit in's Haus brächt' wie 'n g'flickten Kittel, den s' am Leib tragt?!«

»Ich weiß ja' was s' mitkriegt, 's is wohl schon a Weil' her, daß d' mir 's gesagt hast, aber ich hab's noch nit vergessen.«

»Is ja recht', wann dir's g'merkt hast. Was ich biet', das biet' ich, und da d'rauf kannst mich an der Stell' beim Wort nehmen; halt' aber du mit dem dein' nit ewig lang z'ruck. Bei gar z'viel Zeit zum Umschau'n fänd' sich am End' doch was anders!«

»Das fürcht' ich nit. Ich kenn' dich z'gut. Du bist af dein' Vorteil. Du neid'st 'm Gulden seine hundert Kreuzer. Von all'n, die d' mir gleichstell'n kannst, hab'n die ein'n nur Dirndeln, die andern zwei oder mehr Bub'n, unter die 's Ganze einmal aufgeteilt wird. Stimmt mein' Rechnung?«

»Freilich stimmt s'! Freilich stimmt s'! Aber schau, könnt' sich leicht a bessere G'legenheit schicken, wie's nächste Frühjahr, wo s' dein' Sohn zur Abstellung einberufen werd'n, daß mer'n Gleichzeit von Soldaten frei und zum Bauern macheten?! Daß ich 'n von Militari losbring', das laß' mir über, ich weiß mehr als ein' Weg dazu, du brauchst nur d'Kosten af dich z'nehmen.«

»Das weiß ich, daß du s' nit tragen wirst, und du weißt, daß ich einer bin, wo 's kein Haus kost't, dem 's af kein' Hütten ankommt! Aber dös is unbillig, daß ich mein' Hof mein'm schweren Geld nachwerfen sollt', um mir ein' Herrn z'setzen.«

»No ja, du bist halt unbegnügsam, du hast dir noch allweil nit g'nug herrisch getan af der Welt! Wann ich ein Bub'n hätt', ich säß' schon lang in der Ruh'.«

»Du hast aber kein', und wann du dein' Dirn' aus'm Haus gibst, bist du nur noch freierer Herr d'rauf! Dös is ein ungleicher Handel zwichen uns, und der verlangt sein Besinnen, und Besinnen, daß 's ein' nit reut, braucht sein Zeit; darum laß' ich mich nit drängen. Nun is g'nug da davon g'red't, schau'n wir lieber ein bissel tanzen zu.«

»Gut, gut, schau'n wir zu. – Aber 's Drängens wegen is 's mir
nit g'west, daß d' glaubst. Ich wollt dich nit drängen.«
»Das würd' dir auch viel helfen, ausg'hungerter Z'samm-
scharrer«, murrte der Sternsteinhofbauer, indem er vorauf aus
dem Garten schritt.
»Dich spann' ich doch noch in' Karren, ang'fressener
Geldvertuer«, brummte der Käsbiermartel, hinten nach-
trabend.

Als am nächsten Nachmittage Helene dem toten Walde zuschritt, trieben schwere graue Wolken vor einem kalten Winde einher. Es begann zu »gräupeln«. In einem Augenblicke
seien aller Raum zwischen Himmel und Erde allein von den
durcheinanderfegenden und wirbelnden, weißen Kügelchen
erfüllt; das währte einige Minuten, dann wurde ebenso plötzlich die Luft wieder hell, eine mürbe, flaumige Decke über
dem Wege dämpfte selbst den Hall der Tritte, und die Stille,
die rings geherrscht hatte, dünkte dem Gehör nun lautloser
wie zuvor.
Das Mädchen zog erschauernd das Tuch an sich. Auf der kurzen Strecke, die es noch bis an's Ziel zurückzulegen hatte,
kam ihm der Bursche entgegen.
Er bot zum Gruße die Hand. »Im Wald hat 's mich nit länger
gelitten«, sagte er, »ich mußt' doch schauen, ob du bei dem
argen Wetter käm'st. Ich dank' dir, daß d' dich nit hast abhal-
ten lassen. Es is zu unfreundlich, als daß ich dich lang da verhalten möcht'; ich werd's kurz machen. D' schlimme Jahrzeit
is vor der Tür, und bald werden mer heraußen im Freien uns
nimmer zusamm'finden können; daß wir aber 'n ganzen langen Winter über uns nur von fern und wie fremd begegnen
sollten, ohne ein vertraulich Beinand'sein, dazu kann ich
mich nit verstehen, und das kannst auch du nit verlangen.«
Helene sah vor sich hin auf den Boden, sie hob die Schultern.
»Was is da zu machen?« sagte sie leise.
»Das werd' ich dir sagen. Dein' Mutter soll ein g'scheit' Weib
sein, das ein Einsehen hat; nit wie andere, die sich, alt, nim-

– 77 –

mer erinnern mögen, daß sie selber auch einmal jung g'west waren und nun 'n Verliebten kein' frohe Stund' gönnen und denselben alles für Sünd und Schand aufrechnen! Mein Vater, der halt't wieder 's Ganz' für a Dummheit, und vor ihm muß ich wohl unser Sach' g'heimhalten, bis ich ihm einmal a nachgiebige Stund' ablauer'; denn käm er früher dahinter, so möcht uns das leicht 's ganze Spiel verderben, aber vor deiner Mutter hab' ich mich bei mein'm ehrlichen Absehen nit z'scheuen; der könnt'st wohl all's Unsere anvertrauen, und was kann s' nachher viel dagegen haben, wann ich von Zeit zu Zeit bei euch einsprech'? Da sein wir weit sicherer wie unter freiem Himmel. In euerer Hütten sucht mich gewiß niemand.«

»Geh', was du ein'm zumut'st«, schmollte die Dirne. »Da müßt' ich mich ja frei z'Tod' schämen, wann ich ihr das beichten sollt'! Was würd' sie sich denn denken von mir, wo ich s' bisher hab' glauben g'macht, mir vermöcht's keiner anzutun und ich ließ 'n Kleebinder Muckerl nur aus Gnaden neben mir herlaufen?«

»Was sie sich denken würd'? Daß du hinter ein'm Unlieben sein'm Rücken ein'm Liebern nachtracht'st, wie sie vielleicht selber einmal getan hat, das würd' sie sich denken. Dann müßt' ja auch dein' Mutter kein' Kopf für ihr'n Vorteil und kein Herz für dich haben, wann's die nit lieber, wie da herunten als Herrgottlmachers-Weib, ob'n af'm Sternsteinhof als Bäuerin sitzen sähet!«

»Mein lieber Toni, da hat's wohl noch ein Weil' hin!«

»Wir dürf'n uns d'Weil' nit lang werden lassen, eben d'rum müssen wir uns öfter sehen und reden können, da d'rüber vergeht die Zeit und schickt sich G'legenheit und fördert mit einmal, eh' wir's denken und ohne Zutun, 'n rechten Ausgang.«

»Ohne Zutun? Das mein' ich wohl nit.«

»Und ich auch nit so, daß ich all' 's 'm leidigen Zufall überließ. Gäb' doch der Herrgott sein' Seg'n 'n Feldern umsonst, wann der Bauer kein' Saat streuen möcht'. Jed's von uns muß sein Teil dazutun, das versteht sich, wie d'Reih' an mich kommt, bin ich gleich dabei; jetzt ist's an dir, red' mit deiner Mutter, sonst bleibt uns kein Rat.«

»Ich werd' reden. Wann kommst?«

»Übermorgen, wann 's schon schön finster sein wird.« «Is recht.« Sie reichte ihm die Hand zum Abschiede.

Er hielt sie an derselben zurück. »Gelt, aber dein' Mutter wird da wohl schon über's erste Verwundern h'naus sein, daß s' kein Aufhebens und kein Getue macht, wann ich komm'?«

»Mein' Mutter wundert sich überhaupt nit bald über 'was.«

»Weil 's halt a g'scheit' Weib is.«

»O ja, in Sachen, wozu d' kein Verstand brauchst.«

»Ei, du mein«, seufzte besorgt der Bursche, »mir scheint gar, ihr habt euch zertragen.«

»'s kommt öfter vor; aber sorg' nit, tu' ich auch selten, wie sie will, so tut sie doch meist, wie ich will. Komm nun. Husch! Wie's aber kalt is, ich mach', daß ich heimfind. B'hüt' dich, Toni.«

Sie lief von dem Burschen weg, und der blickte ihr, sich in den Hüften wiegend, nach, so lange er noch einen Zipfel ihres Gewandes im Winde flattern sah.

In der letzten Hütte war das Licht erloschen. Die alte Zinshofer lag des Schlafes gewärtig, da trippelte Helene an deren Bett heran und setzte sich an den Rand desselben zu Füßen der Mutter.

»Ich hätt' dir was zu sagen.«

»Muß das heut' noch sein?« murrte die Alte.

»Weil ich just d'Kurasch dazu hab', möcht' ich's nit aufschieb'n.«

»Muß was Saubers sein, was d' z'sagen a Kurasch brauchst!«

»Wirst's ja hör'n.«

»No, so mach' schnell; brich mir nit vom Schlaf ab mit deine Dummheiten.«

»Übermorgen, wenn's finstert, werd'n wir ein' Besuch krieg'n.«

»Was für'n?«

»'n Toni vom Sternsteinhof.«

»'n Toni vom Sternsteinhof? Was will uns der?«

Die Dirne kicherte verlegen und spielte an der Bettdecke. »Wie d' fragen magst«, flüsterte sie. »Gern hat er mich halt.«

»So, das is freilich 's Neu'ste! Wann d' aber glaubst, in würd' da ruhig zuschau'n und mich etwa gar nit getrau'n, dem Bub'n d'Tür z'weisen, weil er der Sohn vom Sternsteinhofbauer is, und mich da so wenig einmengen, wie ich mich we- gen 'm Kleebinder Muckerl eing'mengt habe, da dürft'st dich doch irren! Zu was denn eigentlich, du dumm's Ding, gesteh'st mir dös ein? Um mein' Rat is dir doch nit, dem hast nie nagefragt, hast allweil g'tan, wie d' woll'n hast, und könnt'st's hitzt auch, wann dir just an so einer Liebschaft für's gache Glück g'leg'n is, nur verlauten darf nix davon; aber unter mein' Augen laß' ich dich nit die Henn' mit zwei Hahnen spiel'n, daß d' nachher, wann d' allein af'm Mist bleibst, leicht mir vor'n Leuten d'Schuld gäb'st? Ah, nein!«

»Ich denk', ich war da doch g'scheiter, als mich d'Mutter halt't. Du dankst Gott, wann ich dich af dem Mist, worauf ich z'sitzen komm', auch dein Körndel scharren laß'! Will er mich, so kann er mich nur als Bäuerin af'm Sternsteinhof hab'n, und das will er.«

»Du Narr, du, af so Reden gibst du was?«

»Da is nit von Reden d'Red', das hab' ich schriftlich.«

»Schriftlich?!« Die Alte erhob sich mit einem Ruck und setz- te sich im Bette auf. »Schriftlich sag'st? Jesus, nein! Das mußt mir vorweisen, wann ich dir glauben soll! Mach' nur gleich Licht!«

Der Docht flammte auf. Beide Weiber saßen aneinanderge- schmiegt an dem Tische, der knöcherne Arm der Alten ruhte auf der Schulter der Jungen, so buchstabierten sie zusammen das Schriftstück. Dann mußte die Dirne erzählen, wie sie mit dem Burschen bekannt geworden.

Die Zinshofer schlug öfter vor Erstaunen in die Hände. »Nein, nein, bist du aber eine G'finkelte«, rief sie, »das hätt' ich gar niemal in dir vermut't!«

Nun unterrichtete Helene ihre Mutter von den Verabredungen, die getroffen waren, um vor Toni's Vater die Sache bis zur »schicksamen G'legenheit« geheimzuhalten, und forderte zur Vorsicht auf.

»Eh' beiß ich mir lieber die Zung' ab, eh' ich ein unbedacht' Wort sag; da d'rauf könnt ihr euch verlassen«, beteuerte die Alte. »Kannst dich überhaupt in all'm und jed'n af mich verlassen; bist ja mein brav's, g'scheit's Kind!« Sie tätschelte zärtlich den vollen Nacken der Dirne, dann fuhr sie fort: »Ich muß nur lachen, wann ich mir vorstell', was sein'zeit wohl die Kleebinderischen für G'sichter dazu machen werden! Wir war'n uns nie Freund, und ich vergönn's ihnen, daß s' nachher voll Gift und Neid 'm aus'kommenen Vogel da hinauf nachschau'n können, wo er z'Nest sitzt, af'm Sternsteinhof.« Und nun begannen beide eifrig zu schwätzen, zählten die Annehmlichkeiten des »Nestes« auf, planten, wie sie sich's in selbem wollten behagen lassen, und wurden es nicht müde bis gegen Morgengrauen; da sank das Kerzenstümpfchen verlöschend in den Leuchter, und sie saßen im fahlen Zwielichte.

Der Winter kam mit aller Strenge in's Land.

Wenn die gefrorene Erde unter der Sohle klingt, so braucht, wer auf verstohlenen Wegen geht, nur sachter aufzutreten, um nicht gehört zu werden; ein Übel ist in dem Falle freilich der Schnee, denn der behält die Tritte auf mit allen Schuhnägelspuren und verrät, woher sie kamen und wohin sie gingen.

Die alte Kleebinderin schüttelte öfter den Kopf, wenn sie an manchem frühen Morgen den Schnee, der über Nacht gefallen war, vor der Zinshoferischen Hütte rein, gegen den Bach zu, weggefegt sah, während der andere dort Tage über gut liegen hatte, aber sie dachte nichts Arges; derlei Wunderlichkeiten bestätigten nur, was ihr seit langem für ausgemacht galt, daß es in den Köpfchen der Nachbarsleute nicht ganz richtig sei.

Auch die alte Kathel auf dem Sternsteinhofe schüttelte den Kopf, aber sie dachte dabei Arges, und eines Tages nahm sie sich das Herz und zog den Bauern zur Seite und fragte:

– 81 –

»Wirst mir's nit für übel nehmen, wann ich dir was sag?«

»Kommt darauf an, was 's sein wird«, entgegnete er.

»Red'! Für's Übelnehmen kann mer doch nit zun voraus einsteh'n.«

»Dein Sohn soll's mit einer von da unten halten.« »So? Könnt' ja sein. Laß ihm die Freud'.«

»Aber bedenk'st denn auch? 's is doch sündhaft.«

»Laß dir was sagen. Da heroben af mein' Hof schau' ich af Zucht und Ehrbarkeit, wie mir zukommt, und unter mein' Augen leid' ich kein' Lotterei und kein' schandbar'n Verkehr; aber für das, was sich etwa ein's auswärts, hinter mein' Rükken beigehen laßt, hab' in nit aufz'kommen! Mag's Knecht oder Dirn oder mein leiblicher Sohn sein, 's is dann jed'm sein eigene Sach', und derwegen mag er sich auch abfinden, mit ihm selber, mit'm andern, was mithalt't, und mit'm Beichtvatern.«

»No nimmst mir's halt doch übel, daß ich g'red't hab'.«

»Gar nit, 's war recht, daß d' red'st, was d' weißt; aber ich weiß von nix, und da stünd mir's Reden übel an.«

»Aber schau', könnt'st nit daraufhin den Bub'n doch in's Gebet nehmen?«

»Daß ich vor ihm dasteh' wie ein Narr, wann er mir's ableugnet? Nein, da wart' ich lieber ruhig ab; is was an der Sach', dann kommt er mir schon selber. G'scheh'ne Sünden beicht't mer'm Pfarrer und g'machte Dummheiten 'm Vadern.«

»Dann könnt's etwa z'spät sein.«

»Z' spät? Möcht wissen, in welcher Weis'? Wie tief er sich auch eing'lassen haben mag, dafür können wir aufkommen.« Der Bauer schlug mit der Rechten an die Stelle, wo er an Markttagen den Geldgurt trug. »Und auf das, was er sich etwa sonst in' Kopf setzt, da gib doch ich nix?! Nit so viel!« Er schnippte mit den Fingern und schritt spreitbeinig über den Hof.

9.

Je näher der Fasching kam, desto nachdenklicher zeigte sich der Zwischenbüheler Wirt, endlich mußte sein besorgliches Wesen auch der Wirtin auffallen.

»Vater«, sagte sie, »Ich merk' dir schon lang an, dir will was nit recht zusammengeh'n. Was hast denn?«

Seine Stirne bewölkte sich noch mehr ... »Mutter«, seufzte er, »meine Ahnungen hab' ich.«

»Jesus! Es geht dir doch nit vor, daß eins von uns versterben sollt'?«

»Das verhüt' Gottl Nein, darauf hab' ich kein' Gedanken. Schaden fürcht' ich. Du weißt, af der letzt' Kirchweih is kein Glas zerschlagen worden, außer wie in Unachtsamkeit, was mer nachher bei der Zech mitangekreid't hat, kein Zaun haben's umgebrochen, kein' Sesselhaxen ausg'dreht, alles is glatt und schön sauber verlaufen.«

»Gott sei Dank, ja! 's wird dir doch nit leid sein, daß dösmal nit g'rauft word'n is?«

Der Wirt schüttelte bedenklich den Kopf. »Hast du's d'Jahr' her, die wir da af der Wirtschaft sitzen, nur einmal erlebt, daß 's ohne Rauferei ab'gangen wär'?«

»Dös nit, 's is jedmal g'rauft word'n.«

»No eben, so haben sie 's letzt' Mal a G'legenheit zum Austosen versäumt, und was nit rechtzeit' kommt, das kommt nachträglich nur ärger! Hitzt werd'n s' bei dö Fasching-Streitigkeiten 's Z'ruckverhaltene einbringen woll'n und dabei doppelt hausen, und wanns s' drüber mein ganz' Anwesen verwüsten, so is mer das a schöner Nutzen!«

Schlimme Ahnungen haben vor guten die wenig empfehlende Eigenheit voraus, daß sie selten trügen.

Ein Gewitter braut wohl länger in der Luft, als einer denkt, der die Wolken rasch am Himmel heranziehen sieht. Wer weiß zu sagen, von welch' entfernten Mooren, Weihern, Seen und Flußstrecken es seine Kräfte an sich gesogen und mählig zurecht gemacht? Man spricht zwar oft noch bei klarem Himmel davon, daß ein Wetter kommen werde, man hat auf Vögel, Spinnen und Pflanzen achten gelernt, aber wenn es da ist, mit seinen rollenden Donnern und flammenden Blitzen, dann wirkt es doch, trotz aller Vorhersage, wie ein Unvorgesehenes. Es mag ungereimt klingen, aber nur zu oft hat sich, was in dieser Welt wie urplötzlich hereinbrach, langer Hand vorbereitet. Das gilt von blutigen Völkerschlachten wie von weniger erschütternden Wirtshaus-Keilereien.

Der Toni vom Sternsteinhof fühlte sich durch sein Verhältnis zu Helenen immer mehr gedrückt und gedemütigt. Nicht weil es ein heimliches war! Hätte ein solches, allein zwischen ihm und der Dirne, bestanden, er würde sich's gerne eine gute Weile über gefallen lassen haben; aber daß sie jeden Verkehr mit ihm im Umgange mit einem anderen ableugnen und diesen durch freundliches Bezeigen bei gutem Glauben erhalten sollte, das schien ihm, je länger, je schwerer, zu verwinden.
Zwar lachte man in der Zinshofer'schen Hütte über den Eifer, mit welchem die Kleebinderin darauf drang, daß noch diesen Fasching alles richtig werde, als ob die Alte an ihres Sohnes Statt das Mädchen heiraten wollte, und man war um den Grund nicht verlegen, der einen Aufschub forderte und rechtfertigte, man brauchte nur das geringe Alter Helenens vorzuschützen, diese war ja wirklich erst siebzehn vorbei; aber das war schließlich doch nur aufgeschoben und nicht aufgehoben, und die Beziehungen des Herrgottlmachers zu der Dirne blieben nach wie vor dieselben. Toni drang immer ungestümer darauf, daß Helene, wenn sie ihm vertraute, ganz mit dem Muckerl brechen solle.
So oft das geschah, stellte sich die Dirne ganz ratlos dazu, meinte, das mache wohl schwere Ungelegenheiten und erwecke leicht Verdacht; zuletzt wandte sie sich jedesmal an ihre Mutter mit der Frage, was zu tun sei. Die Antwort laute-

te auch jedesmal, Helene möge tun, wie sie wolle, sie – die alte Zinshofer – hätte freilich darüber ihre eigenen Gedanken, und nun folgte irgendeine lehrreiche Vergleichung der beiden Burschen mit Bezug auf deren Bewerbung um die Tochter; da war einmal der Kleebinder Muckerl der Weißfisch im G'halter und der Toni vom Sternsteinhof der Goldfisch im fließenden Wasser, ein andermal der erste der Has' im Ranzen und der zweite eben ein solcher im weiten Feld', denn in diesem Teile ihrer Rede befleißigte sich die fürsorgliche Mutter einer steten Abwechslung, da sie einen erziehlichen Zweck vor Augen hatte und daher ihr Kind nicht durch Wiederholungen ermüden wollte.

Helene saß dann auch wie eingeschüchtert und, wenn sie nach einer kleinen Weile wieder aufblickte, begann sie leise den Burschen zu fragen, ob er denn noch keine Gelegenheit gefunden habe, mit seinem Vater zu reden, wann sich wohl eine dazu schicken werde, und ob er sich wohl schon beiläufig ausgedacht habe, wie er die Sache vorbringen möchte.

Darauf wischte der Bursche mit dem Ärmel über die Stirne und entgegnete ebenso leise: Gelegenheit habe er wohl noch keine gefunden, wisse auch nicht zu sagen, wann sich eine solche schicken werde, hätt' sich auch nicht ausgedacht, wie er die Sache angehen wolle, da er ja nicht wissen könne, was der Vater reden würde; 's müsse da eben ein Wort das andere geben!

»Siehst«, schmollte dann die Dirne, »du förderst für dein Teil gar nichts, denk'st nit 'mal d'rauf, und von mir verlangst nicht nur, daß ich für das meine aufkomm', sondern sogar darüber tu'. Ich sollt 'n Kleebinder Muckerl aufgeben und dürft' mich gäb's d'rüber unter'n Leuten ein Gemunkel, doch nit gleich frei zu dir bekennen! Gelt, nein? Und wenn ich zu dir sagen möcht': Mach' du jetzt vor allen Leuten mich ihm streitig! Du getrauest dich's auch nit. G'wiß nit! Sollt'st also wohl ein Einseh'n hab'n.«

Da heuchelte er ein solches, weil er sich nicht anders zu helfen wußte.

Wenn der Toni zugegen war, saß die alte Zinshofer an dem Tische vor dem Lichte, so daß ihr breiter Schatten die Stube verdunkelte und einer, der etwa zufällig zum Fenster hereinsah, nichts zu unterscheiden vermochte. Beide Türen waren versperrt; sollte jemand an die vordere pochen, so konnte der Bursche zur rückwärtigen hinausschlüpfen; wurde es an dieser laut, so stand ihm die nach der Straße offen; wenn er so, Hand in Hand mit der Dirne, auf der großen Gewandtruhe in der Ecke saß und ihm der Gedanke kam, daß er einmal vor dem Herrgottlmacher, der Einlaß verlange, flüchten müßte, und die Hand, die er eben Finger zwischen Finger umspannte, der des Schluckers das gleiche Spiel nicht sollte wehren können, da war ihm, als ginge der alte Kasten unter ihm an und senge ihm Kleider und Glieder.

Unleidlich wurde es ihm mehr und mehr in der Hütte, aber unleidlicher schien es ihm, fern zu bleiben, und so kam er immer wieder.

Der Fasching war mittlerweile ganz nahe herangerückt. In der Woche, welche dem Sonntage vorauf ging, an dem im Zwischenbüheler Wirtshause die Geigen zum ersten Tanz' erklingen sollten, fragte der Toni die Helen', ob sie mit dem Muckerl hingehen werde.

»Er hat mich dazu aufg'fordert«, war die Antwort, »ich konnt' nit gut ausweichen.«

»Ich werd' auch hinkommen«, sagte der Bursche.

»Ist recht«, sagte die Dirn'.

»Getraust dich wohl auch paarmal mit mir herumz'tanzen?«

»Getrauen?« Sie hob trotzig den Kopf. »Ich denk' nit mal d'ran, daß ich mir damit was getrau'! So weit halt' ich mich noch mein's Willens Herr, daß ich tanz' mit wem und wie oft mir beliebt, ohne viel z'fragen!«

»Ist recht,« sagte diesmal der Bursche.

Sonnabend aber sagte der Sternsteinhofbauer zu Toni: »Morgen is in Schwenkdorf drüben beim G'meind'wirt ein Ball, der Käsbiermartel will, daß wir dabei sein sollen; nun hab' ich bei so was nix mehr z'suchen. Zuschau'n langweilt mich. Ich bleib' heim, fahr du allein hin.«

»Dös is doch nit billig, Vater«, lachte Toni, »du bleibst heim, weil d' d'Langweil fürchtest, und ich sollt' hin, obwohl ich zun voraus weiß, daß ich mich auch nit unterhalt'.«

»Wär nit übel, ein jung' Blut wie Du!«

»Ich bleibet auch lieber heim.«

»Das geht nit an. Mein'm Wegbleiben fragt niemand nach, aber dein's würd' man mir verübeln, denn af dich is 's eigentlich abg'seh'n; der Käsbiermartel will, daß du mit seiner Dirn tanz'st. 's sollt' dir a Ehr' sein! Sie sieht dich nit ungern, scheint's.«

»Das gilt mir gleich! Mir g'fallt die gar nit!«

»Auf's G'fallen oder Nitg'fallen hin, laß' ich dir noch lang' Zeit; aber das sag' ich dir frei offen, unter uns Vatern is 's b'schlossene Sach', daß s' dir nit ausbleibt, und hast du s' erst, wirst dich schon d'rein schicken. G'hört ein'm eine einmal unweigerlich zu, dann verunehrt mer s' nit selber und g'winnt ihr, wohl oder übel, gute Seiten ab.«

»Das erlebst niemal, daß ich dir die nimm!«

»Bub'! – Das will ich hitzt nit von dir g'hört haben, denn ich hab' dich nit darnach g'fragt, denk' auch nit d'ran, daß ich's jemal tu! Du fahrst morgen nach Schwenkdorf h'nüber, dabei bleibt's!«

Da sich der Alte bei diesen Worten erhob, so fuhr auch Toni vom Sitze empor und faßte mit der Rechten nach seines Vaters Arm.

»Kein Wort weiter«, grollte der Bauer. »Sorg' du, daß ich über deinBetragen kein' Klag' hör'. Damit is ausg'redt! «

Er ging aus der Stube. Der Bursche sank in den Stuhl zurück und saß lange, den Kopf auf beide Hände gestützt. Plötzlich stand er auf und blickte wild nach der Türe, die sich hinter dem Abgegangenen geschlossen hatte. »Allz'herrisch is närrisch!« murrte er. »B'schließ' du nur anderer Sach' und verweiger' ein'm d'Einred', gut! Aber, so wahr ich da steh', ich komm' dir zuvor und setz' 's Meine in's Werk und stoß' dir und dein'm Käsbiermartel d'Köpf z'samm', daß s' euch brummen. Ich weiß, wann ich dir mit Fertigem komm', dann

heißt d' mich wohl selber reden und wann d' dich dösmal ein
für alle Mal ausg'schrien hast, so find't sich all's Weitere. Ich
kenn' dich doch nit erst seit heut', mich aber sollst noch kennenlernen!«

Und der Gedanke, wie er das »Fertige« auch fertig brächte,
hielt den Burschen die halbe Nacht wach.

Der Wirt von Zwischenbühel hatte seine Betten abgeschlagen
und samt Schränken und anderem Hausrat nach dem Boden-
raum schaffen lassen. Seine Wohnstube war als Schanklokal
eingerichtet und das frühere, mit sauber gescheuerter Diele
und Tannenreisiggehängen an den Wänden, zum Tanzsaal geworden. Alle Türen im Hause waren ausgehoben, so daß
man, ohne eine Türschwelle zu drücken, aus- und einlaufen
konnte, ebenso die Fenster des Tanzlokals, obgleich durch
selbe eine prickelnde Luft hereinstrich; diese und die Leute
werden ja nach ein paar Tänzen warm werden.

Diese »Tänze« im Fasching waren sonst immer friedlich verlaufen, es geschah wohl, daß zwei aneinder gerieten und nach
einiger unzarter Behandlung der Schwächere den Gescheite-
ren machte, der nachgab; in solchen Fällen nahm der Wirt die
Effekten des Nachgiebigen an sich, setzte ihm vor der
Schwelle den Hut auf, drückte ihm die Pfeife in die Hand und
munterte ihn auf, »sich nichts daraus zu machen, bald wieder
zu kommen, denn heut' wär's nit wie alle Tag'.«

Drohten mehrere in Streit zu geraten, so legte er sich dazwischen, versöhnte, wo es anging – ein gutes Werk, das sofort
seine Zinsen trug, denn die erneuerte Freundschaft wurde mit
frischgefüllten Krügen bekräftigt, ging dies aber nicht an, so
entschlug er sich bescheiden jedes Schiedsrichteramtes und
warf in edler Unparteilichkeit die Hauptschreier vor die Türe.
Fasching über war mit den Leuten besser auszukommen, da
waren die Zwischenbüheler eben unter sich, kein fremdes
Gesicht darunter; die Auswärtigen hatten ja in ihrem Ort
selbst Tanzunterhaltung. Mit der Kirchweih war's ein anderes, da gab es für den gleichen Tag oft auf Meilen in der Runde
keine so vielversprechende Lustbarkeit; was Wunder, wenn

sich auch von meilenweit Gäste dazu einfanden? Die führten meist – unversehens oder wohl auch absichtlich – Unfug und Streit herbei. Daß die vorjährige Kirchweih so glimpflich abgelaufen war, dafür dankte die Zwischenbüheler Wirtin dem lieben Gott und schrieb es insonders den harten Zeiten zu, die den Leuten den Übermut benähmen. Daß von diesem ersten bis zum letzten, alle diesjährigen Bälle den vorangegangenen auf ein Haar gleichen würden, das war ihre Überzeugung; und das sagte sie auch ihrem Manne und fand es gar für albern, wie er ein's da mit seinen Ahnungen erschrecken möge. Der Wirt lächelte und nickte in freudig eingestehender Beschämung dazu, zum Reden hatte er keine Zeit. Der Tag hatte sich gut angelassen und schien ebenso enden zu wollen. Stunde um Stunde war in lärmender Lustigkeit, ohne das geringste Anzeichen einer beginnenden Entzweiung verstrichen. Eifernde hatten sich durch ein Scherzwort begütigen, Aufbegehrerische auf die Stühle, die sie schon hinter sich gestoßen hatten, wieder zurückziehen lassen.

Schon begann eine friedliche Auslese der schwächeren, aber trotzdem und vielleicht eben darum nicht ungefährlichen Elemente der Gesellschaft; manch' einer, der »mühselig und überladen« war, taumelte durch den Flur nach dem Garten, stöhnte zu den Sternen auf und wies dem Monde ein gleich fahles Gesicht, oder schlug nach wenigen Schritten zu Boden, blieb auf der mütterlichen Erde liegen und deckte sich mit dem ewigen Himmel zu.

Wie hätte es den Wirt von Zwischenbühel, der heute ein paar Arme zu wenig hatte, gaudiert, wenn er den von Schwenkdorf hätte sehen können, der viere zu viel hatte; zwei, die ihm am Leibe angewachsen waren und die er, um kein Aufsehen zu machen, in anscheinender Gleichmütigkeit in den Hosentaschen vergrub, und zwei geistige, die er in heller Verzweiflung über dem Haupte rang, so daß ihm vorkam, als ob ihn darüber wirklich die Schulterblätter schmerzten. Es konnte aber auch nicht mit rechten Dingen zugehen! Da sprangen Knechte und Mägde, Kleinhäusler-Buben und -Dirnen auf dem

Tanzboden herum, von den reichen Bauerssöhnen aber ließ sich auch nicht einer blicken, und die Töchter der 'häbigsten Anwes'ner, Käsbiermartels Sali obenan, saßen gekränkt und gelangweilt neben den scheltenden Angehörigen.

Es hatte sich aber ganz ohne Hexerei so gefügt.

Der Toni vom Sternsteinhof war beizeiten auf dem einspännigen Steyrerwägelchen vom Hause weggefahren. Als er Zwischenbühel außer Sicht hatte, begann er auf das Pferd loszupeitschen.

»Krampen, elendiger, greif' aus!« schrie er. »Gelt, zun Tanz sollst mich schleppen, kupplerische Schindmähr'n? D'rum stünd' dir ein scharf's Traberl nit an, weil d' meinst, 's hätt kein' so Eil' und wir träfen noch all'weil frühzeitig g'nug hin! Dö Mucken laß' dir vergeh'n! Sorg' nit, du sollst noch heut' ein Übrig's vom Tanz haben, daß dir die Zungen h'raushängt. Hiö!«

Hier, wie oft anderswo, war es ein wahrer Segen für die Reputation des Menschen, daß sich das Tier weder auf dessen Rede noch auf dessen Handlungsweise verstand. Die arme braune Stute ahnte also gar nicht, daß ihr eine Leidenschaft für's Tanzen zugemutet wurde; von dem Geschrei hinter ihr und den Peitschenhieben aber fühlte sie sich bedeutet, daß es sich ums Laufen handle, und das tat sie denn rechtschaffen.

In Schwenkdorf gab es mehrere reiche Bauern, deren Söhnen hatte sich der Toni als Kamerad angeschlossen, und wenn er unter ihnen saß, ließen sie ihn gern als »Ersten« gelten, war er abwesend, so folgten sie der Leitung und den Eingebungen des Tollsten und Geschwänkigsten, und dafür galt der Müller-Simerl; auf dessen Mitwirkung zählte der Toni. Nahe bei Schwenkdorf lenkte er von der Straße ab und fuhr, hinter dem Orte, in leichtem Trott nach der Mühle.

Er traf den Simerl daheim und machte ihm den Vorschlag, den heurigen Fasching mit einem »kapitalen Stückel einzuweihen«, wobei sie zwei Fliegen mit einer Klappe schlügen; nämlich keiner von ihnen, was ein rechter Bub sei, sollte auf den Schwenkdorfer Tanzboden gehen, sondern mit ihm fahren,

– 90 –

in's Zwischenbüheler Wirtshaus einfallen und den Buben die Dirnen wegnehmen. Fix h'nein! Den Ärger hüben und drüben! Und wurd' das ein Aufsehen machen! Z'Schwenkdorf und z'Zwischenbühel und weiter in der ganzen Gegend gäb' 's 'n Leuten für's liebe, lange Jahr zureden!

Der Gedanke war zu schön, um unausgeführt zu bleiben. Simerl und Toni liefen Gehöft aus und Gehöft ein, um Teilnehmer zu werben, und als die Musikanten im Schwenkdorfer Wirtshause zu trompeten begannen, als wollten sie – wie der Simerl meinte – das Dach vom Haus' weg gegen 'n Himmel blasen, stand im Hofe der Mühle eine Schar junger Bursche, untereinander mit verhaltenem Lächeln flüsternd, und mancher fühlte sich ganz angenehm beklommen vor Aufregung über die Heimlichkeit. Schelmerei, Rauflust und Dirnverschreckung, die alle da so hübsch in einem mit unterliefen. Der alte Müller, Simerl's Vater, half selbst mit, das Steyrerwägelchen in den Schuppen zu schieben und Toni's braune Stute an den schweren Leiterwagen zu spannen; seine Triefäuglein glänzten vor Bosheit, und das Kinn seines zahnlosen Kiefers wackelte vor Lachen. »Unterhalt's eng gut, ös Sakra«, kreischte er, als der Wagen davonfuhr. »Lustig, nur lustig heut'«, nickte er, dem Gefährt nachsehend, »morgen bringt schon der ein' und der andere a blutig's Köpferl heim.« Diese Voraussicht schien übrigens den Alten nicht im mindesten zu beunruhigen, denn er hüpfte dabei lachend empor, als wollte er mit seinen dürren Beinen einen Rundsprung versuchen; als ihm dieser mißlungen war, schloß er das Tor und schlich in das Haus.

Von den Burschen, auf deren Beteiligung gerechnet worden war, fehlte auch nicht einer; der »lautern« Unterhaltung halber, nahm man auch noch ein paar bekannte Söffer und Raufer mit, denen freie Zeche in Aussicht stand, und so hatten sich fünfzehn junge Leute zu einer Dummheit und mehrerem Unfug zusammengefunden. Hätte der Toni für etwas Vernünftiges und Rechtes Genossen geworben, so hätte er wohl keines Leiterwagens bedürft, um sie an Ort und Stelle zu fördern.

Eine gute Strecke ließ er das Pferd im Schritt gehen, dann griff er zur Peitsche, und polternd flog der Wagen dahin. Ohne Rast, über Stock und Stein ging es. Das war der Tanz, welchen Toni der braunen Stute verheißen hatte.

Über dem Musikgedröhne und Tanzgestampfe hatten die Zwischenbüheler das Heranrasseln des Wagens wohl überhören können, aber das grelle Gejauchze, mit dem die Ankömmlinge ihr Ziel begrüßten, schlug durch allen andern Lärm durch, der Reigen löste sich, die Leute drängten an die Fenster, die Musik verstummte, der Wirt stand erschreckt, er kraute sich in den Haaren und als er sich besann und, um draußen nahzusehen, zur Türe stürzte, ward er von den Hereinstürmenden unsanft beiseite geschleudert.

»Grüß Gott mitsam', Vetter und Mahm!« schrie Toni. »Da sein wir auch, jetzt kann's erst lustig werden. Aufg'spielt Musikanten!« Er warf den Spielleuten eine Banknote zu, und die geigten und bliesen sofort d'rauf los.

Die Zwischenbüheler vermochten ihrer Überraschung nicht gleich Herr zu werden, die Dirnen ließen sich unter verlegenem Lachen zum Tanz aufziehen, und die Bursche dachten nicht daran, es zu verhindern.

Der Toni hatte Helene von der Seite Muckerls weggeholt. »Komm'«, sagte er zu ihr. »Erlaubst 's schon«, murrte er gegen ihn.

»Um Gottes willen, Toni«, flüsterte die Dirne unter dem Tanze, erschreckt ihn anstarrend, »was soll's geben? Ich dacht', du kämst allein. Wozu hast du die Wildling' mitgebracht?«

»Frag' nit. Wirst's ja seh'n«, raunte er. »Hast mir ja schon mehr als einmal vorg'worfen, ich getrauet mich nit, dich ihm streitig z'machen.«

Sie stand plötzlich stille und versuchte, ihn an der Hand zurück zu halten. »Hast mit dein'm Vadern g'redt?«

»Weiter!« Er riß sie herum. »Kein Wörtel noch.«

»Aber, Toni –!«

»Sorg' nit! Wie's bisher g'wes'n, ertrag' ich's nimmer länger. Was ich tu', verantwort' ich. Verstehst? Ich!«

»Was willst tun?«

»Tanz'! Schnatter nit! Erfahrst's schon!«

Die Klarinettentöne verstiegen sich just wie Lerchentriller zu ganz unglaublichen Höhen, da rumpelte der neidische Baß dazwischen und brach mit ein paar dröhnenden »Schrumm, Schrumm« das Ganze plötzlich ab.

Erhitzt traten die Paare auseinander.

Die Schwenkdorfer drängten vom Tanzboden nach der Schankstube. Toni leitete Helene an der Hand hinüber und ließ sie an seiner Seite niedersetzen. Noch etliche Dirnen folgten über eifriges Zureden den Schwenkdorfern nach, es waren das solche, die sich von ihrem Liebsten vernachlässigt fühlten oder beleidigt glaubten und ihm nun am Arme eines andern Burschen spöttisch zublinzten: Das hast d' davon, so g'schieht dir, weil ich mit mir nit spaßen laß'!

Die Schwenkdorfer ließen sicht nicht spotten, und der Wirt mußte herbeitragen, was gut und teuer.

Mitten im Gelärme schrie Toni, auf Helene zeigend, seinen Kameraden zu: »Bub'n! Das wird meine Bäu'rin!« Die Bursche schmunzelten und sahen sich dabei mit zwinkernden Augen pfiffig an, die paar Zwischenbüheler Dirnen am Tische lachten laut auf.

»Lacht nit«, erboste sich Toni. Er legte seine Linke mit ausgespreiteten Fingern auf das rechte Bein Helenens. »Die wird meine Bäu'rin!«

Nun lachten die Burschen. Die Dirnen sahen sich achselzuk-kend an.

»Laß's gut sein«, sagte Toni zu dem Mädchen, das darüber ganz verblüfft dreinsah, »heut' über's Jahr lachen s' nimmer.«

Während es in der Schankstube »hoch« herging, hatten sich im Tanzlokale die Zwischenbüheler grollend in eine Ecke zu-sammengedrängt.

»Das geht nit an!« sagte ein stämmiger Bursche, der alle um eine volle Kopflänge überragte. »Kein zweit's Mal dürfen wir die Sakkermenter nimmer zun Tanz antreten lassen, sonst wär's g'fehlt; nachher stunden wir bis in d'Fruh da h'rum wie denen ihnere Narren und 'n Menschern zum Spott! Fackeln wir nit lang! Dö werd'n mer doch noch meistern können? Geh'n wir über sie! Dö soll'n schneller draußt sein, wie's h'reinkommen sein!«

»Fangen wir was an mit sö«, murmelten ein paar Eifrige.

»Nix leichter wie dös«, fuhr der Stämmige fort, »geht's jeder, dem sein' Dirn' sich hitzt d'rüben traktieren laßt, und schafft's ihr 's Herüberkommen.«

Die Betreffenden murrten: Die Dirnen könnten in drei Teufels Namen bleiben, wo sie wären, es läg' keinem mehr etwas an der Seinen.

»Ös Löllappen«, schrie der Aufhetzer, »freilich liegt an keiner nix, aber das können wir uns Zwischenbüheler Bub'n doch nit nachsagen lassen, daß da im eigenen Ort nit wir die Herren wären, sondern dö von Schwenkdorf! Geh', Kleebinder Muckerl, du bist kein' so Letfeigen, und dir kann an deiner Dirn schon was lieg'n. Biet' s' umhi! Wir stehen schon zu dir!«

Dieser Auftrag kam dem Muckerl sehr gelegen. Das in ihn gesetzte Vertrauen und der zugesagte Beistand hoben seinen Mut. Er war gekränkt und gereizt durch die rücksichtslose Weise, mit der ihn Helene verlassen hatte und allein stehen ließ, unbekümmert darum, wie ihm dies gefallen oder nicht gefallen mochte. Er wollte einmal öffentlich sein Recht auf die Dirne behaupten und diese zwingen, es selbst anzuerkennen, denn die Hochnäsigkeit, mit der sie ihn bisher unter vier Augen behandelte, scheute sie sich wohl hier vor den Leuten zu zeigen. Mag sie nachher ein paar Tage trutzen, aber auch wissen, daß er nicht der Bursche sei, der sich just alles gefallen ließe; das macht ihm Ehr' und lehrt sie nachgeben.

Er trat also in die Schankstube und sagte: »Gleich geht der Tanz wieder los.«

Ein Schwenkdorfer sagte über die Achseln weg: »Danken schön für's Ansagen. Braucht's nit z'fürchten, daß wir wegbleiben.«

»Um euch is kein' Frag'. Bleibt's, wo's wollt's. Helen'!«

Sie sah nach ihm und tat ganz unbefangen.

»Komm her!«

»Nit schlecht«, lachte der Toni. »Du halt'st s' wohl für ein' Pummerl, der laufen müßt, wenn du ›schön herein da‹ sagst?«

»Mit dir red' ich nit, Sternsteinhoferbub«, sagte Muckerl, »Helen', komm mit mir h'raus, sag' ich!«

»Ja, wenn du so ein g'strengen Herrn hast«, höhnte Toni gegen das Mädchen, »dann heb' dich nur lüftig und eil'!«

Helene saß zornrot, sie streckte die gefalteten Hände in den Schoß und zog die Beine unter den Stuhl.

»Du siehst, sie will nit«, fuhr Toni, zu Muckerl gewendet, fort, »geh' dir also a andere suchen, uns is nit um dein' G'sellschaft.«

»Ich geh' nit ohne ihr.«

»Hüblinger«, schrie der Toni einem vierschrötigen Burschen zu, »mir scheint, der find't nimmer die Tür', weis' ihm 'n Weg.«

Der breitschultrige, baumlange Bursche trat auf Muckerl zu und gab ihm einen leichten Stoß, der den kleinen Herrgottlmacher gleichwohl wanken machte. »Geh', sei g'scheit«, sagte er zu ihm, »mach' fort, bist ja unnötig.«

»Nein«, knirschte Muckerl.

»Na, sei nit dumm, Büberl«, sagte gutmütig der Hüblinger. »Wirst doch nit woll'n, daß ich dir was mit auf'n Weg gib? Könnt'st z'schwer d'ran z'tragen haben.«

Da Muckerl in das laute Gelächter der Schwenkdorfer auch etliche Zwischenbüheler einstimmen hörte, so geriet er vor Wut außer sich und führte nach der Brust seines Gegners einen Faustschlag. Der Hüblinger sah ganz verdutzt darein, als er sich für seine gute Meinung so übel gelohnt fand, und holte eben mit der Rechten sehr sachte, fast fürsorglich aus, da stürzte der Toni dazwischen.

»Den laßt's mir«, schrie er, »das is mein Mann!«

Nach kurzem Ringen ward der Kleebinder Muckerl in eine Ecke geschleudert und schlug dort so wuchtig mit dem Rükken gegen eine scharfe Tischkante, daß er, laut aufstöhnend, zusammenbrach.

Da kam durch die Türe ein irdenes Weinkrüglein geflogen, das offenbar nach dem Kopfe des Toni gezielt, aber zu hoch angetragen war, es schmetterte gegen das Kinn Hüblingers, der stand starr, aber nur einen Augenblick, dann fuhr er, wie toll, aus der Stube; das hatten die Zwischenbüheler vorausgesehen, sie stoben auseinander, und einer, der sich außen knapp an die Mauer drückte, stellte dem Verfolger ein Bein, so daß der mit großem Gepolter hinfiel, und nun versuchten sie ihn an den Armen und beim Schopfe nach dem Tanzboden hinüberzuziehen. Hüblinger, dem sofort die Vermutung aufdämmerte, daß es ihm, wenn er heraußen bliebe, wohl weniger »verschlüge«, als wenn ihn seine Gegner hineinbekämen, begann aus Leibeskräften zu schreien: »Helf's, helft's, helft's mer doch, Leuteln!«

Auf das eilten die Schwenkdorfer herbei und faßten ihn an den Füßen und zogen ihn daran zurück. Es begann ein erbittertes Hin- und Hergezerre. Bald war der Hüblinger mit Kopf und Armen im Tanzlokal, bald mit den Beinen, so lang sie waren, in der Schankstube, immer aber mit dem Rumpf in dem Flur. Mit einmal boten die Zwischenbüheler ihrerseits alle Gewalt auf, und als sie vom anderen Ende her auch den äußersten Kraftaufwand verspürten, ließen sie lachend los, die Schwenkdorfer prallten zurück und schleiften, bis in die Mitte der Stube taumelnd, den Geretteten nach sich, dessen Gesicht dabei die Diele fegte, bis sie ihn schwer auf selbe niederplumpsen ließen.

Der Riese blieb eine Weile auf beiden Ellbogen und Knien mit nachdenklich gesenktem Haupte liegen und überlegte den Fall, der so ganz sein eigener war, dann raffte er sich empor, bedeutete, daß er für diesmal genug habe und die andern ihre Sache ohne ihn ausmachen könnten; wankte in eine Ecke und blieb dort, den Kopf zwischen den Händen, sitzen.

Die andern wollten eben daran gehen und seinem freundlichen Rate folgend, die Sache ohne ihn zum Austrag bringen, als der Wirt herbeigeeilt kam.

– 96 –

»Hansl! Hansl!« zeterte er.

Aber der Rabensohn meldete sich mit keinem Laut, er hatte sich vor das Haus geschlichen und war den Beängstigten Dirnen, die zu den Fenstern hinaus flüchteten, beim Heraussteigen behilflich.

Ohne auf den Ungeratenen zu warten, stürzte sich der Wirt mitten unter seine aufgeregten Gäste. »Ausg'halten!« befahl er. »Das sag' ich eng', Bub'n, g'rauft wird da nit bei mir!«

»Meng' dich nit ein«, schrie man ihm entgegen.

Mit autoritativer Gebärde streckte der Wirt gegen einen der Schreier den Arm aus, da ward er aber gleichzeitig von einem Dutzend angefaßt und flog aus der Stube, daß der Türstock schütterte und der Kalk von der Wand blätterte. Er kam nicht wieder zum Vorschein, überließ es den Gästen, sich selbst zu bedienen und wünschte aus ergrimmter Seele Tiefen, daß keiner dabei zu kurz kommen möge.

Indes waren die Zwischenbüheler und die Schwenkdorfer aneinander geraten; aber bald schämten sie sich, daß sie wie die Bestien des Waldes sich mit den Zähnen und Klauen, Pranken und Hufen anfallen sollten, das Gefühl menschlicher Würde erwachte und rüttelte auch die Erfindungsgabe auf; Schwache, die auf eine Ausgleichung der Kräfte bedacht waren, Starke, deren Arme an den zurückweichenden Feigling nimmer zu reichen vermochten, begannen Stuhlbeine auszudrehen und nach beweglichen Gegenständen zu suchen, die, nach festen Zielpunkten geschleudert, sich oft sehr nützlich erwiesen. Nicht lange, so arbeitete man nur mit künstlich verlängerten Armen und mit Wirkungen in die Ferne.

Dumpfes Gestampfe und Geschiebe, einzelne Flüche und Aufschreie begleiteten den Vorgang, die Bursche vermieden alles überflüssige Getobe und Gelärme und führten den Kampf mit einer Art von Verbissenheit. Die eine wie die andere Partei sah zwei Fälle für möglich an, die Verwirklichung des einen galt es anzustreben, die des andern zu verhindern, aber das hielt jede für ausgemacht, zum Schlusse mußten die Zwischenbüheler das Haus behaupten und die Schwenkdorfer draußen liegen oder umgekehrt; doch daran dachte keine

– 97 –

von beiden, daß es noch ein Drittes gäbe, das unversehens eintreten könne, und dieses Ungeahnte ward mittelbar durch zwei Bursche herbeigeführt, die bewegliche Gründe hatten, sich aus dem Schlachtgewühl zurückzuziehen.

Der eine war der überlange Zwischenbüheler, dem ein äußerst unangenehmes Schmerzgefühl die noch unangenehmere Vermutung entdeckte, man habe ihm linksseits alle Rippen eingeschlagen. Er lehnte bleich und schwitzend an der Mauer, jammerte und flennte wie ein Kind, was ihn aber nicht hinderte, sobald sich ihm in dem allgemeinen Gebalge der Rükken eines Schwenkdorfers nahe schob, unter Tränen auf denselben loszudreschen, daß der Betroffene schreiend sich wegwand, dabei unterbrach er für keinen Augenblick seine Schmerzausbrüche und heulte ohne Aufhören in gellend hohen Tönen: »Ös Rauberg'sindel! Ös Mörderbande! Was wird mein' Mutter dazu sag'n! Ös Schinderknecht'! ... «

Der kindliche Zug – die Bedachtnahme auf seine Mutter – würde ihm alle Ehre gemacht haben, wenn man nicht gewußt hätte, daß er der armen Alten, die nah' auf einem Bauernhofe in harter Arbeit verkümmerte und verkrümmte, seit Jahren nicht nachfragte; es wäre vielleicht lohnend für Physiologen und Psycho-Physiker nachzuforschen, inwiefern wohl solch' ein plötzliches Wiedererwachen der Kindesliebe mit einer leichteren oder schwereren körperlichen Verletzung im Zusammenhange steht.

Während der Lange heulte, wütete ein kurzer, stämmiger Schwenkdorfer, dem man einen Krug allerdings sehr unpassend und unsanft auf das Nasenbein gesetzt hatte, Stube aus und Stube ein, brüllte die bindendsten Schwüre, daß er »alles zusamm'hauen« werde und, wo er auf einen Gegenstand traf, der zu Splitter oder Scherben gemacht werden konnte, da erfüllte er auch als Christ seinen Eid.

Die Wirkung blieb nicht aus, mag man sie nun durch Hinweise auf den menschlichen Nachahmungstrieb, auf das Zusammenstimmen der Nervenstränge vieler mit denen eines einzelnen, welche den Grundton eines Überreizes angeben und festhalten, oder durch eine Kombination dieser beiden Annahmen zu ergründen versuchen, sicher ist, daß das, was sich nun ereignete, seit alther beobachtet wurde und zu den Sprichwörtern: »Böses Beispiel verdirbt gute Sitten«, »Ein Narr macht zehn« und ähnlichen Anlaß gab. Die Raufer, die sich bisher in Ausbrüchen des Schimpfes und Zornes, der Lust über anderer Leid und des Leides über anderer Lust so zurückhaltend bezeigt hatten, wurden infolge des langgezogenen Geheuls und des brüllenden Gefluches, unter dem Holzwerk zerkrachte und Geschirr zerbarst, immer aufgeregter und lauter, bis zuletzt das Haus dröhnte von wüstem, weithinhallendem Lärm. Der war zwar nicht darnach, die Toten zu erwecken, aber jene, die draußen im Wirtshausgarten in seliger Selbstvergessenheit lagen, rief er wieder in's Bewußtsein. Es waren ihrer fünf. Sie setzten sich auf, rieben sich die Augen und lauschten; ein Lächeln verklärte ihre Gesichter, und sie versuchten es, wenn sie auch etwas stier dazu sahen, einander verständnisinnige Blicke zuzuwerfen, plötzlich aber verfinsterten sich ihre Züge, es erfüllte sie mit bitterem Groll, sich von einer solchen Ergötzlichkeit ausgeschlossen zu finden. Mit einem Ruck rafften sie sich vom Boden auf, brachen Zaunpfähle aus, schlugen mit einer Mistharke und einer Gartenhaue so lange gegen die Steine an der Kellertüre, bis ihnen die Stiele in den Händen blieben, und so bewehrt schritten sie in das Haus.

Ihr Eintritt in die Stube wurde gar nicht beachtet. Sie sprachen kein Wort, es schien ihnen das auch ganz überflüssig, in der Sache sahen sie ganz klar, wenn auch das sonst nicht der Fall war; hier wurde gerauft und ohne sie! Kein Gefühl für Landsmannschaft und Ortskindschaft bewegte ihr starres Herz. Sie holten mit ihren Knütteln so hoch und kräftig aus, daß ein wettsüchtiger Engländer keinen Penny für die härteste Schädeldecke riskiert haben würde, zum Glück aber versagten ihnen die Arme, und die Streiche fielen wuchtig auf Waden und Schienbeine hernieder, noch ein und ein anderes Mal wiederholten sie diese Bedrohung der Köpfe und Schädigung der Beine, dann war die Stube und das Haus leer.

Ein Blick auf die Angreifer hatte auch die Hartnäckigsten bekehrt, daß sie es mit Leuten zu tun hätten, die nicht mit sich reden ließen, und wer bei dem Versuch dazu den zweiten Streich abbekam, der hatte vollauf genug und nicht Lust, den dritten abzuwarten, und so waren denn alle, fluchend, ärgerlich lachend, und so eilig, als sich dies hüpfend und hinkend tun ließ, hinausgeflüchtet.

Die fünfe blickten sich unter ernstem Kopfnicken an, stützten sich auf ihre Tremmel und verschnauften. Als sie das Haus verließen, war, so weit sie vor und hinter sich sehen konnten, kein Mensch mehr um die Wege; sie schritten in einer Reihe und schweigend dahin, nur wenn zufällig einer an einen anderen taumelte, so wiegte der Angestoßene im Handgelenke den Knittel und fragte leise, aber eindringlich: »Willst was, willst leicht was, du?« worauf ihn der Angeredete treuherzig beruhigte: „Nein, nix nöt, gar nix nöt.“ So gingen sie mit hallenden Tritten durch die stille Nacht, ernst und wortlos, wie Racheengel, die eine strenge, aber unabweisbare Pflicht erfüllt hatten.

Schon bevor die allgemeine Schlägerei losbrach, hatte sich der Toni vom Sternsteinhof mit Helenen entfernt. Er benützte den Augenblick, wo der Wirt vermitteln wollte, und schlüpfte mit der Dirne auf den Flur hinaus. Beide gingen dann durch den Garten und über die Wiese und gewannen den Fußsteig, der hinter dem Orte an den Planken und Umzäunungen der Gärten hinlief.

Während dieses Paar den Weg hoch über der Straße verfolgte, bewegte sich unten auf dieser ein anderes mühselig fort, das einen dritten buchstäblich auf den Händen trug.

Kaum hatte der Wirtshansl die Matzner Sepherl aus dem Fenster gehoben, so bat und beschwor ihn diese, den Kleebinder Muckerl nach Hause schaffen zu helfen. Der Bursche ließ sich dazu bereden; für die Person des Herrgottlmachers empfand er einiges Mitleid, und für seine eigene versprach er sich von dem Geschleppe eine »Hetz« und an Ort und Stelle Dank und Preis als Helfer, Befriedigung seiner Neugierde, wie sich die alte Kleebinderin dazu gehaben werde, vielleicht auch nasse Augen, denn Tränen über fremdes Mißgeschick stehen einem wohl an und werden stets von einem beruhigenden, tröstlichen Gefühle begleitet.

Sepherl und der Wirtshansl hoben den Muckerl von der Stelle, wo er zusammengebrochen war, auf, sie gaben sich die Hände, er mußte sich darauf setzen und seine Arme um die Nacken beider schlingen, und so trugen sie ihn fort.

Sepherl zürnte, schmähte und schalt während des ganzen langen Weges Helenens halber, indes der Wirtssohn aus Widerspruchsgeist diese zu entschuldigen und zu rechtfertigen versuchte, der Kleebinder Muckerl schüttelte gleichermaßen über Anklage und Verteidigung den Kopf.

Toni und Helene kamen von rückwärts an die Zinshofer'sche Hütte heran.

»Nix, gar nix verschlagt's, sag' ich dir«, sprach eifrig der Bursche, »und was ich dir sag', das wirst du mir doch glauben? Gelt du?« Er hatte seinen Arm um die Hüfte der Dirne gelegt, jetzt zog er sie an sie, daß sie stille stehen mußte, und suchte ihre Lippen mit den seinen. »Bist mein, wirst mein und bleibst mein! Verlaß' dich! Nur bis zun Hals h'nauf hab' ich's schon g'habt, die Heimlichtuerei, mich selb'n hat's schon redscheu g'macht, und wann ich vor'm Vadern damit hab' h'rausrucken woll'n, war mir, als könnt' ich an'm ersten Wort erwürgen; das hat's jetzt Rat, auf's Heutige fahrt er schon morgen über mich los. Soll sich nur ausreden. Was will er denn machen? Offen hab' ich Farb' bekennt und 'n Käsbiermartel hab' ich ihm verfeind't, das halt't! Ich kenn' die zwei Alten, is einer wie der andere dickkopfet; der Langnasete kann mir' sein' Dirn' nimmer nachwerfen; er muß beleidigt tun, und mein Vader is' z'stolz, sie ihm abz'fordern, so bleibt s' vom Sternsteinhof weg und kommt ein' vieltausendmal Liebere und Schönere d'rauf! Gelt?« – Er zog sie wieder an sich. – »Nur kein' Angst! Auf morg'n hab' ich mich vorg'seh'n und stell' mein' Mann, wie ich'n heut' g'stellt hab'.

– 101 –

Bist nit schlecht d'rüber erschrocken, was? Ja, hätt'st mer's Streitigmachen nit nah' legen dürfen, wo du hätt'st wissen können, daß ich dich 'm Teufel streitig mach, wenn's d'rauf ankäm'. Morgen laß' ich 'n Sternsteinhofbauer austoben, und dann, schön fürsichtig, daß nix bricht, bieg' ich mir mein' Sach', wie mir taugt.«

Beide traten durch die rückwärtige Türe in die Hütte. Helen' machte sich von dem Burschen los und lief auf die Mutter zu. »Denk' dir,« rief sie aufgeregt, »was der Toni heut' ang'stellt hat!«

Aber sie hatte kaum Zeit, in fliegender Hast das Vorgefallene zu berichten, da wurden außen Tritte hörbar, und es pochte an der vordern Türe; Toni und Helene eilten zur rückwärtigen hinaus, und die alte Zinshofer öffnete.

Die Kleebinderin stürzte herein. »Ist sie da?« schrie sie.

Die Zinshofer trat einen Schritt vor, um den Ausblick nach der halboffenstehenden Türe im Rücken zu decken, dann sagte sie: »Nein, wie d' siehst.«

»O, das schlechte, heillose Mensch!« zeterte die Kleebinderin. »Nit umsonst hat mir's schon von allem Anfang' an geahnt, daß kein Glück und kein Segen dabei sein kann, mit der zu gehen! Nun liegt er dahin wie ein Hund und verlangt noch nach ihr, der Narr! Jetzt soll er's nur auch gleich zu hören kriegen, daß sie nit einmal da is, und wie recht ich hab'! Aber du, Zinshoferin, du komm' und schau' dir an, wohin's mit einem kommt, der's mit so 'ner Schanddirn' ehrlich meint, wie die deine eine is!«

Sie zerrte die Zinshofer an der Hand nach sich aus der Hütte. Helene hatte sich zitternd an Toni geschmiegt, jetzt löste sie die Arme von seinem Halse und sagte: »Jetzt geh'.«

»Nit, wann jetzt gleich af'm Fleck die Welt untergäng'«, stammelte er, sie an sich pressend. »Heut' spiel'n wir alles gegen alles, halt auch du 'n Einsatz.«

Sie erschauerte, wollte reden, ihn zurückdrängen, aber sie öffnete nur den Mund; um mit lächelnden Lippen tief aufzuseufzen, und ihre Arme sanken kraftlos herab.

10.

Am Morgen darauf war im Dorfe von nichts anderem die Rede als von dem Überfall der Schwenkdorfer unter der Führung des Toni vom Sternsteinhof, und die Dirnen, die mit letzterem an einem Tische gesessen, erzählten auch, daß er die Zinshofer Helen' für seine künftige Bäuerin erklärt habe, was viel Spaß gemacht hätte, da die hochnäsige Gretl es für ernst zu nehmen schien.

Die Schürze voll dieser Neuigkeiten, kam die Matzner Sepherl zur alten Kathel, die sich über das Gehörte bekreuzte und segnete. Knechte und Mägde auf dem Sternsteinhofe, die gestern dabei gewesen, zeigten sich zwar sehr rückhaltig bei der Umfrage, welche die Alte unter ihnen hielt, als sie aber aus deren eigenem Munde hörten, was sie sich auszuschwatzen scheuten, da nickten alle bestätigend und lachten: »Was fragst denn, wann d' eh' alles weißt?!«

Der Bauer stand nachdenklich inmitten des Hofes, als sich die getreue Schaffnerin an ihn heranschlich. Er sann gerade darüber nach, wo wohl der Toni Roß und Wagen gelassen haben mochte, die nirgends zu sehen waren. Es sind das doch keine Gegenständ', die einer wie Pfeife und Tabaksbeutel unter einer Wirtshausbank mag liegen lassen und vergessen.

Die Kathel hatte ihre Meldung kaum beendet, als der alte Müller von Schwenkdorf auf den Hof gefahren kam. Er führte hinter seinem eigenen Wagen das vermißte Gefährt und Gespann mit. »Grüß' Gott, Sternsteinhofbauer«, sagte er.

»Grüß Gott«, murrte der und zog ein finsteres Gesicht. Von allen Menschen, die ihm zuwider waren, war ihm der Alte der zuwiderste.

Der Müller blinzte ihn boshaft an, schnalzte paarmal mit der Peitsche, dann begann er: »Bring' dir da dein Wagerl und dein Rösserl z'ruck, was uns gestern der Toni g'liehen hat, zun ein-

– 103 –

mal h'rüber und wieder umhifahren. Ein Mordsbursch, dein
Toni! Wünschet ich mir ein' zweiten, dann wünschtet ich mir
den. An dem kannst noch dein' Freud' d'erleb'n, Sternsteinhofbauer. Hihi. Kommt der ang'fahr'n, packt 'n ganzen Ru-
del, dö rarsten Bub'n, z'samm – heidi – laß'n mer d'Schwenkdorfer Urseln sitzen und fahr'n mer raufen nach
Zwischenbühel! Lad't s' af'n Leiterwagen und teufelt mit sö
davon, 'm Bräunl sein d'Augen aus'm Kopf und d'Zungen
aus'm Hals g'hängt. Na, dann war aber auch bei uns d'renten
a Verdießlichkeit und ein Erbosen! Der Käsbiermartel hat
sein' Sali bei Zeiten aufpackt und is heim, und in sein Stub'n
war er mehr mit'm Kopf an die Tram wie mit 'n Füßen af der
Erd', so g'sprungen is er wie ein g'reizter Aff im Käfig. Na
und da herenten bei eng muß auch nit schlecht g'rauft worden
sein. Mein Bub' liegt mit drei Löcher im Kopf, in jed's könnt'
mer a Faust stecken. G'schieht ihm recht, dem Sakra. Mer
muß nit nur schau'n, wo mer selber hinhaut, sondern auch,
wo ein anderer herhau'n könnt'. So hab'n wir's g halten unserer Zeit. Was? Han? Nit?«
Der Sternsteinhofbauer runzelte die Stirne.
»Ah, ja richtig! Nix für ungut!« fuhr der Alte fort. »Fallt mer
g'rad bei, du warst ja ein schwacher Raufer; wie oft hab' ich
dich selber wo in ein'm Winkerl g'habt und abtöllnt, daß's a
Freud' war. Viel Schur hab' ich dir antan, bei dö Dirndeln
auch. Jesses, wie lang dös schon her ist! Wenn mer bedenkt,
wie die Zeit vergeht! Na 'is hat mich g'freut, daß ich dich bei
derer G'legenheit wieder einmal g'sehen hab', weil d' mer ja
sonst völlig überall ausweichst. Also b'hüt' Gott! Aber ein's
noch, daß ich nit vergiß. Er schlaft wohl noch dein Bub?
Könnt'st ihm's ausrichten, wann d' so gut sein möcht'st. Mein
Bub' laß dein' Bub' schön grüßen, und wann der Toni wieder
einmal Kameraden sucht, dö d'Schläg af ihnere Buckeln nehmen, während er sich mit einer saubern Dirn' wegschleicht,
so soll er nur ja nit af'n Simerl vergessen; laßt der ihm sagen!
A feine muß dö aber wohl sein! Drei Löcher im Kopf von
mein'm Bub'n sein mir lieber, als der setzet sich so was d'rein!

Ja, so zwei, dö d' nit z'sammgibst und nit auseinandkrieg'st, können' dir viel Ung'legenheit machen. Hihi.«

Er riß sein Wägelchen herum und jagte davon.

Der Sternsteinhofbauer mußte zur Seite springen, wollte er nicht die Räder über die Zehen haben. Er schickte einen schweren Fluch dem »alten Lump« nach, dann wandte er sich an die alte Kathel und hieß sie, das Mittagessen auftragen.

Er selbst begab sich hinauf nach der Schlafkammer seines Sohnes. Er pochte an die Türe. »Schon wach?« fragte er barsch.

»Ja«, tönte es von innen.

»So komm', essen.«

»Ich mag nix.«

»Du könnt'st ein'm wohl auch'n Appetit verderben«, murrte der Alte, dann sagte er laut: »Paar Löffel Suppen werd'n dein'm wüsten Magen ganz zuträglich sein. Komm nur!«

Als die beiden einander bei Tische gegenübersaßen, tat der Junge, über den Teller weg, einen raschen Blick nach dem Alten, der mit zusammengezogenen Brauen vor sich hinstarrte. Sicher, der wußte genug. Mag er –! Vielleicht alles, was die wußten, die dabei waren, und auch nichts, wovon keiner! – Noch einmal blickte der Bursche auf wie ein Schalk. dann senkte er den Kopf und legte den Löffel weg.

»Schon abg'speist?« begann der Alte.

»Ja.«

»Ich hör', du hast dich gestert nit lang in Schwenkdorf verhalten?«

»Gar nit. Wir hab'n d'Langweil' g'fürcht', ich und d'andern.«

»Dan seid's h'rüber?«

»Dann sein wir h'rüber.«

»Habt's euch gut unterhalten?«

»So ziemlich.«

»Sollst ja auch g'rauft hab'n?«

»Ja, 'n Herrgottlmacher hab' ich wohl hing'legt, daß er af's Aufsteh'n vergessen hat.«

»Rar dös! Wann der klagbar wird, kann mer noch 'n Bader zahl'n. Weg'n was is 's denn her'gangen?«

– 105 –

»Er wollt' sein Dirn nit an unsern Tisch sitzen lassen.«

»Und da mußt'st du dich d'rum annehmen? Versteht sich. Bist wohl in die seine verschameriert?«

»Kann's nit leugnen?«

»Is dö gar so sauber?«

»Kein so Saubere hast du noch gar nit g'sehn'n, nit mal d'Mutter.«

»Dös is wenig g'sagt, dein' Mutter war nit sauber, aber zubracht hat s' brav. Wie heißt denn dieselbe?«

»Zinshofer Helen'.«

»Zinshofer? Da is ja die Alte, die unter den Hungerleidern da unten am allermeisten nix hat?«

»Hab'n tun s' nix, das is wohl wahr.«

»Trotzdem hör' ich, daß d' hätt'st verlauten lassen, du nahmst die Dirn' zur Bäu'rin?«

»So hab' ich g'sagt.«

»Ein schlechter G'spaß, dös.«

»Kein G'spaß! 's is mir völlig ernst.«

»Du bist a Narr!«

»Kann sein, man sagt ja, Verliebte wär'n närrische Leut'. Ich hab' mir nur denkt, weil mer doch eh' 's mehrste haben von alle da in der Gegend, so möcht' 's just nit so dumm sein, wann af'n reinsten Hof auf d'schönste Bäu'rin z'sitzen kam'!«

»Laß mich aus mit der Schönheit! 's erst' Kindsbett nimmt dö oft mit fort; dann hast'n Schleppsack af'n Hals, aber 'n leeren. Kein Kind bist nimmer. Dö G'schichten, was wir als klein ang'hört hab'n, wo Betteldirn'n von Kaisern und Königen heimg'führt word'n sein, dö hab'n sich im Fabelland zutrag'n; daß aber der Sternsteinhof weit außerthalb'n von selb'm liegt, das brauch' ich dir wohl nit erst z'sag'n!« Er erhob sich und strich mit der flachen Hand über das Tischtuch. »Nun is 's g'nug! Schlag' dir die Dummheit aus'm Kopf.«

»Das geht nit an«, sagte der Bursche. »Ich muß dir noch was eing'steh'n.« Er spreitete die Beine auf dem Sitze auseinander, beugte sich vor und sah starr nach dem Salzfasse, während er langsam sprach: »Wann ich auch die Dirn' sitzen lassen möcht', was mir nit einfallt, so braucht sie's nit z'leiden. Sie hat's schriftlich.«

»Was, schriftlich?«

»Mein Ehversprechen.«

»Dein Ehversprechen?« lachte höhnisch der Alte. »Ja, bist denn du in 'Jahr'n, wo d' ohne mein' Einwilligung ein's geben kannst? Wär'st d'rein, ich jaget dich jetzt af der Stell' vom Hof! So aber hat a Schriftlich's von dir noch gar kein' Gültigkeit. Hat dir die Dirn' d'rauf Glauben g'schenkt, dumm g'nug von ihr, dann kannst du dir in d'Faust lachen, und sie muß sich g'fall'n lassen, wann s' noch hinterher d'Leut verspotten.«

»Ich geb' denen kein' Anlaß dazu. Schriftlich oder mündlich, ich halt' mein Wort.«

»Du Himmelherrgottssakkerments-Lotter du!« brüllte der Sternsteinhofbauer, mit der Faust in den Tisch schlagend. »Trau'st du dich, mir in's G'sicht z'trutzen, mir in's G'sicht? Wo du dasitz'st und Wörtl für Wörtl zugeb'n mußt, daß mir nit um ein's z'viel bericht't word'n is über dein gestrig' Stückel?!«

Der Bursche fuhr vom Stuhle empor und schrie dazwischen: »Dös is 's erste nit, aber wann d' dich dreinschickst, so könnt's wohl 's letzte sein!«

»Daß 's letzte sein wird, dafür laß' nur mich sorgen, aber 's Dreinschicken, das is dein' Sach'. Bisher hab ich dir allein Unb'sonnenheiten und dumme Streich' nachz'sehen g'habt, gestert aber hast dich offen geg'n mein' Will'n – geg'n dein's leiblichen Vaders Willen – aufg'lehnt! Ich denk', du hast noch z'wollen wie ich will, und d'rum frag' ich dich kurz, und mein' dir's gut: Heirat'st du seinzeit, dö ich dir bestimm' und gibst von heut' all'n Verkehr mit der Dirn' da unten auf?«

»Da d'rauf sag' ich dir eb'n so kurz, daß ich kein' andere heirat' und 'n Verkehr mit derer Dirn' nit laß'! Verhalt' mich dazu, wann d' kannst! Sperr' mich ein, so brech' ich dir aus. Tu', was d' willst, so find' ich mein' Weg zu ihr und dort mein Bleiben.«

Der Sternsteinhofbauer fuhr mit beiden Fäusten nach der Brust und schüttelte sich an der Jacke. Nachdem er eine Weile nach Atem gerungen, sagte er langsam und leise, doch dröhnte jedes Wort halblaut nach: »Merk dir's gut, was d' mer g'sagt hast: du nahmst kein' andere und vom Verkehr mit derer Betteldirn' vermöcht' ich dich nit abz'bringen!«

Toni nickte trotzig mit dem Kopfe.

»Du hast mir damit«, fuhr der Alte fort, »'n kindlichen Gehorsam auf'künd't. Versteh' mich wohl! Es darf dich daher gar nit wundern, wann ich mein' Hand von dir abzieh'. Da drauf mach' dich nur g'faßt.«

Er ging aus der Stube.

Der Bursche blickte ihm verblüfft nach. Wie war das diesmal doch ganz anders gegen sonst alle Male, wo der Alte, wenn er ausgescholten hatte, begütigt davonging? Freilich, die Sache war gewichtiger wie noch keine, und gleich, so auf das erste Wort hin, mochte der wohl nicht nachgeben! Doch, was er gesprochen, war sicher auch nicht sein letztes! Bald, vielleicht morgen schon, kommt er wieder angerückt und dann so oft, bis er es müde werden wird. Da heißt's eben, sich mehrmal mit ihm herumbeißen, und heute, für's erste Mal, war es ja ganz gut abgelaufen. Ein blinder Schuß mag Spatzen und Diebe scheuchen und ein leeres Drohen Kinder und Narren!

Toni eilte hinab nach Zwischenbühel. Er hielt den Kopf hoch, als er rasch an den Hütten vorüberschritt, und wenn er merkte, daß er beobachtet wurde, so sah er mit herausfordernden Blicken hinter sich.

Als er in der Zinshofer'schen Hütte die Dirne, die auf seinem Schoße saß, in den Armen hielt, da vergaß er ganz, warum er eigentlich gekommen, und erst auf die Nachfrage Helenens erzählte er, was vorgefallen war; da die beiden Frauenzimmer doch etwas ängstlich dareinsahen, so beruhigte er sie, es stünde ja alles ganz gut, würde nur immer besser werden, anders könne er es selber nicht sagen.

Während er unten im Dorfe saß, fand sich der Käsbiermartel oben auf dem Sternsteinhofe ein.

»Ist komm' mich über dein' Bub'n beklagen«, war sein erstes Wort, als er den Bauer erblickte.

»Ich weiß eh' alles«, murrte der. »Wann d' eh' alles weißt«, fuhr der Käsbiermartel fort, »so weißt auch, daß 's hitzt mit unserer Verschwiegerung nix mehr sein kann.«

»Warum nit?« brauste der Sternsteinhofbauer auf. »Ist dir mein Bub' etwa mit einmal z'schlecht, oder dein' Dirn zu rar?!«

Der Käsbiermartel sah ihn groß an, dann sprach er langsam, die verkniffenen Lippen mehr als sonst bewegend, als spräche er Brocken, die er vorher noch ein wenig glätten wolle: »Wann d' mer so kommst, dann, frei h'raus, ja!«

» Käsbiermartel!«

»Sternsteinhofer! Was willst? Is mer gleich dein Bub' z'schlecht, so bleibst doch du mir recht. Davon is der Beweis, daß ich heut' schon da bin. D'Verschwiegerung aufsag'n, hätt' Zeit g'habt, das geht mir nit so nah', wie ich auch siech, daß 's dir nit nah'geht. Aber wann d' dein' Sohn von d' Soldaten frei kriegen willst, so wär' jetzt d'höchst' Zeit, daß ich geh' a gut Wort einleg'n und du ...« Er machte eine allgemein verständliche Bewegung mit Daumen und Zeigefinger.

»Spar' du dir d' guten Wort', ich spar's andere.«

»Was meinst?«

»Daß ich mich für dein' Freundlichkeit bedank', aber kein' Gebrauch davon mach'.«

»Aber dann nehmen s' dir 'n heilig.«

»Soll'n s' 'n.'

»So red'st hitzt, hint'nach aber reut's dich.«

»Gott bewahr', niemal, sag' ich dir, Käsbiermartel! Er soll nur 'm Kalbsfell folgen, oder neuzeit der Blechblasen. Dös is ihm g'sund, das is 's einzige Mittel, um ihm d'Unbotmäßigkeit ausz'treiben, mit der er mir zug'stiegen kam'; 's is nit erhört, denk' dir, ein'm Bettelmensch weg'n!«

»Na siehst, das kimmt von ewig'm Zuwarten. Hätt'st ihn gleich z'sammengeb'n mit der Sali, wär' ihm d'andere gar nit in' Sinn kämma.«

»Verlaß dich d'rauf, dö exerzieren s' und manövrieren s' ihm schon wieder h'raus. Das geht hitzt in ein'm! Eigentlich wär' ja für dein' Dirn dabei gar nix verlor'n.«

»Drei Jahr'.«

»Drei Jahr'! Was sein drei Jahr'? Drei Jahr'n frag ich nit nach, so alt ich bin? Und wann bis dahin dein' Sali noch nit unter der Hauben wär' ...«

»Dein'm Bub'n weg'n werd ich s' nit in d'Selchkuchel hängen!«

»Dös brauchst nit, sie erhalt' sich wohl auch so frisch. Ich sag' ja nur, wann der Fall wär', dann – !«

»Na ja, dann, wann! Da is noch allweil Zeit z'reden, bis d'Zeit sein wird.«

»Hast recht. Hitzt davon reden, hat wirklich kein' Schick und kein Abseh'n und mögt' uns nur allzwei'n d'Gall riegeln.«

»Wohl, is eh' a so.«

Sie schüttelten sich die Hände und schieden.

11.

Zwei fanden sich in ihren Voraussetzungen getäuscht; der Kleebinder Muckerl, welcher erwartete, daß Helene schon am nächsten Tage an sein Krankenlager eilen, ihn beklagen und sich entschuldigen würde, und der Toni vom Sternsteinhof, der einer Fortsetzung des Streites am Mittagstisch noch für den Abend des gleichen Tages entgegensah. Das Mädchen blieb fern und der Alte stumm.

In der Hütte des Herrgottlmachers sprach die Matzner Sepherl ein, so oft sie Zeit hatte abzukommen, und teilte sich mit der alten Kleebinderin in der Pflege des Kranken. Auf dem Sternsteinhof ging alles seinen gewohnten Gang.

Darüber verflossen Tage und wurden zu Wochen, in der vierten durfte Muckerl das Bett verlassen. Er hatte alle Bezeigungen von Freundlichkeit und Sorge seitens der Sepherl gleichmütig hingenommen und litt es auch jetzt, daß diese seiner Mutter behilflich war, ihn wie ein Kind, das erst das Gehen gewöhnen müsse, nach dem Werktische zu leiten.

Tiefaufatmend saß er dort, Sepherl zog einen Stuhl herzu und setzte sich an seine Seite. Die alte Kleebinderin stand mit gefalteten Händen, sah ihren Buben lange nachdenklich an und nickte mit dem Kopfe wie jemand, der sich in etwas schickt, das nun einmal vorüber sei und weit übler hätte ablaufen können. Dann ging sie aus der Stube und ließ die beiden allein.

Sepherl faßte Muckerls Hand. »Wie froh bin ich«, sagte sie, »daß wir dich wieder so weit haben.«

Er starrte vor sich hin, zog sachte seine Hand zurück und begann unter seinen Schnitzmessern und Werkgeräten zu kramen.

»Schau'« – schwätzte die Dirne weiter – »nun hätt' ich an dich eine große Bitt'. Nämlich, ich hab' ein Gelöbnis getan für den Fall, daß alles gut ablaufen tät; aber dasselbe zu halten, wär'

– 111 –

ich allein nit im Stand' und hab' schon zum vorhinein d'rauf gerechnet, daß du das deine dazu tun würd'st, und das is eigentlich 's allermeiste, wie ich dir frei sagen muß. Gelt, ich bin dreist?«

Er blickte auf. »Gar nit«, sagte er, »ich bin dir viel Dank schuldig.«

»Deswegen doch nit; Dank's halber verlang' ich mir nix! Hör' mich an. Ich hab' der allerheiligsten Jungfrau ein Bildnis versprochen für unser' Kirchen; denk' dir, wie ich kindisch bin, schnitzen müßt's freilich du, ledig' 's Aufstellen wär' mein' Sach'. In Gedanken hab' ich's g'habt, weißt, als die Allerreinste, af der Weltkugel stehend, die Schlang' untern Füßen; 's Jesuskind tät wegbleib'n, daß dir's weniger Arbeit macht und billiger kommt. Verstehst?« Sie sah auf ihre Schürze nieder, die sie glatt strich, und flüsterte: »Was d' dafür kriegst, das zahlet ich dir schon kleinweis, so nach und nach, wann d' mer d'Freundschaft erweist.«

»Bist g'scheit?« fragte der Bursche. »Von dir werd' ich noch ein Geld nehmen! Ganz umsonst mach' ich dir's, wie ja auch du umsonst meiner Mutter beig'standen bist in der schweren Zeit.«

»Das geht nit, Muckerl, das darf ich nit annehmen. Ah, wenn ich mir's schenken ließ, dä kam' ich freilich leicht davon! Fremde gute Werk' und anderer Eigentum könnt' jeder Narr 'm Himmel geloben, da wär' weiter kein Verdienst dabei! Nein, nein, g'schenkt nehm' ich's nit, das wär' g'rad so viel, als ob ich unserer lieben Frau nit Wort hielt', wenn ich all's ein'm andern zuschieb' und gar nix dazu tun tät'.«

»Is a Unsinn«, brummte der Bursche ärgerlich, dann blinzte er die Dirne von der Seite an und sagte ernst: »No, weißt was, zahl mir halt d'Farb, die ich für'n Anstrich brauch'.«

»Wird dös wohl viel ausmachen?« fragte die Dirne rasch.

Muckerl hielt die Hand vor den Mund und hustete, dann antwortete er kurz: »Für ein's, was so wenig hat wie du, allweil noch g'nug.«

»Ich dank' dir aber schon recht vielmal, Muckerl.« Sepherl

blickte ihn dabei zärtlich an. »Ich kann sagen, da hast mir wohl ein' schweren Stein vom Herzen g'nommen! Und weißt, aufstellen wollen wir dann das Bild nach der Zeit, wo du von der Stellung heimkommst, denn ich denk', dich werden s' doch nit zum Soldaten nehmen.«

Der Bursche schüttelte den Kopf und sah wehmütig lächelnd an seinem abgezehrten Körper hinab. Dann begann er mit der Dirne zu akkordieren – gleich als hätte er es mit einer 'häbigen Bäuerin zu tun – wie hoch, welcher Weis' sie wohl das Bildnis haben wolle, und schmunzelte nur verstohlen über ihre redseligen Erklärungen. Zuletzt hieß er sie aus dem Vorrate einen ziemlich schweren Block auf den Arbeitstisch schaffen. Die Figur sollte aber ein Drittel Lebensgröße haben. Von dem Tage an beschäftigte er sich mit dieser Arbeit.

An einem Abende der sechsten Woche war es, daß in der letzten Hütte des Ortes zwei Gesichter sich anstarrten, aus denen jeder Tropfen Blutes gewichen war.

Nach langem peinlichen Schweigen löste sich der Krampf des einen, und wie unter Fieberfrostschütteln fielen die Worte: »Du darfst mir nit in der Schand' lassen.«

Das löste auch die andere Zunge, sie mochte am trockenen Gaumen geklebt haben, so heiser klang es: »Ich weiß mir da kein' Rat, als ihr müßt's h'nauf af'n Hof, 'm Alten unter die Augen.«

Nun folgte erst ein verstörtes, zielloses Hin- und Widerreden und zuletzt eine in angstvoller Hast sich überstürzende Einigung.

Eine bange Nacht ging dem kommenden Morgen voraus. Der Reif lag noch auf den jungen Gräsern und Blättern, als sich zwei Frauenzimmer durch das Dorf schlichen, sachte, als scheuten sie den Hall ihrer eigenen Tritte, über die Brücke huschten und den Weg nach dem Sternsteinhofe einschlugen.

Das Gesinde machte große Augen, als es so in aller Früh' morgens die Zinshofer mit ihrer Dirn' heransteigen sah. Die Junge schritt aufrecht an Knechten und Mägden vorüber und gab ihnen nicht Gruß, noch Wort; die Alte folgte ducksig

– 113 –

nach, sie nickte jedem und jeder zu und grüßte mit ein-
schmeichelnder Freundlichkeit.

Man achselzuckte und lachte hinter den beiden her. Was der
Aufzug wohl zu bedeuten hatte?

Der Sternsteinhofbauer saß mit Toni beim Frühstück. Er
blickte verwundert auf, als es an der Türe pochte. Toni schrak
zusammen, er legte seine Pfeife auf den Tisch, erhob sich und
öffnete die Türe.

»Vader«, sagte er bedeutsam.

Die beiden Hereintretenden stammelten ihren Gruß und
blieben an der Schwelle stehen. Hier senkte das Mädchen tief
den Kopf, während es die Alte für passend hielt, eine so steife
Haltung anzunehmen, als sich mit dem Respekte vor dem
großen Bauern und ihren müden Knochen vertrug. Sie fand es
da ganz am Platze, die beleidigte Mutter hervorzukehren,
beileibe aber nicht die in ihrem Kinde, sondern die durch dasselbe beleidigte; sie fixierte mit finstern Blicken den Auf-
steckkamm und die zusammengerollten Zöpfe ihrer Tochter;
eine strenge Mutter, die gewillt ist, ihre Verzeihung von der
Nachsicht und Verzeihung anderer abhängig zu machen.

Der Bauer schmauchte seine Pfeife ruhig fort, tat einen flüchtigen Blick nach den beiden Frauenzimmern, sah dann eine
gute Weile seinem Sohne boshaft in das Gesicht, ehe er ihn
barsch fragte: »Was soll denn dös?«

»Das is sie, Vader«, begann der Bursche mit stockendem
Atem. »Ich wollt' – daß du sie seh'n sollt'st – weil du sie ja gar
noch nit kenn'st. – «

»War ein ganz unnötig Herbemühen«, murrte der Bauer. »Dö
Katz' kauf' ich auch nit außer'm Sack.«

»Hab' doch ein Erbarmnis mit den armen, verschreckten
Weibsleuten«, bat Toni. »Hör' eher an, was sie zu sagen haben; du weißt gar nit, wie du dich versündigst, wann d' jetzt
noch alles im Vorhinein verred'st.«

Der Alte zog die Brauen in die Höhe. »Oho! Willst du mich
vor einer Versündigung fürchten machen? Von einer mein'
kann da kein' Red' sein, und für a fremde hab' doch ich nit

– 114 –

aufz'kommen! Übrigens mög'n d'Weibsleut' sag'n, was s' z'sagen haben, aber du meng' dich mit kein' Wörtl d'rein, das beding' ich mir aus, sonst sein wir gleich fertig!«

»Gut, Vader, ich werd' mich mit kein' Wörtl einmengen«, beteuerte Toni. »Bei allem, was d' angibst und tust, will ich an mich halten! Aber das laß' dir auch g'sagt sein und merk' dir's gut, wie du dich heut' nimmst und gibst, das entscheid't zwischen uns zwei für alle künftige Zeit – «

»Schau, Bub', droh'n mußt nit«, fiel ihm der Bauer mit anscheinender Gutmütigkeit in die Rede. »'s Drohen führt zu nix; d'rum hab' ich mir's auch geg'n dich ganz abg'wöhnt. Laß' du dö Weibsleut' ihr' Sach' vorbringen, wer weiß, vielleicht komm ich mit ihnen besser auseinander, wie d' denkst. Er wandte sich nach der Türe. »Na, so redt's.« Als die so geradezu Aufgeforderten lange keine Worte zu finden vermochten, trat er ganz nahe an die Dirne heran. »Dich hätt' ich wohl für kecker gehalten, wo du doch da auf'm Sternsteinhof Bäu'rin werd'n willst!«

»Dein Sohn hat mir's so versprochen«, sprach leise die Dirne und unter der Rede räuspernd, »und du wirst ihm wohl daraus kein Vorwurf machen, Sternsteinhofbauer, daß er auf Ehr' halt't!«

»Gar nit, 's Versprechen is recht ehrbar, aber was's Halten angeht, da hab' ich eb'n auch ein Wörtl d'rein z'reden – «

»Das is vor Gott und Menschen dein Recht.«

»Daran hätt' er eben denken soll'n, bevor er verspricht.«

»Ich hätt' mich nit hergetraut, wenn ich mir nit gewiß wär, daß ich dir einmal da herob'n kein' Schand machen würd'; weil ich mir aber des' g'wiß bin, daß ich dir in kein'm Weg eine machen tät', so bin ich gekommen, dich mit aufgehobenen Händen zu bitten, laß du ihn sein Wort halten!«

Der Bauer kniff die Augen zusammen.

Dreister werdend, fuhr die Dirne fort: »All's Vertrauen hab' ich zu dir. Schau', was ich schriftlich von ihm hab' – «

»'s hat kein' Gültigkeit«, schaltete der Alte ein.

»Du sag'st's, und dir muß ich glauben. Aber in deine Händ'

leg' ich's z'rück.« Sie drückte ihm das zerknitterte Papier in die Rechte, welche sie dabei mit beiden Händen anfaßte und nicht mehr losließ. »Sein mündlich' Wort auch, mein ganz's Glück und Leben, mein' Ehr' und Hoffen leg' ich in deine Hand, von dir allein erwart' ich's wieder!« Sie sah ihn mit großen, flehenden Augen an, die sich langsam mit Tränen füllten, so daß jetzt Tropfen auf Tropfen über ihre Wangen rollte.

Der Bauer trat einen Schritt zurück und sagte, die Achsel lüpfend, zur Alten: »Zinshoferin, du wirst einseh'n, all' das sein Kindereien, das kann nit sein und geht nit an! Mich dauert's junge Blut, aber das ganze jammerige Getu' wär' uns allz'samm erspart 'blieben, hätt'st du, wie sich's g'hört, dein' Dirn bewacht.«

Die Alte blickte mit verdrehten Augen nach der Stubendecke auf, die sollte Zeuge sein, wie hart und ungerecht sie da angeklagt wurde.

Der Bauer hatte das Heiratsversprechen Tonis entfaltet.

Helenen zuckten die Finger, es wieder an sich zu nehmen.

Der Alte sagte, über die Achsel hinweg, rauh zu Toni: »Da sieht man, was dabei h'rauskommt, wenn Bub'n, kaum aus der Schul', sich in solche Sachen einlassen. Laß' dir dein Lehrgeld z'ruckgeb'n. Schreibst da ›seinzeit‹ und sollt'st doch wissen, daß's nach der Schrift ›seiner Zeit‹ heißen muß.« Er zerriß das Blatt in kleine Stücke, die auf die Diele niederstoben.

Da warf sich Helene vor ihm auf die Knie. »Sternsteinhofbauer«, kreischte sie, »so wahr du af a glückselige Sterbstund' hoffst, beug' nit aus, red' nit herum, erbarm' dich meiner Not! Ich hab' ganz af'm Toni sein Wort vertraut, – sei du nit dawider, daß er mir gibt, was er mir g'nommen, mein' Ehr'!« Sie rang, laut aufschluchzend, die Hände.

»Lump, elendiger!« schrie der Alte. »So weit is's schon mit dir, daß d'r kein G'wissen d'raus machst, eine in's Elend z'bringen?! – Steh auf, Dirn'! Steh' auf, sag' ich!«

»Nit eher, Sternsteinhofbauer, um die Welt nit eher und

müßt' ich ein' Ewigkeit dalieg'n, bis du verzeihst und mich
mit ihm zusammengibst!«

»No, no, fein g'scheit! Weil du unvernünftig warst, kannst nit
verlangen, daß's andere auch sein sollen! 's G'schehene laßt
sich – leider Gott's – nimmer ung'schehen machen, aber was
mir in dem Fall z'tun obliegt, das werd' ich auch tun, vielleicht über Erwarten, denn Kargerei und Schmutzerei laßt
sich der Sternsteinhofbauer nit nachsagen.« – Er kehrte sich
ab und ging nach einem Schrank, an welchem er eine Lade
herauszog.

Helene sah ihm mit glühenden, nun trockenen Augen nach,
und hinter den geöffneten Lippen schlugen ihr die Zähne zusammen.

Der Alte fuhr fort: »Wie sich's weiter schicken wird, das is
dermal nur Gott allein bewußt, aber wann's nottut, so will ich
auch für künftighin meine Hand nit von dir abzieh'n. Für's
erste, nimm das!« Er drückte dem Mädchen einen Pack Banknoten in die Hand.

Mit einem Ruck stand Helene aufrecht und warf ihm das
Geld vor die Füße. »Geld? Geld biet'st du mir?« schrie sie.
»Geld für meine Ehr'?! Für die reicht mer just dein Stern-
steinhof – weniger nit! – « Sie preßte beide Hände gegen die
Brust, und die Sprache versagte ihr.

Der Bauer zog den Mund breit und starrte ihr mit pfiffigem
Blinzeln in die zornsprühenden Augen. »Und auf'n Hof
war's alleinig abg'seh'n, wie ich hitzt wohl merk'«, höhnte er.
»Bist a Überschlaue, du! Wär' der Bub' nit der Toni vom
Sternsteinhof g'west, er hätt' dir nie in d'Näh' kommen dürfen; find's auch begreiflich, wüst nit, wie sich eine sonst in ihn
verschauen könnt'. Aber fein hast's eing'fädelt, das muß mer
sagen! Nit umsonst hast dir Wort und Schrift geben lassen,
und auch dein Leichtsinn war nit unüberlegt; denn hitzt
schaut's völlig darnach aus, als wär' von deiner Seit' der Handel ehrlich und die War' echt, während mer dir vorenthalten
tät', was mer nur versprochen hat, um dich d'ran z'kriegen!
Du siehst, ich kenn mich aus. Es is eb'n leichter ein' jungen

Gimpel fangen, als ein'm alten Fuchs Eisen stellen. Sei lieber fein vernünftig« – er wies nach den auf dem Boden liegenden Bankzetteln – »und laß' nit liegen, was allein für dich da z'holen is, um das, was d' nie kriegst.«

Immer verzerrter war das Gesicht der Dirne geworden, immer krampfhafter arbeiteten ihre Züge, jetzt ballte sie die Faust gegen den Alten und taumelte zur Türe hinaus. Sie hatte keinen Blick für Toni, der trotzig beistimmend ihrem Abgange zunickte, keinen für die Mutter, die nicht ermüdete, stumm die Hände gegen den Bauern auszustrecken und dann beteuernd an die Brust zu legen; nur ein Gefühl beherrschte ihr Sinne und Seele, das des erbittertsten Hasses, verschärft durch die quälende Empfindung ihrer Ohnmacht, und während sie Stufe um Stufe, Fuß vor Fuß die Treppe hinunterwankte, tat sie das Stoßgebet: Gott möge sie den Tag erleben lassen, an dem sie dem protzigen Bauern all' das Heutige heimzahlen könne!

»Was willst du noch?« herrschte der Alte die Zinshofer an, die noch immer an der Türe stand.

Sie blickte verlegen und begehrlich nach den auf der Diele liegenden Scheinen.

»Ah, dir tut's Geld leid?« lachte er. »No, so nimm's! Aber sorg' dafür, daß die Dirn' Dummheiten und Aufhebensmachen sein laßt! Je weniger davon unter d'Leut kommt, desto g'scheiter is's für sie selber.« Er schob ihr die Banknoten mit dem Fuße zu.

Das Weib lächelte dankbar, raffte das Geld auf und schlich mit einem »Vergelt's Gott« davon.

»Vader«, sagte Toni, ganz nahe an den Bauern herantretend, »ich hab' mein Wort g'halten, ich hab' mich nit eing'mengt, aber jetzt reden wir zwei miteinander.«

Der Alte maß ihn mit einem geringschätzigen Blicke. »Na, so red zu.«

»Solang' ich noch minderjährig bin, darf ich ohne dein' Einwilligung nit heiraten – «

»Das steht.«

»Darum werd' ich halt d'Großjährigkeit abwarten. Bis dahin aber zieh' ich mich mit der Dirn' zusamm'.«

»Wohin denn?«

»Das weiß ich selber noch nit. Kommt drauf an, wo ich ein Platz find'. Von morgen an verding' ich mich als Knecht.«

»'s wird dich niemand nehmen.«

»Oho! Dar d'rauf hoff' du nur nit. Ich kann arbeiten.«

»Dummer Bub', wie d' daherred'st! Was is da meinseits z'hoffen oder z'fürchten? Dich wird kein Bauer nehmen, weil d' Stellung vor der Tür is.«

»D' Stellung?«

»No ja. Mer nimmt doch kein' Knecht, der ein'm etwa in vierzehn Tag' mit'm Sträußel af'm Hut von der Arbeit davongeht.«

»Du ließ'st mich zu'n Soldaten?«

»G'wiß.«

»Du willst mich nur schrecken. Ich hör' ja schon lang' von ein'm Abreden mit'm Käsbiermartel.«

»Da war noch a andere Abred' dabei, und is hitzt die eine mit der andern hinfällig word'n.«

»Vader, da d'rein schick' ich mich niemal, so unter wildfremde Leut' in ein' anderm Weltteil! Da mach's kürzer, schlag' mich lieber gleich tot.«

»Dös werd' ich mir überleg'n; kein' Schad' wär wohl nit um dich, aber ich müßt' dich für ein' Guten zahl'n.«

»Tu' ich mir halt selber was an!«

»Larifari. Dö's tut, sag'ns nit, und dö's sag'n, tun's nit!«

»No und wann ich auf und davon renn'?!«

»So bringen s' dich halt ein, und du kannst in Handschell'n, 'n Schandarm hinter deiner, durch ein paar Ortschaften spazier'n.«

»Und just nit gib ich mich! Allz'samm verderb' ich euch 's Spiel! Was denn nachher, wann ich mir zufällig ein' Finger von der Hand hack'?!«

»Dös tu'! Dann nehmen s' dich erst recht, stecken dich af a Festung wohin zu einer Strafkompanie, und da kannst dir karren und schaufeln g'nug. Jo, mein Bürschel!«

»Vader, möcht'st g'scheiterweis' mit dir reden lassen. Was ich da vor'bracht hab', war ja lauter Unsinn. Wann d' etwa meinst, ich sollt mer doch nochmal all's reiflich überleg'n, so könnt ja sein, daß ich mich ganz anders b'sinn, nit?«

»Nein, nein, müh' dich nit! Frei h'raus, dir trau ich nimmer. Freilich, um losz'kommen, wär' dir kein Versprechen z'heilig; aber du erspar' dir das und ich mir d'Reu hint'nach. Unter den Griff, unter dem ich dich hitzt hab', krieget ich dich dann kein zweit's Mal wieder, und du wärst ganz der Kerl darnach, der mich leicht nachher noch einz'schüchtern versuchet, durch's Drohen, daß d' mer z'weg'n der Befreiung bei G'richt Anständ' machest! Ah, nein. Ehrlich währt am längsten. Ich tu' mein Pflicht, tu' du d'deine, dien' deine drei Jahr'ln, 's wird dich nit umbringen.«

»Und könnt' dös etwa nit sein?! Bedenk' dös, eh' d' so geg'n dein eigen Fleisch und Blut handelst!«

»Sorg' nit, es is bedacht. Ich handel' da nach bestem Wissen und G'wissen. War dir der Vader z'g'ring, daß d' ihm g'horchst und folgst, nun, so kriegst hitzt ein' andern Herrn; der Kaiser, der is mehr, vielleicht macht der dich zu ein'm ord'ntlichen Menschen. Ich will's wünschen.« Er schlug dem Burschen auf die Achsel. »Halt' dich auch brav dazu!«

Dann fiel die Türe hinter dem Alten in's Schloß, und Toni blickte verstört um sich. – Darum also hatte der Bauer den Streit nach jener Faschingsnacht nimmer Rede gehabt, weil er es nicht der Mühe wert gehalten, weil alles schon zuvor bei ihm aus- und abgemacht war? Und wie er damal auf seinem letzten Wort bestanden, so wird er's wohl auch diesmal! Da ändert kein's mehr 'was, und je mehr sich ein's dabei vergäb', je weniger richtet' 's!

Der Bursche schlug sich mit der Faust vor die Stirne; dann löste er mählich die Finger und fuhr sich damit durch die Haare. Lange stand er so, trübe vor sich hinstarrend und hastig durch die geschwellten Nüstern atmend. Plötzlich fuhr er auf, lief zur Stube hinaus, die Treppe hinab, über den Hof und des Weges nach dem Dorfe entlang.

Wohin? Zur Helen'? Ei, Herrgott, um der ihren Jammer anzuhören und sein Teil noch hinzu zu tragen? Damit ist doch
weder ihm noch ihr geholfen und, wahrlich, 's Elend's hat er
für heute schon überg'nug. Morgen ist auch ein Tag. Bis dahin
mag jedes zusehen, wie es mit dem seinen allein zurecht-
kommt. Lieber in's Wirtshaus!
Er kam spät in der Nacht heim. Beim Ausziehen schleuderte
er einen Stiefel nach dem andern an die Türe, daß es durch das
stille Haus dröhnte, dann öffnete er leise und lauschte; ihm
war, als hörte er in der Kammer am Ende des Ganges den Alten fluchen, da reckte er den Arm in die Finsternis vor ihm,
schüttelte die Faust und schrie: »Schinder!« Hierauf klinkte
er zu und fiel auf das Bett.
Am nächsten Morgen entfernte er sich früh. Wieder machte
er auf der Brücke halt und überlegte, ob er der Dirne einen
Morgengruß zum Fenster hineinrufen solle? Hm, verweinte
Augen sehen so unlustig und welch' Geplärr – mußte er
fürchten –, das sich erst dann anhöbe, wann so ein Wort das
andere gäb' und er mit allem herausgerückt käm'?! Nein, es
steht übel g'nug um sie, was soll sie sich auch noch darüber
kränken, wie arg es um ihn stände? Wenigstens hat's Zeit damit; auf das, was mit derselben sich hätt' glücklich schicken
können, wollt' sie nit warten, aber ein neu' Pack Unheil auf's
alte obenh'nauf wird sie wohl erwarten können! So denkt er;
auch, daß sich der Tag mit den Schwenkdorfer Kameraden
angenehmer totschlagen ließe. Er ging zum Dorfe hinaus.
Drei Nächte blieb er fort, in der vierten kam er auf der
Zwischenbüheler Straße dahergetaumelt, er stolperte an der
Brücke vorüber und besann sich erst, als er schon ein gutes
Stück von derselben entfernt war. Er begann albern zu lachen
und schalt seine Beine liederliche Gasselgeher, dann ging er
die Strecke zurück. Am unteren Ende des Ortes hatte er
nichts zu suchen. Die Dirn', die leidige Dirn' mit ihrer
Ungeduldsamkeit ist eigentlich doch an all' seinem Unglücke
schuld! An ihr wär's gewesen, Gescheiter zu sein, das ist den
Weibsleuten ihr' Sach', wenn den Mann der Verstand verläßt,

dazu werden sie ja auferzogen und bewacht! Von heut' auf
morgen wollte sie das Zusammenkommen erzwingen, und
nun ist ein Auseinandermüssen daraus geworden auf
grimm'ge Zeit und Weil' und alle Weit' und Fern'! Nun haben
sie's alle beide! Recht bedacht, ist es nur billig, wo ihm das
Fortgehen das Herz abdrücken will, daß ihr das Dableiben
Leidwesen macht! Nur recht und billig, weil sie so hat sein
können, und das müßt' er ihr in's Gesicht sagen, wenn sie
gleich jetzt vor ihm stünd', aber das tät' so unfein und streitig
klingen, und darum will er ihr lieber gar nit unter die Augen,
bis ihm wieder anders um's Gemüt ist und er ihr gute Worte
geben kann – die ist er ihr wohl schuldig –, aber früher nit, bis
ihm anders um's Gemüt ist, bis dahin wird sie warten müssen.
Toni's Gemütszustand schien sich aber nicht zu bessern, denn
Helene erwartete den Burschen Tag für Tag vergebens. Erst
an dem Abende, wo die Zwischenbüheler Buben von der Stellung heimkehrten, sah sie ihn zum ersten Male wieder; er
stand, ferne von ihr, mitten in der lärmenden Schar, den Hut
mit dem Sträußchen weit aus der Stirne gerückt und schrie als
einer der lautesten. Ein Bursche mochte ihn auf die Anwesenheit der Dirne aufmerksam gemacht und zu necken begonnen
haben, denn plötzlich klatschte er sich auf das rechte Bein und
drehte sich auf dem linken herum und kehrte ihr den Rücken
zu.
Früh am Morgen darauf holten die Schwenkdorfer Buben den
Toni vom Sternsteinhof ein, um gemeinsam nach der Stadt zu
ziehen, wo sie einkaserniert werden sollten.
Wenn anders eine ganz unvernünftige Anstrengung der
Stimmbänder durch Schreien, Jauchzen und Singen auf eine
frohe Seelenstimmung schließen läßt, so waren die jungen
Leute, welche da den Ort verließen, die zufriedensten, glück-
lichsten Menschen. Den Müller Simerl von Schwenkdorf riß
vermutlich nur die Fröhlichkeit seiner Kameraden mit, der
Anlaß, den diese zur selben hatten, fehlte ihm, seinen Hut
zierte kein Sträußchen, denn der Arme hatte sich vier Wochen
vor der Stellung auf einer Hochzeit beim Freudenschießen

– 122 –

den Daumen der rechten Hand zerschmettert. »So kommt mancher oft um's Schönste«, klagte er seinen scheidenden Freunden.

Als der Zug eine Strecke weit außer Ort war, erhob sich unter einem Busche am Wege eine Dirne und erwartete das Herankommen der Rekruten.

Toni erkannte Helene.

»Du«, sein Nachbar stieß ihn mit dem Ellbogen an. »Mir scheint, da kriegst was mit af'n Weg, ich glaub' aber nit, daß's a Bußl sein wird.«

Toni zog den Mund breit und blinzte pfiffig dazu. »Ah, was!« sagte er. »Geht's nur voran, ich hol' euch bald ein.«

Er blieb ein paar Stritte zurück.

Die Voranschreitenden streckten unter Scherzreden die Arme gegen die Dirne, sie am Kinn oder um die Hüfte zu fassen, aber sie lief, an ihnen vorüber, auf Toni zu.

Als dieser sie herankommen sah, da fiel ihm doch ihre Schönheit in's Auge und ihr Verlust auf's Herz. Nur die verweinten Augen, das vergrämte Gesicht, das Gejammer und Geklage hatte er gefürchtet und gemieden; wie sie aber jetzt sich ihm näherte, zwar mit bösem Geschau und zornroten Wangen, doch so stramm und entschlossen, da zuckte es ihm in den Händen, diese ihr entgegenzustrecken, sie an den ihren festzuhalten, zu fragen, ob sie ihm treu bleiben wolle, die weil er ferne sei, ihr zu sagen, daß nichts vermöge, ihn von ihr abwendig zu machen, und wie dann ja alles doch noch gut werden würde!

Denkend, wie das die Dirne überraschen müsse, die ihm jetzt ganz erregt und wild nahe trat, öffnete er lächelnd die Lippen. Da stand sie hart an ihm. »Schuft!« schrie sie und spuckte ihm in's Gesicht.

Aufstöhnend holte er mit der Faust aus, aber das Mädchen wich flink zurück und lief eilig gegen das Dorf.

Er hörte das laute Gelächter seiner Kameraden, die in einiger Entfernung stehengeblieben waren, da fuhr er sich mit dem Ärmel der Jacke über das Gesicht und begann vor Zorn zu

weinen, daß es ihn schütterte; aber bald ermannte er sich und
eilte auf die Wartenden zu. »Vorwärts!« schrie er. »Das wär'
überstanden! Lacht's nit! Was will mer denn machen geg'n
ein Weibsbild? Das muß mer sich g'fallen lassen, und jeder
von euch leidet gern, daß so a Saubere ihm darum bös' würd',
weil's ihm vorher z'gut g'wesen war!«
»Recht hast, Toni, neiden tun s' dir's, weiter nix!« rief der
Müller Simerl und stimmte an:

> *»Ei meingerl – sagts Dirndl – bin ich dir hitzt z'schlecht?*
> *Hoiöh, hoiöh, hodero!*
> *Und früher, du Räuber, da war ich dir recht!*
> *Hoiöh, hoiöh, hodero!*
> *Der Bub', der sagt d'rauf: 's liegt mehr hitzt nix mer dran,*
> *Hoiöh, hoiöh, hodero!*
> *Weil ich dich, mein Schatzerl, schon auswendig kann!*
> *Hoiöh, hoiöh, hodero!«*

Der Sänger begann nun, sich über die Freuden der Liebe in
jener naiven Anschaulichkeit auszulassen, welche man heut-
zutage nur noch dem unverdorbenen Volke oder einem altte-
stamentarischen Könige nachsieht. Unter diesem zarten, sin-
nigen Liede, dessen Jodler die Bursche begeistert unisono
gröhlten und fistelierten, ging es des Weges weiter.
Helene war in fliegender Hast durch das ganze Dorf gerannt,
bei ihrer Hütte angelangt, warf sie sich auf die Schwelle nieder und lag, unter krampfigem, stoßendem Geschluchze, laut
heulend.
Die Türe hinter ihr öffnete sich, und die alte Zinshofer flüsterte: »Dumm's Ding, komm' h'rein, komm' h'rein, mach'
kein Aufsehen.«
Helene schüttelte heftig den Kopf und wehrte mit den Armen
ab. Lange lag sie, gerüttelt, das Herz wie unter einem furcht-
baren Drucke, angstvoll hämmernd, ihrer selbst nicht Herr;
dann setzte sie sich auf und starrte vor sich hin, über den
Bach, wo hinter den Weiden die grüne Matte aufstieg. Sie hielt

den Blick, unter gesenkten Lidern, nach dem Fuße des Hügels gerichtet, keine Wimper zuckte empor, um verstohlen nach dem Kamme zu sehen, ob dort noch das Gehöft stünde. Sie kehrte sich seufzend ab. Flüchtig streifte ihr Auge die Nachbarhütte, dann beschattete es die Hand, mit der sie sich über die Stirne strich. Nachdem sie eine geraume Weile nachsinnend gesessen, hob sie den Kopf und blickte unbefangen wie ein Kind, das eine Züchtigung vom vorigen Tage überschlafen. Sie zog das rechte Bein an sie, lockerte den Schuh und nahm ihn ab. Mit dem Absatze scharrte sie kleine Kiesel aus der Erde und schnellte sie mit der Spitze der Sohle gegen das Vorgärtchen der Nachbarhütte. Sie trieb dieses Spiel mit Eifer und sah jedem Steinchen nach, wie nah es fiel, oder wie weit es traf, bis es ihr zuletzt gelang, paarmal hintereinander Steine in des Nachbars Garten zu werfen, die sie raschelnd durch die Büsche gleiten hörte; da paßte sie sich den Schuh wieder an, erhob sich und trat in die Hütte.

12.

Muckerl war ohne Sträußchen auf dem Hute von der Stellung zurückgekehrt. Obwohl man das allgemein erwartete, so hatten doch die Kleebinderin und die Matzner Sepherl mit nicht geringem Bangen seiner Heimkunft entgegengesehen. Die Angst der alten Frau war übrigens ganz überflüssig, sie hätten ihr den Buben nicht genommen und wäre der auch ein Riese gewesen, ja, er hätte sich nicht einmal zu stellen brauchen, wenn sie rechtzeitig gehörigen Ortes dagegen eingeschritten wäre, denn als der einzige Sohn einer armen Witwe, welcher deren Unterhalt bestreitet, war er militärfrei; aber es nahm sich eben keiner die Mühe, sie darüber zu belehren. Wo es Pflichten zu erfüllen gilt, da weiß die Ortsobrigkeit auf Meilen in der Runde die Armen und Ärmsten zu finden, ihre Rechte – es sind deren nicht allzuviele – lehrt sie niemand suchen.

Nach dem lärmenden Abzug der Rekruten war es ziemlich still geworden im Dorfe. Die Bauern, deren Söhne fortgezogen waren, fluchten leise, denn der Entgang zweier kräftiger Arme machte sich bald auf den kleinen Wirtschaften allerorten fühlbar; nun mußten sich die Alten entweder in vermehrter Arbeitsplage selbst hinunterschinden oder in den Beutel langen und einen Knecht dingen; es bedurfte just keiner besonderen Arbeitsscheu oder Sparsamkeit, um sie auf jene neidisch zu machen, die keine tauglichen Buben, aber dafür augenscheinlich mehr Patriotismus besaßen, indem sie oft nachdrücklichst ihren Söhnen erklärten: »Kerl, mir tut nur leid, daß dich der Kaiser nit g'nommen hat, und wann er dich heut' noch wollt', gleich könnt' er dich hab'n!« '

Ganz anders und, wie sich das bei ihnen von selbst versteht, edler, dachten die Weibsleute von der Sache. Mütter und Schwestern bangten und sorgten nur, was aus dem Steffel,

Seppel und Martel würde, »wenn ein Krieg auskäm'«, und gar die Dirnen, deren Schatz fortgezogen war, die machten sich über dieses Äußerste hinaus noch herzinnerste Sorgen, was das lustige Soldatenleben an ihrem lieb'n Bub'n verderben könnte?! Warum sie sich besagtes Leben gar so lustig dachten, darüber konnten sie sich selbst, oder wollten sie anderen nicht Rechenschaft geben; aber so eine war wirklich gar übel daran!

Für einen Menschen, der mit der Eigenart seines Geschlechtes einigermaßen vertraut ist, hatte es gar nichts Auffälliges, daß die Männer, trotz ihrer rohen Anschauungen, wenig dem Glücke der alten Kleebinderin nachfragten, während diese, gerade der edleren, weiblichen Denkweise zufolge, mit einmal mehr Neiderinnen zählte, als sie je zuvor in ihrem ganzen Leben besessen.

Gewöhnliche Naturen ziehen es indes vor, sich beneiden und nicht bedauern zu lassen, und Muckerls Mutter war eine sehr gewöhnliche. Wenn die Sonne über dem Hügel, auf welchem der Sternsteinhof stand, heraufkam und das breit einströmende Licht in der kleinen Hütte alles glänzen und gleißen machte, was dazu angetan war: die Werkzeugklingen auf dem Arbeitstisch des Burschen, die Bleche und Glasuren der Küchengeschirre, die Bilderrahmen und die Messingbeschläge der Schränke – da dünkte der alten Frau, das liebe Tagesgestirn leuchte wieder so wärmend und erfreuend, wie es das zu ihren besten Zeiten getan, wo sie als sorgenloses Kind, als aufgeweckte Dirn', als junges Weib und Mutter unter seinen Strahlen sich fröhlich tummelte und – bräunte.

Am Sonntage, nachmittags, nach dem Segen, gingen die alte Kleebinderin und Muckerl, die alte Matzner und Sepherl zusammen durch das Dorf. Die beiden Alten trippelten nebeneinander her, und die zwei jungen Leute schritten ihnen vorauf. Die drei Frauenzimmer trugen erstaunlich große Gebetbücher in den Händen, es mochte viel Trost und Erbauung in einem solchen Platz haben.

Wenn der Bursche an die Dirne ein Wort verlor, oder diese ei-

nes an ihn, wackelten die zwei alten Weiber mit den Köpfen
und sahen sich bedeutungsvoll an.

»Du, Sepherl«, sagte Muckerl, »die Muttergottesin, die d' bei
mir bestellt hast, is fertig, der Anstrich is schon trocken, wann
du willst, kannst s' morgen schon in d'Kirchen tragen. Ich
hoff', du wirst zufrieden sein.« Er schmunzelte dazu.

»Das mein' ich schon auch«, sagte sie ernst.

Daheim stellte er die Statuette auf seinen Arbeitstisch und
fragte die Dirne, wie sie ihr gefalle.

Sepherl stand lange davor mit wundernden Augen, dann sagte
sie leise: »Weißt, die Schlange, das muß ich schon sagen, is dir
gar gut g'raten, völlig fürchten könnt' mer sich vor dem
Vieh.«

Muckerl lachte laut auf. »Und von der Heiligen sag'st nix?«

»Die is z'schön«, flüsterte die Dirne.

»Gar z'schön!« lachte er noch lauter.

»Schau' Muckerl,« fuhr die Sepherl fort, »du mußt mer's nit
übel aufnehmen, ich red' nur, wie ich's versteh', und ich versteh' 'leicht gar wenig davon, aber schon lang' wollt' ich dir's
sagen, deine Heiligen kommen mir doch alle vor wie reicher
Leut' Heilige.«

»Reicher Leut' Heilige – was benam'st d' als selbe?«

»Mein Gott, so Bildeln halt, was reicher Leut' Augen schmei-
cheln, als ob gleich ihnen d'lieben Heiligen ein Anseh'n hätten, so füllig und ausgestalt't, wie wenn ein g'ring Sorgen und
Mühen dazu gehöret, daß ein's sich's Himmelreich erstreit't!
Z'viel weltlich machst d'Heiligen, und Männer und Weiber
machen sich unter'm Anschau'n 'leicht andere Gedanken, wie
sie sollten.«

»Na, wie soll'n s' denn dein'm Dafürhalten nach nachher aus-
schaun'n?« fragte gereizt der Bursche.

»Dös weiß ich nit, das kann ich nit sagen, aber so nit,
Muckerl, wie die dein'. So schaut kein's aus nach überstande-
ner Qual und Marter und harter Buß' und schwerem Leb'n,
eh'nder wie unsereins, herunter'kommen und zerrackert.«

»Geh', dalkete Gredl, an mein'sgleichen, was sich selber nit

– 128 –

z'helfen weiß, werd' ich mich doch nit um Hilf' wenden, das tu' ich doch nur mit rechtem Vertrau'n an's ausbündig' Schöne und an's alles Überwindsame, dem kein Not und Elend ankann.«

»Du hast all' dein Lebtag nit verstanden, was Beten heißt, wann d' dich einer Fürbitt' wegen an's ausbündig' Schöne halten willst und an was kein' Not ankann und was auch dein Ung'stalt nit begreift und dein' Jammer nit versteht.«

»Dein'm Reden nach müßt' mer wohl'n Teufel schön machen und d'Heiligen verunzier'n? Nit? Wann d' da d'raufhin noch nit einsiehst, wie d' dalket daherplaudert und kein' Begriff von der Sach' hast, tust mer leid!«

»Kann ja sein, daß d' recht hast, und ich hab' ja gleich g'sagt, daß ich möglich davon gar nix versteh'; aber dö Muttergottesin da is mein Bestelltes, und das werd' ich wohl bereden dürfen, daß die mir nit g'fallt, und, frei h'raus, dö nimm ich nit, daß d' es weißt.«

»Aber warum denn nit?«

»Weil s' af a Haar dem heillosen Nachbarmensch, der Zinshofer Helen', gleicht.«

»Gleicht, aber nit is!« schrie Muckerl, im ganzen Gesichte erglühend. »Weht der Wind über das Eck? Soll s' vielleicht nach dir g'schnitzt sein, du Hanfputz?!«

Die Dirne starrte den Burschen mit ihren wundernden Augen ängstlich an, ihr weinerlicher Mund begann zu zucken, sie legte beide Hände vor die Brust und sagte nach einer Weile mit klagend dehnender Stimme: »Das wollt' ich nit haben, Muckerl, daß d' dich über mich erzürnst. So hoffährtig bin ich gar nit, daß ich nur d'ran denk', du könnt'st ein Bild nach mir schnitzen; aber du wär'st kein Christ, Muckerl, wann d' nit einsähest, wie eine große Sünd' das wär', wenn mer ein solch's in der Kirch' zur Andacht aufstellet, das einer gleichschau'n mögt', die noch dazu in selbem Ort 'n Leuten unter'n Augen herumlauft und wär' s' auch d' Bravste; doch mit der hieß's d'heilig' Jungfrau g'rad'zu verschänden.«

»Himmelherrgottsakkerment«, fluchte Muckerl, »so soll s'

gleich auch schon der Teufel hol'n!« Er schwang das Schnitzmesser.

»Jesses und Josef, Muckerl, der Herr verzeih' dir die Sünd'!«
kreischte Sepherl und fiel ihm in die Rechte.

»Na, laß' nur« sagte er, wieder gutmütig lächelnd. »Ich will
ihr nur bissel d'Nas' zustutzen. Wirst sehen – du weißt gar
nit, was d'Nasen in ein'm G'sicht bedeut' – wie g'schwind sie
anders ausschau'n und niemand mehr gleichen wird.«

Er begann zu schnitzen, während die Dirne mit eingehaltenem Atem über dem Werktisch lehnte und ängstlich zusah,
immer bereit, ihm das Messer zu entreißen, wenn ihr etwa
scheinen sollte, daß es zu tief griffe.

Muckerl legte schmunzelnd das Werkzeug weg. Er hatte den
zarten Bug der Nase und den feinen Schwung der Nüstern
in's rundliche verschnitzelt, und die Madonna trug nun, obgleich es ihr gar nicht zu Gesichte stand, Sepherls Nase. Davon ahnte die Dirne freilich nichts, sie sah nur, daß die ver-
haßte und lästernde Ähnlichkeit gänzlich verschwunden war,
und klatschte vor Freude in die Hände wie ein überglückli-
ches Kind; ihr Jubel lockte die beiden alten Frauen herbei,
man bestaunte und belobte das Bildwerk nach Gebühr, während Muckerl die durch das Schnitzmesser bloßgelegten Stellen wieder mit Farbe bestrich. Als Sepherl mit ihrer Mutter
sich zur Heimkehr anschickte, gab er ihr das Liebfrauenbild
mit und schrie ihr, noch von der Schwelle aus, nach, »sie
mögt' sich wohl im Tragen vor der Himmelmutter ihrer nas-
sen Nasen in acht nehmen.«

So schieden sie unter fröhlichem und freudigem Lachen. Die
Frauen wähnten die Erfüllung ihrer geheimen Wünsche und
Hoffnungen so nahe bevorstehend, daß sie schon in wachen
Träumen, hingeworfenen Andeutungen und halben Reden
ein Glück vorzukosten begannen, von welchem der, dem sie
alle sich dafür verpflichtet fühlten – nicht etwa Gott – der
Kleebinder Muckerl gar nicht berührt wurde.

Am andern Morgen, lange bevor noch die Glocken zur Frühmesse riefen, erwachte Sepherl. Ein feiner Duft von frischer
Ölfarbe erfüllte die Stube. Das Mädchen besann sich, warf die

Kleider über, schritt auf den großen Wäsch'schrein zu, auf welchem die Statuette stand, stützte die Ellbogen auf und faltete die Hände.

»Allergebenedeiteste Jungfrau! Weil ich dich noch da bei mir hab', erlaub', daß ich mit dir red'; denn wenn ich dich später zur Kirch' bring', hat der Meßner ein' Menge z'fragen und z'sagen, und die Leut' drängen auch zu, so daß sich dort für mich kaum a G'legenheit schicken möcht', mit dir unter vier Augen z'sein. Gar schön tät' ich dich bitten, schenk'm Kleebinder Muckerl 'n lieben G'sund völlig wieder, daß ihm kein' Nachmahnung an sein Siechtum verbleibt, laß'n g'scheit werd'n, daß er einsieht, wie'n d'Zinshofer Helen' eigentlich gar niemal gern g'habt hat und seiner gar nit wert is, und wann dir recht wär', so hätt' ich nix dageg'n, wann du ihn mir zum Mann gäbst. Ich würd' ihm schon treu bleiben und fleißig sein und alles verrichten und erleiden, was halt sonst noch im heiligen Eh'stand not tut und sein muß, was du ja selber weißt, hochgebenedeite Gottesmutter und allerreinste Jungfrau!«

Als die Glocken klangen, nahm sie das Bild in ihre Arme und lief damit davon, sie lüpfte es, so schwer es war, küßte es auf die Wange, kurz, hätschelte es, wie ein Kind seine Puppe; plötzlich aber besann sie sich auf das Ungehörige ihres Gebarens und trug die Statuette, aufrecht gehalten und in gemessenen Schritten, nach der Kirche.

Später fiel ihr oftmal der Gedanke schwer auf's Herz, ob sie sich nicht etwa durch ihre kindische, »unrespektierliche« Vertraulichkeit die himmlische Fürsprache verscherzt habe. Denn im Laufe desselben Tages noch, während sie am oberen Ende des Dorfes ihrer harten Arbeit nachging, trugen sich am unteren Ende Dinge zu, deren Folgen ihr manchmal den Stoßseufzer erpreßten: »Himmlische Gnadenmutter, ich will nit murren, aber das war damal doch nit schön von dir!«

Die Sonne stand schon ziemlich hoch am klaren Himmel, als der Kleebinder Muckerl in den rückwärtigen Garten trat und dort langsam auf und nieder zu schreiten begann. Die Luft

fächelte lind und rein, denn der Bach sammelte in sein Bett
den gerinnenden Schnee und wusch es vom Kies bis zum
Uferrande; die Knospen waren geplatzt, und Bäume und
Sträuche standen in Blüte oder jungem Grün, doch machte
diese zarte Zier die Äste und Zweige noch nicht schatten und
gab zwischendurch dem Blicke die weiteste Ferne und nächste Nähe frei.

Ganz nah', vom verwahrlosten Nachbargarten her, schim-
merten drei farbige Flecke, der rote Rock, das graue Linnen-
hemd und das bunte Kopftuch eines Frauenzimmers, das, am
Boden kauernd, mit einem Messer die Erde eines Beetes lok-
kerte und alles, was da schon grün aufgeschossen war, mit
Stumpf und Stiel ausjätete. Daneben auf dem Kies lag eine
Tüte von grauem, geschöpftem Papier, mit vergilbten Schrift-
zügen bedeckt, das »Taufzeugnis« eines, der lange nicht mehr
lebte; ein buntes Gemenge von Samenkörnern war daraus
hervorgerollt, und über dieses furchtbare Geschütte und Gerölle suchte eben eine kleine Mücke zappelnd den Weg, welche wohl keinen Grund dafür wußte, warum sie sich nicht der
Flügel, die ihr am Leibe angewachsen waren, bediente.

Das eifrig geschäftige Weib hielt den Kopf tief gebeugt; daß es
jung war, das verrieten die vollen und doch sehnigen Arme,
das verriet der runde Nacken, bei dessen wechselnder Bewegung sich das Hemd strammte und zugleich fältelte.

Der Muckerl wußte gar wohl, wer das war. Er hatte die drei
farbigen Flecke nur so nebenher wahrgenommen, und doch
tanzten sie ihm Weges auf und ab vor den Augen.

Aber brauchte er die Dirne zu scheuen? Denk' nicht! Wie sie
ihm auch begegnen mag, nicht! Und wie sie das würd', das
möcht' ihn schon neugier'n – schier –, g'waltig auch noch. –
Mit eins blieb er hart am Zaune, kaum zwei Schritte weit von
ihr stehen. Eine geraume Weile starrte er hinüber. Sie mußte
wissen, daß und wie nah' er zur Stelle sei, auch ohne ihn zu
sehen; sie mußte den Schritt, mit dem er plötzlich herangetre-
ten, gehört haben. Der Schatten vom Rande seines Hutes
streifte das Beet, in dem sie grub, aber sie jätete weiter, als
hätte sie sonst auf nichts acht.

Wollte sie es abwarten, bis er wieder fortginge? Liegt ihr seine Näh' so hart auf? Schon recht? Er will doch sehen, wer es eher müde wird.

Nun räusperte sie leise und sagte, ohne aufzublicken, halblaut: »Bist du mir bös?«

Als er lange nicht antwortete, wandte sie ihm ihr Gesicht zu. Ihre Lider waren gerötet, die Augen sahen verweint aus.

Da schüttelte er traurig den Kopf.

Sie stieß das Messer in die Scholle, rückte auf den Knien herzu bis an den Zaun, griff den Saum ihres Rockes auf, reinigte ihre Finger von der Erde und sagte dann: »So gib mir dein' Hand.«

Er reichte sie ihr dar und sagte mit schluckender Stimme: »Ich bin dir's nit.«

Sie sah ihn überrascht an: »Ich dir auch nit«, flüsterte sie.

Er zog seine Hand zurück und rang sie mit der andern ineinander. »Helen', wie hast mir nur das antun können?!« Sie kehrte sich ab und bohrte mit dem Messer, das sie wieder ergriffen hatte, paarmal in die Erde. »Ich weiß's selber nit«, brach sie mit rauher Stimme los, es klang hart, fast abstoßend. »Es muß mich rein der Teufel g'ritten haben. Schad', daß mer's bered't! G'schehen's läßt sich nimmer ung'scheh'n machen.«

»Aber doch vergessen.«

»Das kannst du ja leicht für dein' Teil, wie überhaupt d'Mannleut' in denen Stücken besser d'ran sein. Red'n mer von was andern.« Sie erhob sich, warf das Messer hinter sich und trat einen Schritt näher. »Därf mer bald gratulier'n?«

»Wem meinst? Und wozu?«

»Na, euch, dir und der Sepherl, 'm ein'm zum andern.«

Er ward rot und verlegen wie ein Mensch, den eine schamlose Nachrede verwirrt. »Du bist falsch berichtet«, stotterte er, »an so was denkt kein's von uns zwei'n.«

»Die Sepherl gewiß, das sag' ich dir; ich weiß das seit langem, ohne daß sie mir's hätt' einz'g'steh'n brauchen, noch von der Zeit her, wo wir miteinander 'gangen sein.«

Muckerl seufzte tief auf. »Sie is wohl a brave Dirn, aber sie möcht' mich bedauern, wann's so wär, wie du sagst, an dein' Stell' kann keine treten.«

»Und ich auch nit mehr an selbe z'ruck.«

»Warum?« fragte er eifrig. »Warum nit? Warum sollt's jetzt, wo der Störenfried fort is, nit zwischen uns wieder werden können, wie es war?«

»Wir hätten uns ja heiraten sollen!« lachte sie schrill und höhnisch. Es war ganz unangenehm anzuhören. Dann fuhr sie mit gedämpfter Stimme fort: »Nach dem mittlerweil' G'scheh'nem überlegst du dir's wohl, was ein and'rer übel g'macht hat, gut z'machen, und ich bin zu gewitzt, als daß ich's mit ein'm zweiten noch verschlechter'.«

Der Bursche sah sie mit großen Augen an. »Ich versteh dich nit«, sagte er, »nur wann d' meinst, daß ich's anders mein' als ehrlich, so hast a falsche Meinung.«

»Tschapperl«, sagte sie, ihm ganz nahe tretend und fest in die Augen blickend. »Du weißt eben wenig vom G'scheh'nen. War der Bub vom Sternsteinhof gegen dich grob, so war er gegen mich ein Schuft! Daß ich dich aufgegeben und mich mit ihm eing'lassen hab, das muß ich jetzt schwer g'nug büßen; du kannst z'frieden sein! Er hat versprochen, daß er mich zu seiner Bäuerin macht und ... Was soll ich dir's für dein ehrlich Meinen nit gleich da an der Stell' sagen, was ich nit lang' mehr vor'n Leuten werd' verbergen können? ... In d'Schand' hat er mich g'bracht!«

Der Bursche begann zu zittern, sein Antlitz ward kreidebleich, seine Mundwinkel zuckten, und die Augen, mit denen er die Dirne kläglich anstarrte, füllten sich mit Tränen.

Sie wandte das plötzlich erglühende Gesicht von ihm ab und mit beiden Händen ihn ober den Ellbogen anfassend und sachte rüttelnd, raunte sie ihm zu: »Aber – Muckerl – es is ja nit wahr.«

Er schüttelte leise.

Da drückte sie den Kopf gegen seine Brust und rief schluchzend: »Es is wahr – ja, es is wahr –, ich bin ganz elend und verloren! Stoß' mich weg! Stoß' mich weg von dir!«

Aber er ließ sie gewähren, und nach einer Weile fühlte sie seine Hand ihren Scheitel begütigend streicheln.

Und wie sie so an ihn geschmiegt war, mit gesenkten, tropfenden Wimpern, das Ohr an seinen hämmernden Herzen, vergalt sie ihm die Schwäche, die immerhin großmütige Schwäche, mit der sie eine für ihn herbste Wahrheit nicht entgelten ließ, mit einer überzuckerten Lüge. »Wärst du mir je gekommen«, – ihre Stimme stöhnte noch unter den Nachstößen des verwundenen Schluchzens –, »nur halb so aufdringlich wie der Lump, es könnt' heut' all's anders sein.«

Der Bursche holte so aus dem Tiefinnersten Atem, daß es den Kopf der Dirne von seiner Brust wegstieß. »Helen'«, stammelte er, »was will ich machen? – Ich kann mir nit denken, ohne dich z'sein. – Wenn ich dich doch nähm' – «

»Für den Fall – eh' d' weiter red'st – laß' dich bedeuten! Wie ich jetzt vor dir steh', als ledige Dirn' im Unglück, muß ich wohl dein wie jed's Menschen sein Mitleid dankbar hinnehmen; nähmst du mich aber zum Weib – « sie richtete sich auf, legte ihre Hand schwer auf seine Schulter und fuhr hart und rücksichtslos fort: – »dann verlanget ich, behandelt zu werd'n wie jed's ander's solch's, und nachdem ich dir offen alles gebeicht't und ehrlich gestanden hab', daß du mich unter dein Dach kriegst, nit ' wie sonst der Brauch und auch nit allein, vertraget' ich weder, daß du sagest, du hätt'st mich nur aus Mitleid g'nommen, noch, daß du mir ein' Vorwurf aus'm Vergangenen machest!«

»Ist machet dir auch kein' und tät' schon rechtschaffen sorgen für dich und für das – andere.«

Sie sah ihn mit großen Augen durchdringend an. »Dein Ernst?«

Er nickte und bot ihr beide Hände.

Sie schlug ein und sagte kurz und fest: »Es gilt!« Da aber überwältigte sie die Rührung über die Gutmütigkeit des Burschen, sie drückte seine Rechte an ihr Herz, dann an die Lippen. »Muckerl«, rief sie, »du bist doch mein wahrhafter Helfer in der Not! Daß du mich so lieb hast und vor der Schand' errett'st, das vergeß ich dir in alle Ewigkeit nit!«

Sie meinte es in diesem Augenblicke gewiß aufrichtig, aber, ach, die kurzlebigen Menschen denken nicht, wieviel an den Ewigkeiten, mit denen sie um sich werfen, oft eine kleine Spanne Zeit ändert.

Nachdem sie eine Weile schweigend sich an den Händen gehalten, fragte die Dirne, den Burschen zärtlich anblickend: »Kannst h'rüber?« Sie meinte über den Zaun.

Er deutete lächelnd nein.

»Dann komm' ich!« Sie schwang sich flink über das niedere Gatter, ohne auf ihre lüftige Gewandung zu achten; sah es doch niemand als der eine, vor dem ihr ja fürder jede Scheu ausgeschlossen schien. Nun hing sie an seinem Halse und preßte die dürstenden Lippen auf die seinen, und er taumelte unter ihrer Last, wie trunken von ihren Liebkosungen.

Da rief es vom Hause her: »Komm' essen!« Als aber die Kleebinderin in den Garten hinaustrat, kreischte sie laut auf: »Muckerl!« Die Dirne tat nur einen Schritt zur Seite hinter das dürftige Gebüsch. Sie kehrte der Alten den Rücken zu, und diese sah sie noch ein paar Mal' den Kopf neigen und mit den Händen ausdeuten, ehe der Bursche sich verabschiedete und langsam herankam.

Als Muckerl vor der alten Frau stehen blieb, die ihn mit weitaufgerissenen Augen fragend anstarrte, wies er mit dem Daumen seiner Rechten hinter sich und sagte zutraulich: »Mußt wissen, Mutter, wir sind wieder gut.«

»Wer?« schrie sie entsetzt.

»Na, ich und d'Helen'«, entgegnete er mit Mund und Augen freudig lächelnd.

Die Kleebinderin schlug die Hände zusammen und flocht die Finger ineinander, so schritt sie vor ihm her nach der Stube, wo sich beide zu Tische setzten. Da die Alte das Fragen unterließ, so blieb dem Jungen das Sagen erspart. Er beschäftigte sich angelegentlich mit dem Essen, während sie nachdenklich über ihrem leeren Teller saß, was ihm übrigens gar nicht auffiel.

Wenn es wahr ist, daß seelische Erschütterungen auf die Befriedigung gemeiner leiblicher Bedürfnisse vergessen lassen, wonach sich die Verwaltung von Volksküchen viel ökonomischer gestalten ließe, falls psychische Konflikte billiger zu beschaffen wären wie Rindfleisch; wenn es ferner wahr ist, daß Appetitlosigkeit der Prüfstein wahrer Liebe ist, dann, ja dann hatte bei all' dem Bedeutsamen, was die letztverflossenen Viertelstunden den Kleebinder Muckerl erleben ließen, dessen Gemüt und Herz gar nichts zu tun; sicherlich veranlaßte ihn keines von diesen beiden, nachdem er Messer und Gabel aus der Hand gelegt, den Gurt zu lockern.

Gar anders als die Mutter des Burschen nahm die der Dirne die Sache auf.

»Hast du aber ein Glück«, rief lachend die alte Zinshofer.

Helene runzelte die Stirne. »Was Glück? Mer zertragt sich und find't sich immer wieder zusamm', das kommt häufig g'nug vor.«

Die Alte verzog höhnisch den Mund. »Freilich, häufig g'nug, aber so, wie in dein'm Fall, doch nur selten. Weiß er denn alles?«

»G'wiß. Ich betrüg' kein'n!«

»Na, und jetzt kimmst nit mit leeren Händen.«

»Mutter,« schrie die Dirn' zornig, »wann du mir von dem Geld red'st, was ich dem Alten vor d'Füß' g'worfen hab' und das du dir ohne mein Wissen und Willen zug'eignet hast, so laß' dir sagen, daß ich auch noch heut' davon nix weiß und nix will! Überhaupt, hüt' du dein Zung'! Wann d' nur mit ein'm einzig'n unbedachtsamen Wort n' Hausfrieden zwischen mir und mein' Mann störst, so hat's gute Auskommen zwischen uns zwei ein End', und du sollst mich kennenlernen!«

»Na, na«, murrte die Alte, »Ich mein', ich kenn' dich eh', Giftnickl du! Schau' einmal!«

Damit schlich sie sich beiseite.

Als abends die Matzner Sepherl kam, saß die Kleebinderin im Vorgärtel, sie erhob sich und hielt die Dirne, die mit freundlichem Gruße an ihr vorüber wollte, am Arme zurück. »Bleib'

– 137 –

ein wenig«, sagte sie, »ich wart' da schon d'längste Zeit auf dich; ich muß dir doch sagen, was Neues da bei uns vorgeht, willst dann noch h'nein, armer Hascher, so kannst's ja.«

»Je, du mein! Ja, was gibt's denn?«

»Sie sind wieder auf gleich.«

Die Dirne machte ihre wundernden Augen noch größer.

»Sie sein wieder auf gleich? Ja, wer denn, Kleebinderin?«

Die alte Frau deutete nach der eigenen Hütte und dann nach der Zinshofer'schen. »Hm! Der da d'rin und dö dort d'rüb'n!«

»Ei, so lach'! Das is doch sein Ernst nit. Wie 's geg'n ihn war ...«

»Daran denkt er nit, und sie laßt' nit d'rauf b'sinnen. Nun, er mag tun, wie er für recht halt't. Er is groß g'nug, um sein' Willen z'haben, und alt g'nug zum Überlegen; aber das weiß ich, wenn er die Heirat', ich bleib' nit im Haus!«

Das Mädchen starrte der Alten in die feuchten Augen, plötzlich senkte es den Kopf, sagte tief aufseufzend: »Nun, so b'hüt dich Gott, Kleebinderin«, kehrte sich ab und ging ungleichen Schrittes den Weg zurück, auf dem es hergekommen war; eine Strecke säumig schlendernd, die andere schußlich dahineilend. Die Leute, an welchen die Dirne, so verworren und verloren, vorüberstrich, lachten und meinten: »D'Matzner Sepherl tut schier was suchen, hat wohl'n gestrigen Tag verloren.«

Möglich! Und vielleicht nicht nur den gestrigen, sondern mehrere Tage mit allem, was diese sie Liebes und Gutes hoffen ließen!

13.

An einem der nächsten Abende kam die Kleebinderin zur alten Matzner gelaufen. In der rückwärtigen Kammer, auf einer Gewandtruhe, neben dem Fenster, durch dessen blauen, rotgeblümten Vorhang die Strahlen der untergehenden Sonne brannten, saßen die beiden Weiber, und ihre einander zugekehrten Gesichter erschienen halbseitig wie blau und rot tätowiert. Sepherl kauerte auf einem Schemel im Winkel und horchte wundernd zu.

»Ich kenn’ mich nit aus, Matznerin«, klagte die Kleebinder, »nit um die Welt kenn’ in mich aus. Schon ’n frühen Morgen kommt das Mensch an ’n Zaun und ruft dem Bub’n ein’ Gruß zu, und dann geht das Hin- und Hergelauf’ an. ’n Tag über rennt s’ alle Daumlang herzu und zärtelt und läppelt mit ihm, daß ein’m vom Anschau’n nit gut werd’n könnt’, und ’s Ganz’ is am End’ doch nix wie Falschheit, denk’ ich! Laßt sie sich einmal a Weil’ länger nit blicken, so schleicht ihr der Lapp nach, wie scheu er auch sonst g’west is; sie muß’n rein behext hab’n!«

»Wär’ nit unmöglich«, – nickte die Matzner –, »die Dirn’ is mir nit z’gut für so Praktiken, und ihr Mutter weiß wohl auch dazu Rat, die schaut nit umsonst aus, wie wann ’s af’m Besen reiten könnt’; aber was half’s, wann mer’s gleich z’beweisen vermögt’, wo s’ heuttags in den G’richten nit mehr d’rauf glauben?!«

Sepherl schüttelte seufzend den Kopf; nicht über den Unglauben der Gerichte, sondern weil sie bedauerte, daß bei der Gottlosigkeit so wirksamer »Praktiken« eine brave Dirne an deren Anwendung gar nicht denken durfte.

»Ich sag’ dir, Matznerin«, fuhr die Kleebinderin eifrig fort, »ich werd’ noch krank vor Ärger. Jed’n freien Augenblick, den s’ hab’n, stecken s’ beieinander, und wann s’ kein’ hab’n, so machen sie sich ein'. Ging' ein's verloren, wär' nur d'Möglichkeit, daß mer's mit'm andern z'samm fänd; aber dafür niemal keine, daß du s' auseinander brächt'st! Und bei all' dem Getu' und Getreib', wo sie sich eh' kaum aus'n Augen kommen, begreif' ich nit, warum s' 'n Tag völlig gar nit erwarten können, wo's zur Kirchen geht.«

»Wann soll denn d'Hochzeit schon sein?«

»Nach ihr'n Red'n, heut' über vierzehn Täg'n.«

»Dös geht ja nit. Wo blieb denn da 's kirchlich' Aufgebot von der Kanzel, drei Sonntäg' hintereinander?!«

»Sie lassen sich ein für alle Mal verkünden.«

»Das geht ja nit.«

»Aber mit 'm Dispens.«

»Mit'm Dispens? Ah, freilich wohl! Schau', mer muß sich nur z'helfen wissen. Eh'nder hat man g'sagt, 's ging' was so schnell wie mit der Post, neuzeit mag mer wohl sag'n, wie mit der Eisenbahn. Hihi!«

»Mein' liebe Matznerin, ein Fremd's hat da leicht lachen. Du steckst eb'n nit in meiner Haut und weißt nit, wie mir is. Dank' du Gott dafür!«

»Mein' liebe Kleebinderin, sei nit hart, ich hab' ja nit über dich g'lacht, sondern über dö.«

»Glaub' dir's, glaub' dir's schon. Ich biet' doch auch kein' Anlaß dazu, hitzt, wo sich mein einzig Kind von mir abwend't und ich mir fremd wo ein' Unterkunft suchen muß.«

»Aber, Kleebinderin – «

Diese war mit der Schürze vor den Augen aufgestanden.

Sepherl eilte herzu. »Das laßt der Muckerl niemal g'scheh'n.« Die alte Frau ließ das Vortuch sinken. »In derselben Wirtschaft, was dann anhebt, kann ich nit bleiben und mag auch nit!« Sie streckte die Hand zum Abschied hin. »Nun mach' ich euch weiter keine Ung'legenheit, b'hüt dich Gott, Matznerin.«

»B'hüt dich Gott, Kleebinderin! Sepherl, begleit s' heim, d'Kleebinderin! Jesses, Jesses, hat mer ob im Alter ein Kreuz, woran mer jung gar nit denkt.« Über diesen unstreitigen Erfahrungssatz verfiel die alte Matzner, während sie den Davongehenden nachblickte, in ein chronisches Kopfschütteln.

Sepherl schritt neben der Mutter des Holzschnitzers einher und, da diese unterwegs nicht zum Sprechen aufgelegt schien, so beschränkte sich die Dirne darauf, von Zeit zu Zeit zu versichern, all' das jüngst Geschehene wär' »schon aus der Weis' – ja völlig aus der Weis' tät's sein«.

Als beide die Hütte erreichten, fand gerade in dem Rahmen eines offenstehenden Fensters ein schäkerndes Gebalge zwischen Helene und Muckerl statt. Die Dirne drohte dem Burschen, sie werde ihn beim »Schüppel« nehmen, und er vermaß sich »bei seiner Seel«', wenn er sie bei den Händen zu fassen kriegte, ihr alle Finger auszudrehen, oder ihr den kleinen Wurz abzubeißen.

Sepherl machte die wunderndsten Augen. Alle Finger will er der ausdrehen oder 'n klein' Wurz abbeißen! Schau', das hätt' sie ihm gar nie zug'traut, daß er vermöcht' so – zärtlich z'tun!

Als Muckerl der Herankommenden ansichtig wurde, rief er: »Grüß' Gott, Mutter! Gut'n Abend, Sepherl!«

»Je«, sagte die Helen', »Sepherl, was machst denn du da?«

Was sie da mache? Sie, die da unterm Dache schwere Zeiten hat tragen helfen? Und das fragt die, welch' dieselb'n herbeig'führt hat und ihr jetzt bei gutem Wetter wieder breit die Tür' verstellt! O, wie das hochmütig und höhnisch war! – Dafür nahm es die eifersüchtige Dirne und ihrem Empfinden nach hatte sie recht; Helene aber dachte nicht, daß so ein unbeholfenes, unschönes Ding sich einbilde, man könne ihm ernstlich übel wollen oder überhaupt gegen es hochmütig sein. Sie hatte, ohne eine Antwort abzuwarten, die Neckerei mit dem Burschen wieder angehoben.

Sepherl stemmte den einen Arm in die Seite und schüttelte den andern gegen das Paar. »Galstert's nur nit gar so viel«, rief sie kichernd, »sonst habt ihr's mit d'Bauern z'tun, dö brauchen hitzt schön Wetter, und wann Kaibeln raufen, kimmt bald ein Regen!« Damit lief sie fort, und oft schlug sie mit der geballten Rechten in die flache linke Hand und lachte: »Dösmal hab' ich ihr's g'geb'n! Ah, ich laß' mich nit feanzen! Dösmal hab' ich ihr's g'hörig g'geb'n!« Zwar hat sich der Muckerl auch ihre »spitze Red'« gefallen lassen müssen, dem war nicht abzuhelfen, aber rechtschaffen freuen tat es sie nur, der hochmütigen Dirn' ein's angehängt zu haben.

In ganz Zwischenbühel wunderte man sich darüber, wie der Herrgottlmacher mit der Zinshofer Helen' so g'schwind wieder übereine hat werden können, und besonderes Aufsehen machte es, daß's den zwei'n Leuteln mit'm Hochzeitmachen so unmenschlich eilt. Auch im Pfarrhofe kam die Rede darauf.

Die Zwischenbüheler Kirche war gar klein geraten, man hatte sie, seitab der Straße, auf den Hügel hingebaut, und eine ziemliche Anzahl niederer, breiter Stufen, für altersmüde Beine vorgesehen, führte zu ihr hinan, und eine eiserne, längs der Wand festgenietete Stange leitete die zitternden Hände.

Rechterhand umfriedete eine verfallene Bruchsteinmauer ein kleines Grundstück; durch die schwarzangestrichenen Latten des Tores sah man tiefgrünen, hügeligen Rasen, aus dem hie und da ein Kreuz ragte. Die Torflügel standen halb zugelehnt, und zwischen den Gräbern graste eine braungefleckte Kuh, sie beschnüffelte eben ein ganz verwittertes Bleischild, das einst jeden, der sich aufs Lesen verstand, davon benachrichtigte, daß hier die Margarete Zauner, genannt »Schluckaufgredl«, Kuhmagd beim Hohleitnerbauer, beerdigt liege. Die kannte vielleicht bei Lebzeiten die Braungefleckte noch als Kalb.

Linkerhand lehnte sich der Pfarrhof an das Kirchlein, klein und unansehnlich wie dieses; zwei Fenster im Erdgeschosse und zwei im Stockwerke und anstelle des dritten, oben dem Tore, eine Nische, in welcher ein Heiliger stand, von dem unter den ältesten Leuten im Dorfe die Sage ging, es wäre der heilige Pamphilius gewesen, denn dermalen war das Steinbild durch langjährige Unbilden des Wetters so arg mitgenommen, daß davon nicht mehr übergeblieben als eine höchst fragwürdige Verallgemeinerung menschlicher Gestalt.

Ein kleiner Hofraum, in welchem der Stall für die Braungefleckte stand, und ein schattiges Gärtchen stießen rückwärts an das Haus, dessen niedrige Gemächer, man konnte in
jedem mit ausgerenkter Hand an die Decke reichen, drei Personen bewohnten. Die Stube unten, gleich neben dem Tore,
war als Pfarrkanzlei eingerichtet, und die anschließende
Kammer mit den Fenstern nach dem Hofe, hatte ein junger
Hilfsgeistlicher inne; im Stockwerke waren diese Wohnräume
getrennt und mündeten, Tür' an Tür', nach dem Gange, da
hauste der Herr Pfarrer in der Stube und die Pfarrköchin in
der Kammer nebenan, aber in Zwischenbühel hatte dessen
niemand ein Arg, denn die Pfarr-Regerl war ein überjähriges,
langes, dürres Weibsbild; die Bauern meinten, vor der liefe
der Teufel davon, wenn sie ihm Karessen mache, und der höl-
lische Erbfeind soll doch sonst nicht heikel sein. Man sagte
der Regerl nach, daß sie wie die »teuere Zeit« aussähe und der
Herr Pfarrer wie die » gute Stund selber«; er sah auch unter
dem kurzgeschnittenen, schneeweißen Haar mit dem gutmü-
tigsten Gesichte in die Welt. Über dem zahnlosen, freundlich
lächelnden Munde und den rotangehauchten Bäckchen blinkten ein Paar klare, graue Augen, forschend und traulich; selten saß davor, auf dem leichtgebogenen Sattel der Nase, die
Brille mit der Horneinfassung, meist schob sie der alte Herr
nach der Stirne hinauf, da er ihrer nur zum Lesen bedurfte.
Von Gestalt war er ein kleines Männlein, kurz, beweglich,
nirgendwo lange Stand haltend, was ja auch zu dem Verglei-
che mit der guten Stunde paßte, wie jeder bezeugen wird, der
eine solche einmal erlebt.
Als vor ungefähr einem Jahre der hochwürdige Herr Leopold
Reitler, Pfarrer zu Zwischenbühel, merkte, daß ihm beim
Schreiben manchmal die Hand versage, und er sich obendrein
über einigen Vergeßlichkeiten ertappte, da schritt er bittlich
um einen geistlichen Hilfsarbeiter ein, der ihm denn auch
nach überraschend kurzer Frist in der Person des hochwürdigen Kaplans Martin Sederl zugeteilt ward.
Der junge Kleriker war ein hochaufgeschossener, derbkno-

– 143 –

chiger Mensch, er trug den Kopf, zu dessen beiden Seiten die Ohren fast platt anlagen, auf vorgerecktem Halse, das kurze, braune Haar fiel ihm struppig in die niedere Stirn; in seinem, durch die vortretenden Backenknochen und derben Kinnladen, auffallend breiten Gesichte verschwand eine kaum nennenswerte Nase, und trat dagegen ein schrecklich großer Mund hervor, dessen Lippen über einem Gebiß von langen, stellenweise mißfarbigen Zähnen fletschten, selbst die glänzenden dunklen Augen machten keinen gewinnenden Eindruck, da er sie beständig rollte; mochte er auch durch dieses unvorteilhafte Äußere gegen mancherlei Anfechtungen gefeit sein, so förderte ihn dasselbe durchaus nicht in seinem Berufe und gab erst vor kurzem den Anlaß, daß er in der benachbarten Diözese, wo er in einem größeren Pfarrsprengel wirkte, das Opfer eines unverzeihlichen Mißgriffes geworden war.

Ein Gutsbesitzer fühlte sich sterbenskrank. Für den Mann blieb sonst die Kirche, wo sie war, nämlich zwei Stunden Weges seitab seiner Straße, aber nun gab er dem Andringen seiner Verwandten und Freunde nach und wollte sich »der Leute wegen« die »letzten Tröstungen« gefallen lassen. Es wurde also nach der Pfarre geschickt, und dort dachte man, es sei ganz gleichgültig, wen man abordne; war der berüchtigte Freigeist unbußfertig, dann kam ihm keiner recht, aber wollte er sich wahrhaft bekehren, so war dazu jeder gut; es wurde daher ohne weiteres der Kaplan Sederl samt dem Kirchendiener in die Kutsche gepackt und an Ort und Stelle spediert.

Als der junge Mann allein an dem Sterbelager saß und sich mühte, dem flauen Gesichte einen salbungsvollen auferbaulichen Ausdruck zu geben, als er das große Maul öffnete und in einem erschrecklichen Deutsch zu sprechen begann, jeden einzelnen Vokal wie einen Doppellaut dehnend und mit Weiche und Härte der Mitlaute ein bedenkliches Wechselspiel treibend, da geriet der Kranke in eine so ausgelassene Heiterkeit, daß der Kaplan bestürzt und entrüstet die Flucht ergriff. Wenige Tage darnach war der Gutsbesitzer auf dem Wege der Besserung, aber in der Pfarrei vermochte man sich dieses medizinischen Erfolges auf Kosten des theologischen nicht zu erfreuen, und man wäre den im Grunde ganz unschuldigen Martin Sederl gerne losgeworden, hätte man nur gewußt, wohin mit ihm; im Konsistorium, wo die Eingaben der beiden Pfarrämter zusammentrafen, ward die eine durch die andere erledigt, und so kam der hochwürdige Herr Kaplan, schneller als er und andere es dachten, nach Zwischenbühel.

Da saß er nun in der dumpfigen Kanzleistube an dem verstaubten Amtstische und las, da er sich vor Langweile nicht auswußte, die Eintragungen in den Kirchenbüchern, was ihn allerdings längere Zeit beschäftigen konnte, da selbe hundertfünfzig Jahre zurückreichten. Fliegen umschwärmten ihn, und wenn sich eine oder mehrere auf seinem Kopfe tummelten und in dem steifen Haar verwirrten, so schlug er mit der flachen Hand danach; einem Statistiker würde es nicht schwer gefallen sein, durch Ermittlung der Ziffer des Prozentsatzes der Getöteten einem Gesetze auf die Spur zu kommen, das, im Hinblick darauf, daß meist nur die verbuhlten Individuen der Gattung diesem Verderben sich aussetzten und ihm anheimfielen, einer sittlichen Basis nicht ermangelt hätte; aber der Kaplan hielt wenig von den Wissenschaften, von der Statistik das allerwenigste, die Geschicke der Menschen standen ja in Gottes Hand, und erschlagene Fliegen zählt man höchstens, wenn es eine Wette gilt, wer mehr erschlüge.

Er erhob eben wieder die Hand, ließ sie aber auf halbem Wege sinken, denn im Flur wurden hastig schlürfende Schritte laut, die Tür öffnete sich, und der Pfarrer schoß herein in die Stube.

»Guten Morgen! Guten Morgen!« rief er dem sich erhebenden Kaplan zu. »Bleiben S' sitzen! Bleiben S' sitzen, lieber Sederl! Schau einmal«, er nahm das lange Rohr seiner Pfeife aus dem Munde und deutete mit der Federspule nach den auf dem Boden liegenden Fliegen, – »Sie sein ja so ein arger Fliegentöter wie der römische Kaiser Domitianus, von dem ein Höfling ein'm, der a Audienz unter vier Augen wollt', g'sagt hat, der wär' allein, nit amal a Flieg'n bei ihm.«

– 145 –

»So weit hab' ich es noch nit gebracht«, meinte der Kaplan, und wenn er sprach, wie ihm der Schnabel gewachsen, so klang das ganz erträglich. »Seine römische Majestät hat sie wohl bei geschlossenen Fenstern erschlagen.«

»Hm«, der Pfarrer schüttelte den Kopf, »weiß nit, Fensterscheiben hat's damal noch nit gegeben, Fliegengatter vielleicht« –

»Er hat's wohl mehr im Griff gehabt.«

»So wird's sein«, lachte der alte Herr, schulterte sein Pfeifenrohr und drückte die Asche im Tonkopfe mit dem Daumen zusammen, dann sog er an der Spitze, um zu erproben, ob noch ein Stäubchen glimme; es bekam ihm übel, verkohltes Gekrümel kam ihm in den Mund, er eilte zum Spucknapf und sprudelte und spuckte. »Kreuzdividomini«, schimpfte er, »daß ich allweil vergeß', daß aus, aus ist.« Er klopfte mit der Pfeife so energisch gegen das Fensterbrett, daß die Tonscherben hinaus ins Freie sprangen. »Oh, Sakra h'nein, jetzt is s' hin auch noch!«

Der Kaplan lehnte sich mit einem überlegenen Lächeln in seinen Stuhl zurück und begann – vermutlich wähnte er, der Geist sei über ihn gekommen – in fremder Zunge zu reden: »Här Bfarrer, Sie zaigen da eihnen so hibschen Zoornesaifer, deer auhf gresere Dünge ankewahndt ...«

Der Pfarrer drehte sich auf dem Absatze nach dem Sprecher um. Er kniff die Augen zusammen, als wolle er sich seinen Mann genauer betrachten. »Sein S' g'scheit? Sie werd'n doch mir kein' Predigt halten woll'n, Herr Sederl? Wo woll'n S' denn h'naus damit?«

Sederl vermied das ihm abträgliche Hochdeutsch, als er fortfuhr: »Nehmen S's nit übel, ich bin jetzt lang' genug um Sie, seh', daß Sie das Zeug dazu hätten, so recht dareinzuteufeln, aber Sie erhitzen sich über Kleinigkeiten, statt ...«

»Das is a Fehler«, fiel ihm der Pfarrer eifrig ins Wort, »ein leidiger Temperamentsfehler, da hab'n S' vollkommen recht, mein lieber Sederl! Sooft mir so ein verluderter Ausdruck h'rausfahrt, reut mich's und bitt' ich unsern Herrgott, daß er mir d'Sünd' verzeiht, und schäm' ich mich nit wenig, mich alten – mich alten Menschen über so einer Ungebühr zu ertappen, wogegen ich jahraus und -ein 'n Bauern gute Lehren geb'! Nun, Sie hab'n g'seh'n, das vorhin war weg'n der verhöllten Pfeifen, das is mein Schaden g'west, den ich durch mein' Zornmütigkeit nur größer g'macht hab'; daß ich mich aber einmeng' und dadurch etwa ein' fremden vergrößer', da werd' ich mich hüten; überhaupt Gottdienen und D'reinteufeln stimmt mir nit. Doch weil wir just auf dem Gegenstand sein, reden wir sich aus. Sie sind noch jung, Herr Kaplan, und können zulernen, und ich bin nit zu alt, mich aufklären zu lassen. Reden wir sich aus. Wo nachher, meinen S' denn, daß's selbe D'reinteufeln am Ort wär'?«

»Der Johann Nepomuk Kleebinder und die Helene Zinshofer haben das einmalige Aufgebot erwirkt und können in wenig Tagen über Hals und Kopf in den heiligen Ehestand treten.«

»Wohl!«

»Nach dem Gemunkel und Gered' der Leute dürfte aber eine Entwürdigung des Sakramentes dahinterstecken, die für die Gemeinde vom übelsten Beispiel sein könnte.«

»Versteh', versteh' Sie vollkommen, Herr Kaplan. Aber auf Dürfen und Können können und dürfen wir nichts geben. Wo Sie fürchten, in Schmutz zu greifen, da halten S' als reinlicher Mensch, die Händ' davon. Alles G'red und G'munkel hat nicht Hellers Wert für mich, erst wenn sich dessen volle Wahrheit im Beichtstuhl erweisen sollt', tritt die Frag' an mich heran, wie wohl das räudige Schaf am heilsamsten zu behandeln wär', ob ich 'n Stab Wehe oder 'n Stab Sanft dazu aus'm Winkel langen soll, und bitte, Herr Kaplan, bitte, sich eben just da an meine Stell' zu versetzen. Was würden Sie tun? Würden Sie durch ein besonderes Veranstalten und wär's auch nur durch ein Verdonnern in der Amtsstube, wo jed's horchend herzurennt, das in der Näh' weilt, würden Sie durch so was Vergehen, die schon unter's Beichtsiegel g'nommen sind, 'n Leuten zu vermerken geben? Wollen Sie die G'fall'nen, statt sie aufzurichten, tiefer niederducken und die andern d'rüber wegsteigen lassen und in ihrer Schadenfreud' und Hochmütigkeit bestärken? Wollen Sie ein'm G'schhöpf, das die Unsauberkeit, in der 's bisher g'steckt hat, mit einmal inne wird und sich rechten Weg's besinnt und voll Angst und Verzagtheit auf selb'm hinflücht't, denselbigen verleg'n und erschweren? Woll'n Sie das?« Er machte dabei mit dem Pfeifenrohre einen Ausfall gegen den jungen Kleriker und traf mit der Federspule dessen zweiten Rockknopf.

Der Kaplan knickte, beide Hände vorstrebend, in dem Stuhle zusammen, als ob ihn der Stoß niedergeworfen hätte. »Mein Gott, nein«, sagte er.

»Ich denk' selber, daß ihnen dazu 's Herz versaget«, fuhr der Pfarrer fort. »Schau'n S', Hasen vom Kohl scheuchen und Gäns' in 'n Stall treiben, is halt zweierlei! Um von üble Vorsätz' abz'schrecken, mag' schon taug'n, ein' rechten Lärm z' schlagen, aber 'm Gescheh'nen gegenüber ficht' mer mit alle Himmelheiligkreuzdonnerwetter nix, und wann einer da werktätig Reu' bezeigt, so muß ich trachten, daß ich ihn bei gut'm Mut und Willen erhalt'! Die Leut' sündigen oft in aller Unschuld – will sagen – aus purer Dummheit, Bosheit liegt ihnen fern, und 'm dolus fragt selbst die irdische Gerechtigkeit nach. Nun mag's in dem Fall mit der Braut schlimm g'nug bestellt sein, aber 'n Umständen nach is es ausgeschlossen, daß das 'm Bräutigam verborgen bleibt, und der is ein braver Bursche, und wenn der'n Mantel der christlichen Nächstenliebe über'n Schaden breit't, soll ihn nachher aufdecken? Soll ich die Dirn', die sich g'rad noch rechtzeit, bevor sie sich verloren gibt, auf Zucht und Ehrbarkeit zurückbesinnt, hart anlassen und machen, daß s' auch nur für ein' Augenblick ihre guten Vorsätz' bereut?« Er reckte die Hand empor und schüttelte mit den gespreizten Fingern. »Ah, nein, nein, mein Lieber! Ich weiß zu gut, was so eine z'rückg'tretene Reu' stiften kann, das is wie bei ein'm Ausschlag, und die Folg' möcht ich nit auf mein G'wissen nehmen!«

»Ich ja auch nit«, seufzte der Kaplan.

»Und was Sie von ein'm üblen Beispiel und Entwürdigung

reden, trifft auch nit zu. So ein ledig's Z'samm- und Auseinanderlaufen find't mer, leider Gott's, g'nug da herum in der Gegend, und in dem liegt's üble Beispiel, nit an denen, die'n kirchlichen Segen ansuchen. Es kann auch von keiner Entwürdigung des Sakraments die Red' sein, denn dem der Eh' geht, wie wir wissen, das der Buß' voran, auf alle Fälle treten also beide Teile rein vor'n Altar hin; ins Herz vermag ich kein'm z'schaun, steckt noch in irgendeinem Falterl ein Schmutz vom Vorhergegang'nen, oder nimmt ein's die aufzuerlegende Pflicht nit ernst g'nug, so hat das jed's mit'm Herrgott allein ausz'machen, und dessen is, wie geschrieben steht, das Gericht; wir sind nur seine Gnad'n-Verwalter, und die hab'n wir ausz'teilen, wie ich mein', nach der Vorschrift, nit gepfeffert und nit überzuckert.«
Der alte Herr hatte das Pfeifenrohr an den Enden angefaßt und wiegte mit den Armen, jetzt machte er einen heftigen Ruck, daß es sich bog, »knack« sagte es; er schlug ärgerlich die beiden Stümpfe gegeneinander, schleuderte sie dann nach einer Ecke und bewegte die Lippen; da er sich aber nichts verlauten ließ, so mag es dahingestellt bleiben, ob er nicht etwa im stillen, ganz für sich, einen »verluderten Ausdruck« gebrauchte.
Er warf die Hände über den Rücken, machte ein paar Schritte, räusperte sich und hob wieder an: »Ja, mein lieber Herr Sederl, Sie kennen halt die Menschen noch viel zu wenig und gar erst die Leut', die Leut'! Man nennt uns nit umsonst Seelenärzt', wenn auch neuzeit' g'sagt wird, Seel' hätt der Mensch gar keine, das is Wortfechterei und Silbenstechen; der Mensch hat so was wie eine Seel', das sag' ich allen gelehrten Herren zu Trutz, ich, der ich jetzt meine guten dreißig Jahr' dasitz' auf einer und der nämlichen Plarr' und alle meine Patienten vom ersten bis zum letzten, vom ältesten bis zum jüngsten genau kenn'! Der Mensch hat eine Seel', die ihm im g'sunden Körper verkümmern und über'n siechen hinauswachsen kann, ein Ding, das z'tiefinnerst uns per Du anred't, und wann das sagt: ›Du Halunk‹, so geben wir uns bei all'n

– 149 –

Reichtümern und Ehren der Welt nit z'frieden, und wann es sagt: ›Du braver Kerl‹, so halten wir getrost aller Verleumdung und Verfolgung stand. Wenn aber Gottlosigkeit und Zweifel, eigene oder fremd woher, der Seel' d'Red' verschlagen, so wird sie krank, und wir haben dann die Wahl, wie wir ihr Luft machen wollen, durch die Furcht vor'm Teufel und der Höll', oder durch d'Hoffnung auf Gottes Erbarmung und das Himmelreich, und da weiß ich's nit anders, als daß der Mensch die Erbarmung sucht; der Sündigste verstockt und verhärtet sich gegen die Furcht, aber die Zeit und die Stund' kommt, und wär's seine letzte, wo er sein Ohr der Botschaft von der Gnad' und Erbarmnis Gottes zuneigt. Paarmal schon bin ich an die Sterbebetten von Erzhalunken g'rufen worden und hätt' lieber als nit, gleich nach dem Sündenbekenntnis davonrennen und sie allein liegen lassen mögen, aber wann s' mich ang'schaut hab'n mit Aug'n wie ein winselnder Hund an der Ketten, der'n Bauer mit'n Tremmel herzukommen sieht, ja, du mein Gott, da hab' ich all 'n Trost, mag er g'schrieben steh'n oder nit, aufgewend't, daß ich ihnen über ihre letzte Not hinweghelf'. So was will durchg'macht sein, von dem Augenblick an, wo man sich aus hellem Mitleid um so ein' verlor'nen Menschen zu ängstigen anhebt, bis dahin, wo einem mit einmal hart und leid um ihn geschieht, bis z'letzt, wo man sich zugleich mit ihm beruhigt und in selbem gott- und weltergebenen Frieden, wie er von der Erd', aus'm Haus scheid't. Sederl! Solche Wunder der Barmherzigkeit muß man erlebt und Gott dafür die Ehr' gegeben haben, dann entschließt man sich wohl zur eindringlichen Vermahnung, zum aufmunternden Zuspruch, aber auf's D'reinteufeln gibt man nit so viel.« Er schnippte mit den Fingern.

Der Kaplan sah aus dunkelrotem Gesichte mit leuchtenden Augen nach dem Pfarrer. Er erhob sich und streckte ihm die Hand hin. »Verzeihen S'«, flüsterte er.

»Ah, geh'n S' mir weg, da gibts nix zu verzeihen! Sie sind hierorts mein Assistent, als solchen kann ich Sie nit auf eigene Faust herumdoktern lassen und muß Sie wohl über mein'

Method', die sich d'Jahr her bewährt hat, aufklär'n, so wie ich
d'rauf schau'n muß, daß Sie erst mit unsere Patienten vertraut
werden. Es is gar eigen und merkwürdig mit'm Volk.« – Er
wiegte nachdenklich den Kopf. – »Stell'n S' Ihnen vor, was
die letzten Tröstungen anlangt, passiert's mehrfach, daß einer, in dess'n Herzkammerl es unsauber g'nug ausschaut, sich
steif und fest 'n Himmel erwart't, während ein alt's, fromm's
Mütterl, was nie keiner Flieg'n ein Leid ang'tan, die Höll'
fürchtet, wie nit g'scheit. Es is mir unerklärlich, aber es hat
ganz 's Ansehen darnach, als wär' bei solchen Leuten, die
doch nit davon g'lesen, noch g'hört hab'n, von selber der Gedanken erwacht, daß Gott von all'm Vorhinein, ohne daß
durch's Menschen eigenes Dazutun d'ran was z'ändern
stünd', ein' Teil zur Seligkeit und 'n andern zur Verdammnis
bestimmt hätt'!«
Der Kaplan machte den Versuch, Runzeln zu ziehen, was aber
nicht gelang, da sich die Haut über seine niedere Stirn glatt
wie ein Trommelfell spannte. »Ärlauhben, woo aaber füntet
sihch teer Getange?« fragte er, erregt und – hochdeutsch.
Der Pfarrer sah ihn mit hochgehobenen Augenbrauen erstaunt an. »Im heiligen Augustin«, antwortete er, »wenn anders mein Gedächtnis im Behalten nit schwach g'word'n ist.«
Sederl sah vor sich hin, er stemmte die Fingerspitzen gegeneinander und drückte langsam Handfläche an Handfläche.
»Verzeih'n S'«, murmelte er, »'s meinige hatte mich für'n Augenblick verlassen. Übrigens ist diese Meinung ...«
»Nur spekulativ, wie es mehr oder weniger alles is, was in
Glaubenssachen über's Credo h'nausgeht. Ich hab's nur vorgebracht, weil's mir z'Anfang meiner Seelsorg' viel z'denken
geben hat, und ich war damal der Meinung, solche Anschauungen unter'n Leuten hätten ihr'n Grund in der Übermü-
tigkeit der ein'n, denen ihr Leb'n lang' all's Gute zug'flossen
is, ohne daß sie ein' Finger darnach auszurenken brauchten,
und in der Verzagtheit der andern, die von der Wieg'n an all's
Elend verfolgt hat. Mag schon was Wahr's d'ran sein, aber für
alle Fälle wollt's nit ausreißen, und bei näherem Zusehen bin

– 151 –

ich auf welche getroffen, die'n Katechismus mit gar eigene Augen lesen und für d'Gebote Gottes und die Vorschriften der Kirche völlig farbenblind sein; mit solchen hat mer erst a hell's Kreuz, ob s' d'Gnad' Gottes mit'm irdischen Wohlergeh'n, die Andachtsübungen mit'n guten Werken verwechseln, oder anderswas anderswie, das is ein Teufel. Und so viel ich bisher G'legenheit g'habt hab', die Dirn', über die wir 'n Dischkursch führ'n, zu beobachten, scheint mir, die is von derer Gattung. Na, wann s' dö Tag' zur Beicht' kommt, hör'n S' ihr's ab, Herr Kaplan. Sie können dabei was lernen.«

»Gerne.«

Es pochte, ein halbwüchsiges Dirnchen schlüpfte zur Türe herein, drückte mit einem Stoße seiner Rückseite sie wieder ins Schloß, lief dann auf beide Geistlichen zu und küßte ihnen die Händ.

»Ah, du bist's, Hannerl?« sagte der Pfarrer, die Kleine in die pralle Wange kneifend. »Kann mir's denken, warum d' herlaufst. Hat g'wiß der Storch schon a G'schwisterl g'bracht?«

Das Kind nickte. »Is 's a Brüderl?« Das Kind schüttelte den Kopf. »Ein Schwesterl also. Sollst wohl d'Tauf ansag'n?« Die kleine Dirne nahm jene schwermütige, einfältige Miene und summende, klagende Sprechweise an, welche es den Erwachsenen bei Beileidsbezeugungen abgelauscht hatte. »'s Kindl bleibt uns nit, d'rum is d'Hebmutter mit der Nachbarsliesel als Gödin h'raufg'rennt, daß's nur gleich g'tauft wird. Sie warten in der Kirchen.«

Der Pfarrer stürzte aus der Stube und lief kopfschüttelnd nach dem Gotteshause, um ein Wesen in die christliche Gemeinde aufzunehmen, das, ohne in einer Wiege gelegen zu haben, in den Sarg gebettet werden sollte.

Der Kleebinder-Muckerl und die Zinshofer-Helen' waren von der Kanzel geworfen worden. Am darauffolgenden Nachmittage stieg die Dirne die breiten Stufen zur Kirche hinan, langsam, mit gesenktem Kopfe; oben angelangt, wandte sie sich nach links und schritt dem Pfarrhause zu. Dort stand sie eine Weile unschlüssig vor der Türe der Kanzleistube, dann pochte sie leise, auf den Zuruf von innen faßte sie mit unsicherer Hand an die Klinke und trat ein.

Hinter dem Schreibtische saß der Kaplan, den Kopf über einen mächtigen Folianten geneigt, sie sah nichts von ihm als seine großen Hände, mit denen er die Deckel des Buches umklammerte, und seine Schädeldecke mit dem struppigen Haar, in dessen Mitte ein kahler Fleck, die Tonsur, glänzte.

»Gelobt sei Jesus Christus.« sagte sie. »In Ewigkeit!«

Ein Schwarm von Fliegen surrte an ihr vorüber. Sie wehrte einige ab und sah zu, wie sie sich jagten, zerstreuten und allmählich an verschiedenen Stellen wieder zur Ruhe kamen; dann flüsterte sie: »Hochwürden ...«

»Was gibt's«, fragte der Geistliche, ohne aufzublicken. »Ich bin d'Zinshofer Helen', – die Braut – «

»Weiß es.«

»Da wär' ich halt und tät' gern beichten.«

»Jetzt gleich?«

»Wenn's sein kann und ich nit ung'legen komm', Hochwürden, wär' mir's lieber, jetzt gleich.«

Der Kaplan nickte, schob das Lineal als Lesezeichen zwischen die Blätter, klappte das Buch zu und erhob sich. Erst jetzt, wo er vor der Dirne stand, richtete er seine unsteten Augen auf sie, sie blickte ihn schüchtern an, da senkten beide die Wimpern und sahen, wie zuvor, nach der Diele.

Der Ton der Stimme klang rauh und die Rede unfreundlich, als der Kaplan sagte: »Geh' Sie voraus in die Kirche, sammle Sie sich noch ein wenig, ich komme gleich nach.«

Als sie allein in die leere Kirche trat und selbst ihr leiser Tritt auf den Steinfliesen einen Hall weckte, der in den hohen Gewölben zitternd, wie klagend, erstarb, da blickte sie scheu um sich, atmete schwer auf und preßte beide Hände an das Herz. Der junge Priester ging an ihr vorüber nach der Sakristei. Er legte sich selbst die Alba, das weiße Chorhemd an, hing sich die Stola um und setzte sich das Käppchen auf, dann begab er

– 153 –

sich in den Beichtstuhl; das Taschentuch in seiner Linken hielt er vor das Gesicht, mit der Rechten machte er das Zeichen des Kreuzes über die Dirne und neigte das Ohr seitwärts nach dem Gitter, hinter dem es nun zu wispern und zu flüstern begann.

Das Tuch ist ein notwendiges Requisit. Die Augen hält der Priester geschlossen, die verraten nichts, die untere Hälfte seines Gesichtes aber deckt das Tuch; gut, wenn es nichts zu verhüllen hat, als etwa das Lächeln über naive Geständnisse kindlicher Seelen und nicht das starre Erstaunen, das jähe Erschrecken, den fröstelnden Ekel über ungeahnte Laster, Missetaten und Gemeinheiten.

Bei seinen bisherigen Beichtkindern hätte Kaplan Sederl allerdings des Tuches nicht bedurft. Man hatte ihm jene alten Frauenzimmer zugewiesen, die ihres chronischen Seelenleidens halber allwöchentlich in die Kirche gelaufen kamen und manchen wackeren Priester ärgerten; ferner mußte er aushelfen, wenn man die Schulkinder zur österlichen Beichte führte. Die Sündenbekenntnisse, welche er zu hören bekam, waren daher keineswegs aufregender Natur, er war aber auch anderseits ein sehr ernster Mann, der kein Geständnis leicht zu nehmen vermochte und jedes in aller Weit- und Breitschweifigkeit behandelte, darum drängten sich die alten Weiber an ihn heran, während Knaben und Mädchen, nur vom Lehrer hingewiesen, sich vor seinem Beichtstuhle anreihten und, wenn es irgend anging, sich sachte wieder davonstahlen; es galt für eine Art Schulstrafe, bei Kaplan Sederl beichten zu müssen.

Was sich nun aber hier, wo er zum ersten Male in der kleinen Dorfkirche zur Beichte saß, an die vorgeschriebene Reue- und Leiderweckung anschloß, war nicht das herabgeleierte, aus dem »Beichtspiegel« zusammengesuchte Geständnis eines Kindes, nicht das selbstquälerische, von Seufzern begleitete, Geschwätz einer hysterischen Alten, es war das Bekenntnis eines reifen Wesens, das sich bewußt war, gesündigt zu haben, eine Selbstanklage, die in allen Punkten zu Recht bestand und, obwohl stotternd, doch im Tone trockenster Aufzählung vorgebracht wurde.

Heiß und kalt überlief es den jungen Geistlichen. Ihn empörte diese, von keiner Regung der Scham begleitete Aufdeckung moralischer Gebreste und Schäden, er vergaß, daß die Vorschrift dem Beichtkinde auftrug, sich dem Beichtiger gegenüber von der Scham nicht beeinflussen zu lassen. Zum ersten Male hatte er Gelegenheit, in die Tiefe eines menschlichen Herzens zu blicken, und er fand da nicht Verlaß noch Treue, ohne daß er ahnte, wie wenig überhaupt davon in der Welt vorkam und fortkam und schon als zarter Schößling roh unter fremde Füße getreten, mit eigenen Händen, leichtfertig oder verzweifelnd, ausgerauft wurde, da es ja doch keinem zu Nutz noch zu Genuß gedieh.

Er ließ die Hand mit dem Tuche sinken, mit zornigen Augen sah er durch das Drahtgeflecht des Gitters und begann zu eifern.

Damit hatte er es versehen, und doch machte dieses Versehen die Beichte ihm lehrreich und verhalf ihm zu einem der bleibendsten Eindrücke in seiner Erinnerung.

Helene starrte ihn erschreckt an, dann begannen sich ihre Augen mit Tränen zu verschleiern. In stammelnder Erregung brachte sie Aufklärungen und Erläuterungen über ihr Tun und Lassen vor, durch welche dasselbe entschuldigt werden, in milderem Lichte erscheinen sollte, immer aber fand sie sich zuletzt einem schlechten Willen, einer sträflichen Schwachheit gegenüber, denen sie nachgegeben hatte, welche ihr selbst unerklärlich waren und nun geradezu wie Eingebungen des Bösen erschienen. Jammernd rang sie die Hände, brach in ein krampfhaftes Schluchzen aus und stieß sich die Stirne an dem geschnitzten Zierrat des Beichtstuhles blutig.

Da überkam, jäh, wie eine Offenbarung, den jungen Priester die Erkenntnis, warum der, an dessen Statt er nun des Amtes zu walten vorgab, nicht jene, die vertrockneten oder reinen unberührten Herzens auf den Höhen des Lebens wandelten, zu sich berufen hatte, sondern die der Führung und des Trostes Bedürftigen, die Kinder, die Mühseligen und Beladenen

– 155 –

und die Sünder, und warum die alte Welt bis in ihre Grundfesten erschüttert wurde durch die neue Botschaft, welche anstelle des starren Gesetzes die Liebe, anstelle der Strafe die Gnade zu setzen verhieß.

Und nun begann der Kaplan beruhigend und tröstend zuzusprechen, und je leiser das Stöhnen der vor ihm Knieenden wurde, je mehr ihre geknickte Gestalt sich aufrichtete, je inniger und vertrauender ihr Blick auf ihm haftete, je überzeugender und eindringlicher ward seine Rede, und nie hatte er, so ganz eingedenk ihres Gewichtes, die Lossprechungsformel feierlicher und andächtiger ausgesprochen.

Als er aus dem Beichtstuhle trat und das junge, schöne Weib zu ihm aufsah mit dem bleichen, reglosen, frommen Antlitze, da meinte auch er sagen zu dürfen: »Wer sich rein fühlt, der werfe den ersten Stein auf sie! Gehe hin und sündige nicht mehr!« Mächtig hob sich seine Brust. Er reckte sich empor. Heiliger Ernst lag über seinen Zügen, und aus seinen Augen blickte eine Milde und gelassene Ruhe, als sähe er die Dinge in dem Lichte einer weltentlegenen Sonne, in all' ihrem dürftigen Scheine und ihrer ewigen Wandelbarkeit. Zu der Stunde war dieser häßliche Mensch schön; schön, wenn es je eine durchgeistigte Form über eine leere, vollendete davontrug.

Er trat an die Dirne heran; die Worte seines Herrn und Meisters zu gebrauchen, seien ihm doch eine Entwürdigung. Er berührte flüchtig mit der Hand ihren Scheitel und hieß sie mit leiser Stimme aufstehen und gehen.

Helene raffte sich rasch auf und lief nach der Kirchenpforte, der Kaplan schloß hinter ihr ab, begab sich in die Sakristei, wo er hastig seinen Ornat ablegte und dann durch ein kleines Pförtchen ins Freie trat. Es begann zu dämmern.

Hinter der Kirche lief durch dichten Busch ein schmaler Pfad, wenige Schritte lang, bis zur Ecke der niederen Friedhofmauer, dort lehnte sich der junge Geistliche an das Gestein und sah über die Ruhestätte der Toten hinweg, in die Ferne. Einzelne Sterne blinkten dort über den Hügeln.

Und dort in unermessenen Weiten, da hinter dem allen, wo kein Stern mehr kreist, wo waltet, was die Myriaden Stäubchen aufleuchten, erglühen, wirbeln macht, alle zu sich emporzwingt und zu dem aller Staub aufstrebt, der tote, wie der belebte; jene alleinige Kraft und Macht, die auf öden Gestirnen die Steine klingen läßt und auf bewohnten den Hall atmender Kehlen weckt und die unmittelbar an uns rührt, wenn Hohes, Hehres, Gewaltiges uns in erschauernder Seele erlabt, von dem wir nicht wissen, woher es uns komme, nur – daß es nicht des Staubes ist!

Aus solch' innerster Lohe brach wohl die heilige Flamme der Offenbarung hervor, und für den, der getreulich ihre Wärme und Segnungen spendet, kommt die Stunde, da ein Funke ihrer Glut in seinem Herzen anglimmt und er sich einen Teil jener alleinen Kraft fühlt!

Der junge Priester breitete die Arme gegen den Himmel; da raschelte etwas zwischen den Gräbern, eine Maus oder eine Eidechse, er schrak leicht zusammen und sah eine Weile nach dem welligen Rasen hinüber, dann faltete er die Hände und senkte demütig das Haupt.

»Dem Herrn allein die Ehre und mir den Frieden des Wandels nach seinem Worte.«

Ach, nur selten sind jene Augenblicke überwältigender Begeisterung, in denen der Mensch gleichsam einen Weg aus sich heraus und über sich hinweg findet! Rasch zerrt das Alltägliche ihn wieder an sich und stopft ihn unter den gewohnten Hausrat, der fast zu einem Teil des Selbst geworden ist, und je niedriger ein Gerät, um so aufdringlicher erscheint dessen Dienstleistung; es ist, als ob dasselbe spöttisch kicherte: Euer Herrlichkeit geruhten ein wenig Gott zu spielen, haben aber darüber meinen Gebrauch doch nicht verlernt.

Schon am nächsten Nachmittag stak der Kaplan wieder in der dumpfigen Amtsstube. Vor der Türe derselben stand lauschend der Pfarrer. Von Zeit zu Zeit schallte innen ein klatschender Klaps. Als es dem alten Herrn zu viel ward, polterte er lachend hinein. »Lieber Herr Sederl, nein, das kann nit weiter so fortgehen, die Verantwortung nähm' ich nit auf mich. Sie legen ja förmlich Hand an sich! Gleich morgen früh schick' ich zum Kramer um ein Flieg'npapier, woll'n hoffen, daß mer bei dem Spitzbub'n ein echt's kriegt und wir die Rakker los werd'n, denn wenn wir s' mit'm d'raufg'streuten Zukker nur füttern möchten, dann hätt'n mer uns rein noch welche dazug'kauft.«

Helenens Schreck im Beichtstuhle war ein aufrichtiger, der Ausbruch ihres Jammers kein gemachter, berechneter. Sie fürchtete eine Verweigerung der Absolution, eine entehrende Bloßstellung vor den Leuten oder irgendein anderes, sie wußte selbst nicht was, das ebenso all' ihre Aussichten und Pläne für die Zukunft vernichten konnte. Sie vermochte auch auf dem Heimwege ihrer Aufregung noch nicht Herr zu werden und gelobte dankbaren Herzens, sich von Zeit ab brav und rechtschaffen zu halten, »weil nur diesmal alles gut ausgegangen«.

Zur Stunde aber, wo der Kaplan Fliegentöter vom Pfarrer überrascht wurde, musterte sie ihren Brautstaat, der über ihrem Bette ausgebreitet lag, und trällerte dabei und sang Schnadahüpfeln.

> *»Kein Katz, was nit maust,*
> *Kein Spatz, was nit fliegt,*
> *Kein Bäu'rin, was haust,*
> *Und 'n Mon nit betrügt.«*

Das war gestern eine Beicht' gewesen! Ei, wohl, eine schwere, harte Beicht'. Gott sei Dank, daß es überstanden war!

Der alte Pfarrer kannte seine Beichtkinder und war überzeugt, daß einige von ihnen nur durch geänderte Verhältnisse, in die sie sich wohl oder übel schicken mußten, zur Vernunft zu bringen wären, darum sah er es wohl auch gerne, wenn die Zinshofer'sche Dirn unter die Haube kam, und darum sagte er, bezüglich jener Beichte – da ihn ein leises Mißtrauen gegen einen beidteiligen, nachhaltigen Erfolg derselben beschleichen mochte – zu dem Kaplane: Sie können dabei was lernen! Damit behielt er recht.

14.

Wenige Tage vor der Hochzeit Muckerls mit Helenen legte sich die alte Kleebinderin krank zu Bette. Es bot dies willkommenen Anlaß, jede lärmende Feier, welche leicht zu bösartigen Späßen und gehässigen Ausschreitungen Gelegenheit geben konnte, zu unterlassen und sich mit einer stillen Trauung zu begnügen, ohne daß es aussah, als ob man sich durch Furcht vor den Leuten einschüchtern und im freien Willen beschränken ließe.

Freilich fiel es dem jungen Weibe hart, so ohne Sang und Klang in sein neues Heim ziehen zu müssen. Helene hätte eher allem Spott und Hohn getrotzt, als auf etwas verzichtet, das sie in eigenen und fremden Augen gegen andere Hochzeiterinnen zurückstehen ließ; da es sich aber schickte, daß sie sich mit der Lage ganz in der Weise abzufinden hatte, wozu jede andere der gleiche Fall verpflichtete, so war sie heimlich darüber froh.

Am Abende des Hohzeitstages eilte sie hinüber nach ihrer Hütte, »ihr Sacherl« – wie sie ganz freimütig eingestand – »zurückzuholen« in das Haus, woher es gekommen.

Die alte Zinshofer saß nachdenklich und gedrückt auf der Gewandtruhe, sie hatte den einen Arm über das nicht allzu große Bündel gelegt. Helene zog ihr dasselbe darunter hinweg und sagte, in der Stube herumblickend: »Schau', jetzt hast 'n ganzen Raum für dich; wird dir auch wohltun. Gute Nacht!«

Mit diesen Worten verabschiedete sie sich von der Stätte ihrer Kindheit und der Mutter.

Vom nächsten Morgen ab schaltete sie im Kleebinderschen Heimwesen. Sie fragte nicht nach, wie die Schwiegermutter es bisher mit manchem gehalten habe und wohl auch fürder damit gehalten wissen wollte; die arme Alte aber, die sich dar-

– 159 –

nieder lag, konnte sich nicht einmengen, wenn sie auch gewollt hätte. Kam die Zinshofer mit unerbetenen Ratschlägen, so wurde sie von der jungen Kleebinderin zum Hause hinausgescholten, wofür die gekränkte Mutter dem ungeratenen Kinde die Strafe Gottes in Aussicht stellte; doch ließ der Himmel in bekannter Langmut den unkindlichen Frevel »aufsummen«, obwohl die Alte allwöchentlich mindestens einmal zeternd und belfernd von der Jungen hinweglief.

Des Holzschnitzers Mutter, das arme, kranke Weib, war nun freilich außerstande, das Haus zu verlassen, auch machte das schwere Siechtum sie anderen Sinnes; sie wollte in der Hütte sterben, in der sie die längste Zeit ihres Lebens verbracht, sie wollte in ihren letzten Tagen ihr einziges Kind um sich haben, wie nah' es ihr auch ging, dessen Neigung mit einer anderen teilen zu müssen, und mit welcher anderen! Sie mißtraute derselben, ja, sie bangte, »weil sie so gar elend und unnütz' herumläge«, daß das junge Weib sie dem verliebten, nachgiebigen Manne ganz entfremden und verleiden könne, und sie glaubte vorbauen zu müssen und sagte oft, ohne eigentlichen Anlaß: »Wenn ich merken tät', daß ich da im Haus zur Last fall', ich ging gleich, mich sollt' nix halten.«

Daraufhin blickte der Sohn sie jedesmal mit großen, bittenden Augen an, aber er blieb stumm; daß ihn irgend etwas von seiner Mutter zu trennen vermöchte, schien ihm so ganz undenklich, daß es ihm zu einer Entgegnung an Worten gebrach, und so unterblieb auch jede Beteuerung seiner unveränderten Kindesliebe, nach welcher die arme Kranke wohl erwartend hinhorchte, und die sie ihm, sich zur Tröstung und Beruhigung, von der Zunge lösen wollte. Es war aber noch ein anderes, das ihm die Kehle zuschnürte; er merkte die Eifersucht zwischen der alten und der jungen Frau, und da doch an beiden sein Herz hing, so hielt er es für überflüssig, der einen in Gegenwart der anderen gute Worte zu geben und vermied es um des lieben Hausfriedens willen.

Ob Helene den Einfluß ihrer Schwiegermutter fürchtete oder nicht – davon war sie überzeugt, daß diese nicht gut auf sie zu sprechen war, und verließ daher nur selten und auf kurze Zeit das Haus, »um der Alten nit Gelegenheit zu geben, 's Maul auszuleeren und hinterrücks zu schimpfen und zu hetzen«.

War aber das junge Weib auswärts, dann legte Muckerl sein Werkzeug aus der Hand und ging hinüber in die Kammer zur Kranken. Mit Schrecken betrachtete er den unförmigen, von der Wassersucht entstellten Leib, die abgezehrten Arme der hilflos Darniederliegenden. Er zog sich einen Stuhl an das Bett, erfaßte die auf der Decke liegende, knöcherne Rechte und hielt sie, bis er die trockene Hitze derselben quälend empfand und sie sachte freigab. Dann hätte er oft gerne beide Hände vor das Gesicht geschlagen und laut aufgejammert, aber er wollte es ja die arme Alte nicht merken lassen und sich selber des Gedankens erwehren, wie schlimm es um sie stünde.

Im Monat August war es, an einem Nachmittage, heiß und stille rings, als ruhte die Welt, durch Arbeit ermüdet, als hätten sich die Sonne im Wärmen und Leuchten, die Geschöpfe und Pflanzen im Bewegen, Regen und Wachsen übernommen. Muckerl steckte den Kopf zur Kammertüre hinein.

»Die Leni is fort«, sagte er, »da muß ich doch gleich dir nachschau'n, dieweil die nit eifern kann, du bist ja wohl mein zweiter Schatz.«

Die Kranke lächelte nicht wie sonst dem Eintretenden zu, ihre Augen glänzten feucht, ihr Gesicht war fahler, sie schien erregt.

»Wie geht's denn, Mutter?« fragte er, näher hinzutretend.

»Wie soll's geh'n?« murmelte sie, »nit gut, wie immer, wo 's af's End' zugeht.«

Er schüttelte den Kopf.

»Beutel' 'n Kopf nit, Muckerl, 's is doch so, und daran is nix zu ändern. Freilich wohl, dich wird's schmerzen, armer Bub, ich weiß, ich weiß ja, dafür kenn' in dich; sein ja auch lang g'nug zusamm'g'west, die Täg' zähl'n wir wohl leicht an 'n Fingern her, wo wir uns einmal aus'n Aug'n war'n. Aber andern wird just nit viel d'ran gelegen sein.«

»Red' nit so, Mutter. Wer könnt' dir 'n Tod wünschen?«

»Ich muß dir nur sagen, Muckerl, leichter käm' mich 's Sterben an, wenn die Heirat nit g'west wär', aber 's Menschen Will' is sein Himmelreich, du warst alt g'nug, den dein' zu hab'n, so wollt' ich mich nit einmengen, obwohl mir's von all'm Anfang an nie recht war.«

Der Holzschnitzer blickte zu Boden.

Die Kranke holte tief Atem, dann fuhr sie fort: »So schickt' ich mich d'rein und hab' der Helen' nie was in' Weg g'legt, freilich, wär' mir auch nie eing'fall'n, sie könnt' so sein, wie sie is.«

»Wie is sie denn?« stotterte Muckerl.

»'n Vormittag war d'Matzner Sepherl da und hat d'Botschaft g'bracht, der Kleinleitner Paul, der schon d'Jahr' her siech liegt, wär' heut' früh von sein'm Leiden erlöst word'n; da hab' ich deutlich g'hört, trotzdem s' mit 'm Rührlöffel af's eisern Häfen g'schlagen hat, wie die Helen' sagt: Alle Leut' sterben, nur die Alte nit!«

»Mutter!« schrie Muckerl auf. »Das is von ihr nur ein unb'sinnt's Reden, sie meint's nit so. Sei g'wiß!«

»Laß gut sein«, sagte die Alte, »wie sie 's auch meint, ich weiß, davon stirb ich nit. Ihr Meinen bricht mir kein' Stund' ab und legt mir keine zu. Nur rechtschaffen schmerzen könnt' 's mich, wann ich s' lieb hätt'; aber so wie ich sie jetzt kenn', hat's kein G'fahr.«

»Tu ihr 's halt verzeihen, Mutter«, sagte Muckerl mit gepreßter Stimme, »und mußt nimmer d'ran denken, weißt ja, wie ich dich lieb hab'.«

Er stand ganz nahe dem Bette, und als die alte Frau die schwachen Arme zu ihm erhob, da beugte er sich hernieder, und sie tätschelte ihm mit zitternder Hand die Wange.

»Ihr weiß, freilich weiß ich's.«

Es gibt Liebkosungen, die wehe tun; es sind die unserer scheidenden Lieben, wo jeder Kuß, jede Umarmung, jeder matte Händedruck uns sagt: Es ist nicht lange mehr, daß wir uns haben.

»B'hüt' Gott, Mutter, ich muß jetzt – « stammelte der Holzschnitzer, und als ihn die Arme der Kranken freigaben, schlich er aus der Kammer, sachte schloß er die Türe hinter sich, dann aber stürzte er hastig hinaus in den Garten, sank dort in der schattigen Laube auf die Bank, preßte beide Hände vor das Gesicht, und zwei schwere Tropfen rollten zwischen den Fingern über die Knöchel herab.

Und doch hatte die Kleebinderin gelogen, sie gab sich für stärker, als sie war; ihr hatten die Worte Helenens »rechtschaffen wehe getan!« Mag sich ein Kranker auch selber für aufgegeben betrachten, die Mahnung daran von fremder Lippe schmerzt und schreckt ihn, denn sie rückt gleichmütig so nahe, gar so nahe, um was er mit fürchtendem Zagen und bangen Schauern sich quält in den stillen Stunden des Tages und in wachen Nächten. Hier war es eine ungeduldige Mahnung und, die sie verlauten ließ, des einzigen Sohnes Weib!

Während der junge Mann mit dem Schmerze rang, der ihm die Brust zusammenschnürte, wenn er der ihm ganz unverständlichen Herzlosigkeit seines Weibes gedachte, das ja allein ihm zuliebe der Mutter gut sein mußte, lag die alte Frau in ihrem Kämmerlein mit gefalteten Händen und starrte mit tränenverschleierten Augen vor sich hin. Eines sich nah, zunächst wissen, dem man nicht früh genug sterbe! Das war wieder ein quälender Gedanke mehr, die viele Zeit über, wo sie mit sich allein war, wie eben jetzt.

Was mag in einsamen Stunden in der Seele eines Todkranken vorgehen?

Was sann die alte Frau, allein gelassen mit dem Gedanken an den Tod? Was dachte sie beim Kommen und Gehen des Sohnes? Wenn er kam: seh' ich ihn doch wieder, wenn er ging: vielleicht nimmer! Seh' es nicht mehr, mein Kind, höre nicht mehr seine Stimme, empfind' nicht mehr sein treuherzig Liebbezeigen! Es ist doch ein Eigenes um das Sterben! – Eine schwere Träne rollte über die eingefallene Wange, da hört sie Tritte, trocknet die Augen und blickt nach der Türe, außen wird es wieder stille, wieder spinnt sich der Gedanke fort: Es ist doch ein Eigenes ... wieder feuchten sich die Wimpern. Was sie all' für Scheidensweh dachte, wer weiß es? Ach, warum nimmt der Mensch tausendfach Abschied, um einmal zu gehen?

– 163 –

Als der Monat um war, sagte sie: »Ich hätt' nimmer gedacht, daß ich den ersten noch erleb'.« Dann aber kam ein Tag, wo es das Leiden über die geduldige Frau gewann und sie nur den einen Wunsch herausstieß: »Ein End' will ich, ein End'«, und da war es, wo auch der Sohn darunter zusammenbrach und laut aus tiefster Brust aufschluchzte. Sie aber sagte: »Laß' gut sein', ich kann mir wohl denken, wie dir is.«

Und nun kamen jene qualvollen letzten Tage und Nächte, deren Erinnerung nach Jahren noch jeden durchschauert, den je Liebe oder Pflicht an das Sterbelager eines Schwerkranken bannte. Diese schwere Zeit über war Helenen kein Vorwurf zu machen, sie wich nicht von der Seite der Kranken, sie war ihr Tag und Nacht zu Dienst, unverdrossen eilte sie an den Herd, kochte und briet zu ganz ungewöhnlicher Stunde, wenn gerade ein sogenanntes falsches Gelüste bei der Leidenden sich einstellte. Sie rief Muckerl aus der Arbeitsstube herbei, als die alte Frau in Zügen lag, damit diese, welche sicher nur noch den Wunsch nach der Gegenwart des Sohnes festhielt, leichter sterbe. Helene drückte der Toten auch die Augen zu und schloß ihr den Mund, da Muckerl sich scheute, Hand an die Leiche zu legen.

Als die Blätter eben zu vergilben und zu welken begannen, senkte man den nun zur Ruhe gekommenen armen, gemarterten Leib in die Erde. Vom Grabe weg eilte Helene flinken Schrittes voraus, um daheim die Fenster zu öffnen und das Haus zu lüften.

An Muckerl, der mit gesenktem Kopfe und hängenden Armen, wie träumend, einherschlich, hatte sich die Matzner Sepherl angeschlossen, sie bezeigte ihm ihre Anteilnahme nicht mit Worten, sondern durch Seufzer und »erbärmliches Getue«.

Plötzlich blieb der Holzschnitzer stehen, es preßte ihn etwas auf dem Herzen und es würgte ihn im Halse, er mußte es aussprechen. »Es ist arg«, brachte er mühsam heraus.

Die Dirne faßte ihn begütigend mit beiden Händen über dem Ellbogen seines linken Armes.

»Meinst du, die lüftet' nit gern?« fragte er flüsternd.

»Sie muß ja wohl, Muckerl, der Tot'ng'ruch is übel und verzieht sich so schwer.«

»Sie tut's gern, weil sie froh is, daß mein' Mutter aus'm Haus.«

»Jesus, Maria!« Sepherl faltete die Hände und starrte ihn erschreckt an.

Er nickte ihr mit tränenden Augen zu, dann winkte er nach ihrer Hütte, bei der sie eben angelangt waren, und ging von dem Mädchen hinweg.

Etwa zwei Monate danach ward in der Hütte des Holzschnitzers eines geboren, das dort niemand rechte Freude machte; es war ein Knabe, man taufte ihn, nach dem Namen des Mannes seiner Mutter, Johann Nepomuk.

Helene betreute das Kind sorgfältig, aber sie zärtelte und spielte mit ihm nur, wenn sie in überaus guter Laune sich selber gleichsam vergaß, und das kam äußerst selten vor. Da mochte denn wohl zu Anfang dem Manne das Kleine dauern, und er versuchte es, mit ihm zu schäkern, aber er kam damit nicht recht zustande, weil ihn dabei stets das Weib gar eigentümlich großäugig und mit spöttischem Lächeln beobachtete; bald ließ er es jedoch ganz sein, nachdem ihm Helene einmal murrig den Knaben von der Seite gerissen und gesagt hatte: »Zu was das? Das kommt ihm nit zu. Wenn du dein Wort halt'st, es z'füttern, mehr zu verlangen, hat es kein Recht.«

So aber hatte es der redliche Mann nicht gemeint, als er sein Versprechen gab, auch rechtschaffen für das »andere« zu sorgen, und daß dieses nun wie fremd im Hause heranwachsen sollte, verleidete ihm die Sorge für dasselbe.

Nicht lange hauste er mit Helenen allein unter einem Dache, so mußte er sich im stillen eingestehen, wie doch alles gar anders gekommen, als er sich's gedacht. Wohl sah er bewundernd zu dem jugendschönen, stattlichen Weibe auf und anerkannte dessen überlegenen praktischen Sinn für Wirtschaft und Leben; aber in diesem selben Sinne, dem nur das Gegebene zu Recht bestand, der genau abwog, was jedem »zukam«, und selbst die dargebotene fremde Hand zurückwies, um die

– 165 –

eigene frei zu behalten, handelte sie auch, wenn sie die Zärt-
lichkeiten des Mannes über sich ergehen ließ und dessen
schmeichelnde Hand von dem Kinde abwehrte, dem übrigens
auch sie nur eine gestrenge Pflegerin war und blieb, da es in
ihren Augen nicht viel mehr Anspruch als den auf Gastrecht
hatte. Tag für Tag vergällten solche erkältenden Wahrneh-
mungen dem Manne die Freude über ihren Anblick und das
Behagen über ihr umsichtiges, häusliches Walten; mit Gewalt
jagte es dann immer in seiner Seele den trüben Gedanken auf,
daß sie es gewesen, welche die letzten Lebenstage seiner Mutter verbittert, und so, in raschem Wechsel, bald angezogen
von ihr, bald abgestoßen, fühlte er sich bald müde, herzens-
müde.

Sie war nun allerdings unbestrittene Herrin im Hause, aber in
welchem? Wer war sie? 's Zwischenbüheler Herrgottlmachers
Weib! – Wenn sie abends mit dem kleinen Hans auf dem
Arme unter die Türe trat und hinaufsah zu dem Sternsteinhofe, der mit vom Sonnenuntergange erglühenden Fenstern
vor ihr lag, wie sie als Kind oft ihn gesehen, dann hätte sie
gerne Steine von der Straße raffen und all' die blinkenden
Scheiben zu Scherben werfen mögen; aber wie weit, wie weit
lag der prangende Hof, für sie wohl gar wie aus der Welt!

Einmal streckte das Kind nach dem Gefunkel auf der Höhe
die Ärmchen aus, sie sah es überrascht an. »Weißt du auch, wo
d' hing'hörst? Wo wir allzwei sollten sitzen, wenn auf Wort
und Schrift unter'n Menschen ein Verlaß wär'?«

Die Röte schoß ihr plötzlich in das Gesicht, sie sah scheu um
sich, ob jemand in der Nähe, der sie gehört haben könnte.

»Närrisch! Der Fratz meint ihn nah', wie zun Greifen! Ob
das was vorbedeut't? Mein Jesus, den Gedanken nit los zu
werden, was das für ein Unsinn ist.«

Sie stand und starrte hinauf, bis der Glanz erloschen war.

In der Arbeitsstube aber saß der Mann, am Werktische ver-
kümmernd und verkrümmend, fleißig schnitzelnd und pin-
selnd gleckte Figuren, angestrichene Puppen, aber seine Be-
steller waren es zufrieden, und dessen war er's auch.

15

Es war eine gar eigentümliche Begrüßung, die zwischen Vater und Sohn stattfand, als nach dreijähriger Militärdienstzeit der Toni auf den Sternsteinhof zurückkehrte.

Die beiden wußten die lange Zeit über nur wenig voneinander. Schreiben war eben nicht ihre Sache. Der Alte überließ es dem Schulmeister, mit einigen Worten das Geld zu begleiten, das dem Burschen regelmäßig zugeschickt wurde, damit sich derselbe auch im Soldatenstande als der reiche Bauerssohn »zeigen« konnte; der Junge schrieb nur, wenn er mitten im Monate in die Klemme geriet, und erhielt auch stets das Erbetene, dann aber mit ein paar eigenhändigen Zeilen des Sternsteinhofers, welche weder Kosenamen noch Segenswünsche enthielten.

Als der Alte den Brief empfing, der die Ankunft des Sohnes für den folgenden Tag anzeigte, ließ er das Steyrer-Wägelchen instand setzen, und ein Knecht mußte in der Nacht hinüberfahren nach der Kreisstadt, welche an der Bahn lag.

Am andern Morgen rasselte das Gefährt in den Hof. Der Sternsteinhofbauer stand an der Schwelle des Hauses, die Hände über den Rücken gelegt, und betrachtete den Heimkehrenden aufmerksam. Wie jener stehen, so blieb dieser sitzen.

»No, da wär' ich wieder«, sagte er und nach einer Weile: »Grüß Gott, Vader.«

Der Alte nickte. »Grüß' dich Gott. Siehst, jetzt bist wieder da, hast's überstanden.«

»Reservist bin ich halt«, murrte der Bursche.

Der Bauer warf gleichmütig den Kopf auf, als wollte er bedeuten: Weiß's ohnehin; und obwohl er merkte, das Gesicht des Burschen, fahl und welk, mit blauen Ringen um die Augen, sähe nicht nur übernächtig so aus, sagte er doch zu ihm:

– 167 –

»Schau'st gut aus, hat dir nit schlecht ang'schlag'n.«

»No etwa nit? Das ging ein'm noch ab!« rief Toni. Er schwang sich vom Wagen, strampfte mit den Füßen auf und reckte sie. »Ah, das war a Radlerei und Herumwerfen. Froh, wann mer wieder af'n Füßen is! Bis zum Essen is wohl noch a Weil hin?«

»Dös schon, aber willst vorher was – ? – «

»Nein, dank schön. Hast wohl nix dagegen, wann in mich derweil bissel unten im Ort umschau'?«

»Gar nix.«

Toni hob die Hand zum Hutrande, wie er als Soldat gewohnt war, sie zum Gruße an den Schirm der Kappe zu legen, schwenkte um und ging hinab nach Zwischenbühel.

Er schlenderte längs des Baches hin. Hie und da ward er aus den Häusern grüßend angerufen, eines oder das andere lief ihm wohl auch in den Weg, aber er fertigte die Neugierigen mit kurzen Gegenreden ab und schritt weiter nach dem unteren Ende des Ortes. Nahe der vorletzten Hütte, inmitten der Straße, spielte ein Kind im Sande; er kam bis auf wenige Schritte an dasselbe heran und blieb, es beobachtend, stehen, und als es nun das kraushaarige Köpfchen hob und ihn mit den großen, braunen Augen anblickte, trat er rasch zu ihm, schon beugte er sich herab und hob die Hand, um den Scheitel des Kleinen zu streicheln, da stürzte Helene herbei und riß das Kind vom Boden an sich.

»Du rühr' mir's nit an«, keuchte sie.

»Närrisch, warum g'rad ich nit?« flüsterte er.

»Du fragst?« zischte sie zwischen den Zähnen hervor. Aus ihrem leichenblassen Gesichte starrten ihn die Augen so zornfunkelnd an, daß er unwillkürlich einen Schritt zurücktrat; dann aber verzerrte er den Mund und stieß ein paar kurzabbrechende Lachlaute hervor, doch sie kehrte sich ab von ihm und schritt, das zappelnde Kind an der Hand nachzerrend, der Hütte zu.

Als der Sternsteinhofbauer mittags den Teller von sich schob und sich behaglich in den Großvaterstuhl zurücklehnte, fragte er den gegenübersitzenden Toni: »No, Neuigkeiten im Ort?«

Der Bursche zuckte die Achseln.

»Dös 'trau ich mir z'raten, daß's dich g'waltig neugiert hat nach der jungen Herrgottlmacherin.«

»Nun ja. Begegnet hab'n mer sich.«

Der Alte zog die Brauen in die Höhe und warf einen ausholenden Blick nach dem Burschen.

»Bin ung'nädig genug aufg'nommen word'n«, lachte der ärgerlich.

»G'schieht dir ganz recht. Hätt' ich dir vorausg'sagt, einbilderisches Ding! Du bist ihr niemal im Sinn g'leg'n, der Hof is 's g'west, und hitzt sähet dö lieber ein' Hasen übern Weg laufen wie dich. Dö is nit dalket, dö tut kein'm was z'lieb ohne Abseh'n und nu hätt's ja gar kein's! D'rum mach' dir keine unverlaubten Gedanken.«

»Fallt mer eh' nit ein.«

»Zeit wär's, daß du döselb'n und andere Dummheiten sein ließ'st.«

»Bist sicher!«

» – z'Ostern kimm ich wieder, sagt's Beichtkind zun Pfarrer.«

»Sorg' nit, du hast mich g'scheit g'nug gemacht.«

Der Alte lachte – und diesmal hätte er es besser unterlassen.

Früh am andern Morgen sagte Toni: »Hast wohl nix dagegen, Vader, wann ich mich heut' außer'm Haus herumtreib'? Will mer ein wen'g d'Füß' vertreten, vielleicht triff ich auch mit ein'm Kameraden z'samm.«

»Tu', wie d' willst,« murrte der Bauer, »daß d' dich nit zur Arbeit antragen wirst, hab' ich mir denkt. Soldaten verderb'n 'n Bauern, ob mer s' ihm in's Quartier legt oder ihn selber dazunimmt.«

»No ja, für'n Anfang muß mer sich freilich erst wieder eing'wöhnen, aber das gibt sich. Man kann doch nit allweil h'rumstromen.«

»Wohin geht denn d'Reis'?« forschte der Alte.

Der Bursche zog ein gleichmütiges Maul und neigte den Kopf gegen die Achsel. »Wohin mich d'Füß' tragen, halt'm Weg nach.« Welchen er einzuschlagen gedachte, sagte er nicht.

Einige Stunden später trat er zu Schwenkdorf in Käsbiermartels Stube. Er fand dort Sali, die über einer Näharbeit saß.

»Grüß Gott«, sagte er.

»Auch soviel.« Sie war aufgestanden und schob, was sie in Händen hatte, zur Seite, dann schritt sie nach der Türe.

»Der Vader wird gleich kommen.«

Toni verstellte ihr den Weg. »Du bist mir bös und hast's Recht dazu. Der Gedanken hat mer'n Gang her schwer g'nug g'macht. D'rum is mir lieb, daß ich allein mit dir reden kann – wann d' mich anhör'n willst –, bevor dein Vader kommt, denn ein'm Mon gegenüber meint mer sich doch was z'vergeben, wann mer eing'steh'n soll, wie groß man g'fehlt hat. Was mer aber leicht fallt, das is, daß ich dich um Verzeih'n bitt' für mein' Grobheit; ja, wohl war das eine und a ausgiebige dazu, schon am Kirtag mein wenig Aufschau'n auf dich und nachher gar 's Sitzenlassen am Faschingball. So tät ich dich denn recht schön bitten, daß d' nimmer d'ran gedenken und mir's nit nachtragen möcht'st.«

»Weil d' mir's so orndlich und, wie g'hörig is, abbitt'st, so will ich dir's auch nimmer gedenken noch nachtrag'n.«

»So gib mir d' Hand drauf, daß d' mir wieder gut bist.«

Sie reichte ihm die Hand. »Ich bin dir wieder gut, aber anderscht, nit wie's früher zwischen uns g'wesen is.«

»Mein' liebe Sali, wann ich mein's Lebens froh werden soll, so muß's besser kommen. Hör' mich an – aber zun Zeichen, daß d' kein' Groll mehr hast, sitz' da nieder neben mir!« Er führte sie nach der Bank, welche die Vertiefung des einen Fensters ausfüllte, und zog sie an seine Seite, dann fuhr er fort: »Laß' dir nur sagen, wie all's so 'kommen is, ich möcht' nit, ich käm' dir unverständlich vor, denn jed's Ding hat sein' Grund. Ich weiß nit, ob auch dir, aber mir war's unbewußt, daß zwischen unsern zwei Alten schon lang' b'schlossene Sach' war, wir sollten uns heiraten; und zur selben Zeit, wo ich's erste

Mal davon g'hört hab – drei Jahr is 's her, nit früher hat's der Vader Wort g'habt –, da is 's just so h'rauskommen, als ob mer mir dich wollt' h'naufnötigen und Nötigen hat's doch nit not bei einer Dirn', wie du bist, und nötigen laßt sich auch kein Bub', wie ich bin; überdem will ich dir's nur frei eing'steh'n, daß zur selben nämlichen Zeit ich mit einer im Ort a Bandlerei g'habt hab'. Du siehst, ich geh' nit d'rauf aus, dir was vorz'lügen, und schäm' mit der Wahrheit nit.«

»Das nähm' ich dir auch groß übel. Mer weiß ja, daß ihr Mannleut' oft mit mehr als einer geht, bevor ihr auf die trefft, mit der ihr dann hausen wollt.«

»Du bist a grundg'scheite Dirn und wirst wohl auch versteh'n, daß mir damals die Sach' allenthalben kein' rechten Schick g'habt hat.«

»Es wär' auch gar nicht recht g'west, wo du's mit einer g'halten hast, an die Hochzeit mit einer andern z'denken.«

»Ich hätt' mich schön bedankt für d'Ehr', mit dir zun Altar z'geh'n, wo dir die Dirn' noch im Sinn liegt; so was muß völlig vorbei sein, denn 's Weib darf keiner nachstehen.«

»Blitz h'nein, in all'm hast recht! Hitzt is aber dö dumme G'schicht lang schon völlig vorbei. – «

Sali rückte näher und legte ihm die Hand auf die Schulter.

»Döselbe hat g'heirat't kurz d'rauf«, schmunzelte er, ihrer Frage zuvorkommend. »Denk's kaum, wie s' ausg'schaut hat. Hitzt bin ich kein heuriger Has' mehr, und hitzt weiß ich, was mer taugt; und hitzt, Sali, wann du nur einverstanden wärst, nähm' ich dich zun Weib, ob's unsern zwei Vadern g'legen käm' oder nit!«

»Das is a unkindlich Reden! Da bin ich viel anderscht wie du. Wann's mein Vader will, der deine nix dagegen hat und du's z'frieden bist – «

»'s gilt schon mein Dirndl! O du mein Dirndl!« rief der Bursche und schloß sie in seine Arme und preßte seine Lippen auf die ihren.

Einige Augenblicke hielt sie sich, wie erschreckt und scheu, reglos; dann wehrte sie den Burschen ab und erhob sich flink.

»Du bist ein Schlimmer! Jetzt is 's Zeit, ich lauf' nach'm Vadern!« Damit war sie aus der Stube.

»Ei, du mein«, sagte Toni, »dö is wie ein Stück Holz. Na, wann auch, was tut's? Holz im Haus und Jagd im Wald macht'n Förster bezahlt.«

Nach einer kleinen Weile kam der Käsbiermartel angetrabt.

»Na, du Lotter«, schalt er im Eintreten, »bist wieder heim?«

»Wie d' siehst.«

»Du Sakra, du, und hitzt kommst mer gar her, der Dirn' 'n Kopf verdreh'n? Na, das sag' ich dir nur frei gleich, Dummheiten leid' ich nit, willst kein' Gescheiten machen, so bleib' mer weg!«

»Käsbiermartel, ich kann dir gar nit sagen, wie ehrlich ich's diesmal mein', aber du kenn'st mein' Vadern, du weißt, der hat mer Ausflüchten wie a Fuchs. Laß' dich bedeuten, wie mer den jeden Schluf verlegen wollen; deßtwegen bin ich da.«

»Sali«, schrie der Käsbiermartel. Das Mädchen mußte Wein und Rauchfleisch auftragen, dann setzten sich die beiden Männer zusammen, und der Käsbiermartel ließ sich bedeuten.

»No, Toni,« sagte am Sonntagmorgen der Sternsteinhofbauer, »fahrst mit h'nüber nach Schwenkdorf? Hast ja mehr kein' Ursach', daß d' dich g'rad in der Zwischenbüh'ler Kirchen als leuchtendes Beispiel für's G'sind hinstell'st.«

»Dös nit, aber drent is 's mir z'wider.«

»Z'weg'n we denn?«

»'m Käsbiermartel und seiner Dirn' halber.«

»Haha, b'sinnst dich auf dö?«

»Nein, vergessen werd' ich döselbe, weg'n der ich so eing'klemmt word'n bin.«

»Is eigentlich a arm's Hascherl, hat da wieder die drei Jahr af dich g'wart.«

»Af mich? Da könnt' s' noch lang warten. Wär' doch a heller Unsinn, wann ich hitzt ans Heiraten dächt' als Reservist.«

»Wie lang' hast noch?«

»Sieb'n Jahr Reserv' und zwei Jahr' Landwehr.«

»Macht neune, Sakra h'nein, is a Zeit!«

»Ja, und wann während derselben wo was auskäm', könnt' ich von Weib und Kind und Haus und Hof davonrennen, und dös geb'n s' kein'm schriftlich, daß er auch wieder z'ruckkommt.«

»Jo und ich, wann ich mittlerweil' in der Ausnahm' säß', ich rühret nit an das Deine, ob's hitzt z'ruckging' oder vorwärts käm'.«

»Dös wär' mir auch gar nit lieb, d'Wirtschaft vertragt nur ein' Herrn, ehnder nehmet ich mir noch ein orndlichen Pfleger.« Der Alte blickte ihn von der Seite an. »Hast ja recht und Zeit g'nug zun Aussuchen. Aber schau' mal, wann d' vom Militär frei wirst, bist g'rad in schönsten Jahr'n, und die Dirn' – «

»Dö wird just d'raus sein.«

»Paperla, was s' an Schönheit verlor'n hat, das hat s' mittlerweil an Geld zug'nommen. Ich sag' dir, wann ich 'n alten Käsbiermartel h'rumkrieg', daß der dir dö Dirn' bis af d'selbe Zeit aufb'halt, so heirat'st du dö und kein' andere, da hilft dir kein' Widerred'.«

»Weg'n derer werd' ich mich unnötigerweis kein zweit's Mal mit dir streiten. Wart' mer's ab.«

»Wart' mer's ab! No, so kimm mit, 's wird lustig werd'n. Heut' frozzel' ich den alten Geizkrag'n, daß er Blut schwitzen soll.« Mit diesem christlichen Vornehmen kletterte er auf den Kutschbock. Toni nahm an seiner Seite Platz, und sie fuhren nach Schwenkdorf zum Gottesdienste.

Nach demselben saßen sie im Wirtshause, der Sternsteinhofbauer auf seinem gewohnten Platze neben dem Käsbiermartel. »Schau«, sagte er diesem, »da wär' der Bub' wieder.«

»Ich sieh 'n.«

»Dünkt mich, er wär nit übler word'n.«

»Mag sein.«

»Und dein' Dirn' hat auch nicht abg'nommen.«

»Nein.«

»No, was is's?«

»Was soll denn sein?«

»Gäb' das noch a Paar!?«

»Ihner zwei geb'n all'mal ein's.«

»Geh' zu, leug'n 's nit, du hast die Schritt und die Wörter gar nit zählt, die d' aufg'wendt hast, um dö zwei z'sammen-z'bringen.«

»Fallt mer nit ein z'leugnen.«

»Froh g'wesen wärst!«

»Dös wär' ich auch, ich mag's ja hitzt ganz ung'scheut eing'steh'n, wo mer nix mehr d'ran liegt.«

»Es läg' dir nix mehr d'ran?«

»Nein. Ich will anderswo h'naus mit der Dirn'. Der reiche Produktenhändler von der Kreisstadt war schon paarmal bei uns und hat ang'hob'n, so dergleichen z'reden. No und Bäu'rin muß s' ja just nit sein.«

»Der Produktenhändler, sagst? Der is ja a alter Schüppel.«

»Jung is er nimmer, aber was is dabei? Ich hab' mein Kind anders zog'n, wie andere Leut' 's ihnere. Wann ich sag': Sali, du heirat'st'n Großsultl, so heirat't s' ihn!«

»Meintest's dein'm Kind gut! Wär' a Partie, mit dö viel'n Weiber!«

»Ei, du mein, weil wir's etwa christlich so viel genau nehmen mit der ein' Einzigen!?«

»Du taugest ja zu ein'm Türken.«

»Beileib', ich bin z'mager, dös sein lauter Ausg'fressene; du gäbest so ein' rechten Hallawachel ab.«

»Käsbiermartel!«

»Was denn, Sternsteinhofer?«

Es war allerdings an dem Tische recht lustig geworden, aber dem Käsbiermartel stand kein heller Tropfen an der Stirne, geschweige denn Blut.

Der Sternsteinhofer leerte sein Glas auf einen Zug, dann blinzte er den am Tische Sitzenden mit zusammengekniffe-nen Augen zu: Paßt auf, wie ich ihm's heimgeb'!

»Ich hör' wohl schlecht?« spöttelte er. »Oder hat er vorhin wirklich vom Kinderzieh'n g'red't? Was hat er denn zog'n? A

Dirn'. Wann mer so a Waiserl anschreit, fallt's eh' gleich in
d'Fraiß. Dös is kein' Kunst. Daß er sich da noch z'reden traut
geg'n ein', der Bub'n zieh'n versteht!«

»Wie sich gewiesen hat vor drei Jahr'n.«

»Dös hat sich's auch, ich hab' ihm 'n Daum gehörig af's Aug'
g'druckt.«

»Ja, und dabei is ihm nit nur's Aug', auch d'Hosen blau
word'n.«

»Du weißt ja gar nit, du Hasenkopf, daß ich damal zwei
Flieg'n mit einer Klappe g'schlagen hab'! Ihn hab' ich einer
Dummheit aus'n Weg g'schickt, und vor dir hab' ich mir Ruh'
g'schafft, daß d' mer nit allweil vom 'in d'Ausnahm geh'n'
vorred'st.«

Der Käsbiermartel spitzte freundlich den Mund. »Dö zwei
Flieg'n laß' ich dir gelten, aber pariert hat er dir nit, und dös
tut er dir auch heut' noch nit.«

»Käsbiermartel!«

»Was denn? Brauchst nit so umhie z'lugen, nach'm Bub'n-
tisch. Er sitzt nit dort, säß' er dort, hätt' ich's doch nit bered't
vor seiner. Aber dabei bleib' ich, er pariert nit! Schaff' du ihm
hitzt, was d' damal, er sagt dir wieder: nein!«

»Schleicht schon af der alten Fährt' der Fuchs«, murmelte der
Sternsteinhofer vor sich hin.

»Muß dich nit beleidigen«, fuhr der Lange fort' »aber jede
Wett' halt' ich dir dadrauf!«

»Du bist einer, der was verwett', was setz'st denn ein?«

»Meine zwei Braun', wie s' draußen vor'm Wagen stehen,
geg'n dein' magerste Kuh.«

»Du bist a Narr! So heilig als was, hätt' ich dö noch heut' hinter mein' Wagerl am Halfter.«

»Ich steh' dir dafür, daß s' im G'schirr bleib'n!«

»Dös bleibeten s' ja sowieso«, schrie einer am Tische. »Du
hast ja beim Wettanbot g'sagt: wie s' draußen vor'm Wagen
stehen, und vor'm Wagen stehen s' im Geschirr'.«

»Freilich«, pflichteten mehrere bei, »'s G'schirr wär' mit verspielt!«

Der Sternsteinhofbauer schielte über die Achsel nach dem Käsbiermartel. »No, wie wird dir denn? Trau'st dich noch?«

»Ich bleib' bei mein' Bot.«

»'s gilt!«

Beide schlugen ein.

»Hollah! A Wett'!« Alle Krüge trommelten auf der Tischplatte. »He, Wirt, jetzt schenk' vom Besten ein, der Wetthalter, was g'winnt, zahlt all's, und d'Zeugenschaft braucht a Anfeuchtung! Der Knerzhuber macht'n Schiedsrichter und bringt d'Sach ins klare!«

Der mit solcher Einstimmigkeit zur Würde eines Vorsitzenden Erhobene war keineswegs eine imponierende Persönlichkeit, schon der Name kennzeichnete ihn für den Kundigen als das gerade Gegenteil einer solchen; denn er hieß eigentlich schlechthin »Huber«, mußte sich aber, wie unter Bauern jeder einer größeren Namensvetterschaft Angehörige, einen auszeichnenden Zusatz gefallen lassen; der seine war die Vorsilbe »Knerz«, welche auf einen im Wachstume arg zurückgebliebenen Menschen hindeutet. Doch Mutter Natur gleicht gewöhnlich ihre kleinen Ungerechtigkeiten selbst aus, besonders, wenn man ihr dabei vernünftig an die Hand geht; Knerzhuber reichte zwar an keinen, wie sie da um den Tisch saßen, heran, aber an Umfang übertraf er jeden.

Der kleine kugelrunde Mann erhob sich, was immer, außer für die Zunächstsitzenden, ein Geheimnis blieb, denn bei seinen äußerst kurzen, etwas krummen Beinen sah er im Stehen nicht um ein Haar höher aus wie im Sitzen. Mit dünner zwitschernder Stimme tat er die Frage über den Tisch:

»Alsdann, was soll's gelten?«

Der Sternsteinhofer antwortete: »Käsbiermartels zwei Braun', wie s' d'raußt' vor'm Wagen stehen, geg'n a Kuh aus mein' Stall.«

»D'magerste«, setzte der Martel hinzu.

»Und was is strittig?« zwitscherte Knerzhuber.

»'s is Käbiermartels Meinung«, erklärte der Sternsteinhofer. »daß ich mein's Bub'n nit Herr wär' und daß der sich weigern

würd', wann in ihm schaff', daß er dem da sein' Sali zum Weib
nimmt. Herentgegen behaupt' aber ich, daß der Toni geg'n
mein' Will'n nit muckt! Verstanden?«

»No freilich, wohl, wohl, dös is einfach«, murmelten alle. Ein
Bauer stand auf und schob den Stuhl zurück.

»Wohin denn? Wohin denn?« quiekte Knerzhuber.

»Nun, 'n Toni holt mer, fragt'n, der sagt ja oder nein, und dö
G'schicht is im Handumkehr'n ausg'macht.«

Der kleine Mann wies mit dem ausgestreckten rechten Arme
auf den verlassenen Sessel hin. »Sitz' nieder, sitz' nur wieder
nieder, sag' ich! Manner, af'n ersten Aug'nschein nimmt sich
freilich d'Sach aus, als könnt' da vom Fleck weg der eine
d'Roß mit ihm fortführen oder der andere hingeh'n und
d'Kuh heimtreiben; aber doch is's a ganz verzwickte Wett'.
Freilich, sagt der Bub' Nein, dann hätt' der Sternsteinhofer
verspielt, aber wann hätt' derselbe g'wonnen? Denn
dadermit, daß der Toni Ja sagt, is noch nix erwiesen; sein'
kindlich'n Respekt und G'horsam zu bezeigen, müßt' er auch
danach tun, denn sonst wär' ja sein Ja nit ja, und da d'rum
könnten erst nach seiner Hochzeit mit der Sali – und früher
nit – 'm Sternsteinhofer dö zwei Bräuneln ausg'folgt werd'n.«

»Unsinn«, murrte der Sternsteinhofer, aber die andern alle
kopfnickten sich einverständlich zu, und der Käsbiermartel
blickte vor sich hin mit der stillvergnügten Miene eines Mannes, dessen Sache sich ganz nach Erwarten anläßt. Er vermied
es, seinen Nachbar anzusehen.

»Sollt' aber 'n beiden Wetthaltern d'ran g'legen sein,« hob der
Knerzhuber wieder an, »daß die Sach' ihr'n Austrag find't,
bevor wir sich da von' Sitzen heben, so hätt' ich ein' Vorschlag
z'machen.«

»So red'«, schrie der eine.

»Laß' hören,« murmelte der andere.

»Wann sich dö zwei Vadern d'Händ' drauf geben, daß s'
ihnere Kinder nach einer bestimmten Zeit woll'n Hochzeit
machen lassen – es muß aber a menschenmögliche Zeit sein
mit 'r g'nauen Angab' von Jahr und Tag – so soll das als a ehr-

licher Verspruch gelten und, wann dann der Bub' mit der
Sach' und auch mit der Zeit einverstanden is, so steht nimmer
nix entgegen, daß der Sternsteinhofer 'n Wettpreis an der
Stell' von da mit fortnimmt.« Das kleine Männel schlug be-
kräftigend in den Tisch, dann setzte es sich nieder – was, wie
bemerkt, seinem Ansehen keinen Eintrag tat – und gönnte
den beiden Gegnern Zeit zur Überlegung. Die Beisitzer murmelten beifällig.
Der Sternsteinhofer hatte sich hoch aufgereckt und eine Weile
auf den Rücken des gebückt sitzenden Käsbiermartel herab-
gesehen, nun legte er ihm die Hand auf die Schulter.
»No, du, was sagst denn dazu?«
»Was soll denn ich dazu sag'n?« knurrte der. »Ich denk', die
Kuh z'g'winnen! Verspiel' ich d'Roß', bekümmert mich
g'rad, wann du dö kriegst, und werd' ich dir noch dazu ver-
helfen, nit?«
»No, nur nit ung'schickt! g'wett' is g'wett'! und bin ich einverstanden mit einer menschenmöglich'n Zeit in Jahr'n und
Tag'n, so kannst du's auch sein.«
»Ah, nein, nein, hitzt kämen d'Finessen.«
»Was wär' dabei für a Fineß'?« lachte breit der Sternsteinhofer.
»Soll ich dir trau'n? Soll ich dir trau'n?« Der Käsbiermartel
mußte sich in einer außerordentlich bedenklichen Lage fühlen, so nachdrücklich kraulte er sich hinter den Ohren. »Wenn
ich dir trau'n soll, dann müßt' dein Handschlag aber auch dafür gelten – und wär's gleich schon 'n morgigen Tag, wo die
zwei miteinend' zum Altar gingen – das du vom Hochzeits-
mahl weg in dein Stüberl gingst und d'jungen Leut' Herrn
sein ließ'st af'm Hof.«
»Einverstanden.«
Die beiden Alten boten ein schönes Bild echt menschlicher
Eintracht, wie sie so dasaßen, sich die breiten Tatzen drücken
und einer den andern von der Seite mit lauernden Augen
anblinzend.
»Also abg'macht«, sagte der Sternsteinhofer mit Nachdruck,

dann fuhr er gleichmütiger fort: »Mein Wort z'halten, wird mer nit schwer fall'n, denn nach denselben Jahr'n und Tag'n werd' ich wohl 's Hausens schon müd sein. – – «

»Na siehst«, schrie der Käsbiermartel, »ich hab's ja g'wußt, da kimmt d' Fineß zum Vorschein! Af dein' alte Bockköpfigkeit lauft's h'naus, daß ich mein Dirn' dein'm Bub'n aufbehalten sollt', und wurd's gleich drüber steinalt und kleinwinzig, bis dir's taugt und bis dir's g'legen käm'!«

»No und was war denn das vorhin von dir, wann nit dein' alte Aufdringlichkeit, mit der d' mir schon d'Jahr her zured'st, mich zur Ruh' z'setzen?! Von dir war ich's g'wärtig, hast du von mir was andersch erwart'? In unsern Alter ändert sich mer doch nimmer. Also mach' keine Mäus', Schick' dich, wo h'nein d' mußt, und laß' mich hitzt b'sinnen, daß ich die Zeit aussprech' – «

»Nein, nein!« Der Käsbiermartel fuhr schreiend vom Sitze empor und focht dazu wie verzweifelnd mit den Händen in der Luft herum; man hatte noch nie ihn sich so gebärden sehen. »Nein, nein, das geht nit an! Das is nit recht und billig! Das gibt's nit, daß du's selber bestimm'st!«

»Bist letz'?« fragte erstaunt der Sternsteinhofer. »Wer soll's denn b'stimmen, wann nit ich?!«

»Du nit! Dich will ich nit! brauch' dich auch nicht z'wollen!« fuhr der Käsbiermartel schreiend fort. »Hör' mich an! Hört's mich an, Manner! Mich reut's, wie viel ich Haar af'm Kopf' hab'; ich wett' eh' selten, mit dem hätt' ich's schon gar nit soll'n, mit'm Sternsteinhofer nit, der is gar fein! Schier gib ich mein' Wett' verlor'n, aber soll'n d'Roß' hin sein, soll'n d'jungen Jahr' von meiner Dirn' verspielt sein, hitzt verschreib' ich mich dem Wetteufl mit Haut und Haar'n, ob er mir wohl will oder übel! Hat der Toni 's eine z'entscheiden, so soll er auch's andere, sagt er: ja, so soll er auch sag'n: wann! Dös is nit mehr wie billig!«

»Dös is auch nur billig«, sagten die Beisitzer.

Der Sternsteinhofbauer erhob sie. »Das ganze Geschrei und Getue hätt'st dir ersparen können. Ich bin ganz einverstanden damit.« Er beugte sich herab und raunte dem Käsbiermartel ins Ohr: »Du Fuchs, dem eilt's ebensowenig wie mir.«

Einen Augenblick sah der Lange erschreckt auf. Aber er hatte sich ja – bedeuten lassen! Sofort senkte er wieder den Kopf und schmunzelte die Tischplatte an.

Der Sternsteinhofer winkte den andern Tischgenossen mit lachenden Augen zu. »Hitzt geh' ich, mir meine Roß' anschauen«, sagte er.

»Da geh'n mer mit«, schrien alle lachend.

»Mir müssen ja«, lärmte einer, »schon damit kein Abreden stattfind't zwischen 'm Alten und 'm Bub'n!«

Der Alte hob drohend den Finger gegen den Vorlauten. »Du! so was sag' nit! das is mer kein G'spaß! Unehrlich wär' ja eh' verspielt.«

Toni saß im Hofe auf dem Verschluß eines großen Wasserbottichs, in welchen das Rohr der Dachrinne mündete. Als die spektakulierende Schar aus dem Flur trat, lief eine Kellnerin von ihm hinweg, mit der er eben geschäkert hatte.

»Schau' du Grasteufel! Du hast's not, af Lotlereien z'denken«, sagte der Sternsteinhofer. »Denk' du lieber an deine neun Jahr'!« Er faßte ihn an einem Knopfe der Joppenklappe und gab ihm einen kleinen Ruck. »Neun Jahr' hat er noch, Manner, und parier'n und ja sag'n heißt's (wieder ein Ruck) – beim Einberufen – sonst ging's ihm übel!«

Er gab ihm einen derben Schlag auf die Schulter und, ohne auf die teils verdutzten, teils verschmitzten Gesichter seiner' Geleitmänner zu achten, schritt er gegen den Schuppen, unter welchem Käsbiermartels Wagen stand, ganz ernsthaft seine Rede schließend: »Ja, ja, sein gar streng' die Krieg'sg'richten.« Nachdem man die Pferde beaugenscheinigt hatte, kam er wieder über den Hof zurück. »Komm mit«, sagte er im Vorbeigehen zu Toni, und als sie in die Wirtsstube eingetreten waren, stellte er sich dem Burschen gegenüber und, ihn gerade in's Auge fassend, begann er: »Horch' mal auf und versteh' mich wohl! Es soll sich hitzt weisen, ob auch dir dein's Vaters Will' höher gilt wie dein eigener; d'rum erwart' ich kein'

– 180 –

Widerred', wann ich dir sag': du heirat'st Käsbiermartels Sali. Dö Zeit zu b'stimmen, wann d' Hochzeit sein soll, is nach Abmachen dir überlassen; du kennst alle Umständen, weißt, was d' z'sagen hast, also braucht's kein lang' B'sinnen. Red!« Der Bursche blickte dem Alten trotzig in das Gesicht »Wann mer eh' kein' Widerred' erlaubt is, was will ich denn machen? Gut, so heirat' ich halt d'Sali. Es is mer nur lieb, daß ich doch wenigstens selber dö Zeit bestimmen kann, wann das sein soll, und da bitt' ich auch mir jede Widerred' aus! muß's schon sein, will ich drüber nit alt werd'n; in acht Wochen is Hochzeit!«

In dem brausenden Gelärme, das jetzt losbrach, erstarb ein unartikulierter Schrei des Sternsteinhofbauers.

»Wirt! Wirt! Wirt!« – »Jetzt weißt, an wen d' dich z'halten hast!« – »Der Sternsteinhofer zahlt!« – »Füll' ein' frischen ein!«

Man schüttelte dem Alten die Hände, er stand und starrte sprachlos vor sich hin; erst als der Käsbiermartel hinzu trat und, ihn mit beiden Armen an den Schultern rüttelnd, rief: »So hast richtig g'wonnen, du Himmelsakra, du?! No, sein dir vergönnt dö zwei Braun', sein dir vergönnt, weil's dein Bub' so gut mit meiner Dirn' meint«, da schien der Sternsteinhofer wieder zu sich zu kommen; er stieg den Langen zur Seite, wies wiederholt nach dem Tische, was die Wettzeugen, da eben die frisch gefüllten Krüge hingesetzt wurden, einer freundlichen Einladung gleich erachteten; dann faßte er den Toni über dem Ellbogen mit einem Griffe, über den der Bursche einen lauten Aufschrei nur mit Mühe verbiß, führte ihn aus der Stube, zerrte ihn in einen finstern Gang, der an den Flur stieß, und drängte ihn dort in eine Mauerecke. »Hundling, elendiger«, keuchte er, »mit Peitschenstecken schlag ich dir'n Schädel ein bein Heimfahr'n und schmeiß' dich in' Straßengraben.«

»Bist närrisch«, ächzte der Bursche, mit verzerrtem Gesichte sich unter dem harten Griffe des Alten krümmend, »was hab' ich dir denn g'tan?«

»Abg'kartelt war's Ganze, um Haus und Hof habt's mich betrogen!« Er riß den zappelnden Burschen an sich und warf ihn dann an die Wand, daß es dröhnte.

»Nit nochmal rühr' mich an!« kreischte der. »Rühr' mich nit an, sonst schrei ich um Hilf'! – Ich weiß von nix. Und wann's wär, wie du denkst, wer hat dich denn wetten g'heißen, wer hat dich denn gezwungen, Wort und Handschlag zu geben?! Das all's hast freiwillig, und ehr'nhafter sitz'st wohl 'n der Ausnahm', wenn du dir nix merken laßt, als wenn du Lärm schlagst und af'n Hof zu'n G'spött 'n Leuten als der g'foppte Sieb'ng'scheite unter d'Augen gehst.«

Toni verstand sich überhaupt nicht darauf, seinem Vater einen Wunsch von den Augen abzusehen, derjenige aber, der jetzt aus denselben leuchtete, war doch etwas gar zu unväterlich. Hätten Blicke die Macht zu versteinen, zu versengen, zu vergiften, der Bursche wäre nicht lebend von der Stelle gekommen. Plötzlich krampfte sich dem Alten der Mund und die ganze untere Partie des Gesichts zusammen, als ob er eine unreife, herbe Frucht zwischen den Zähnen hätte. Er kehrte dem Burschen den Rücken zu und schritt langsam nach der Gaststube zurück.

Dort saß er, in sich gekehrt, wortkarg und leerte fleißig sein Krüglein.

Es war spät am Nachmittage, als sechs Bauern den Sternsteinhofer hinaus nach dem Schuppen trugen. Einer ging dem Zuge mit einer Fahne vorauf, es war eigentlich ein Besenstiel, an dem ein Tischtuch flatterte; sie ward gesenkt, als man den Volltrunkenen in das Korbgeflechte seines Wägelchens auf Stroh bettete. Man legte ihm statt der Heiligenbilder Spielkarten auf die Brust, und er ermunterte sich gerade noch so weit, daß er die Blätter zusammenraffen und dem Spaßvogel an den Kopf werfen konnte, der sich eben anschickte, im lamentablen Vorbetertone eine Danksagung der »tüftrauörnden Hüntörblübönön« an die »gööhrden, vörsahmöldön Anwösöndön« herabzuleiern. »Fahr' zu, Halunk!« lallte der Trunkene. »B'hüt' Gott, Käsbiermartel!« rief der Toni vom

Kutschbock. »Du siehst, heut' kann ich nit abkommen. Grüß mer d'Sali!«

Der Wagen rasselte davon, und hinterher liefen die zwei gewonnenen Braunen und sahen mit breiten Mäulern und ernsten Augen auf die gefallene Größe herab, die vor ihnen im Stroh von einer Seite zur andern kullerte. Von Zeit zu Zeit hob der Bauer die schweren Lider und stierte die teilnahmslosen, gleichmütigen Tiergesichter an, mit einem leisen Fluche schloß er dann wieder die Augen; sah er aber die beiden Pferde die Köpfe zusammenstecken, als hätten sie, Wunder was, Heimlichs miteinander, so geriet er in Wut und traktierte sie mit Faustschlägen; durch ihr Aufbäumen und Schlagen zerrten sie dann das Wägelchen hinter sich, und Toni hatte alle Mühe, sie wieder zu beruhigen.

Diese kleine Beschwer vermochte jedoch nicht, die gute Laune des Burschen zu schmälern, er pfiff leise vor sich hin, und manchmal, wenn er mit einer halben Kopfwendung hinter sich in's G'rät nach dem herumschloddernden Alten blickte, überkam es ihn auch, daß er lachte, aber vorsichtshalber mit geschlossenem Munde durch die Nase.

Ja, bei den Soldaten lernt man, sich auf Pfiffe verstehen! Wie häufig in der Welt, trägt es auch da die Keckheit über den Verstand davon; das Feinsteingefädelte, wer das aussinnt, verspielt, und das Plumpste, was oft mit Händen zu greifen, gewinnt. Der Toni überließ sich der ungetrübten Freude über den Erfolg seiner »Kriegslist«. Nur etliche Male während der langen Fahrt befühlte er seinen Kopf und seinen linken Arm; wo er gegen die Wand schlug, wird es wohl Beulen geben, und wo sich die Finger des Alten eingekrallt hatten, blaue und braune Flecken.

»Kein D'randenken wert! Heiler hätt' ich nit davonkommen können. Eh', Füchsin, bleibst im Schritt! Merkst, daß's heimzu geht? Kannst 'n Stall nit erwarten? Ich werd' dir – «

Ganz nahe lag der Sternsteinhof. – In acht Wochen Herr darauf!

16.

Was sich im Wirtshause zu Schwenkdorf zugetragen, das kam dort wie zu Zwischenbühel noch am nämlichen Sonntagabende unter die Leute, und einer trug es dem andern als eine »wahrhafte Neuigkeit« zu, daß über acht Wochen der Sternsteinhofer Toni mit des Käsbiermartels Sali Hochzeit halten werde. Wenn es auch allgemein Wunder nahm, wie rasch sich das schickte, und daß der »riegelsame« Alte sich so mit eins entschloß, »in d'Ruh z'gehen«, so war doch nichts Auffälliges dabei. Der Bauer wollte eben seinen Willen haben, und der Bub' gehorsamte; es waren nur ein paar überfindige Köpfe, die darüber schüttelten und unter sich etwas von »aufgesessen sein« verlauten ließen, aber beileib' nicht zu laut; denn sie gehörten zur klugen Brüderschaft, welche die Wahrheit im Sack behält, wohl wissend, daß sie für den Besitzer kein Heckethaler, dem Reichen, dem man sie bietet, meist ein unliebsames Schaustück und dem Bettler ein abgegriffener Groschen sei, den er nicht einmal geschenkt nimmt.

Am Montage war der Sternsteinhofer noch nicht imstande, über seine Lage nachzudenken, den Schmerz ersparte ihm ein Weh, nämlich Kopfweh; er hatte eines von jenen, wobei dem Menschen vorkommt, das Oberstübchen wäre rein ausgeräumt und es säß' ein fleißiger Werkmeister darinnen und bohrte und sägte und hämmerte, einmal mit spitzem Hammer, dann mit stumpfem Schlegel. Bis er Feierabend macht, verelendet man einen Tag wie nichts.

Dienstag ging der Bauer seinen gewohnten Beschäftigungen nach, doch erpreßte es ihm mehrmal den Seufzer: »Ja, ja, mein lieber Hof, hitzt kimmst bald in andere Händ'!« Mittwochs betrübte ihn der Gedanke: dieselben Hände mochten wohl weder die fleißigsten noch die geschicktesten sein. Am Donnerstage beklagte er das »arme« Anwesen, das ihn, seinen al-

– 184 –

ten Herrn, gewiß schwer vermissen werde, aber er könne leider nicht helfen, Einmengen sei seine Sach' nit! Freitags war er zu der Überzeugung gelangt, daß ohne ihn alles hinter sich gehen müsse, und sonnabends beruhigte ihn vollends die Schlußfolgerung: bei der hinterlistigen Weis', mit der sich der junge Bauer und die Schnur hier eingedrängt hätten, könne kein Segen sein, die beiden würden's heißer auszubaden haben, als sie gedächten, bis ihnen schließlich der Hof unten durchwischte und sie in' Dreck zu sitzen kämen; diese tröstliche Voraussicht, die ihm in viel drastischeren, nicht gut wiederzugebenden Bildern vor'm geistigen Auge schwebte, versöhnte ihn mit seinem Schicksale, so daß er sonntags zu Schwenkdorf vor der Kirche Käsbiermartels Sali so freundlich und väterlich begrüßte, als er es eben vermochte und wie es von ihm eigentlich gar nicht zu erwarten stand.

Von nun ab nahmen ihn nur noch zwei Dinge in Anspruch, die Vorbereitungen zur Hochzeit und die Errichtung eines Ausgedings; denn eine Hochzeit wollte er »zurüsten«, über welche die Leute von nah' Mäuler und Augen aufreißen und die von fernher die Hälse darnach recken sollten, und auf einem Ausgeding' wollte er sitzen wie sonst keiner im Land. Der »findige Notarjus«, der den Heiratskontrakt aufzusetzen hatte, mußte auch die Schenkungsurkunde niederschreiben, durch welche der Sternsteinhofer Haus und Hof mit allen Liegenschaften und Gründen und ein gut Stück bar Geld dazu seinem Sohne als eigen übergab; den Rest seines Ersparten jedoch, samt der eisernen Kasse, einige genau bezeichnete Einrichtungsgegenstände und etliche ebenso genau beschriebene Stücke Viehs behielt der Alte für sich sowie auf der von Zwischenbühel abgekehrten Sonnenseite des Hügels einen Teil des Gartens und daneben etwas Grund; dort wollte er sich anbauen, und wenn das Häuschen nebst den Ställen unter Dach sein wird, mit all' seinem Eigen dahin übersiedeln; bis auf die Zeit aber, so war es ausbedungen, sollte die »Eiserne« an Ort und Stelle, sein Vieh in den gemeinsamen Stallungen und er in seinem Kämmerlein unangefochten Verbleib haben;

denn er war vorsichtig genug, sich nicht der Gefahr auszusetzen, etwa gelegentlich eines Streites mit allem Um und Auf vor das Haus gesetzt zu werden, und ehe er noch ein solches hatte, einem »armen Abbrandler« gleich, unter Gerümpel und blökendem Vieh ratlos dazustehen.

Am frühen Morgen des Tages, an welchem der Toni zur Trauung nach Schwenkdorf hinüberfuhr, hatte das junge Weib des Holzschnitzers das Haus verlassen, um vor dem Eintreffen des Brautzuges dort in der Kirche sein zu können. Jene nervenaufregende, alle Furcht und Scheu bezwingende Neugierde, welche dem Manne die sträubenden Blicke auf Grauenhaftes, Widerwärtiges, Quälendes lenkt und das Weib die Augen nicht davon abwenden läßt; welche die Menschen nach Richtplätzen, Leichenhöfen und Unglücksstätten drängen macht; jener Trieb, Arges zu schauen, hatte Helene befallen, hatte ihr den weiten Weg unter die Füße gegeben und bannte sie nun in der Kirche am Fuße des Pfeilers fest, an welchem sie mit hochklopfendem Herzen und verhaltenem Atem lehnte, bis alles – vorüber war; dann schlüpfte sie mit im Gedränge hinaus und lief auf schmalen, nur einzeln gangbaren Pfaden über Felder, Halden und Hänge und kehrte auf weitem Umwege durch den Busch, der auf dem Hügel hinter dem Orte oberhalb ihrer Hütte lag, nach Zwischenbühel heim.

Dort brauste, dröhnte und schütterte schon die Luft von dem Gelärme, Musizieren und Schießen auf dem Sternsteinhofe. Wie dadurch befangen und beirrt, verrichtete Helene lässig und nebenher einige Hausarbeit, und als der Abend kam, bei dessen Schweigen das geräuschvolle Treiben auf der Höhe gegenüber bald allein in aller Weite das große Wort führte, da brachte sie das Kind zu Bette, bot dem Manne gute Nacht und trat unter die Türe des Häuschens; dort stand sie, das rechte Bein über das linke geschlagen, die Hände über dem Schoß gefaltet, den Kopf an den Türpfosten gelehnt, und starrte hinauf nach dem Sternsteinhof.

Von dort sang und klang, hallte und schallte es durch die stille Nacht, von Zeit zu Zeit prasselte leuchtend eine Rakete empor; und dieses Getöse und Gebraus wird Stunde für Stunde fortwähren bis zum Frührot und sich erst im hellen Sonnenschein des Tages mählich beruhigen; dann hebt es wohl morgen, vielleicht auch noch übermorgen nach Tischzeit wieder an und verliert sich mit den abziehenden Gästen. Morgen werden die Zurückgebliebenen sich überlärmen, um die Weggegangenen zu ersetzen, und übermorgen werden alle der guten Tage herzlich müde sein.

Ein grelles Jauchzen, das einer aufsteigenden Raketengarbe nachgellte, machte das junge Weib fröstelnd zusammenschrecken, es strich mit der Hand über die Stirne, ermunterte sich, schloß die Türe und suchte sein Lager auf.

Käsbiermartels Sali schien wirklich wie von Holz; wenigstens heut' an ihrem Ehrentage, ihrer nunmehrigen Würde als junge Sternsteinhofbäuerin eingedenk, ging, stand, saß und tat sie so hölzern, daß Toni darüber lachen mußte, aber er gestand sich auch, daß sie aus gutem Holze wäre. Er hatte mittlerweile, was die Weiberleut' anlangt, zugelernt – der Soldatenstand soll ja auch in der Beziehung eine gute Schule sein – und wußte einen Unterschied zu machen zwischen den einen, die schalkischen Krämern gleich, welche Schleuderware feilbieten, ebenso gerne betrügen als sie das »Betrogenwerden« leicht verwinden; und den andern, die, nicht lecker nach Unerlaubten, sich jeden unlauteren Handel von vornherein verbieten und, die Schlagfertigsten unter ihnen, wohl auch dem zudringlichen Krämer als Abstandsgeld eine Münze verabfolgen, die unter Brüdern fünf Gulden wert, selbst vor Gericht nur Kursschwankungen unterliegt und, seit die Welt steht, noch nie mit falscher Präge vorgekommen ist, trotzdem aber an öffentlichen Kassen nicht an Zahlungs Statt angenommen wird, wogegen sich allerdings vorab die Steuereinnehmer höchlich verwahren würden.

Ob dem Sternsteinhofer Toni je unter der Hand einer oder der anderen ehrenfesten Schönen jene einseitige Schamröte aufgestiegen, welche nicht das Resultat eines physiologischen

Prozesses, sondern das einer fremden Kraftäußerung ist, davon hat er nichts verlauten lassen, wie denn solchen Vorkommnissen gegenüber selbst die geschwätzigsten Männer sich strengster Diskretion zu befleißigen pflegen; sicher ist, er empfand Genugtuung darüber, daß er nunmehr auch von einer solchen Ehrbaren nur »Liebes« zu gewärtigen habe, und es schmeichelte seinem Stolze, in deren Alleinbesitz und ihr Herr zu sein.

Daß diese seine Bäuerin sich nicht gegen ihn auflehnen werde, dessen war er gewiß; er hatte die acht Wochen über Zeit genug, sie kennenzulernen, und es hatte dazu nicht einmal so vieler Tage bedurft. Die Strenge, die in ihrem etwas scharfgeschnittenem Gesichte lag, deutete auf Selbstbewußtsein und ernste Auffassung eigener und fremder Pflicht, aber galt nur den Leuten, um sich nichts zu vergeben, galt nur dem Gesinde, um es nicht lässig werden zu lassen, dem Manne nicht, dem sprach das dunkle, im bläulichen Glanze schimmernde Auge und nur das; das junge Weib war eines jener Geschöpfe, die mit einem Blicke auf den Mann für ihn durchs Feuer gingen, wenn es sein müßte, ihm aber hinwieder ihr Lebtag kein zärtliches Wort gönnen und das eine so selbstverständlich finden wie das andere.

Es war nach Mitternacht, als die Hochzeitsgäste, deren Orts- und Zahlensinn wohl einigermaßen getrübt sein mochte, mit einmal die Abwesenheit des Bräutigams und der Braut wahrnahmen, eine Entdeckung, die großen Lärm und einen Aufwand bedenklicher, aber keineswegs neuer Witze veranlagte; alle taumelten auf und wollten den beiden Schwiegervätern zutrinken, aber die Gläser klangen nur mit dem des schmunzelnden Käsbiermartels zusammen. Der Bräutigams-Vater fehlte.

Der alte Sternsteinhofer war kurz nach dem Aufbruche des Paares weggegangen, er fand dasselbe oben in der großen Stube; der junge Bauer hatte seinen Arm um die Hüfte der jungen Bäuerin gelegt, und beide blickten verwundert auf, als sie jemand herankommen hörten.

»Du bist's, Vader?« fragte Toni. »Kommst hitzt ung'leg'n.«
»Geh' gleich wieder«, brummte der Alte, »wollt' nur schau'n,
doch nit nach euch.« Er trat vor seine eiserne Kasse und rüttelte an der Schrankklinke, nickte befriedigt mit dem Kopfe;
dann griff er in die Westentasche, brachte den Schlüssel zum
Vorschein, schloß auf und langte mit der Hand in das Fach,
Papiere rauschten unter seinen Fingern, ein Geldsäckchen
klirrte gegen ein anderes, er pfiff leise vor sich hin und warf
die Türe wieder zu. »Ein' guten Rat tät' ich euch geb'n«, sagte
er, sich an das Paar wendend, »beileib' kein Einmengen in
euer Hausen – das ist euer Sach' – dem schau' ich zu, und da
tu' ich euch nix z'wider, aber auch nix z'lieb, das sag' ich
gleich; nur eins mein' ich, gar ganz mit mir verderben sollt't 's
euch nit. Es is noch was da!« Er schlug hinter sich mit der flachen Hand gegen den Schrank. »Gute Nacht!«
»Gute Nacht, Vader«, sagte Toni.
»Gut' Nacht«, flüsterte Sali.
Die schweren Tritte des alten Bauern verhallten auf der
Treppe.
Mit dem Nichteinmengen des alten Sternsteinhofbauern in
die Wirtschaft des jungen hatte es bald ein gar eigenes Be-
wandtnis. Der junge Bauer war nämlich des guten Glaubens,
es sei kindleicht, sich als Herrn des großen Anwesens aufzu-
spielen, denn all' die Jahre her war es nicht anders gewesen,
als mache sich da alles von selber; er erhielt gleich den andern
sein Teil Arbeit aufgetragen, und wenn er irgend sonst mit
Hand anlegen wollte oder eine Frage ihm beifiel, so ließ es
der Alte weder an Unterweisung, noch Aufklärung fehlen;
aber der Toni war nicht sonderlich neugierig, und der Alte,
ungefragt und »unangegangen«, gar nicht mitteilsam; der
letztere wollte ja noch eine gute Weil' »hausen und herren«
und dann erst, etwa ein Jahr vor der ihm gelegenen und ge-
nehmen Hochzeit des Sohnes, Anlaß nehmen, den Burschen
in alles und jedes vom Kleinsten bis in's Größte einzuweihen
und sich nicht Zeit und Mühe reuen zu lassen, bis derselbe
sich tüchtig »eingeschossen«; das hatte sich nun der Bub

durch das »hinterlistig' 'n Vadern um's Seine narren« gründlich verscherzt. Gar bald trat manches an den jungen Bauern heran, wo dieser nicht Rat wußte; das Gesinde befragen, ging doch nicht an; der Schwiegervater zu Schwenkdorf war denn doch etwas aus der Hand gelegen, und merkte der, wie viel in fremder Wirtschaft auf sein Meinen ankäme, dann konnte sich derselbe mit der Zeit gar unliebsam überheben; so blieb denn schließlich, wenn sich eine Sache recht zweifelhaft anließ, dem Toni nichts übrig, als den alten Sternsteinhofbauer auszuholen. Er schlich dann immer hinzu und redete so nebenhin und nebenher, tat dabei das Maul kaum auf, aber spitzte desto mehr die Ohren. »Sag' mal, was war da alter Brauch? Der neue könnt' etwa nit taugen«, oder: »Damit halt' ich's wohl anders wie du, was meinst d' dazu?«
Der Alte streckte sich dann jedesmal, sog die Luft ein, daß sein breiter Brustkasten sich hob, und dröhnte dann heraus: »Was fragst d' nach'm alt n Brauch und wie's and're halten? Tu, wie d' glaubst, wird ja recht sein, bist doch der Herr! Zwei Anordner taug'n nit af ein'm Anwesen, wie d' einmal g'sagt hast. Liegt dir d'Arbeit z'schwer auf, was nimmst denn kein Pfleger, wie d' dich in der nämlichen Red' hast verlauten lassen? Schau halt um ein' ord'nlichen. So ein Pfleger pflegt freilich vorerst sein' Sack, aber versteht er was, so erwirtschaftet er doch mehr, als wie er dir stehlen kann; nur wann er nix versteht, is 's g'tehlt, dann geht er mit der vollen Taschen, und dir bleibt a Loch in der dein'n.«
Der junge Bauer mochte, wie oft er wollte, in den saueren Apfel beißen, er trug nichts davon als stumpfe Zähne; er begann ernstlich zu sorgen, Schadens wegen – daß er es für den Spott der Umgegend nicht brauche, das wußte er –; in seiner Not vertraute er sich der Bäuerin an, diese machte zwar große Augen und schüttelte bedenklich den Kopf, aber sie war sofort entschlossen, die Sache in die Hand zu nehmen, um den Alten umzustimmen; seit der dahinter gekommen, daß sie um den Streich, dem man ihm mit der Wette gespielt, nicht vorher gewußt habe, war sie ihm als Schwiegertochter viel leidlicher

geworden. Sali lief von der Stelle zu ihm und sprach auf ihn ein, sie klagte die Verlegenheit ihres Mannes, und da müsse sie nur frei gleich heraussagen, daß der schrecklich leichtfertig gehandelt hätte, weil er sich zugedrängt, wo er doch zuvor wissen konnte, daß er nicht aufkäme; aber der Vater möchte bedenken, daß auch sie mitbetroffen würde und doch an allem Geschehenen nicht die geringste Schuld trage, und wie schad' es um das schöne Anwesen wär', und daß der Toni, wenngleich recht unbesinnt, doch sein Einziger sei – und so bettelte und schmeichelte sie dem Alten die nötigen Ratschläge und Auskünfte ab.

Was dem alten Sternsteinhofer die Zunge löste, war aber nicht etwa erwachender Gerechtigkeitssinn, der sich dagegen setzt, Unschuldige mit den Schuldigen leiden zu lassen; wer das gedacht hätte, der kannte den Alten schlecht; dessen Inkonsequenz entfloß keiner so lauteren Quelle, sondern – mit Bedauern sei es gesagt – einem weiten, übervollen Becken menschlicher Schwachheit. Wohl widersprach es ganz und gar seinem anfänglichen Vorsatze, hübsch beiseite zu stehen und ruhig zuzusehen, wie die jungen Leute abwirtschafteten, daß er nun dem einen Teile ratend beisprang und dadurch die Fehler des anderen ausglich; aber nach wie vor blieb er gegen Toni unfreundlich, dessen Dank und Annäherung er schroff zurückwies; das hätte dem jungen Bauern allerdings nicht schwer aufgelegen, doch als er sich's recht bequem zu machen dachte und die Bäuerin zu direkten Anfragen an den Vater veranlaßte, da sagte der: »Ei, du irrst wohl, das und das weiß der Toni sicher, er hat mir darüber nichts verlauten lassen.« So mußte denn jeder Angelegenheit halber vorab der Bauer seine Not klagen und eingestehen, daß er nicht auswisse, und dann die Bäuerin ihres Mannes »Übernehmen« bedauern und Abhilfe erbitten; das war es, worauf der alte Sternsteinhofer bestand, dieses Demütigen und Betteln schmeichelte seiner Eitelkeit!

Allerdings waren die jungen Sternsteinhoferleut' keine gemeinen Rotfüchse, sondern von einer edleren Gattung, etwa blaue, und es kostete sie einige Überwindung, sich zu solchen gefügen und schmiegenden Schlichen zu verstehen; als sie aber merkten, daß der alte Rabe auf andere Weise nicht zu bewegen war, den Schnabel aufzusperren und den Käse fallen zu lassen, ergaben sie sich darein und taten ihm seinen Willen, um den ihren durchzusetzen.

Unter solchen Umständen, alles ihm zukommenden Respektes sicher, eilte es dem Alten gar nicht, seine Ausnahm' unter Dach zu bringen; doch als etwa nach einem Jahre auf dem Sternsteinhof ein Kleines zu erwarten stand, da ließ er sich die Beschleunigung des Baues sehr angelegen sein, brachte Stunden auf dem Arbeitsplatze zu und schalt und eiferte mit den Werkleuten; denn sobald das Kind oben einzog, wollte er herunterziehen; »an Kindergeschrei fänd' er in sein'm Alter mehr kein' Gefallen«, sagte er.

17.

Mit einbrechender Nacht war der Wagen über die Brücke gedonnert und durch das Dorf gerast, man konnte nicht schnell genug den Kopf nach dem Fenster wenden, vorüber war er.

Vor dem Wirtshause hatte der Wirt gestanden, in dem Fuhrmanne einen Knecht vom Sternsteinhofe erkannt und, in mächtigen Sätzen nebenher rennend, ihn angerufen.

»Wohin, Wastl?«

»In d' Stadt.«

» Was eilt? »

»Der Bäu'rin – 'n Doktor!«

Worauf die Wirtin die Hände zusammengeschlagen. »Uns're liebe Frau steh' der armen Seel' bei!«

Mit frühem Morgen kehrte der Wagen wieder, und als er oben im Gehöfte anhielt, stürzte der junge Bauer stieren Blikkes und wirren Haares herbei, den kleinen, vierschrötigen Mann, der abstieg, beim Arme anfassend. »Helft's, helft's, Herr Doktor, ich kann den Jammer nimmer länger anschau'n!«

Der Arzt gelangte, mehr hineingedrängt und geschoben, als selbst steigend, die Treppe hinauf.

Drei Viertelstunden später lagen oben in der dunklen Stube, deren verhangene Fenster Licht und Luft ausschlossen, ein gar schwaches, zartes, gelbsüchtiges Kind und ein sieches Weib.

Als der Doktor, sich fleißig mit dem buntseidenen Taschentuche die Stirne trocknend, vom jungen Bauer geleitet, die Stiege herabkam, wollte eine Magd die folgenden Reden erlauscht haben.

»Herr«, sagte der Bauer, »das wär' dann, als hätt' ich kein Weib.«

– 193 –

»Euch davon zu verständigen«, sagte der Arzt, »war meine Pflicht. Ob ihr sie überhaupt noch lange behalten werdet, weiß ich nicht; wenn ihr sie aber bald los sein wollt, braucht ihr bloß meinen Rat zu überhören.«

Da erblickte der Bauer die Dirne; sie ward von ihm angerufen und mußte eine Flasche Wein, Schinken und Brot für den Doktor nach der Laube schaffen. Die Gefräßigkeit, mit welcher das kleine, runde Männchen darüber herfiel, und dessen schmatzendes Behagen waren für die dermalige Gemütsstimmung Tonis ein so widerspruchsvoller Anblick, daß er sich hastig mit der Andeutung, »oben nachsehen zu müssen«, hinweg begab, was sicher auch dem Doktor sehr gelegen kam, der, allein gelassen, sofort jede beileidige Miene ablegte und unter dem Kauen einem hohen Grade von Wohlbefinden in unartikulierten Lauten Luft machte.

Drei Tage danach war die Taufe. Sie sollte in aller Stille verlaufen, denn die Sternsteinhofbäuerin lag so kraftlos dahin, als ob sie sich Lebens oder Sterbens besönne, und bei jedem aufdringlichen Laut durchrieselte es sie vom Kopfe bis zu den Füßen.

Als der junge Bauer, von nur wenigen Gästen geleitet, mit der Patin, einer der reichsten Bäuerinnen in der Umgegend, und der Hebmutter, welche in einem reichen Taufzeuge ein winziges, mißfarbiges Würmchen trug, die Stufen zur Kirche hinanstieg, lehnte an der Mauerbrüstung dem Portale gegenüber das Weib des Herrgottlmachers mit dem derben, pausbäckigen Buben auf dem Arme.

Er starrte Helenen ins Gesicht, sie sah mit leicht gerunzelten Brauen nach ihm, auch das Kind blickte ihn so großäugig und ernst an; da senkte er den Kopf, und sein Blick glitt an der kräftigen Gestalt des Weibes herunter.

Die Taufzeugen traten in die Kirche, die heilige Handlung begann. Nachdem die reiche Bäuerin namens des Täuflings versprochen, alles zu glauben, was die Kirche zu glauben vorschreibt, und dem Teufel und seinen Werken zu entsagen, erhielt das kleine Geschöpf, es war ein Mädchen, zu Ehren der Patin deren Namen Juliana.

Als der Zug die Kirche verließ, ging der junge Sternsteinhofer vorgeneigt, wie wenn er vor sich auf dem Boden nach etwas suchte; er wußte, daß Helene noch da war, er fühlte es, daß sie ihn beobachtete, er hätte es auch gewußt und gefühlt, ohne die Fußspitze ihres rechten Fußes zu sehen, die spielend kleine Kiesel wegschnellte.

Vier Wochen mochten seit dieser Begegnung vergangen sein, der zweiten in den anderthalb Jahren seit Tonis Heimkehr, da kam eines Abends ziemlich spät die alte Zinshofer noch herübergelaufen und lud Helene mit wichtig tuenden Gesten und heimlichen Augenwinken ein, in die alte Hütte hinüberzukommen.

Der jungen Kleebinderin war solch' verstecktes und verhehlendes Gebärden zuwider, sie fuhr die Alte mürrisch an, doch gleich am Ort auszusagen, was es gäbe; aber da diese rasch hinaushuschte, so folgte sie ihr verdrossen nach.

Als die beiden drüben eintraten, saß der junge Sternsteinhofer auf der Gewandtruhe, den Rücken an die Wand gelehnt, mit herabhängenden Armen und drehte langsam, wie müde, den Kopf nach der Türe.

Helene blieb an der Schwelle stehen, sie streckte den vollen runden Arm gegen ihn aus und schüttelte mit der Hand.

Schon hatte sie mit der Rechten die Klinke erfaßt, um wegeilend die Türe ins Schloß zu drücken, da stemmte sie plötzlich die Linke gegen die Hüfte und fragte in scharfem, grollendem Tone: »Was willst denn du eigentlich da?«

»Nix«, antwortete der junge Bauer, »gar nix. Dein H'rüberrufen hab' ich nit verlangt, und hätt's auch nit g'litten, wenn ich d'rum g'wußt hätt'; das war ein Einfall von deiner Mutter, zu der bin ich g'kommen, mein' Jammer und Elend klag'n und mich auszureden d'über, wie anders all's hätt' werden können. Dös wird mir doch verlaubt sein, und ihr verüble nur nit ihr Mitleid für mich!«

»Dir kommt nur heim, was du an mir gesündigt«, sagte Helene; damit trat sie hinaus, man hörte das Getrappel einiger eilender Schritte und dann das Scharren der Sohlen auf der Steinstufe vor der Türe des Nachbarhauses.

Es war den Leuten einleuchtend, daß es dem jungen Sternsteinhofer hart aufliegen müsse, anstelle einer rührigen, leb-
frischen Bäuerin mit einem Schlag eine nichtsnutze, serbelnde
auf dem Anwesen zu haben; und die Klügeren, die nicht jeden
nach sich selbst beurteilten, behaupteten auch, sie hätten es
vorhersagen können, wie er sein Unglück aufnehmen würde.
Gram und Herzleid halten manchen an kurzem Faden fest am
Orte, und so einer arbeitet dann oft doppelt so viel wie sonst,
um des Leidwesens Herr zu werden, oder das wird der seine;
dann sitzt er untätig dahin und verstumpft im fortwährenden
Anblicke des Jammers; einen andern jagen sie zum Haus hinaus, daß er wie im Nebel herumläuft, nur vom Heim weg-
trachtend, oder gar in allen Wirtsstuben zuspricht und im
Trunke Vergessen sucht. Daß der Toni den Sternsteinhof mit
dem Rücken ansehen werde, das wollten eben die Klügeren
vorausgesehen haben; jene aber, die immer anders täten, als
ein anderer getan hat oder tut, die ihm das überarbeiten und
das »Herumknotzen« in der Krankenstube – ein's sein Schad'
und kein's der Bäuerin Nutz' – übel genommen haben würden, sie fanden es nun gar nicht schön, daß er auslief und das
arme Weib vereinsamen lasse; es war in ihren Augen nicht zu
entschuldigen, aber doch begreiflich. Nur über eines schüttelten bald die Bedachtsamen wie die Übelnehmerischen die
Köpfe, über den häufigen Zuspruch des jungen Bauern bei
der alten Zinshofer. Es vergingen wenige Abende, wo man
ihn nicht nach der Hütte der Alten gehen oder des Weges von
derselben kommen sah.
Quacksalberte vielleicht die Alte, um der Sternsteinhoferin
»'n lieben G'sund« wiederzugeben? Schon möglich. Vor Zeiten sagte man ihr nach, daß sie sich auf Kräuter und Tränk'
verstehe.
Aber doch wohl nicht. Denn der Bauer ging immer mit leeren
Händen von ihr, und Sympathie wird das doch keine gewesen
sein, daß er dann, wenn er sich unbelauscht glaubte, in das
Vorgärtel des Herrgottlmachers schlüpfte, geraume Weil' vor
dem Häuschen stehenblieb und an einer Fensterscheibe fast

die Nase platt drückte? Auch ging auf dem Sternsteinhofe die Rede, man wüßte recht gut, welches Weg's der Bauer herkäme; denn sei er bei der alten Hexe gewesen, dann gäbe er der Bäuerin kein gutes Wort.

Zweimal kam es sogar zu lärmenden Auftritten. Der Bauer überhäufte die Bäuerin mit kränkenden Vorwürfen über ihr ungesundes Wesen, von dem sie wohl gewußt haben werde, aber es ihm verheimlicht hätte; und als sie mit tränenden Augen auf die Wiege hinwies, kehrte er derselben, das Kind verschimpfierend, den Rücken. Beide Male war er unter Tages im Dorfe unten gewesen; Helene war eben auswärts, und die alte Zinshofer hatte ihr Enkelkind, den kleinen, kraushaarigen Nepomuk, in ihre Hütte herübergeholt.

Helenen war es wohl in etlichen mondhellen Nächten, wo sie länger wachlag, vorgekommen, als ob etwas vor dem Fenster schattete, aber sie hatte es nicht arg noch acht; erst als man im Dorfe von den nächtlichen Gängen des jungen Sternsteinhofers zu sprechen begann und der kleine Muckerl von einem schönen, freundlichen Bauern schwätzte, der ihm viele schöne Sachen verspräch', da reimte sie sich das Gerede der Leute und das Geplauder des Kindes zusammen.

Noch am selben Abende, nachdem sie sich darüber klar geworden, saß sie inmitten der Stube und machte einen langen Hals nach dem Fenster, und als außen Toni der Straße entlang kam, erhob sie sich kurz darauf und lief nach der Hütte ihrer Mutter.

Sie riß die Türe hastig auf und warf sie schmetternd hinter sich zu, dann trat sie hart an den Bauern heran, die geballte Faust vor seinem Gesichte rüttelnd. »Du bist ein elendiger Kerl! Is 's dir nit g'nug, einmal an mein'm Unglück schuld g'west zu sein? Willst mich hitzt auch noch als Weib in Verruf bringen?«

Die Zinshofer drängte sich zwischen die beiden. »Heb' nur kein' Streit an in meiner Hütten«, sagte sie, Helenens drohende Rechte am Handgelenke anfassend.

»Meng' du dich nit ein«, schrie das junge Weib, sich heftig

losreißend. »Du meng' dich nit ein, weder so – ich rat' dir gut – noch in and'rer Weis', wozu d' etwa Lust hätt'st! Was ich mit dem da hab', das is allein zwischen uns zwei'n!«

»Freilich wohl – «, grinste die Alte; eine unmutige Bewegung und ein zorniger Blick des Bauern machte sie verstummen.

Toni schob sie zur Seite. »Laß' s' nur«, sagte er, »laß' s', Mutter Zinshofer. Sie hat ja recht, wann s' mir 's Vergangene nachtragt, ich hab' schlecht an ihr g'handelt, und 's is mir übel g'nug aus'gangen.«

»Sonst beschweret's dich nit viel«, höhnte Helene.

»Aber Gott is mein Zeug'«, fuhr er fort, »und auch du kannst mich nit Lugen strafen, von Anfang war mein Abseh'n a ehrlich's – «

»Und ich jung und dumm g'nug dazu«, unterbrach sie ihn, »af's alleine Absehen was z'geb'n. Aber du irrst, wann du denkst, ich trag' dir deswegen was nach. So ein Betrügen zwischen zwei'n, wobei allzeit 's Betrogene noch mithilft, weil sich's selber betrügt, das witzigt ein'm nur für ein andermal, und damit is 's aus und vorbei. Wann du mir aber hitzt über die Weg' schleich'st, mich als Weib für so schlecht halt'st, wie ich als Dirn unbesinnt war, hitzt, wo's af ein Betrüg'n unter dreien ankäm', 'n dritten dir z'lieb', und wo nur von ein'm unehrlichen Abseh'n die Red' sein könnt' und für dich gar nix af'm Spiel stünd und für mich mehr wie all's, hitzt is das ein beleidigend Einbilden, und ein schandbar Zumuten!«

Toni schüttelte den Kopf. »Es is weder ein Einbilden noch ein Zumuten dabei. Was die Leut' erlauern können, wann ich dir gleichwohl über die Weg' schleich', das is nur für mich abträglich; nur mir g'reicht 's zur Unehr', und nur mich macht's zun G'spött, wann ich dir nachlauf' und kein G'hör find'.«

»Dös is nit so! Bisher hab' ich's gleich geacht't, ob du am Zaun vorüberstreifst, oder ob sich ein Hund d'ran reibt, und so lang' mer denken mußt', ich merk' nix davon, konnt' mer mir auch nix verübeln, aber hitzt kommt mir zu, daß ich dir verbiet', mir über'n Weg und unter d'Augen z'geh'n, und das wirst d' dir auch g'sagt sein lassen!«

»Nein«, sagte er leise, aber bestimmt.

»Was?« schrie das junge Weib, vor Zorn erblühend. »Mit aller G'walt brächt'st mich in Verdacht? Du wollt'st nit?«

»Ich kann nit.«

»Dann spuck' ich dir auf offener Straßen ins Gesicht wie schon einmal und schrei' es vor allen Leuten aus, daß du pflichtvergeß'ner Lump meiner Ehr' nachstellen willst, trotz ich dir dafür all'n Schimpf und Schand angetan!«

»Tu' 's!«

»Pfui!«

»Hast recht. Ich g'spür' ja selber, daß ich kein' Ehr' im Leib hab', sonst stünd ich nit da, wo mer mich nit mag und bettelt' um ein' Fußtritt. 's einzig Männische, was ich noch an mir hab', worauf ich acht', weil mir 's Nichtachten so a schwer Lehrgeld kost't, 's Worthalten, verbiet' mir eben, daß ich dir verspräch', ich tät' nach dein'm Will'n. Ein' Wochen etwa vermöcht' in mich fernz'halten, in der nächsten schon zwinget 's mich wieder da her, in deiner Näh' h'rumz'lungern und z'lauern. Jesses und Josef! Ich weiß mich nit aus!«

Die alte Zinshofer drückte die Schürze vor's Gesicht und schlich durch die Hintertüre aus der Stube.

Helene hatte die Augen gesenkt, nun blickte sie auf. »Was bezweck'st denn mit dein'm Raunzen?«

»Bezwecken?« Er lachte schmerzlich auf. »Frag' 'n g'schlagenen Hund, warum er heult. Weil ihm weh is. O, du mein Gott, wann mer sich nur damal besser miteinend' verstanden hätten. Ich stünd' hitzt großjährig und frei da; – hätt'st nur du auf mich g'wart't!«

»'leicht gäbst du gar noch mir a Schuld?! Narr du, sollt' ich mich af Jahr' h'naus all'n Anfeindungen von Groß- und Kleinbauern aussetzen und warten, die g'wisse Schand vor 'n Augen, af's Ung'wisse? Bist du denn nit von mir g'rennt, wie der ertappte Dieb vom Rüb'nfeld, und wie der sein Sack hast mich dahinter lassen?«

»Du brauchst mir's nit vorzurupfen! Hätt' ich damal getan, wie recht g'wesen, so blieb' mir hitzt, nach drei Jahr'n in der

Fern' und im zweiten daheim, 's Einsehen erspart, daß ich verspielt hätt', was mir allein taugt.«

»So laß' verspielt auch für verloren gelten, trag', was auf dich zu liegen kommt, und sinn' nit, das Unglück, was dich mit deiner Bäu'rin betroffen, durch anderer Leut' Schaden ausz'gleichen! Mir mut' wenigstens nit zu, weil dir d' Weibernarrischkeit einschießt, daß ich dir die Narrin dazu abgäb'. Und hitzt wär' g'nug g'redt über so 'n Unsinn!«

»Leni, ein Wort noch! Nit oft noch auffällig, nur zeit- und randweis verlaub' mir 's Herkommen, ich will ja auch 'm Kind nachschau'n – «

»'m Kind? Das geht dich doch gar nichts an und mich nur so weit, daß 's sein Leben b'halt und sein Pfleg' hat; 's is af ein andern Duldung ang'wiesen, einer ledigen Dirn' Kind und hat kein' Vadern.«

»Wer weiß, was d'Zeit bringt! Es könnt' 'n ja noch krieg'n – «

»Dir is wohl 's Geblüt in Kopf g'stiegen?«

»Nein, Leni, nein, ich red' nit unüberlegt. Wie lang' kann 's denn mit meiner Bäuerin währen? Vielleicht nimmt s' unser Herrgott bald zu ihm, wär' ja auch 's Beste für sie, denn heil und nütz' wird s' doch nimmer.«

»Schon dein'm Reden nach wär' der arme Hascher wohl besser im Himmel aufg'hoben. Aber ob sie fortlebt oder wegstirbt, das hat kein' Bezug; ich hab kein' Anlaß, mein'm Mon 'n Tod z'wünschen, der is nit siech und steht in dein'n Jahr'n.«

»Er lebt auch nit ewig.«

»Toni! – Unser Herrgott verzeih' dir die Sünd' und mir, daß ich solch's anhör'!«

Toni hielt sie an der Hand zurück. »Er muß 's, Leni, er kann gar nit anders; sonst ließ er mich meiner Gedanken Herr werd'n, sonst ließ er mich an dein'm Trutz vertrutzen, sonst ließ er's nit zu, daß ich dir nachtracht', als wär'n wir die zwei alleinigen Leut' af der Welt und uns b'stimmt! Und wär's a Sünd', Leni, dir könnt' er nit an! Ich nimm alle af mich – für dich nähm' ich jede Sünd' af mich –, für dich, was a himmelschreiende wär'! – für dich – Leni – «

Sie stieß ihn kräftig von sich und eilte hinaus.

Als die alte Zinshofer den Kopf zur rückwärtigen Türe hereinsteckte, lehnte der Bauer an einem Pfosten der vorderen, beide Handflächen an die Stirne gepreßt.

Der Mond schien in die Schlafstube des Holzschnitzers. Helene ruhte und träumte. Es war ein verworrenes Träumen.

Sie stand in der Stube ihrer Mutter vor der blanken Spiegelscherbe, die dort im Fensterwinkel lehnte, sie hatte das stillvergnügte Gefühl einer frohen Erwartung; das kleine Gemach war gedrängt voll von Leuten, unter denen ihr welche, die sie täglich sah, wie fremd vorkamen, und andere, die sie gesehen zu haben sich nicht erinnerte, wie längst bekannt; zu dem Fenster guckten der Muckerl und die alte Kleebinderin herein und schlugen wundernd die Hände zusammen; und hinter ihr stand Toni und zupfte sie an den Zöpfen und kitzelte sie unter den Armen und fragte: Bist bald fertig? Und sie schrie ungehalten, aber doch lachend: Gleich, gleich!

Dann lief sie an den Leuten vorüber – die eine Gasse bildeten – unmittelbar in den Flur des Sternsteinhofes und die Treppe hinauf. In den schönen Stuben standen alle Schränke offen, nicht nur die mit Leinen- oder Gewandzeug, auch der Silberschrank, aus dem es funkelte und leuchtete, und der Geldschrank, aus dem Papier- und Bargeld fast herausquoll. Von unten hörte man das Geblök der Rinder, das Getreibe des Geflügelhofes, das Pfauchen der Maschinen, dann Raketenprasseln, Musik, jenen Hochzeitslärm, und plötzlich fand sie sich unter Tanzenden und Singenden und tanzte mit und sang.

Darüber wachte sie auf.

Es war alles ruhig. Doch nein, von der nächsten Ecke schallte es her, der Mann dort im Bette mochte wohl auf der Nase liegen, denn er vollbrachte ein wundersames Geschnarche, und zu dieser Musik hatte sie im Schlafe zu singen versucht.

Tief aufseufzend erhob sich Helene mit halbem Leibe, da machte der Schläfer eine Wendung, und das Geräusch ver-

– 201 –

stummte. Sie lauschte, nach einer Weile erst vernahm sie seine ruhigen, regelmäßigen Atemzüge.

Helles Mondlicht erfüllte den Raum der Stube, tiefschwarz lagen die Schatten der Fensterbalken wie gespenstische Grabkreuze breit über der Diele.

Zwei, just zwei, lagen da.

Helene klammerte sich an den Bettrand und beugte sich über denselben hinaus. So war es ihr möglich, die letzten Fenster des Sternsteinhofes zu erblicken; ein schwaches Licht blinkte von dorther, es leuchtete in der Krankenstube der Bäuerin.

Wie lang' wird's mit der währen?

Wenn sie auch jetzt wieder auf die Füß' kommt, so schlimmer für sie, wenn wahr ist, was die Leut' sag'n, daß die Magd behauptet, es hätt' es der Doktor gesagt.

Der Bauer hat heißes Blut.

Ließe sich eines darauf ein, ihn unsinnig zu machen und heimzu zu jagen, er ertrotzte dort sein Recht und –

Tu' 's flüsterte eine Stimme in ihrem Inneren.

Davon ließe sich nichts austragen, noch erweisen –

Tu' 's, flüsterte es wieder, aber diesmal war es, als spräche es ganz nah' von außen auf sie ein.

Herr du, mein Jesus, was sind das für Gedanken?! Was will mir da an? – Dummheiten! – So sündhaft, wie dumm! – Blieb' doch der andere –

Der lebt auch nit ewig.

»Lebt auch nit ewig«, murmelte sie, als wiederhole sie Worte, die ihr vorgesagt worden.

Da besann sie sich plötzlich, daß sie gesprochen habe nach niemand und nirgend hin; sie sah mit scheuen Blicken um sich, dann streckte sie sich rasch aus, zog die Decke über sich und schloß die Augen. Aber während sie den Kopf in das Kissen drückte, dachte sie trotzig: Unsinn! Ewig lebt keiner, doch überlang' mancher. Was g'schäh' dann? Das find't sich! flüsterte es in ihrem Inneren. Kalter Schweiß troff ihr aus allen Poren, dann schauerte sie wieder wie im Fieber zusammen.

Das find't sich! klang es ihr, wie von außen, unmittelbar an dem Ohre.

In diesem Augenblicke tat der Mann drüben einen schweren Atemzug mit weit offenem Munde, es klang wie Geröchel.

Mit Anstrengung unterdrückte Helene einen lauten Aufschrei. Nun begannen ihre Pulse zu hämmern, sie unterschied jeden einzelnen Schlag dem Gefühle nach, sie empfand es auf, ohne zu zählen, daß in einer genau wiederkehrenden Frist das regelmäßige Klopfen wie durch rasende Doppelschläge unterbrochen wurde, und dann flüsterte, wisperte und raunte es ihr zu: Tu 's – tu 's – tu 's – es find't sich – es find't sich! Und das kehrte wieder und wieder, sie wußte es genau, wann; und trotzdem sie sich die Ohren mit den Händen zuhielt und den Kopf im Kissen und unter der Decke vergrub, es klang immer verwirrender, drängender, gebietender: Tu 's – tu 's – tu 's – es find't sich – es find't sich!

Da warf sie sich aus dem Bette zur Erde und kroch auf den Knien in den Winkel hinter ihrer Liegestatt; sie stieß den Kopf hart gegen die kalte Mauer und blieb mit der Stirne auf derselben lehnen, ihre Hände falteten sich krampfhaft, sie krümmte sich zusammen aus Furcht vor sich selbst oder vor dem, was aus ihr heraus wie leibhaft sie anzufassen und zu bewältigen drohte. Sie begann zu beten, erst im stillen, dann mit halblauter Stimme; ohne auf den Sinn zu achten, murmelte sie eifrig die Worte, um ihre Gedanken zu verscheuchen und die unheimlichen Rufe zu übertäuben. Manchmal erhob sie die Stimme, als wollte sie etwas zurückschrecken, das nach ihr fasse; dann ward ihr Gemurmel mählich eintöniger, und gegen Morgen brach sie kraftlos in der Ecke zusammen und schlummerte ein.

So fand sie der Herrgottlmacher. Unter seiner Berührung schrak sie auf.

»Um Jesu Willen«, sagte er, »was is 's denn mit dir?«

»Schlecht is mir g'west«, antwortete sie, »mein Leb'n hab' in kein' so schlechte Nacht g'habt.«

»No, wär' nit aus«, meinte er kopfschüttelnd.

18.

Etliche Tage nachher fand sich mit einmal der kleine, säbelbeinige Agent der »Handelsgesellschaft für religiösen Hausrat« in Kleebinders Hütte ein. Er hatte sich die Jahre über äußerst selten blicken lassen und war dann immer mit einer gewissen Zurückhaltung, aber auch mit aller gebührenden Rücksicht empfangen worden; der letzteren konnte für diesmal allerdings der Umstand einigen Eintrag tun, daß seit längerer Zeit die Bestellungen merklich abnahmen.

»No, auch einmal anschau'n lassen?« rief der Holzschnitzer nach der ersten Begrüßung. »Hoffentlich bringt's mer doch Gut's? Schon a schöne Weil' her laßt's mich völlig feiern. Braucht's auch gar nix?«

»Recht haben Se, Herr Kleebinder, wenn Se sich aufhalten«, sagte das Männlein. »Die Geschäfte gehen flau. Mein', was wollen Se? Die Gesellschaft war verfallen in ä grausamen Irrtum, se hat gemeint, mit de Wor' werd' sich verbreiten der rel'giöse Sinn un mit'm rel'giösen Sinn wieder de Wor', un es werd' kan End' nehmen; nu verlangt aber nor der rel'giöse Sinn nach der Wor', die Zahl der Abnehmer is ä beschränkte, un die Zahl is erschöpft. Gott, was haben dagegen die Engländer for a reiches Absatzgebiet for indische Götzen, was werden gefabriziert in London! Se sein aber ach ä groißes Handelsvolk, un is mer immer afgefallen, daß se ihr'n Sabbat esoi heiligen.«

»Sein 's Juden?«

»Wo denken se hin, Herr Kleebinder? Christen – Christen, sag' ich Ihnen, vom reinsten Wasser. Aber hören Se af ein' Rat, Herr Kleebinder, sehen Se sich um um ä Nebenverdienst, wie ich mer hab' umgeseh'n um an'n.«

»Ich wüßt' mer kein'.«

»Lassen Se sich sagen, machen Se heidnische Figuren!«

»Wenn auch kein' Sünd dabei wär', ich verstand' mich nit d'rauf.«

»Sein Se nix ängstlich, ich an Ihrer Stell' würd' mit de Götter ach noch fertig werden. Schnitzen Se ein' Mann, was gar kein Kleidungsstück tragt, wie anstatt 'n Hosenlatz a Weinbeerblatt, und setzen Se ihn af ä Weinfaß, haben Se 'n Bacchus, geben Se ihm in die Hand 'nen Tremmel, werd' es sein der Herakles, lassen Se ihm tragen Flügel an de Füß' un ä Stangen, woran sich statt 'er Bretzeln ringeln e poor Schlangen, is der Merkur fertig, de Hauptsach' in der Mythologie ist de Natürlichkeit. De Farb' kennen Se ach daran ersporen, machen Se de Figürcher nur recht schmutzig, das is ä Kunstwert, was Patina heißt. Ich besorg' Se, wenn Se wollen ä ganzes Mythologien-Buch, worein se alle stehen afgeseichnet, de Götter un de Göttinnen.«

»Dös sein dö Weibeln von dö, was nix anhab'n? Schau'n dö auch so aus?«

»Einselweis tragen welche esoi alte Kleidungsstücke; aber wenn Se mer folgen, Herr Kleebinder, so machen Se nor Venussen, se sein immer verkäuflich. Übrigens was red' ich Ihnen vor, als ob das wär' for Se was ganz Neues? Sieht doch de Venus af ä Hoor gleich der heiligen Eva, of soi ane werd'n Se doch schon ämol effektuiert haben ä Bestellung?«

»Da irrt's eng groß«, sagte der Herrgottlmacher überlegen, »z'erst merkt's eng, is d'Eva so wenig heilig wie der Adam, und nachher trag'n dö, vor s' der Herr aus'm Paradeis jagt, ein Schurz von Laubwerk und dann, in der Wildnuß, ein' von Tierfell.«

»Nu, was ä groißer Irrtum!? Lassen Se de Heiligkeit samt'm Laub un 'm Fell weg, so haben Se, was Se brauchen.«

Muckerl schüttelte ärgerlich den Kopf. »Dös verstehst ös nit. Nie noch is Adam und Eva verlangt word'n, begreiflich, wer stellt denn auch so was in d'Stub'n, 'n Kindern unter d'Augen?«

»Es gehört ach nix for de Kinder. Schnitzen Se, wie ich gesagt hab', ä Eva, un heißen Se se Venus, was liegt daran? Sie werden mer danken, un um ä Vorbild brauchen Sie ach nix zu sein verlegen.« Er deutete nach der Küche, wo Helene am Herde beschäftigt war. »Was haben Se vor ä Prachtweib!«

»Pfui Teufl!«

»Wie heißt: ›Pfui Teufl‹, wenn andere sagen: Gott, wie schön, un lassen Se verdienen dabei ä Geld? Nu, tun Se's, oder tun Se's nix! Ich hab's gemeint gut mit ihnen. Weil mer aber gerad' reden vom Geldverdienen; Herr Kleebinder, ich hab' Se verdienen lassen, lassen Se mer ach verdienen!«

»Habt's was z'verhausieren?«

»Trag' ich ä Bünkl!?« fragte das Männlein beleidigt. »Ich bin ä Agent for ä Lebensversicherungs-Gesellschaft, un als solcher möcht' ich gern machen mit Se ä Geschäft; lassen Se sich versichern!«

Muckerl schüttelte abwehrend die Rechte. »Lebensversicherung? Dös kennen mer, ich hab' mer sagen lassen, 's selb' wär' eigentlich a Sterbensversicherung; einer, was lang lebt, find't 's Zahlens kein End', und 'n Vorteil hätt' nur der, was sich gleich nach'n ersten Einzahlungen hinlegt und verstirbt.«

»Hehe, recht hab'n Se, Herr Kleebinder, es is eigentlich ä Versicherung for'n Todesfall, aber Se glauben gar nix, was ankommt af soi ä Titel! Mer kenn's doch nix heißen: Todesversicherung? Was ä Menge Leut' möchten sich scheuen beisutreten?«

»Heißt's wie d'r will, ich bin nit für's lange Zahlen noch für's gache Sterben.«

»Gott, de Lung' kenn' mer sich 'eraus reden bei de Bauersleut', um se afzuklären über das Wesen von de Assekuranz! Wenn ich afzeig' de Vorteile von aner Versicherung for'n Todesfall, 'n Hagelschlag, Brand- un Wasserschaden, Einrichtungsstücke un Reiseunfälle, stehen se nix da und schütteln mit de Köpf' un ferchten un wünschen sogleich aus pur'n Geiz, daß möcht' kommen schon in de erste Zeit 's Sterben un der Hagel un Feuer un Wasser un Gerätschafts- und Körperschaden! Gott der Gerechte, wär ä Geschäft das, wobei könnt' florieren ä Gesellschaft! Liegt es doch for jeden vernünftigen Menschen af der bloßen Hand, daß mer kenn' nor aus'n Einsahlungen von Tausende 'eraus besahlen for de wenigen, was ä soi ä Unglück betrifft, ä Vergütung.«

»No, dö sein doch schön dumm, was für andere zahlen.«

»Des sein de Gescheiten, Herr Kleebinder. Weil keiner von de vielen kenn' wissen, ob er nit morgen werd' sein unter de wenigen, was ä Malör betrifft! Manche tun ach erschrecklich fromm un kümmen su steigen mit de Redensort, ihr Leben un Hab un Gut stünd' in Gottes Hand, und wenn der se oder de Ihren will treffen, werd' er sie treffen.«

»Dö hab'n doch g'wiß recht.«

»Recht haben se als fromme Leute; aber es werd' doch nix verstoßen gegen die Frommheit, es werd' doch nix verstoßen gegen die Ergebung in den Willen Gottes, wenn einen trifft ä Schlag von oben, daß unterhält de Assekuranz de Hand, damit es nix ausfällt su grob?!«

»Dös is mer z'fein. Ich weiß, de Assekuranz halt't schon früher dö Hand unter, und dö soll mer ihr füll'n.«

»Wie kommen Se mer vor? Aus nix werd' nix! Glauben Se, mer werd' Ihnen unentgeltlich helfen aus ein'm Unglück 'eraus su einer Zeit, wo mer müß besahlen, daß andere kommen 'enein?! Sahlen Se nix for'n Krieg, for de Gefängnissen, for de Findelhäuser, for de Irrenanstalten, for de Spitäler? Nü? Was wollen Se also haben umsonst ä Versorgung für Witwen un Waisen, ä Versicherung von Ernte un Grund, ä Schutz vor Feuer un Wasser? Sein Se gescheit, lassen Se nix ungenützt vorübergehen de günstige Gelegenheit; unsereiner kommt selten in der Gegend.«

»Von mir aus könnt's schon wegbleiben. Was habt's denn ös davon?«

»Das will ich Se sagen, Herr Kleebinder, ä klane Profision wie for jede Kundschaft, was ich subring der Gesellschaft.«

»Dö soll leicht ich eng zahlen?«

»Bewohr', de sahlt de Gesellschaft.«

»Und woher nimmt's dös?«

»Von de Kosten.«

»Und wer tragt döselb'n?«

»Se sein sehr neugierig, Herr Kleebinder – «

»Ahan, seht's, da steckt der Betrug! Brav einzahl'n soll'n mer, daß andere a gut' Leb'n führ'n können!«

– 207 –

»Weiß Gott, ich tät' Ihnen wünschen ä soi ä Leben! Se möchten mehr schwitzen dabei, als jemals Se hinter Ihr'm Arbeitstisch geschwitzt haben! Meinen Se, ä sei groißartige Unternehmung führt sich von selber? Da müß es geben Agenten un Unter- un Oberbeamte un Buchhalters und än Direkter – was wissen Se? – de alle müssen leben; un de Profision for de Agenten un de Gehalte for de Beamten un 'er Profit for de Gesellschaft werd' alles genümmen von de Int'ressen, von de Prosente von den eingesahlten Kapital! Versteh'n Se? Nix von 'nen Kapital selber! Zeigen Se mer so ä billige Verwaltung anerswo! Der Steuerbeamte nimmt sein Gehalt von de Steuer, von Kapital, nix von de Int'ressen, der Herr Pfarrer, was verwaltet de Armengelder, nimmt nix von 'm Kapital noch von de Int'ressen, er müß obenein sei Gehalt krieg'n, un in's Steueramt un in de Armenkasse tragen Se nor Ihr Geld 'enein, von üns aber kriegen Se 'erraus bei Heller und Fennig, was is worden ausbedingt un worauf Se haben ä Geschrift in Händen! Gott, was ich mer echoffier', dürft' sein ä Angelegenheit, wobei su verdienen ä Sack voll Geld! Machen Se keine Geschichten, es is doch nor Ihr Vorteil. Was ä Umständlichkeit! die Sach' is gleich berichtigt. Ich bring' Se in de Kreisstadt zum Arzten – es soll Se nix kosten – Se werden lachen, es is wie bei aner Assentierung. Er werd' Se abklopfen erst am Rücken, damit sich de Lung' loslöst vom Rippenfell un er se besser hört, un dann von vornen, weil er – doch was wissen Se? – aber Se werden lachen, un daß Se dabei erfahren, was Se for ä gesunder Mensch sein, das haben Se umsonst, und als 'm gesunden Menschen berechnet mer for Se ach de Einsahlung billiger.«

Helene stand vorgeneigt an der Schwelle der Stubentür.

»Sei still!« beschwichtigte sie das Kind, das, einige Worte lallend, an ihren Rockfalten zerrte.

Muckerl war so mißtrauisch wie nur irgendeiner vom Dorfe, aber auch durch vieles Einreden leicht verlegen gemacht; er fühlte sich der Mundfertigkeit des kleinen Mannes durchaus nicht gewachsen und versuchte daher, der ihm immer unangenehmer werdenden Lage mit einmal ein Ende zu setzen, indem er entschieden sagte: »Spart's eng're Wort, wend't 's weiter kein's af! Ich mag nit!«

»Sein Se ä Familljenvater? Seit es gibt ä Lebensversicherung, kenn mer es von jeden verlangen, daß er vor de Seinen sorgt. Denken Se af Weib und Kind!«

Helene trat mit dem Kleinen auf dem Arme zur Türe herein. »Schau, Muckerl«, sagte sie lächelnd, »so uneb'n wär's nit, wann d' uns z'lieb was tät'st, daß wir nit einsmals betteln geh'n dürften.«

Der Herrgottlmacher blickte erstaunt auf. Woher dieses plötzliche Einmengen? Er zog die Mundwinkel herab und starrte Helene mit großen Augen an. Es erbitterte ihn, daß sie, anstatt zu ihm zu stehen, so unversehens einem Fremden das Wort redete und noch dazu in einer Sache, wo es sich um Auslagen auf Jahre hinaus handelte und die Aussicht auf seinen Tod ihr einen Gewinn versprach. Sollte er sagen, was ihm schon auf der Zunge lag: daß, wenn sie 'mal betteln gehen müßte, sie es vollauf um seine selige Mutter verdient habe und daß sie ihm ja bisher jede Sorge für das Kind förmlich verübelte, das übrigens ... ? Doch was würde der Jud' denken, wenn er ihn gegen das Weib in der Weis' aufbegehren hörte? Nein. Er versprach, daß er sich's überlegen und sich schon »einmal« versichern lassen werde.

»Gott sei davor!« schrie der kleine Agent und focht dazu mit den Händen in der Luft. »Gott sei davor, daß ich Se gäb' ä Zeit, su bereuen soi ä guten Vorsatz. Nix da; Herr Kleebinder, Se werden sich jetzt setzen su Tisch, dann geh'n mer 'enauf sun Wirt und nehmen uns su leihen seinen Leiterwagen – «

»'n Leiterwagen?!«

»Wir werden nix bleiben allein, in de Dörfer, wobei wir fahren vorüber, sitzen noch ä Fünfe, was sich haben gleichfalls entschlossen; Se machen grad' 's halbe Dutzend voll, Herr Kleebinder. Se seh'n, es geht in einem! Wo kam' ich sonst af de Kosten?«

»Na, da mußt wohl fahren, Muckerl,« sagte Helene, »wann

– 209 –

sich schon für umsonst a G'legenheit schickt.«

»Du kannst's wohl gar nit abwarten, daß's zun Zahlen kimmt?«

»Sei nit kindisch, ich mein' nur, wann d' schon entschlossen bist, wozu's h'nausschieben?«

Muckerl war zwar nichts weniger als entschlossen, und daß die Sache so über Hals und Kopf abgemacht werden sollte, machte sie ihm nur noch bedenklicher. Er kraulte sich in den Haaren.

Aber der Agent drängte: »Hören Se af Ihre Frau, Herr Kleebinder; af Frauen hören is in viele Fäll' gut, wenn ach nit in jeden. Wir sein drüben in der Stadt in ä poor Stunden, un der Afenthalt dort is ä geringer. Mit Abend sein Se wieder daheim, Herr Kleebinder.«

»No, siehst, da is ja all's schon ganz prächtig eing'teilt. Hitzt komm', Muckerl, essen, daß mer d'Zeit auch einhalt't. Nimmt der Herr 'leicht auch ein' Löffel Suppen?«

Der Agent lehnte dankend ab. Er hielt sich strenge an die Speisegesetze, welche noch aus den Zeiten naiver Gottesfurcht herstammen, wo die Menschen nicht nur mit Hand und Mund den Göttern dienten, sondern auch mit eigenen und fremden Eingeweiden.

Schwere, niederhangende Wolken trieben vor dem Winde einher, als gegen Abend der Leiterwagen durch das Dorf polterte.

An der Seite des kleinen Mannes auf dem Sitzbrette kauerte der Herrgottlmacher, den Hut tief in die Stirne gedrückt, bleich, mit stieren Blicken unter den blinzelnden Lidern, das Haar klebte ihm an den Schläfen.

»Jesses, Muckerl, was hast denn?« fragte Helene, aus dem Vorgärtel herzueilend.

»Sö nehm' mich net«, brachte er mit zitternder, angstvoller Stimme hervor.

»Da haben Se's«, sagte der Agent, »erst will er nix, un nu is er verzagt, weil wir nix woll'n. Sein Se kein Kind, Herr Kleebinder, machen Se sich nix d'raus! Hundert Johr' sein Leute alt geworden, was de Arzte haben 's Leben abgesprochen. Setzen Se sich nix in' Kopf wegen e dem, was sagt so aner! 's kenn ja ach sein nor gewesen ä Bosheit, um mich su bringen um ä Profision; de Herren erlauben sich manchmal soi unfeine Späß' mit ünserein'm. Schlagen Se sich's aus'm Sinn, Herr Kleebinder! Grübeln Se nix d'rüber! Hör'n Se, was ich sag', gor nix geben Se d'rauf!«

Helene half ihrem Manne vom Sitze und führte ihn in das Haus, sie verließ ihn unter der Türe, als er zur Stube hineinschwankte, und lief hurtig an den Wagen zurück. »Sagt's mir nur«, flüsterte sie, »was is denn eigentlich mit dem Mann los? Könnt's mer's schon anvertrau'n, ich fall' nit gleich hinth'nüber.«

Der kleine Mann schnitt ein faunisches Gesicht und kräuselte die wulstigen Lippen, vermutlich kitzelte ihn »ä ausgeseichneter Witz«, sicher ist, daß er gut daran tat, ihn für sich zu behalten. Er beugte sich etwas vorneüber. »Se müssen nix erschrecken«, sagte er halblaut, »was ä Doktor red't, is lang nix soi gefährlich, als was er schreibt, de Resepten. Ihr Mann soll stecken in kaner guten Haut. Bei üble Suffälle kann mer nix wissen, was es 's nächste Johr brächt'. Mein', ä Wort macht kan Toten lebendig, werd's ach kan Lebendigen tot machen. Lassen Se sich kan graues Hoor d'rüber wachsen, wär' schod' for soi ä schöne Frau. Mei Empfehlung.«

Helene kehrte in die Stube zurück. »Laß's gut sein«, sagte sie, »wollen s' dich nit nehmen, soll'n sie's bleiben lassen! Tu du dir nur nix einbilden! So arg wie sie's machen, wird's lang' nit sein.«

Sie setzte sich an den Tisch ihm gegenüber.

Außen begann ein mächtiger Regen niederzurauschen, dessen Plätschern, Prallen und Geträufe alsbald jeden anderen Laut überbrauste.

So saßen sie denn schweigend. Der Mann, noch immer mit dem Hute auf dem Kopfe, beide Ellbogen aufgestützt, vor sich in das Leere starrend; das Weib, mit dem Schürzensaume spielend und von Zeit zu Zeit scheu nach dem Bekümmerten blickend.

Mählich ließ der Regen nach; als es nur mehr »nieselte«, sprühende Tröpfchen wie fallender Nebel niederrieselten, erhob sich Helene. »Mach' dir nix d'raus« sagte sie zu dem Manne und strich mit der Rechten über die nasse Stirne. Einen Augenblick hielt sie die feuchte Hand vor's Gesicht, dann rieb sie selbe sorgfältig und wiederholt mit der Schürze ab. Sie schlich hinaus zur Stube und ging in das Vorgärtchen und mit langsamen Schritten der Hütte ihrer Mutter zu.

Nahe derselben drückte sie beide Hände gegen die Brust, die Knie begannen ihr vor Aufregung zu zittern, und sie ließ sich auf das Bänklein neben der Türe nieder.

Wie sie so saß und der Bach an ihr vorüberzischte und die feuchte Luft sie umfächelte, in der sich die Düfte von Erdbrodem und Pflanzenodem mischten, da erwachte in ihr immer lebhafter die Erinnerung an eine Zeit und an einen Tag, wo sie als kleine Dirne von derselben Stelle träumend zu dem Sternsteinhofe aufsah.

Und nun lag er wieder – keinen Schritt entrückt – vor ihr, wie sie ihn als Kind gesehen, mächtig und breit dort oben ragen, als luge er in der Runde aus nach seinesgleichen; nur die goldigschimmernden Fenster fehlten – die Sonne war untergegangen. Ei, du stolzer Hof, du brauchst nit von der Sonn' z'borgen!

Die Türe der Hütte öffnete sie, und die alte Zinshofer steckte den Kopf heraus. »Na, kommst' h'rein oder nit? Schon d'längst' Zeit seh' in durch das Fenster dich da hocken.«

»Ich war ganz in Gedanken«, sagte Helene, dann fuhr sie in klagendem Tone fort: »Hörst, stell' dir vor, mein Mon wollt' sich verassekurieren lassen, fahrt h'nüber zun Arzten in die Kreisstadt, und der nimmt'n nit an; völlig 's Leb'n spricht er ihm ab, 'm armen Teufl, so viel krank soll der sein.«

Die Alte blinzelte mit den Augen und grinste mit dem Maul. »Geh' zu! « – Helene schnellte von der Bank empor und kehrte der Mutter den Rücken. »Wann d' mir so kommst, dann auch gleich auf der Stell'.« Sie schritt hinweg, die Arme an den Leib ziehend und die Schultern zusammenrückend, wie oft eigenwillige Kinder im Ärger tun.

19.

Die Schere war der jungen Kleebinderin unversehens entfallen und blieb mit der Spitze in dem Boden stecken; sie bückte sich darnach. »Glaubet' ich d'rauf«, sagte sie, »so bekämen wir bald ein' seltsamen Besuch.« Als sie sich wieder aufrichtete, zeigte sie ein stark gerötetes Gesicht und vermied, ihren Mann, dem die Rede galt, anzublicken.

Der Herrgottlmacher, wenn anders er »d'rauf glaubte«, war nun vorbereitet, aber gewiß nicht auf den Besuch, der sich selben Abend noch einstellte.

Der junge Sternsteinhofer trat in die Stube. »Gut'n Abend, Leuteln«, sagte er. »Grüß' dich Gott, Kleebinder.« Er bot ihm die Hand, drückte die zögernd dargereichte Rechte und fuhr fort: »Laß' all's Vergangene vergangen und vergessen sein, darum bitt' ich dich. Hab's zeither rechtschaffen bereut, das kann ich dich versichern; tu' mir d' eine Freundschaft und laß' 's ruh'n! Was mich herführt, is a Bestellung, a Arbeit für dich. 's selbe möcht' ich mit dir bereden.«

Helene wischte mit der Schürze über einen Stuhl und rückte ihn dem Gaste hin. »Tu' dich sitzen – setz't euch altzwei! Werd't es doch nit alser stehender ausmachen woll'n?«

Sie ging aus der Stube, und die beiden Männer saßen einander gegenüber. Das Kind schlich sich an den ihm Fremden heran. Die Schwarzwälderuhr tickte eine Weile über ganz laut und vernehmlich, dann fragte der Holzschnitzer leise wie aus zugeschnürter Kehle: »Was brauchst?«

»Laß' dir also sagen – «

»Voda«, schrie der kleine Muckerl und wies dem großen etliche Leckereien, welche ihm der Bauer zugesteckt hatte.

Kleebinder wandte jäh den Kopf nach Toni und starrte ihn mit befremdeten Augen an.

Dieser senkte den Blick. »Ich hab' 'm nur was mitgebracht,

'm Klein'n – weil – weil ich mir a Bildl bei dir einlegen wollt', damit d' dich der Arbeit auch recht annehmen möcht'st. Sonst wüßt' ich mir weit und breit kein'n, der machen könnt', was ich gern hätt', es is nix Klein's; du kannst dabei a Ehr' aufheb'n und a schön Stuck Geld verdienen.«

»Das war gleichwohl a unnötige Auslag'«, murrte Muckerl, nach dem Kinde deutend. »Sag' was d' gern hätt'st.«

»Wirst ja g'hört hab'n, wie übel's mit meiner Bäu'rin b'stellt is? Sie siecht dahin, und 's will ihr kein Doktor helfen können. Da fallt mer dö Täg' bei, wend't mer sich halt an Gott und dö lieb'n Heiligen, wann schon kein' Menschen-Hilf' mehr is.« Er verzog dabei lächelnd den Mund, ohne daß er selbst darum wußte, ebensowenig begriff der Holzschnitzer, was für ein Anlaß dazu wäre. »Ein Bild will ich schnitzen lassen«, – fuhr der Bauer fort – »und 's drüben in Schwenkdorf, im Geburtsort der Mein'n, in der Kirchen, wo sie g'tauft und kopuliert word'n is, aufstell'n. Verstehst mich?«

Muckerl nickte.

»Das Ganze soll gleichsam a Säul'n sein, oben mit der heilig'n Dreifaltigkeit d'rauf und unt' z' Füßen links der heilige Antoni, rechts die heilig' Rosalia, unsere zwei himmlischen Namenspatronen, so g'wisserweis, als möchtens just für uns fürbitten. Verstehst mich wohl schon?«

»Ja, ja.«

»Unterhalb käm' in einer schön verzierten, breiten Rahm a Taferl, wo mer anschreiben könnt', wem und für was d'Fürsprach gelten soll. So – so hab' ich mir's halt ausdenkt. Ich weiß nit, bin in deutlich g'nug g'west?«

Der Herrgottlmacher schüttelte den Kopf. Er fühlte sich gedrückt, von dem Manne gegenüber kam ihm vor, als sei derselbe verlegen und täte sich beim Reden Gewalt an; nur Helene ging so unbefangen ab und zu, als sähe sie den jungen Bauern heute zum ersten Male in ihrem Leben. Das machte den Muckerl, er wußte nicht warum, so nachdenklich, daß er die Bestellung überhörte und Toni sie wiederholen mußte.

Für's erste erklärte der Herrgottlmacher, daß er sich auf's

Schnitzen von Zierrat nicht verstünde; der Bauer möge also zusehen, woher er den breiten Rahmen nähme; dagegen brauche er sich um die Figuren nicht zu sorgen, die würden schon recht ausfallen, aber die Säule müsse ganz wegbleiben, da käm' die heilige Dreifaltigkeit 'n Leuten völlig aus den Augen, und derwegen schnitze man doch keine Bilder, daß sie keiner zu sehen vermöge.

Der Bauer befürchtete, es könne wider'n Respekt verstoßen, wenn man die Heiligen so auf gleichem Fuß mit der Dreifaltigkeit verkehren ließe, auch möchte es sich nicht schön machen, wenn letztere den ersteren fast auf die Köpfe treten würde.

Muckerl schalt das ein einfältig Reden. Im ganzen lieben, weiten Himmel oben gäbe es keine Säule, dessen sei er gewiß. Die wären ja schon längst durch die Wolken auf die Erde herabgefallen und die Heiligen genössen doch ihre Seligkeit in der Anschauung der Dreifaltigkeit und verkehrten als Nothelfer der Menschen mit ihr; werden sie doch nit beim Anschauen sich die Hälse verrenken und beim Fürbitten die Lunge herausschreien sollen. Ein ganz unschicksam's, lächerlich's Vorstellen, das! Die drei göttlichen Personen würden auf einen Wolkenthron zu sitzen kommen und die beiden Heiligen davor, etwas darunter, knien, und das werde sich ganz gut machen und rechtschaffen schön aussehen, darauf könne sich der Bauer verlassen!

Je, ja – je, ja. Der Bauer erklärte, er sähe das schier schon selber ein und merke wohl, daß er zum rechten Manne gekommen sei; nur möge der nun auch machen und trachten, das Ganze in bälde fertig zu bringen.

Muckerl kraulte sich hinter dem Ohr. »Ich kann's nit gleich angeh'n, es fehlt mer an ein'm tauglichen Holz dazu, muß mir erst ein's beschaffen, wann ich wieder nach der Stadt fahr'.«

»Ich hab' morgen dort z'tun«, sagte der Bauer, »wär' mir lieb, da fahret'st mit mir, so hätt's dann weiter kein Anstehn.«

»Ich bin dabei.«

»Abg'macht. Ich hol' dich morgen. D'Stund weiß ich noch

nit. Hitzt will ich nit länger afhalten. Gute Nacht, Leuteln!«
Neben dem Sessel an der Stubentür, auf welchem das Kind
saß, kniete Helene. »Na, sag: Dank' schön und b'hüt' Gott!
Babah!« sprach sie ihm vor und ergriff, ohne aufzusehen, das
runde Ärmchen des Kleinen und bewegte es wie grüßend.
Der Holzschnitzer gab seiner neuen Kundschaft bis zur
Haustürschwelle das Geleite, dort nickte er mit dem Kopfe,
und der Bauer griff an den Hut.

Am andern Vormittag kam der junge Sternsteinhofer ange-
fahren. Er sprang vom Wägelchen und trat grüßend in die
Hütte. »No, sein wir's?« fragte er.
»Gleich«, antwortete der Herrgottlmacher und lief in die Stube, um sich »sonntäglich« anzukleiden.
Die Kleebinderin lehnte an dem Herde, zu ihren Füßen spielte der kleine Muckerl.
Toni rückte die Küchentüre, die nach der Straße offen stand,
halb zu, dann faßte er Helene an der Hand. »Vergelt dir's
Gott«, flüsterte er, »daß d' doch 'm Kind lernst freundlich
geg'n mich sein.«
»'m Kind kann's Freundlichkeitbezeig'n nur nutzen und
kein' Schaden bringen.«
»Dir auch nit, Leni, dir auch nit. Wie ich mir hab' sagen lassen, so is ja g'wiß – « Er deutete hinter sich nach der Stube,
aus welcher man Schranktüren und Schubladen kreischen
hörte.
Helene zuckte mit den Schultern.
»Es is a Schickung, sag' ich dir«, fuhr er mit halblauter Stimme eifrig auf sie einredend, fort, »vom Anfang war mein Denken, es müßt' a solche dabei sein. Daß's selb' Zeit um altzwei
andere gleicherweis b'stellt is, was wär' das sonst, wenn kein'
Schickung?«
»Und wann – so wär' Vorgreifen nur sündhaft und ruhig Zuwarten am Platz. Was sich schicken soll, das schickt sich dann
schon.«
»Ja, weißt, Leni«, stotterte er, »mit'm Zuwarten is's so a eigene Sach!«

– 216 –

Das junge Weib stieß ein paar helle Lachlaute heraus, dann hielt es sich erschreckt den Mund zu und sah plötzlich ernst. »Das laß' dir vergeh'n. Verlang dir z'lieb weiter kein' Dummheit mehr, es war an der ersten überg'nug.«

»Leni, ich wär' g'wiß nit af dich verfallen, und 's Ganze hätt' nimmer kein Sinn, wenn wir uns nit schon gern g'habt hätten – «

Helene runzelte die Brauen; mit einer kurzen Wendung des Kopfes und einem Winke der Augen nach der Türe lispelte sie: »Pst! Es ist all's still d'rin« und auf das Kind weisend: »Auch der hört und weiß schon z'schwätzen.«

»Geh', sag' ihm, er soll mir a Bußl geb'n.«

»Bewahr'! Er möcht' schrei'n! Er is 's nit g'wohnt. Er küßt neamd.« Sie schob den Bauer, der sich niederbeugte, zurück und trat selbst einen Schritt zur Seite. »Bleib' uns vom Leib'!«

»Leni, 'n Buben bedenk', der wird noch 'mal – «

Da trat der Herrgottlmacher aus der Stube, und der Sternsteinhofer rief ihm entgegen: »Grad' wollt' ich sag'n, noch' mal so lang' wie ich brauchst du zun Angwanden! Ich bin viel flinker. Na, komm'!«

Die beiden Männer fuhren hinweg.

Bald wußten die Zwischenbüheler den Grund der plötzlichen Eintracht zwischen dem jungen Sternsteinhofer und dem Herrgottlmacher. Sie fanden es ganz verständlich und verständig, daß der arme Handwerker dem reichen Bauern nichts nachtrage; was denn auch, jetzt, Jahre hinterher? Sie legten sich zurecht und reimten sich zusammen, was sie eben davon wußten und nicht wußten. Wohl hat der Bauer einmal d'Helen' 'm Kleebinder abwendig gemacht, aber nun ist sie dem sein Weib, und es wär' nicht klug von ihm, sich den Kopf schwer zu machen, über so ein Gescheh'nes, das lang' vorbei sei, und wovon sich viel bereden, aber nichts erweisen lasse. Oder sollte er einen Groll aufbehalten, weil sich der Sternsteinhofer damal an ihm vergriffen? Je, du mein, was wär' das für eine unfruchtbare Feindschaft! Was könnte der arme Hascher tun? Finster schauen, den Rücken kehren, die Faust im Sack machen und in einer Ecke maulen; da ist es

– 217 –

doch klüger, er spielt den Vergeber und Vergesser, sonderlich, wenn sich noch obendrein die christliche Gesinnung durch einen handgreiflichen, baren Nutzen vergalt. Er wird nicht dumm sein und wohl zur Verrechnung mit dem Bauern doppelte und dreifache Kreide nehmen!

Man fand es ganz rechtschaffen und brav von dem jungen Sternsteinhofer, daß er für seines Weibes Genesung so ein »Heilig's« in die Kirche opfert'; um so mehr, da das Gesinde aussagte, wie er neuzeit gar nimmer wild tue gegen die Bäuerin und recht freundschaftlich mit ihr verkehre. Nun vermochte man sich auch zu erklären, was ihn zu der Zinshofer geführt. Gewiß war er um die Kleebinderische Hütte wie die Katze um den heißen Brei herumgeschlichen und suchte durch die Alte zu erfahren, in welcher Weis' wohl dort seine Bestellung anzubringen, und nachdem ihm dies gelungen und ihm die Sache einmal im Kopf und am Herzen lag, nahm es nicht Wunder, daß die Alte sich das zu Nutzen machte und ihm bis auf den Hof nachlief und Posten zutrug, für die er sie jedesmal entlohnte; und es war ganz natürlich, daß er nun selbst öfter bei den Kleebinder-Leuten einsprach, um nachzusehen, wie die Arbeit »fördere«; und wenn er dort nur kurz verweilte und lieber bei der Alten abrastete, so war das nach dem, was einst zwischen ihm und der Jungen vorgefallen, nur ehrbar und klug und wich jedem argen Schein und jedem Anlaß zu unbeschaffenem Gered' aus.

Woche um Woche, Monat um Monat verstrich, da hörten plötzlich die Zwischenträgereien der alten Zinshofer auf, sie ließ sich auf dem Hofe nicht mehr blicken, desto häufiger wurden die Besuche des jungen Sternsteinhofers in den beiden letzten Hütten am unteren Ende des Dorfes.

»Nun wird s wohl Ernst«, sagten die Leute, »nun laßt's ihm keine Ruh' mehr, der Herrgottlmacher legt wohl die letzte Hand an das Votivbild.«

Niemand ahnte, daß es da wieder einmal ein schwacher Charakter über einen stärkeren davontrug, indem er, haltlos in sich zusammenbrechend, durch Erbärmlichkeit Erbarmen erweckte.

Niemand wußte um den Tag, keiner sah es mit an, wie die Frau mit dem Buben auf dem Arme an dem Zaune des Vorgärtchens lehnte und, als der Bauer hart an ihr vorüberschritt, die andere stützende Hand von dem Kinde wegzog, daß dieses, vorneüber sinkend, sich an die Joppenklappe des Mannes klammerte und ihn daran zurückhielt.

Er schmunzelte, und während sie den lächelnden Mund zusammenzog und die Lippen spitzte, als wolle sie spucken, sah sie ihn mit einem Blicke an, wie er nur dem Auge des Weibes eigen, der Unsagbares aussagt und zugleich belächelt.

Keiner sah es, auch der Holzschnitzer nicht, da er hinter ihrem Rücken unter die Haustüre trat. Sie erschrak, als die beiden Männer sich unversehens grüßend anriefen, dann schäkerte und tollte sie erst noch eine Weile mit dem Kinde, ehe sie ihr flammend rotes Gesicht der Hütte zukehrte.

Für die Sternsteinhofbäuerin kamen nach den bösen Tagen keine guten; wohl war sie wieder auf die Füße gekommen, aber diese erwiesen sich als gar schwach, und bei recht üblem Wetter versagten sie fast ganz den Dienst und erlaubten ihr nur, sich morgens vom Lager zum Sorgenstuhle zu schleppen; für sie, die dann den langen Tag über in denselben gebannt saß und grübelte und sich trüben Gedanken hingab, benamte er sich mit Recht so und nicht in dem freundlichen Sinne, der auf das müde Alter anspielt, das in ihm, die Sorgen anderen überlassend, ausruht.

Sie hatte vollauf Zeit, ihren Gedanken nachzuhängen, und diese führten immer hartnäckiger zu quälenden Vermutungen. – Ob ihr nicht lieber gewesen sein sollte, der Bauer hätte in seiner Ungeduld und Ungebühr gegen sie beharrt? Es war das doch erklärlich; worin aber hatte seine plötzliche Freundlichkeit ihren Grund? – Der Mann sah und fragte ihr nach, aber er sah sie dabei kaum an und wartete auf manche Frage die Antwort gar nicht ab. Er sprach mit ihr wie mit jemandem, mit dem man sich öfter zwischen denselben Wänden zusammenfindet, Verträglichkeit halber, gleichgültig. – War denn das Stiften des Votivbildes ein Liebeswerk? Und wem

zuliebe wohl? – Bringt er nun nicht seine meiste Zeit bei den
Leuten da unten zu. Oh, und die soll schön sein, die da unten!
Was führte die alte Hexe – man hatte ihr wohl gesagt, wer die
wäre – so häufig herauf, was läßt sie mit einmal wegbleiben? –
Erreicht war's! Eingedrängt hatte sich eins an ihre Stelle.
Sie erwehrte sich aus aller Macht dieses Denkens, sie klagte es
vor sich selbst als eine leere Einbildung an, die nur durch die
von ihrer Krankheit herbeigeführte Verlassenheit und Ver-
drossenheit entschuldigt werden könne; aber es kam eine
Nacht, wo die argen Vermutungen zur Gewißheit wurden
und diese den Glauben, den das arme Weib bisher aufrecht zu
erhalten versuchte, und sich mit ihm, dem Glauben an die
Neigung des Mannes, erbarmungslos hinwegtilgte.
Sie hatte stundenlang schlaflos gelegen, da begann plötzlich
der Bauer, drüben in seinem Bette zu murmeln und halblaut
im Traume zu reden. Sie reckte erst den Hals und horchte,
hierauf erhob sie sich leise und schlich mit schwankenden
Schritten ganz nahe hinzu; sie beugte sich zu dem Schläfer
hinab, um kein Wort zu verlieren. Eine Weile stand sie lauschend, dann rang sie die Hände krampfhaft ineinander und
brach in die Knie.
So lag sie noch, als es schon lange in der Stube wieder stille
geworden. Mit einmal kam Leben in sie, sie erhob sich rasch
von der Diele, begann sich hastig vom Kopf bis zum Fuß anzukleiden und verließ die Stube. Erst als sie an der Treppe anlangte, stieß sie den bis jetzt mit übermenschlicher Anstrengung zurückgepreßten Schrei aus. Es klang gar eigentümlich
heiser und schrill durch das nächtlich ruhende Haus.
Dann tastete sie sich Stufe für Stufe die Stiege hinunter. Im
Hofraume angelangt, stand sie einen Augenblick und sog tief
Atem in sich, dann bog sie hurtig um die Ecke und strebte,
beinahe laufend, dem Ausgeding-Häuschen des Alten zu.
Es war unverschlossen; sie stieg nach dem Stockwerk empor
und pochte dort an die Türe.
Der alte Sternsteinhofer schlief einen gesunden Schlaf, eine
geraume Frist verstrich, bis sie ihn innen murren hörte: »Eh,

was gibt's?« Auf erneutes Pochen erst fragte er völlig ermuntert: »Wer ist denn da?«

»Ist bin's, die Sali.«

»Die Sali, ei du mein.« Ein Schüttern der Bettstelle, dann ein hastiges Umherfegen, und der Alte, der Beinkleider und Joppe übergetan, erschien unter der sich öffnenden Türe. »Herr, du mein Gott! 's wird doch kein Unglück auskommen sein?! Sali, was is's? Was hast denn?«

Das Weib war in lauthalses Schluchzen ausgebrochen.

»Komm' h'rein, komm' h'rein!« Er faßte sie an der Hand und zog sie in die Kammer und nötigte sie auf einen Stuhl. »Fein g'scheit, Sali, fein g'scheit! So verstehen wir sich nit. Nimm dich z'samm! Soll ich was erfahren, mußt auch reden. Nimm dich z'samm! Ich mach' derweil Licht.«

Wenige Augenblicke hernach saßen beim Scheine der flakkernden Öllampe der alte Mann und das bleiche Weib sich gegenüber. Der Bauer starrte die Klagende mit emporgezogenen Brauen an, sie sprach in abgerissenen Sätzen und mit schüttelnden Gebärden, und sooft sie die Rede unterbrach, mit der Rechten die Schürze aufgreifend und darunter schluchzend, während die Linke über dem Tische zuckte, faßte der Alte mit seinen breiten Tatzen nach dieser kurzfingerigen Hand und drückte und streichelte sie.

Es war gegen Morgen, als der alte Sternsteinhofer die Bäuerin nach dem Hause zurückgeleitete. Er blieb unten an der Treppe lauschend stehen, als sie dieselbe hinangestiegen war. Oben rührte und regte sich nichts. Er lugte scharf um sich; auch vom Gesinde ließ sich keines verspüren. Er kehrte nach seinem Ausgeding, kopfnickend und die geballten Fäuste vor sich schüttelnd.

Als nach des nächsten Tages Arbeit Toni wieder seinen gewohnten Weg gegangen war, berief die Bäuerin die alte Kathel zu sich, daß diese ihr beim Ankleiden behilflich wäre, es gelte einen Besuch.

– 221 –

»Je, wo willst denn gar hin?« fragte die Schaffnerin neugierig. »Nit weit«, antwortete kurz die Bäuerin. »Schau' mal, ob der Schwieher schon hat einspannen lassen!«

Die Alte guckte zum Fenster hinaus und erklärte, weder einen Schwieher noch einen Wagen zu sehen; die besten Augen der Welt würden ihr nicht dazu verholfen haben, es müßte denn der Schuppen, in welchem der Wagen untergebracht war, von Glas gewesen sein; dann hätte sie an dessen Rückwand auch den alten Sternsteinhofer wahrgenommen, der dort lehnte, seine Pfeife schmauchte und die Zwischenbüheler Straße im Auge behielt.

Oben in der Stube saß die Bäuerin in vollem Staat, lange vor der Zeit fertig; sie wollte sich nicht rühren; aber doch spielte sie unablässig das Taschentuch von der einen in die andere Hand, und dann hatten immer die Finger derjenigen, die gerade frei war, an einem Kleiderfältchen, an Krause oder Bändern der Haube zu zupfen oder an dem Scheitel zu glätten.

Über eine geraume Weil' kam der alte Sternsteinhofer um die Ecke in den Hof geschritten und betrieb die Instandsetzung des Wägelchens; er schob selbst von rückwärts nach, als dasselbe aus dem Schuppen gerollt wurde, er klopfte dem Braunen auf den Rücken und gab ihm paar gute, aufmunternde Worte; dann ging er hinauf nach der Stube und sagte zur Bäuerin: »No, fertig wär'n wir, laß' uns geh'n!« Er leitete sie ein paar Schritte. »Je, du mein, dir zittern ja die Knie, kaum vermagst dich af'n Füßen z'halten. Komm' her, wird g'scheiter sein. Nimm mich um'n Hals!« Er hob sie wie ein Kind auf seine Arme und schritt mit ihr grätschbeinig über den Gang, die Stiege hinunter, durch den Flur und hob sie auf den Wagen. Er nahm an ihrer Seite Platz, ergriff den Leitriemen, und sachte und bedächtig setzte sich das Gefährt in Bewegung.

Das Gesinde blieb nur so lange in Ungewißheit, wohin die Fahrt ginge, bis man den Wagen jenseits der Brücke dem unteren Ende des Dorfes zulenken sah, dann galt es für ausgemacht, daß die Bäuerin zum Kleebinder führe, um sich auch 'mal das Votivbild anzusehen.

Schon von weitem nahm der alte Bauer die Zinshofer wahr, welche mit dem Kinde auf dem Arme die Strecke zwischen der vorletzten und letzten Hütte gleich einem Wachposten auf- und niederschritt. Als die Alte den Wagen herankommen hörte, blieb sie stehen, einen Augenblick lugte sie unter der vorgehaltenen, flachen Hand scharf nach den Herankommenden aus, dann ließ sie das Kind zu Boden gleiten, schob es in das Vorgärtl des Holzschnitzers und lief eilig ihrer Behausung zu.

Der Bauer lächelte hämisch.

Vor dem Häuschen des Herrgottlmachers zog er die Zügel an, noch einen Schritt ließ er das Pferd tun, damit er vom Kutscherbocke in die Stube zu blicken vermochte, und als er dort den Mann am Arbeitstische stehen sah, rief er ihn an: »He, Kleebinder, kimm' a wen'g h'raus! D'Bäuerin hätt' mit dir z'reden. Sie erweiset dir wohl gern selb'n d'Ehr', aber sie is so schwach af'n Füßen. Sei also so gut!« Damit stieg er ab, warf der jungen Frau das Leitseil zu und ging nach der letzten Hütte; als er dort eintrat, stand inmitten der Stube der junge Bauer, die Hände in den Hosentaschen, und murrte: »No, was soll's?«

»Nix nit«, sagte mit höhnischer Freundlichkeit der Alte. »Gar nix nit, Tonerl. Nur a End' mach'n mer dein' unsaubern Gängen. Dein Weib red't just drent' mit'm Herrgottlmacher.« Ein Griff, schmerzend und unabschüttelbar wie der Druck einer eisernen Klammer, hielt Toni, der aus der Tür stürzen wollte, zurück. »Kein Aufseh'n! Aufseh'n woll'n wir kein's dabei. Is ja auch für dich 's G'scheiteste, Lump!«

»Welcher Schuft«, knirschte der Vergewaltigte, »hat mich verraten?«

»Nit allmal is einer, was d'Leut vor Unheil warnt, damit's ihnen nit gar über'n Kopf wachst, a Schuft! Dösmal aber trifft's zu; du selber hast, mehr als dir und andern lieb, im Schlaf ausg'sagt.«

Der junge Bauer sah den alten erschreckt an, dann schlug er ein kurzes, verbittertes Gelächter auf und murmelte: »Wahr is's, ich hätt' mich auch soll'n ein' Stub'n weiter ziehen.«

– 223 –

Indes war der Kleebinder vor das Haus und an den Wagen getreten.

»Bist du a Mon«, empfing ihn die Bäuerin, »so hüt' auch, wie sich g'hört, dein Weib! Weißt du, wo die hitzt is?«

Der Holzschnitzer starrte sie an.

Sie neigte sich von ihrem Sitze gegen ihn und begann ihm zuzuflüstern, und je länger sie sprach, je bleicher wurde der Mann, je krampfhafter umschlossen seine Finger den Eisenstab, der am Kutschbocke angebracht war; bis das Weib, immer häufiger vom Schluchzen unterbrochen, nichts mehr zu sagen wußte und, das Gesicht mit dem Tuche verhüllend, zurücksank, da zog der Mann die bebenden Hände von der Stütze, kehrte sich ab und taumelte in das Haus.

Der alte Sternsteinhofer führte den jungen aus der Zinshofer'schen Hütte. »Hitzt komm'«, sagte er, und beim Wagen angelangt: »Setz' dich in's G'rät!«

»Wer is der Herr?« knurrte Toni. »Setz' du dich h'nein!«

»Ich weiß«, höhnte der Alte, »dir is nit unlieb, mich d'rein z'seh'n, dösmal aber schickt sich's wohl besser für dich da rückwärts.«

Toni erwiderte nichts, er schwang sich hinten auf den Wagen und saß mit herabbaumelnden Beinen, den Rücken dem Vater und dem Weibe zugekehrt, und fort ging es.

Helene war, als der alte Sternsteinhofer der Hütte ihrer Mutter zuschritt, herausgeflüchtet nach ihrem Garten und hatte lauschend in der Laube gestanden, ohne daß sie aus den einzelnen Lauten, die von dem kurzen Wortwechsel herüberdrangen, oder aus den zeitweise vor dem Hause hörbaren Schluchztönen klug zu werden vermochte; die Deutung des Vorganges blieb somit ganz ihrem bösen Gewissen überlassen, und ein solches schließt meist überraschend schnell und richtig.

Sie hörte den Wagen fortrasseln; noch blieb sie, wie gebannt, gleich reglos an der nämlichen Stelle, plötzlich machte ein klägliches Kindergeschrei im Hause sie zusammenschrecken, sie huschte nach der Küche und lugte scheu um den Türpfosten in die Stube; da sah sie den kleinen Hans Nepomuk heu-

lend neben dem großen stehen, der wie tot am Boden lag.
Sie stürzte hinzu, hob den Mann auf, brachte ihn zu Bette und
begann ihm Stirne und Schläfen mit Essig zu waschen; während sie noch um ihn beschäftigt war, ließen sich leise Schritte
und ein ächzendes Atemholen in der Küche vernehmen; nach
einer Weile zeigte sich hinter dem Türspalt das verstörte Gesicht der alten Zinshofer. »Jesus, Maria,« stöhnte sie, »was für
ein Unglück!«
»Sei still«, flüsterte Helene. »Geh' fort, geh in Gott'snam'
fort! Ich will allein mit ihm sein, wenn er wieder zu sich
kommt.«
»Dürft nit g'raten sein.«
Helene zuckte ungeduldig mit dem Fuße, besann sich aber
damit aufzustampfen. »Wann ich dir aber sag', geh'«, rief sie
weinerlich, »so geh'!«
»Ich geh' dir schon, du weißt, bei der Hand bin ich, wenn d'
mich brauchst.«
Helene lief nach der Türe. »'s Kind nimm zu dir!« Sie schob
den kleinen Muckerl der Alten zu, und als sie an das Bett
zurückkehrte, da erwachte der Mann, und als er ihrer ansichtig
wurde, da streckte er abwehrend die Arme aus.
»Weg, weg«, keuchte er, »weg du von mir!«
Es kostete dem Weibe einige Anstrengung, mit beiden Händen seine sträubende Rechte zu erfassen und festzuhalten.
»Muckerl, sei kein Narr, weil andere närrisch tun! Der alte
Sternsteinhofer is mir seither feind, und die Bäuerin eifert
wohl und bild't sich, Gott weiß was, ein. – «
Der Holzschnitzer kehrte sich der Wand zu. »Muckerl«,
kreischte Helene, »das leid' ich nit. Anhör'n mußt mich!« Sie
rüttelte heftig an seinem Arme. »Schau' mich an!«
Da wandte er langsam sein fahles Gesicht nach ihr. Jeder
Tropfen Blutes war aus selbem gewichen, durch die Starre
und Schlaffheit der Züge erschien es eingesunken, verzerrt,
entstellt, nur die Mundwinkel zuckten kaum merklich, aber
aus den im feuchten Glanze schimmernden Augen schoß ein
stechender, durchdringender Blick: Was gilt noch die Red'?
Und in diese Augen starrten nun mit leerem, nichtssagendem

– 225 –

Blicke die des Weibes, dem es nur galt, die Lider nicht sinken
zu lassen, wenn sie auch in leisem Krampfe zuckten, und mit
einer Stimme, so seelenlos im Ausdrucke und so rauh im
Tone, als löse sich die klebende Zunge vom Gaumen, sagte es:
»Weiß't, ich war dir treu!«

Schmerz und Zorn in einer Grimasse verzogen dem Manne
das Gesicht; sein zornmutiges Lächeln nahm sich wie blöde
aus, und er lallte, als er sprach: »Wann d' dein' Weiberehr'
auch g'wahrt hätt'st, frag' ich nit danach. Derweis' treu is bald
eine, auch was kein Herz hat, wie du kein's für mich; weiß
nit, ob für ein andern! – G'dacht hast, ich würd' nimmer lang'
im Weg sein – wie's der von der Sein' denkt! – und daß d'
dad'rauf wart'st, darein liegt d' Untreu – ob du's etwa nit
mehr hast erwarten können – das vermag nit ärger weh z'tun
– weiß mer 'mal, daß unter ein'm Dach 's eigene Weib ein 'n
baldigen Tod wünscht!«

Helene brach in Tränen aus.

»Was weinst?« fragte er, sich emporrichtend. »Dazu, denk'
ich, wär' wohl an mir die Reih'; aber den Gefallen erweis' ich
dir nit, und die Freud' mach' ich dir nit!« Er warf sich hinüber, den Kopf in die Pölster vergrabend, und schluchzte laut.

Das junge Weib faßte mit beiden Händen ihn an den Schultern an.

»Rühr' mich nit an!« schrie er, emporschnellend. »Ausweinen
will ich mich. Fort! Hinaus! Schließ' die Türen, draußen af'm
Torstaffel is dein Platz. Hab' acht, daß niemand nah' kommt
und merkt, was da herum und herin' vorgeht! Ich will kein
Gefrag' und kein Gespött.« Er winkte ihr heftig, zu gehen.

Sie kehrte sich ab und schritt hinaus, sie schloß die Türen hinter sich und setzte sich auf die Steinstufe vor dem Hause.

Unbeweglich, die Ellbogen auf den Knien, den Kopf zwischen den Händen, kauerte sie dort. Immer vortretender ward
ihr Mund, immer breiter warfen sich ihre Lippen auf, hinter
denen ihr das Wasser zusammenfloß.

Pfui! Sie spuckte aus. – Grausliche Narrischkeit! –

Wie übel es bekommt, ein Weib zu sein – und daß sie ein
Mann wäre, mochte sie sich auch nimmer wünschen.

20.

Sonntags wollte Helene allein, wie sie gekommen war, die Kirche auch wieder verlassen; als sie die breiten Steinstufen hinunterstieg, gesellte sich die Matzner-Sepherl zu ihr und sprach sie an: »Grüß' Gott, Kleebinderin, ich hör' ja, dein Mon soll recht schlecht sein?«

Helene nickte.

»Mein'«, fuhr die Dirne fort, »mit ihm kannst noch a wahr's Kreuz hab'n; mir scheint, er is gern krank.«

»Ich wüßt' nit, daß er's früher g'west wär'!«

»Oh doch, hab' ich nit schon einmal seiner Mutter krankenwarten geholfen?«

Die Kleebinderin blickte sie finster an.

Aber Sepherl achtete es nicht und sprach weiter und wunderte dazu immer mehr mit den Augen, als überrasche sie das ruhige Zuhören der anderen oder ihre eigene Rede. »Und wann d' nix dagegen hätt'st, ich sähet' 'n wohl gern amal wieder und tät'n auch öfter b'suchen, und wann dir recht wär', so ging ich dir auch an die Hand, und Übels denkst wohl nit von so ein'm Beisammensein?«

»Bist g'scheit?« fragte Helene. »Wann d' 'n heimsuchen willst, werd' ich dir's doch nit verwehren? Und wann d' mer beisteh'n willst in der Pfleg', so wünscht' ich dir dafür Gott's Lohn, und Übels denken wär' g'rad sündhaft, wo der Mann siech dahinliegt, keine arg'n Gedanken hat und auf keine bringt.«

»So ging ich gleich mit dir.«

»Is recht. Komm' nur!«

Als die beiden in die Hütte traten, erhob sich die alte Zinshofer von der Waschbank, worauf sie gesessen. »Er hat sich die ganze Zeit über nit g'rührt, nit g'rufen, nix verlangt«, raunte sie ihrer Tochter zu, dabei blinkte sie mit den Augen verwundert nach Sepherl und schüttelte kaum merklich mit dem Kopfe.

– 227 –

Helene machte eine kurze, ärgerliche Bewegung, mit dem Kinn den Weg nach der Türe weisend, und nachdem die Alte duchsig davongeschlichen, drückte das junge Weib sachte an der Klinke und rief halblaut in die Krankenstube hinein: »Muckerl, schlafst? D' Matzner-Sepherl wär' da, dich heimsuchen.«

Der Kranke lächelte und sagte mit matter Stimme: »Schön, is ja rechtshaften lieb von ihr. S' soll nur h'reinkommen. Grüß' Gott, Sepherl!«

»Grüß' dich Gott, Muckerl! No, was is's denn mit dir?«

»Was soll sein? Aus wird's!«

»Geh' sei nit dumm und bild' dir so was ein!«

»Werd'n mer ja seh'n, wer recht b'halt.«

»Schau' nur so was«, rief die Dirne Helenen zu, die an der Schwelle stehengeblieben war. »Red't er nit, als möcht' er frei aus Trutz und reiner Rechthaberei halber versterb'n?«

»Mein' liebe Sepherl, jeder weiß, wie ihm is. Doch tu' dich setzen, daß d' mir das bissel Schlaf, was ich hab', nit auch noch austragst.«

Während Sepherl einen Stuhl an das Bett trug, zog Helene die Tür in's Schloß und ließ die beiden allein.

Sie hielt es auch fürderhin damit so und gesellte sich nie zu ihnen. Obgleich sie den Kranken mit aller Sorgfalt und Geduld betreute und Nächte durch wach an seinem Bette saß, so litt er sie doch nur ungerne um sich, schickte sie unter manchen Vorwänden hinweg, verlangte nie eine Handreichung von ihr und ließ sich nur die allernotwendigsten widerwillig gefallen; aber Helene kam ihm zuvor, sie wußte zu erraten, was ihm fehle, oder wonach er verlange, worauf die etwas beschränkte Dirne nie verfiel, und setzte, was not tat, flinker und geschickter in's Werk, als es jene bei ihrer Täppischkeit imstande war; trotzdem behagte sich Muckerl im Umgange mit der Sepherl, und diese brauchte sich dabei auch gar nicht den Kopf zu zerbrechen; denn ihr sagte er geradezu, was er wolle und sie zu tun habe, ja er tyrannisierte sie förmlich.

Als er merkte, daß er jeden Abend auf ihren Besuch rechnen

– 228 –

konnte, untersagte er Helenen, daß sie in seiner Stube Ordnung mache, das werde die Sepherl besorgen; und wenn diese dann kam, so trug er ihr das »Z'samm'räumen« auf und lächelte über die Ängstlichkeit und Ungeschicklichkeit der Dirne, zankte auch oft »ganz rechtschaffen« mit ihr.

»Du mußt nit meinen«, sagte, als es damit anhob, Helene zu Sepherl, »ich ließ' ein' liederlich' Wirtschaft einreißen im Haus oder mißbrauchet dein' Gutheit, aber der Muckerl will dich amal zu seiner Stub'ndirn', und ich soll mer da d'rin nix mehr z'schaffen machen.«

»Aber, liebe Kleebinderin«, beteuerte Sepherl, »wie könnt' ich nur so was von dir denken?! Kranke sein oft wunderlich, und ihnen muß man halt nachgeben.«

Mit einmal ward es dem Herrgottlmacher ganz unleidlich, daß er müßig 'n lieben, langen Tag über daliegen solle, er verlangte, etwas zu schnitzen, nur ein »ganz Klein's«, und die Sepherl sollte ihm das Werkzeug samt dem »Holzblöckl'« – es war ein bestimmtes, an das er dabei dachte – herbeischaffen; selbstverständlich griff sie vorerst öfter nach dem unrechten und schleppte es herzu, ehe ihr das rechte in die Hände fiel, und so jagte er sie denn wohl ein Dutzendmal Stube aus und Stube ein, und sie schob mit hochgerötetem Gesicht durch das Haus.

»Jesses, rein verzagt könnt' ein's werd'n! Kleebinderin, weißt du's nit, wo mag das krumm' Messer lieg'n, was er will? Und hast kein' Ahnung, wo's verflixt' Blöckl wohl auch stecken könnt'?«

Helene lächelte. »Du schalt'st ja wie 's Weib da im Haus. No, Tschapperl, werd' nit verlegen«, – sie tätschelte ihr die Wange – »und werd' auch nit bös', ich mein' dir's ja auch nit so und sag's nur im Spaß. Komm', such'n wir allzwei, werd'n wir's wohl finden.«

Mit zwei Griffen fand sie das Gewünschte heraus und händigte es der Sepherl ein, und nachdem diese hinter der Türe der Krankenstube verschwunden war, sagte die alte Zinshofer, die bisher kopfschüttelnd dem Treiben zugesehen hatte: »Daraus mach'st du ein G'spaß? Du wirst ja da bald der Niemand im Haus sein.«

»Unsinn!« zürnte Helene. »Wann d' meinst, so dummerweis' ließ ich mich aufhetzen, geg'n ein Krank's noch dazu, da geh'st fehl. In dem Ganzen steckt doch kein Ernst d' rein, und 's kann auch zu kein'm mehr führ'n; das is wie's Mon- und Weibspiel'n unter Kindern, und frei h'raus, dö dauern mich allzwei, was soll ich ihnen das bissel Freud' noch verderb'n?«

Gar langsam ging diesmal dem Holzschnitzer die Arbeit vonstatten, während der Plauderstunden mit Sepherl ruhte sie ganz und lag sorgfältig versteckt unter der Bettdecke.

Von der Kinderzeit und besonders von jener, wo sie sich vor und nach der Schule miteinander herumtrieben, sprachen die beiden am häufigsten und eingehendsten, und wie das gekommen, daß sie sich nachher fast ganz aus den Augen verloren. Ei wohl, auch Dorfkinder, wovon jedes an einem anderen Ende wohnt, kommen sich leicht aus dem Gesicht; nur Nachbarskinder hätten's gut, die sähen sich alle Tage und könnten immer beisammen stecken. Vorzeit wünschte die Sepherl gar oft und vielmal, daß sie Haus an Haus wohnen möchten, entweder Muckerl mit seiner Mutter auch im obern Ort, oder sie mit der ihren im untern. Wer weiß ... aber es hat nicht sein sollen.

Eines Abends nahm Sepherl ihren gewohnten Sitz am Krankenlager ein. Sie hatte keine Zeit zu fragen, warum hart am Bettrande die Decke so merkwürdig aufgebauscht sei; Muckerl schlug die Umhüllung zurück und zeigte das Schnitzwerk, mit dem er endlich zustande gekommen. Es war eine spannehohe, schmerzhafte Muttergottes mit dem Leichnam Jesu quer über dem Schoße, wohl ein »recht zusammengerackert« Frauenbild und eine »zaunmarterdürre« Mannesgestalt. Der Holzschnitzer hatte seine eigenen abgezehrten Glieder zum Modell genommen.

Sepherl betrachtete es lange nachdenklich, dann sagte sie: »Das is a recht's heilig's Bild.«

Muckerl reichte es ihr mit vor Kraftlosigkeit zitternden Händen hin. »Da nimm, es ist für dich. Es is mein Brautg'schenk.«

»Vergelt dir's Gott, Muckerl, aber als ein solch's dürft ich's wohl nit annehmen, weil ich kein's bedarf, ich heirat' mein Lebtag nie.«

»So mein' ich ja, ich schenk' dir's als Bräutigam.«

»Geh', du hast's not, daß d' noch Eulenspiegelei'n treibst! Doch is mer recht lieb, daß d' so gut aufg'legt bist.«

»Gar nit, Sepherl, gar nit, mir is heut' schlecht wie niemal; aber mir geht durch'n Sinn, wann du die rechtschaffen und ehrbar durch döselbe Welt brächt'st, wer weiß, ob mer sich anderswo wieder z'sammenfinden könnten.«

Ein langes Schweigen lag dann über der Stube, bis der Holzschnitzer der Dirne seine Hand reichte und sagte: »Geh' lieber heim, Sepherl, heut' bin ich für nix.«

Das Mädchen erhob sich zögernd; vor Bangheit und Verwirrung keines Wortes mächtig, verabschiedete es sich mit wiederholten Händedrücken.

»He, du Sepherl«, rief Helene, als die Dirne mit traurigem Kopfnicken an ihr vorüber wollte, »was traget mir da aus'm Haus?« Sie wies nach der bauschigen Schürze.

Sepherl stand erschreckt, sie schlug das Vortuch zurück und zeigte das Bildnis. »Er hat mir's geschenkt«, flüsterte sie.

Die Kleebinderin besah es eine Weile. »Das schaut so unschön her.«

»'s soll auch nit anders, besser, er wär' gleich vom Anfang dadrauf verfall'n, eh' 's Schön' ihm selber kein Gut getan hat.«

Des Herrgottlmachers Weib sah der Dirne scharf in die Augen, dann wandte es den Blick. »Kannst vielleicht recht haben.«

»B'hüt Euch Gott!«

»Gute Nacht!«

Als Sepherl an der Brücke vorüberschritt, glaubte sie, fern, hinter sich, in einem lauten Schrei ihren Namen rufen zu hören. Sie blieb stehen, lauschte, es ließ sich nichts vernehmen; so setzte sie denn ihren Weg fort. Sie war bange, und da macht man sich eben leicht Einbildungen.

Sie hatte es nicht gesehen, daß die Kleebinderin eine Weile

nach ihr paar Schritte vor das Haus gelaufen und gleich eilig dorthin zurückgekehrt war.

Durch die kühle, klare Luft des darauffolgenden Morgens gellten die Klänge des Zügenglöckens, und als am Abende Sepherl mit langsamen Schritten und gesenkten Kopfes der vorletzten Hütte am unteren Ende des Dorfes zuschritt, galt ihr Besuch einem toten Manne.

Wieder über einen Tag, da begruben sie ihn.

Als die Leidtragenden und die Geleitgebenden sich entfernt hatten, machte sich der alte Veit, der Totengräber, sofort daran, das Grab zuzuschaufeln; seine blinzelnden Äuglein und die breit zusammengekniffenen Lippen gaben ihm das Aussehen, als empfände er dabei ein stilles Behagen; und das war auch der Fall, sooft er »so 'n Sakra« oder »a Sakrin« in der Grube hatte, erfreute ihn der Gedanke, daß nicht er es sei, der da drunten läge.

Erst polterte Scholle um Scholle auf den Sarg, bald aber fiel die Erde geräuschlos und umhüllte locker und weich den Menschen, der da, aller Lust und Leiden wett, in ihr gebettet lag. Mit der Qual eines anderen Wesens beginnt eines jeden Dasein, und dann geht es so weiter mit dem Quälen oder Gequältwerden, wie sich's eben trifft. Wer mehr Qualen bereitet als erleidet, den nennt man glücklich, und wem es seine Mittel erlauben, das erstere in großem Maßstabe zu tun, der heißt wohl auch groß.

Der ehrliche Herrgottlmacher hatte sich all sein Leblang nur auf einem ganz winzigen Fleckchen Erde herumgetummelt – frohe Kindertage erlebt, jene Zeit, von der es heißt, der Mensch gehöre noch nicht sich selbst an sondern anderen, und wo er doch so ganz er selbst und frei ist, wie nie hernach mehr im Leben – träumerische Bubenjahr', wo einer die Welt in den Sack steckt und sie höchstens unter seinen besten Freunden aufteilt, freilich nur jeder seine Welt, und die manches ist gar klein geraten –, auch die Mannjahr hätten sich nicht übel angelassen, die schon mehr auf andere Bedacht nehmen, und wo seiner Mutter Freud' ein groß' Teil der seinen war – da mit einmal war es aus.

– 232 –

Das Käferchen, das im warmen Sonnenschein über den rieselnden Sand dahingelaufen, vor dem sprühenden Regen sich unter duftigem Laubwerk verkrochen, mit seinesgleichen sich geneckt und gezerrt hatte, krampfte plötzlich die Füße zusammen und fiel vom halberkletterten Halme zur Erde.

Nun liegt er taub, hohl, ein Gehäuse, eine leere Hülse, und nichts verrät von all' dem Sonnenschein, der ihn erwärmte, von den Regenschauern, die ihn erfrischten, von all' dem, wie ihn im Weiten oder Engen die Welt ansprach.

In der Schlupflöcher-Zeile, die da längs des Wasserstreifens hinlief, in Zwischenbühel nämlich, war die Anteilnahme nicht gar groß. »Wieder einer weniger«, oder »wieder einer mehr« hieß es, je nachdem sich die Sprecher selbst dem Grabe ferner wähnten oder näher glaubten.

Als Helene mit dem kleinen Muckerl und der alten Zinshofer von dem Leichenbegängnisse heimkehrte, schritt sie mit einem scheuen Blicke an der Kleebinder'schen Hütte vorüber und folgte der Mutter nach deren Behausung.

Sie saß dort auf der Gewandtruhe, wortkarg und in sich gekehrt, nur von Zeit zu Zeit dem Kinde, das sie an ihrer Seite hielt, leise zusprechend. Wie der Abend zu dämmern begann, griff sie einen Schlüssel aus der Tasche und sagte: »Mutter, ich tät dich bitten, sei so gut und hol' uns a bissel Bettg'wand von drüben, wir woll'n sich da af'm Fußboden a Lager z'rechtmachen. Ich mag nit d'renten schlafen.«

»Fürcht'st dich?« fragte die Alte.

»Nein. Es ist aber so entrisch allein in ein'm Haus, wo mer just ein Totes hinausgetragen hat. Der Kleine schlafet mir all'z'bald ein, und ich fühlet mich dann ganz wie verlassen.«

Die Alte tat, wie ihr geheißen. Später, als alle schon eine Weile lagen, setzte sich Helene plötzlich auf dem Strohsacke auf und sagte: »No, wär' ich halt doch wieder da – af'm Stroh – und wie mich ziemt auch nit viel besser d'ran wie a Bettlerin und hätt's mich getroffen, daß ich noch a Reih' von Jahr'n mit dem armen Teufel hausen mußt', stünd ich hitzt gar als alt's Bettelweib.«

»G'wiß«, gähnte die Alte, »du darfst dich nit beklagen 'über, wie's g'kommen is, und der is ja auch im Himmel gut aufg'hob'n.«

Von da ab fand sich Sepherl an dem Allerseelentage jeden Jahres in der Kirche ein und kniete an einem Seitenaltare inmitten der Kinder, die dort mehr zum geselligen Vergnügen als aus brünstiger Andacht den armen Seelen Wachslichtlein brannten; sie opferte ein Kerzchen für den Muckerl und betete für dessen Seelenheil, bis das Dochtendchen in das geschmolzene Fett sank und knisternd erlosch. An seinem Grabe zu beten, das kam seinem Weib' zu, sie wollte sich dort nicht blicken lassen; nicht ihrer selbst willen, was läg' an ihr? Aber es hätte – wie die Leut' schon schlecht denken – dem Toten eine üble Nachred' erwecken können, und die hat doch wahrlich er nicht verdient.

Die Sternsteinhofbäuerin hatte mit gefalteten Händen am Fenster gestanden, als der Leichenzug unten auf der Straße langsam sich fortbewegte. Der Tod des Kleebinders bestürzte sie, es fiel ihr auf das Gewissen, daß die Enthüllungen, die sie ihm machte, volkstümlich gesprochen, der Nagel zu seinem Sarge gewesen; aber sie konnte dies nicht voraussehen, ebensowenig, als sie voraussah, wie sie es ergreifen würde, denn seit jener Fahrt in's Ort lag es ihr wie Blei in den Gliedern, und sie hatte keinen Fuß mehr aus der Stube setzen können. Nun war der einzige tot, von dem sie sich eine wahrhafte Abhilfe versprechen durfte, dessen selbsteigene Sache die ihre war, der den Willen haben mußte, dem Umfuge zu steuern und auch das Recht und die Macht dazu besaß. Die eine Hälfte des argen Wunsches war den andern beiden in Erfüllung gegangen, und wie eine bange Ahnung befiel sie der Gedanke, wie bald vielleicht auch an sie die Reihe käme, gleichen Weges zu gehen!

Dieses Bangen vor dem Sterben, das sie zeitweilig durchschauerte, trat aber zurück gegen die unmittelbar sich aufdrängende Furcht vor dem, was sie nun wohl zu erleben haben werde!

– 234 –

Dieser Furcht gaben nur allzubald die Ereignisse recht.

Da die Bäuerin, nachdem sie dem Herrgottlmacher die Augen geöffnet, mit jener Heimholung Tonis alles abgetan glaubte, so war bisher des Geschehenen halber kein Vorwurf über ihre Lippen gekommen, und der Bauer nahm keinen Anlaß, weder etwas abzuleugnen, noch zu beschönigen. Beide schwiegen beharrlich und lebten, sich gegenseitig entfremdet fühlend, nebeneinander fort. Als aber kaum eine Woche nach der Beerdigung Kleebinders der junge Sternsteinhofer für dessen Witwe eine warme Teilnahme bekundete und sich verlauten ließ, er habe vor, ein gutes Werk zu tun und Helene samt dem Kinde herauf auf den Hof zu nehmen, da fuhr die kranke Bäuerin fast wild empor. »Was? Die? Die wollt'st du dahersetzen? Hast du schon so weit kein Ehr' mehr im Leib, daß d' auch nimmer kein' Stand' fürcht'st? Aber, Gott sei Dank, da hab' doch wohl ich noch ein Wörtl d'reinz'reden! Niemal', sag' ich dir, kommt die mir in's Haus!«

»Übernimm dich nit so bei deiner Schwächen«, sagte mit verletzender Gleichmütigkeit der Bauer.

Das arme Weib lachte schrill auf und sagte, ihn mit einem giftigen Blicke messend: »Sorg'st leicht um mich, du – ? Und als was, wenn mer fragen darf, als was nähmst denn de Kreatur h'rauf? Zu was und wem soll die dienen?«

»Gleich erfahrst's«, erwiderte ruhig der Bauer. »Die alte Kathel kann mit'm Hauswesen und 'm Krankenwarten z'gleich nit aufkommen; die Kleebinderin aber is die beste Wärterin, die ich mir z'finden wußt', die soll dich pflegen.«

»Die? Mich? Die!« schrie die Bäuerin außer sich, dann verstummte sie und sah den Mann mit großen, angstvollen Augen an, sie rang die Hände ineinander und stammelte: »Das, das könnt'st du mir wirklich antun?«

»Sei nit dumm«, sagte er roh. »Ich will's, und so g'schieht's! Dich mit ihr zu vertragen, das steht dir zu, denn du hast eh' a Unrecht geg'n die arme Seel' gut z'machen, dein ung'hörig's Einbilden – «

»Einbilden?« kreischte die Bäuerin, die geballten Fäuste ge-

– 235 –

gen ihn emporreckend. »Leugn'st du? Leugnest du dein eigen' Reden?«

Er zog den Mund breit und zuckte mit den Schultern. »Eigen' Reden! Freilich, gar ein eigen' Reden, was eins im Schlaf angibt! Wann d' d'rauf was gibst, verruckt's Weibsstuck, so müßt'st ja auch am Morgen 'n Mond in meiner Taschen suchen, wann ich im Traum' ausraun', ich hätt'n eing'steckt!«

»Ob d' hitzt hintnach Unsinn oder Gescheitheit red'st, was ich g'hört hab', das hab' ich g'hört, und aus dem, was du dir planst, wird nix!«

»Das werd'n wir ja seh'n«, sagte der Bauer. Er ging, die Türe hinter sich zuschlagend.

Und nun ereignete es sich öfter, daß er oben aus der Stube stürzte, die Treppe herabgepoltert kam, was vom Gesinde in der Nähe sich aufhielt, unnütze Horcher schalt und an die Arbeit gehen ließ, und wenn er dann nach dem Krankengemache zurückgekehrt war und die Türe geschlossen hatte, so spielte sich hinter derselben eine jener Szenen voll quälender Bitterkeit und rücksichtsloser Gehässigkeit ab, welche unter sich ferne Stehenden unmöglich sind und womit sich nur Menschen, die das Leben einander ganz nahe gebracht, letzteres verleiden und vergiften können, und wo es – für einen Teil wenigstens – besser gewesen, beide wären sich all' ihre Tage fremd geblieben.

Keines Menschen Seele verkehrt ganz ohne Hülle, ohne Schutzdecke mit der Welt, und es ist wohl gut so, denn wie makellose Schönheit des Körpers ist auch die seelische auf Erden selten; dem Umgange mit der nackten Seele eines andern sich auszusetzen, ihn zu ertragen, wagt und vermag nur die Liebe und die Freundschaft, und wo diese fehlen, wirkt die seelische Nacktheit wie rohe, körperliche Entblößung abstoßend, schamlos, entwürdigend und verderblich.

Es bedurfte keiner langen Zeit, so trieb die Aufregung über den fortwährenden Hader die Kranke von dem Sorgenstuhle in das Bett. Ihr Widerstand war gebrochen und wurde immer schwächer. Welchem Ansinnen fügt sich der Mensch nicht, wenn es gilt, sich die Ruhe des Plätzchens zu sichern, auf dem er zu sterben gedenkt, und für seine letzten Tage ein bißchen Nachsicht und Teilnahme zu erkaufen?

Helene kam mit dem Kinde auf den Sternsteinhof und schien es mit der Krankenpflege sehr ernst nehmen zu wollen; aber die Bäuerin schreckte vor jeder Berührung des jungen Weibes zurück und wollte es weder am Kopf- noch am Fußende des Bettes sitzen haben. Anfangs boten ihr die Besuche des alten Sternsteinhofers willkommenen Anlaß, ihre Wärterin gar aus der Stube zu schaffen, dann lag sie und hielt oft durch Stunden mit ihren abgezehrten Fingern die rauhe, hörnerne Rechte des Alten über der Bettdecke fest; es war die einzige Hand, die sie zu halten hatte und dabei ein Vertrauen empfand, daß diese auch sie gerne halten möchte, während bei allen Handreichungen Tonis und Helenens sie das ängstliche Gefühl ankam, die beiden ließen sie zwischen den Armen hinabgleiten, – o, wie tief!

Wenn nach einem solchen Krankenbesuche der alte Bauer über den Hof seiner Ausnahm' zuschritt, so fluchte und wetterte er laut, daß jeder, der um die Wege war, es hören konnte, und belegte dabei des Herrgottlmachers Wittib mit einem Titel, der in aller Kürze das strikte Gegenteil einer Vestalin besagt; aber es geschah das lediglich zu seiner eigenen Erleichterung, ohne der Geschmähten irgendwelchen Ärger zu bereiten, denn der Schimpf war so groß, daß es niemand wagte, denselben ihr in's Gesicht zu wiederholen.

Es war, wie gesagt, zu Anfang, daß der alte Sternsteinhofer seine meiste Zeit bei der kranken Bäuerin zubrachte, mählich kam er seltener, schließlich blieb er gar lange von dem einen auf das andere Mal weg; dazu bestimmten ihn zwei Gründe. Er hatte geglaubt, die Schwiegertochter würde ihres Siechtums Meister werden, bald wieder auf die Beine kommen, und darum suchte er sie zu zerstreuen, keine Gedanken an Vernachlässigung und Vereinsamung in ihr aufkommen zu lassen und sie bei gutem Mute zu erhalten; der Gesunden wollte er dann beistehen, ihre Rechte zu wahren und mit den ungebetenen Gästen den Kehraus zu tanzen. Als er aber merkte, daß die Bäuerin immer mehr verfiel und von Kräften kam, da suchte er sie selten heim und blieb nur für kurz; zusehen, wie es mit solch' einem Aufgegebenen Schritt für Schritt zu Ende ging, und sich so unmittelbar an sein eigenes mahnen zu lassen, das war nicht seine Sache. Andernteils machte ihm gerade dieser Stand der Dinge den Anblick Helenens nur um so verhaßter. So flüchtig auch alle bisherigen Begegnungen mit ihr gewesen, die zufälligen, wo beide ohne Gruß aneinander vorüberhuschten und die unausweichlichen in der Krankenstube, wo sie ihm schweigend den Stuhl an das Bett rückte, mit der Schürze darüber wischte und dann zur Türe hinausging, von nun ab vermied er geflissentlich all' und jedes Zusammentreffen, da er mit großem Unbehagen fühlte, wie ihm in der Nähe dieses Weibes die Fäuste zuckten, aber gleichzeit das Wort versagte. Was ihn diese Bettlerin wenn nicht fürchten, so doch scheuen machte, er wußte es selbst nicht. Ja, die wußte, was sie wollte, hat unverrückt ihr Ziel im Aug' behalten, gleich bereit, wenn es dasselbe zu erreichen galt, darnach zu laufen oder langsam Fuß vor Fuß zu setzen; und obwohl sie schon einmal nach einer Seite »abgekugelt« war, kommt sie jetzt von der anderen heran und erreicht's! Sie wird's erreichen. Ein harter Kopf und ein fester Will'! Nicht, wie es sonst damit bei den Weibern bestellt ist. Schlüg' ihr der Teufel ein Bein unter, jetzt, wo sie den Fuß zum letzten Schritt hebt, glaublich, sie wüßt' doch auf den Fleck zu fallen wo sie hinrechnet! –

Nur Ärger war dort oben in der Krankenstube mehr zu holen, Gift und Galle einzuschlucken, und der armen Seel' damit nicht geholfen, überhaupt nimmer zu helfen. Der Alte hielt sich davon, und die Kranke mußte sich nun den langen, bangen Tag über die Gesellschaft Helenens gefallen lassen. Wenn dann manchmal der kleine Muckerl zur Türe hereinpolterte, die Mutter aufsuchen, wofür er jedesmal einen scharfen Verweis erhielt, so sah die Bäuerin in der ersten Zeit von dem gesunden, rotbäckigen Jungen weg nach der Wiege, in der ihr eigenes, halblebiges Würmchen lag; ihre Augen wurden feucht, und langsam perlten schwere Tropfen über ihre Wangen; später aber ließ sie auch das gleichgültig. Nur wenn ihr Mann in der Stube war und mit begehrlichen Blicken an dem schönen Weibe hing und dieses es ihm mit unwilligem Zublinken verwies, dann blitzte es in den tiefdunklen Sternen auf; rege und glühend folgten sie jedem Mienenspiel, jeder Gebärde der beiden und ließen nicht nach, ihnen zu folgen, bis zu dem Tage, wo diese Augen – voll lautloser, herber Anklage, voll stummer, weher Herzenspein – brachen und der alte Sternsteinhofer sie zudrückte, da die Scheidende diesen Liebesdienst von ihm erbeten.

»Hast nit viel Gut's g'habt«, sagte er. »Warst wohl a reiche Bäu'rin, aber dabei a arm's Weib. Der Herr laß' s' ruh'n in Frieden, und 's ewige Licht leuchte ihr. Amen.«

21.

Welchen Wandlungen die Volksstimmung unterliegt, das zeigte sich auch in Zwischenbühel gegenüber den Geschehnissen auf dem Sternsteinhofe.

Ein grober Verstoß gegen landläufige, sittliche Grundsätze und Anschauungen erweckt vorerst laute Entrüstung gegen beide Schuldige; aber bald führt das Zusammenlebenmüssen zu Bedachtnahmen und Nachgiebigkeiten gegen den einen wehrhafteren Teil und zum Unrechte gegen den wehrlosen, auf dem allein die üble Nachrede haftenbleibt, bis die Leute, Schimpfens und Anteilnehmens müde, gleichgültiger werden und mählich zu vergessen anfangen; einmal noch – mag nun neue Unbill hinzukommen oder nicht – lodert wohl das Zornfeuer wieder empor, dann aber schickt man sich darein, von dem allgemein Gültigen abzusehen, den Fall an sich als Ausnahme zu betrachten, was man ja ohne Gefahr tun kann, da er nur die Regel zu bestätigen vermag; und um so nachsichtiger fällt das Endurteil aus, als schroffer und unverrückbarer die anfänglich allen Unwillen erregende Tatsache bestehenbleibt; da aber weder das eingewohnte Denken noch das ursprüngliche, widerwillige Gefühl über die Konflikte hinweghelfen, so formuliert sich die Anklage, wenn der Fall ein erschütternder, an die letzte Adresse, an das Schicksal; streben aber die Dinge wieder mit dem Alltäglichen sich in's Gleichgewicht zu setzen, so sucht die Menge mit aller Spitzfindigkeit nach dem, dessen Anstoß den ärgerlichen Verlauf verursachte und findet diesen neuen, endgültig Schuldigen oft in einer Person, die anfänglich wie gefeit ganz beiseite gestanden hatte.

Als man im Orte merkte, daß der junge Sternsteinhofer just nicht des Votivbildes halber so häufig nach des Holzschnitzers Hütte gelaufen war, da schlug die Stimmung gegen den

– 240 –

»frommen, sorghaften« Bauern gewaltig um, und auch an Helenen ließ man kein gutes Haar, und »ganz aus der Weis' unschambar« fand man es, wie er die Wittib zu sich auf den Hof nehmen und die dahin gehen mochte! Die Sternsteinhofbäuerin wurde für eine »helle Marterin« erklärt. Aber der Bauer konnte doch einen und den andern, die sich zu vorlaut gaben, »sakrisch klemmen« – und im Grunde, er hatte ein krankes Weib – wohl – wohl –, doch die Kleebinderin, als recht und schlecht verheirat't, hätt' ihn gleich beim ersten Anwurf ausjagen sollen, und hätt' sie dazu auch das längste Scheit unter'm Herd hervorlangen müssen! Freilich, viel geht in der Welt vor, und allerwärts hört man, wie oft ein Weib rechtschaffen ausholt und D'reinschlagen vergißt. Anders wieder, als man die Bäuerin zu Grabe trug, da legten sich die Leute gar keinen Zwang auf, und dem weithinwallenden Zuge entlang summte es wie ein Immenschwarm, und zwar nicht in's Gesicht, aber zu Gehör sprach man von den zweien, »die zwei andere so gut wie umgebracht hätten«. Doch die Sternsteinhoferin war nun einmal tot und lag in der kühlen Erden, und das war für sie schier das beste wie für die andern; vermochten die nicht voneinander zu lassen, so war es gleich einer Schickung und Gnad' Gottes, daß sie nun in Ehren zusammen und zu einem End' kommen konnten; und hätt' man sie seinzeit gewähren lassen, wär' das ganze Ärgernis und andern zwei beiden alles gebrannte Herzleid erspart geblieben. Ja, ja, an dem, wie's g'kommen und g'gangen, war eigentlich doch nur schuld – der alte Sternsteinhofer!

Auf solche Weise fand sich der meisten Denken und Meinen mit dem, was geschehen war und nun geschehen würde, zurecht; nur wenige hielten an ihrer anfänglichen strengen Verurteilung fest, darunter auch der Kaplan Sederl, und nur einer erklärte von allem Anfange an, er löffle nichts so heiß aus, als es aufgetragen werde, der alte Pfarrer. Freilich auch der, wenn er an die »unsaubere Geschichte« dachte – daß die auch just in seinem Sprengel spielen mußte! –, rückte sein Sammetkäppchen bedenklich schief, indem er sich ärgerlich im Haar

– 241 –

kraulte, und über seine Stirne legten sich unmutsvolle Falten;
aber den Schuldigen den Prozeß zu machen überließ er den
Leuten, und das Urteil stellte er dem anheim, deß' Augen, die
nie ein Schlaf schloß, mehr sehen, als aller Leute Augen zu
sehen vermochten! Er hatte ein feines Gefühl für des Volkes
Art und Weise, ein feines Gehör für dessen Rede und das
schließliche Abfinden und Zurechtlegen einer Sache, die sich
nicht »geben«, nicht unterducken lassen wollte, kam ihm
nicht unerwartet.

»Nie, niemal, Sederl«, eiferte er gegen den jungen Kleriker,
»werden Sie sich auf Welt und Leut' verstehen lernen! Sie
hab'n 'n praktischen Blick noch heut' nit. Ließ ich Sie hitzt an
meiner Statt machen, Sie gäben g'wiß was an, 'n Lebendigen
zun Schaden und 'n Toten von kein'm Nutz'! ... Himmelheiligkreuzdonnerwetter!« Dieser »verluderte Ausdruck«
galt keineswegs dem Kaplan; der alte Herr hatte gegen diesen
mit vermahnender Geste den Zeigefinger erhoben und dann,
um den Tabak zusammenzudrücken, in den Pfeifenkopf gesenkt; jetzt schnellte er ihn mit gelbgesengtem Nagel heraus,
schlenkerte damit und, indem er auf die schmerzende Stelle
blies, fuhr er fort: »Pfü – üh! Sie wissen nit, wie 'n Leuten
völlig ein Stein vom Herzen fallt, wann was Unordentlich's
sich wieder in d' Ordnung schicken will und wie gern' da alle
mit antauchen helfen nach ein'm Abschluß hin, wo sich's 'm
G'wohnten und Gleichen einpaßt und 's Ärgern und Deuteln
ein End' find't. Da mitten h'nein 'n Leuten in' Arm fallen,
das wär' Gott und der Welt a schlechter Dienst!«

»Sih ärlauhheen,« sagte der Kaplan, indem er sich erhob, das
alte Plarrbuch, dessen Lektüre ihn gerade zerstreute, an sich
nahm und sich zum Weggehen anschickte, »iich wihl nicht
straiten, ahber tas ahles wihtersträbt mihr inn tiehfster Sälle.«

»Dann schamen Sie sich auch in d' Seel' h'nein, wie tief s'is«,
sagte der Pfarrer. Er hielt ihn mit der Rechten zurück und
reckte den linken Arm gegen das Kruzifix an der Wand aus.
»Der dort hat auch Zöllner und Sünder nicht von sich
g'wiesen, und wunderbar sein oft die Weg', auf die er Verirrte

– 242 –

leit't, daß s' nit zu Verlorenen werden! G'rad dösmal ziemt mich, ich sähet seiner Gnad' und weisen Voraussicht auf'n Grund. Sederl – nit daß ich's Siegel von ein'm Beichtgeheimnis nähm' –, aber das laßt Euch bedeuten, den zwei'n hat er wohl in seiner Erbarmnis a Verbrechen erspart!«

»Ein Verbrechen?« stotterte der Kaplan.

Der alte Seelsorger drückte den Arm des jungen Mannes. »Zwei vielleicht.« Er nickte ihm ernst zu und schritt hinweg.

Am übelsten kam die alte Zinshofer weg, sie klagten die Leute nicht erst an, sondern trugen ihr offen ihre »Vorschubleistung« nach; man wich ihr aus und war kurz und abweisend im Verkehre; selbst auf dem Sternsteinhofe, wo sie doch allen Dankes gewärtig war, ließ man sie unfreundlich an.

Eines Abends, als wieder ihre Zutulichkeiten und Klagen kein Gehör fanden und sie erbittert vom Hofe hinweglief, faßte sie den alten Sternsteinhofer, der ihr gerade in den Weg kam, am Arme an. »Bauer«, rief sie, »hitzt erfahr' ich, was auch du schon seit langem, und in dem Stück wär'n wir völlig gleich!«

Der Alte machte sich frei und wischte über den Joppenarmel, als wäre der durch die Berührung befleckt worden. »Faß ein'n nit an«, sagte er rauh. »Dir gleich wußt' ich mich in kein'm Stuck.«

»So kennst' leicht Kindsundank nit?« kreischte das Weib.

»Kein'n Dank – mag sein! Geg'n 'n Undank hab' ich mich sicherg'stellt. Mußt dir schon dein G'spann woanders suchen.« Damit kehrte er ihr den Rücken zu.

Alles, was der protzige, künftige Schwiegersohn für die Alte tat, war, daß er ihr bei beginnendem Winter erlaubte, aus ihrer verfallenen Keusche in das Kleebinder-Häusel zu übersiedeln. Da saß sie nun zwischen reinlicheren und festgefügteren Mauern als sonst und fror wie früher, denn die Fuhre Holz, auf die sie gehofft und gerechnet, war ausgeblieben; sie ertrug es so lange, bis es ihr – wie sie sich äußerte – zu dumm wurde. »Soll'n s' mir nur a Wörtl sag'n, dann werd' aber auch ich mein Maul groß auftun«, murrte sie, griff zur Hacke, hieb des seligen Herrgottlmachers Holzvorrat kurz und klein und verfeuerte ihn, und als davon kein Span mehr im Hause war, brachte sie die Figuren des halbfertigen Votivbildes auf den Säge- und Hackblock. Mit boshaft zwinkernden Augen sah sie in die flackernden Flammen und meinte: die Heiligen brennen so gut wie Holz.

Sie half sich ganz leidlich über den Winter hinweg; kurz nach demselben war das Trauerjahr des jungen Sternsteinhofers um, dann mußte ja doch etwas geschehen, und änderte sich wohl auch ihre Lage. Den Kopf mit beiden Händen pressend, eilte sie heim, als sie erfuhr – von Fremden sich's mußte sagen lassen, –, der Notarius wär' schon auf den und den Tag bestellt, um auf dem Sternsteinhofe die Ehpakten aufzusetzen und alles sonst Nötige zu verklausulieren und zu verbriefen.

An dem Tage aber, an welchem der Notar – Toni hatte sich den nämlichen »Findigen« wie sein Vater verschrieben – dort oben auf dem Gehöfte alles richtig machte, ward die Alte von quälender Neugierde und peinigender Unruhe im Hause herumgejagt; sie hastete Stuben aus, Stuben ein, vom Boden- in den Kellerraum und von dem feuchten Grundmauerwerk wieder hinauf unter die Dachsparren. Doch sie mußte sich gedulden, und erst gegen Abend sah sie jemand eilig auf das Häuschen herzukommen und erkannte, als er nahe war, den Zwischenbüheler Bürgermeister.

Der Ortsoberste trug auf langen Beinen einen merkwürdig kurzen Oberleib und auf dessen breiten Schultern wieder ein auffallend kleines Köpfchen, über den beidseitigen kurzen Backenbärtchen strebten zwei mächtige Ohrmuscheln, fast »kopfflüchtig«, ins Freie; obwohl seine großen Augäpfel etwas vortraten, so waren sie doch mit ausreichenden Deckeln versehen, welche er denn auch zum Schutze der 'ersteren gewöhnlich bis auf einen kleinen Spalt geschlossen hielt, was ihm ein ebenso nachdenkliches, wie sanftmütiges Aussehen verlieh; der untere Teil des Gesichtes aber, der zwischen den faltigen Wangen wie eingeschrumpft liegende Mund und das kurze Kinn, wurden von der vorragenden Nase überschattet, welche aus leicht zu erratenden Gründen von den Zwischenbühelern »d' Latern'« genannt wurde; bei deren Größe und der Kleinheit seines Mundes konnte er es nicht verhindern, daß im Sprechen einzelne Laute den bequemeren Weg durch dieselbe nahmen.

»Du bist die Zinshoferin?« näselte er.

»Ich mein, du wirst mich wohl kennen?« sagte sie giftig.

»Blind wann ich wär', leget' ich ein Eid d'rauf ab, daß du's bist, denn ich kenn' dich an dein'm Gekeif, aber was konschtadiert werd'n muß, das muß konschtadiert werd'n, weil ich von Amts weg'n mit dir z'reden hab'.«

»No, so komm' h'rein, komm' doch h'rein!«

Die Alte lief flink voran, und der Bürgermeister stolperte hintennach. Sie wischte einen Stuhl ab und setzte ihn in die Mitte der Stube.

Der Bürgermeister winkte abweisend mit der Hand. »Wir werd'n gleich fertig sein.«

»Ah, nein! Da schau' ein's her!« eiferte die Alte, während ihr die Zornröte aufstieg. »Fand's schon kein's von denen da drob'n der Müh' wert, mich h'naufz'rufen oder h'runterz'kämma und ließen s'mir durch a Fremd's Post zutrag'n, so will ich doch auch so viel wissen, wie dösselbe weiß, und eh' d' mir nit all's sagst, wonach mich neugiert, laß ich dich nit aus der Stub'n, mag's hitzt kurz oder lang dauern.«

»Was willst denn wissen?«

»Was g'schieht?«

»Was soll g'scheh'n? Dein' Tochter wird Sternsteinhofbäuerin. Das kannst dir wohl denken.«

»Was weiter?«

»No, ich mein', 's wär das g'nug! Aber ob'ndrein nimmt noch der Bauer ihr'n Bub'n, 'n Muckerl vom seligen Kleebinder, als eigen Kind an.«

»Gar dazu zwingt er sich?« Die Alte bleckte die Zähne, als aber der Mann vor ihr ernst blieb und verwundert die Augendeckel aufzog, besann sie sich und sagte: »No, 's is wohl schön von ihm.«

»Wohl, wohl, Gott's Lohn dafür! Als b'stelltem Vormund war mir 's kein' g'ringe Freud'. Kannst dir wohl denken, daß ich mich nit dagegen g'sperrt hab', daß mein Mündel 'mal als Herr und Eigner af ein's von d'größten Anwesen im Land z'sitzen käm'! Jo. Aber obwohl 's Glück bei dem Bub'n schon völlig ein Gupf gemacht hat, mußt' ich doch noch af ein's b'stehn, damit ich aller Verantwortlichkeit nachkimm und frei'n G'wissens d' Vormundschaft niederleg'n kann. Das Häusel da is nach 's Vaters Tod 'm Kind – «

»Was«, kreischte die Zinshofer, mit der Faust in den Tisch schlagend, »gar austreiben ließen mich dö von da, und du, alter Krippenreiter, halfst ihnen dazu? No, schaut's eng aber a an, ös zwei dort drob'n, denen ich zu all'm Schlechten recht war und hitzt zu all'm Rechten z'schlecht wär', und du sorghaftiger Vormund, ob ich eng nit all'n miteinander ein dickmächtigen Strich durch d'Rechnung mach'! 's Maul tu' ich auf und weis' nach, daß dem verhöllten Fratzen 's Häusel da nit zukommt, ein Jurament leg' ich d'rauf ab, daß er an 'm Verstorbenen kein Recht hat und der andere ihn nit an Kindsstatt ... «

Der Bürgermeister hatte eine Art Rundtanz um die scheltende Alte ausgeführt – eine choreographische Leistung, weit davon entfernt, Sinnlichkeit zu erregen –, wobei er ein über das andere Mal die Arme beschwichtigend auflüpfte und unablässig raunte: »Halt's Maul! – dein verwettert' Maul halt', sag' ich.« Als sie aber dazu weder gewillt, noch je willens zu werden schien, sah er selbst zu dem Rechten und schloß ihr mit eigener Hand den Mund. »Du himmelherrgottssakkermentische Kreuzader, eh' dein Gift und Gall' ausspeist, laß' eins doch ausreden, ich war ja noch nit z' End'. Dann – dann such' ein' Anlaß zum Schelten – müßt'st g'rad' du ein' finden!«

»No, so red'«, murrte die Alte, »red' halt!«

»Weil 's selb' Häusel doch von gar kein' Belang is, so war ich dafür, mer sollt's verkaufen und 'n Erlös 'm Bub'n anleg'n; der Bauer war einverstanden, hat aber gleich selber a Angebot

g'macht, was 's überzahlt, no ja, 's kommt doch 'm Kind
z'Gutem; so war'n d'Sternsteinhoferleut' Eigner von da, und
d'Sternsteinhoferleut' schenken's wieder dir und 's Veranstalten is g'troffen, daß d' in nächsten Täg'n grundbücherlich
d'rauf ang'schrieben wirst. Hitzt weißt's. Hast's auch verstanden?«
»Ei, du mein, je ja, freilich, dös wird doch leicht zu versteh'n
sein. 's Häuserl is hitzt mein!«
»Is dein – und no kannst dich schon dein ausartigs Reden von
vorhin reu'n lassen.«
»Wohl, wohl, war ja nix wie dumm' Geschnatter. Du hast als
g'scheiter Mon gleich nit d'rauf g'hört. Ich schreiet's so frei
aus, nit, wußt' ich was nachz'weisen und könnt' ich a Jurament ableg'n? Wär' doch sündhaft gegen d' braven Leut' und
mein leiblich Tochterkind! Nit? Jo! Burgermaster, tat'st mer
'leicht d'Ehr' an für dein' gute Botschaft und nahmst a Glasel
Wein? Z'Haus hätt' ich wohl kein' – «
»Dank' schön. Ich nimm mit'm guten Will'n vorlieb, bei dir
auch mit weniger. Gute Nacht!«
»Gute Nacht, Burgermaster!«
Was nun die Alte im Hause herumtrieb, Stuben aus und Stuben ein und vom Grundgemäuer bis hinauf unters Sparren-
werk, das war nicht Neugierde noch Unruhe, sondern Lust an
dem neuen Eignen. Vieles, worauf sie früher nicht geachtet,
besah sie sich erst jetzt genauer; nun galt jeder Nagel an seiner
Stelle und zählte mit. Sie lief auch hinaus in den Garten und
schlug angesichts der Bäume und Sträucher freudig in die
Hände; bei alle dem aber verließ sie keinen Augenblick der
sittlich erhebende Gedanke, daß sie nichts einem blinden
Glücksfalle schulde und, was ihr geworden – redlich verdient
habe.

Es war eine stille Hochzeitsfeier, die bald darnach auf dem
Sternsteinhofe stattfand, ganz wie es sich für Brautleute
schickte und ziemte, die nach kurzem Witwerstande eine
zweite Ehe schlossen.

Schier verwundert und verblüfft standen die wackern Zwischenbüheler, als das junge Weib vom Altare wegging. Daß Helene schön war, das wußte man, so schön aber wie an dem Tage ihrer zweiten Trauung hatte sie noch keiner gesehen. Das erste Mal war sie gedrückt in die Kirche gekommen und ebenso aus derselben gegangen, diesmal stritt sie so stolz und selbstbewußt einher, nicht anders, wie wenn das, was ihr nun geworden, ihr rechtens zukäme; doch hielt sie die Lider bescheiden gesenkt, als meide sie, mißgünstigen Blicken zu begegnen, und scheue sich, solche herauszufordern; und wenngleich manchmal über den blühenden Wangen, deren Grübchen ein stilles Lächeln vertiefte, die leuchtenden Augen flüchtig aufblitzten, so sah sich das so unschuldsvoll an, wie der Blick eines Kindes, den die greifbaren Herrlichkeiten eines Augenblickes fesseln; kein Schatten der Vergangenheit, keine Wolke, einem bangen Ausblicke in die Zukunft entsteigend, trübte dieses glücksfrohe, heitere Gesicht, und der einzig lesbare Gedanke in demselben: »erreicht« zuckte auch nicht durch die Muskeln als unterdrückter Jubelschrei, sondern barg sich hinter einer stillfreudigen, selbstbegnügten Miene.

Die Leute hatten über die Sternsteinhofbäuerin, die, so selbstverständlich sich als solche gebend, an ihnen vorübergeschritten war, des Herrgottlmachers Witwe und die Zinshofer Dirn' ganz vergessen; und als sich die Boshaftesten auf die längst für diese Gelegenheit »ausgetipfelten Trutzliedeln« besannen, waren die Wagen mit den Hochzeitern und den Gästen schon aus aller Gehörweite.

Unter den Geladenen befand sich auch der Käsbiermartel, und daß er gekommen, konnte nur den befremden, der den Alten nicht genauer kannte und somit nicht wußte, daß sich dieser keine Gelegenheit entgehen ließ, seinem Spitznamen alle Unehre zu machen, Bier ganz zurückzuweisen und Wein – je besseren, um so lieber – zu trinken und Käse, wenn er welchen aß, nur als Magenschluß zu nehmen, wenn nichts mehr voranzuschicken da war. In der Kirche hatte er sich aber doch nicht blicken lassen und, während der Trauakt unten im

– 248 –

Dorfe stattfand, oben auf dem Gehöfte dem alten Sternsteinhofer, der sich gleichfalls fernhielt, Gesellschaft geleistet.

Als nun die neue Bäuerin an der Seite ihres Mannes die Fest-
stube betrat, fand sie sich den beiden Alten gegenüber. Sie trat
auf ihren nunmehrigen Schwiegervater zu. Mit leuchtenden
Augen, in denen etwas schalkhafte Bosheit lauerte, und mit
einem freundlichen Lächeln, von dem er wohl fühlte, es gelte
nicht ihm, sondern poche auf das Unbestreitbare ihrer Schönheit, bot sie ihm die Hand. Da er sie nicht ergriff, sagte sie
nach einer Weile leise: »No, bin ich halt doch da. Sei g'scheit!
Willst mir feind bleiben?«

Der Alte schob die Rechte gleich der Linken in die Hosenta-
sche und wandte sich an den Käsbiermartel. »Wieder eine. Bin
neugierig, wieviel Bäuerinnen ich da noch erleb'.«

Rot bis unter die Augenränder ging Helene von ihm hinweg.
Als während des Tafelns der alte Bauer die Stube verließ, folgte bald darauf die junge Bäuerin ihm nach, sie wartete im
Flur, bis er vom Garten zurückkam. »Ich hab' dir vorhin
d'Hand 'gboten«, sagte sie.

»So?«

»Blind stell' dich nit! Bemerkt hab'n mußt es.«

»Mag sein.«

»Du hast mir die deine verweigert.«

»Bist auch nit blind.«

»Vor'n Leuten, allen!«

»No?«

»Das is a Grobheit.«

»Ich bin halt nit fein.«

Er wollte an ihr vorüber, sie aber verstellte ihm den Weg.
»Kein' Schritt!« rief sie. »Du hörst an, was ich dir z'sagen
hab'! Meinst, weil du's bist, ich ließ mich da im Haus wie der
Niemand behandeln? Da irrst dich g'waltig. Mich lern' erst
kennen! Weil mir heut' in der Kirchen vor'm Altar der Gedanken kommen is, da sich ja endlich doch all's wie recht und
g'hörig g'schickt hätt', wär' a Unsinn, weg'n 'm Frühern einander was nachz'tragen, so hab' ich dir mein' Hand
darg'reicht, nit um dein' Freundschaft zu erbetteln, sondern

– 249 –

im guten Glauben, auch dir würd' dasselbe so christlich' wie vernünftige Abseh'n einleuchten.«

»Stell' du zwei Fall'n auf und leg' in jede ein' extraichen Speck, ich geh' dir in keine.«

»Daß ich dich fangen wollt', das bild' dir nit ein! Mir war nur um's geg'nseitig gute D'rauskommen. Gäbst du mir mein' Respekt, gäb' ich dir auch 'n dein'. Hätt'st du mit mir an Einseh'n, wurd' ich auch ein's mit dir hab'n. Du aber willst's anders, und so kann dir's auch werd'n! Du sollst nit umsonst die Gedanken in mir aufg'riegelt hab'n, wie mir Sünd' und Stand', jed's Unterkriechen und Verstell'n, all's was mich d'sieb'nthalb Jahr' her g'peinigt hat, erspart g'blieben wär, hätt'st du dich seinzeit nit in gleich herzloser, wie unnöt'ger Weis' dawiderg'setzt und damal schon zugeb'n, was d' heut' nit verhindern konnt'st! Du sollst mich nit umsonst erinnert haben an die Stund', wo ich mehr tot wie lebendig, die Stieg'n da herunterg'schlichen bin und zu unserm Herrgott gebet't hab', er möcht' mich'n Tag erleb'n lassen, wo ich dir dein' erbarmlose Hochfahrt heimzahlen könnt'. Derselb' Tag is hitzt da, und ich will dir weisen, daß er da is!«

Der Alte sah sie mit zusammengekniffenen Augen und breitgezogenem Munde an. »Was willst mer denn weisen! Du?«

»Was ich dir weis'? Dein Ausnahms-Ausnahm' af'm Hof da, dö werd' ich dir vertun.«

»Du unterstünd'st dich – ?!«

»Jed's weitere Wort spar'! Vergiß nit, wen d' vor dir hast! Ich brauch' mir von dir nix sagen z'lassen!« Damit kehrte ihm Helene den Rücken zu und schritt voran nach der Stube zurück, während der alte Sternsteinhofer mit geballten Fäusten, die eingezogenen Arme vor Wut schüttelnd, hinterdrein stapfte.

Der große Ärger tat aber weder seiner Eßlust noch seiner Trunkliebe Abbruch, sondern schien beide nur zu vermehren, denn ihm schmeckte kein kleiner Bissen und mundete kein mäßiger Schluck, so daß er, als die Gäste aufbrachen, mit kläglicher Stimme erklärte, daß ihn »nun schon d'Füß' verlie-

– 250 –

ßen und d'Augen nix mehr taugen wöllten«; die Schilderung seines Zustandes ließ man, als der Wahrheit gemäß, unangefochten, aber die Rechtfertigung desselben durch sein Alter wies man spöttisch zurück und einige Minderbejahrte meinten: heut' waren sie just so alt wie er, oder er so jung wie sie. Er erbat sich das Geleite Käsbiermartels, und der Lange mühte sich denn auch getreulich, seinem Schützlinge geweisten Weges über den Hof zu helfen; es gelang ihm, allen kleinen Fährlichkeiten auszuweichen, und wenn es bei größeren merkwürdigerweise fehlschlug, so bestand er sie einträchtig mit dem Freunde. Er rannte mit ihm gegen ein halboffenstehendes Scheunentor, und als dieses durch den Anprall ganz aufflog, so stürzten beide in taumelnder Hast dahinterher, so weit es sich in den Angeln drehte; ein paar Schritte weiter fielen sie Arm in Arm über einen umgestürzten, ausgemusterten Brunnentrog; von diesem einen »Verlauf« und andern »Fall« abgesehen, erreichten sie glücklich das Ziel, und da lallte an der Schwelle des Häuschens der Käsbiermartel: »Was bist du – du aber in dein' alt'n Täg'n – für – für a leichtsinniger Mon – gält's – könnt' mer dich heut' wieder – hint' – hint' im Wag'ng'flechtel hab'n ...«

Der alte Sternsteinhofer riß sich von seinem Begleiter los und versetzte ihm eins in die Rippen, daß er laut aufschrie. Aber trotz seiner Erbitterung vergaß der Käsbiermartel nicht, daß ihm doch noch obliege, den Alten unter Dach zu bringen; und so faßte er ihn denn neuerdings an, freilich etwas kräftiger, als just not tat, und unter Gefluche und Gepolter ging es die Treppe hinan, unter Gekrache und Geberste zur Kammertüre hinein; und da fand sich plötzlich der Käsbiermartel allein im Finstern. »Sternsteinhofer« – rief er halblaut –, »Sternsteinhofer! Wo bist denn? No, so meld' dich, dummer Kerl, ob d' da bist?«

Erst nach einer Weile antwortete aus einer Ecke her ein lautes Schnarchen. »Ah so«, sagte befriedigt der Lange, dann sah er nach dem leeren Bette, meinte: »Es wär' doch a Sünd'« und legte sich in dasselbe.

Früh am Morgen öffnete sich oben auf dem Sternsteinhofe ein Fenster der großen Stube, Helene beugte sich heraus und sah auf das Dorf hinab.

Ein leichter Flor lag noch da unten.

Langsam kam die Sonne im Rücken des Hügels herauf, und unten am Bache ward es licht.

Das Turmkreuz der kleinen Kirche brannte, die Häuschen und Hütten hauchten sich rot an, und einzelne Fenster erglühten.

Frisch wehte die Morgenluft.

Die Bäuerin strich einzelne Haarsträhnen, die ihr vor dem Auge fädelten, zurück.

Als sie nach der letzten Hütte sah, wo sie eine freudlose Kindheit verlebt, und nach dem Häuschen daneben, wo sie sich und andern zu Leid und Last gehaust hatte, da erfaßte es sie, gleich der bedrückenden Empfindung verworrenen Träumens; doch von hier oben verschmolzen die einzelnen Behausungen der Straße nach in eine helle Zeile und mit den grünen Hügeln dahinter und dem blauen Himmel darüber in ein freundliches Bild; das eigene Erlebte verblaßte vor dem Gedanken an das gemeinsame Drangsal und Elend, dem sie entronnen, und das von zutiefst da unten, am Fuße des Hügels, nicht hinanreichte zum Gipfel, von dem es ihr nun doch vergönnt war herabzuschauen, wie sie es einst in kindischer Seele gewünscht und ersehnt.

So hatte es sich doch gefügt!

Ein dankbares, fast andächtiges Gefühl überkam sie; dankbar, sie wußte es selbst nicht, gegen wen oder was; gegen die Sonne, die alles so warm und freundlich beschien, gegen die Luft, die über allem webte und sich regte, gegen das Dörfchen, die Halde, den blauen Himmel, gegen die ganze, schöne, prangende Welt – ? –

Sie faltete die Hände vor der Brust. Lange blieb sie so, plötzlich fuhr sie mit einem lachenden Schrei zurück. Der junge Bauer stand hinter ihr, er hatte sie mit beiden Händen unter den Achseln angefaßt.

22.

Monate verstrichen, der alte Sternsteinhofer und die junge Sternsteinhoferin liefen einander, sich nicht suchend, noch meidend, ungezählte Male über den Weg; wohl bemerkte er den mißgünstigen Blick, der ihn bei jeder Begegnung seitwärts streifte, ohne daß es ihn zum Nachdenken brachte, wie derselbe stets gleich und unverändert blieb, selbst, als er offen ein immer höhnischeres Gesicht dagegen kehrte. Hat sich halt ein bissel im Reden übernommen, die Neue, und dafür, daß es bei leeren Worten bleibt, ist er der – Alte!

Es war an einem heiteren Abende, als er auf dem ihm eigenen Wägelchen von Schwenkdorf, wo er den Käsbiermartel besucht hatte, heimfuhr; er ließ das Rößlein nach Gefallen des Weges trotten, schmauchte sein Pfeifchen und sah behaglich auf die langsam vorbeistreichenden Hütten und Bäume und Hügel. Als er in Zwischenbühel über die Brücke lenkte, rappelte sich unter einem Busche etwas empor, und obwohl er gar nicht abergläubisch war, so erschrak er doch, als er im Dämmer die Gestalt eines alten Weibes, die hagern Arme mit ausdeutenden Gebärden gegen ihn reckend, auf sein Gefährt zueilen sah; lautauf lachte er aber, als er in der Herzukommenden die alte Kathel erkannte.

»Halt auf!« rief sie halblaut. »Halt auf, Bauer!«

»Öh, Braun! No, was is denn los? Gebärd'st dich ja völlig, wie a Luftzauberin!«

»Sag'n muß ich dir was. Heilige Maria und Josef!«

»No, ruf' nit erst alle Heiligen an. Was gibt's?«

»O, Bauer, dächt' ich nit, daß ich a Unglück verhüt', wann d' so unvorbereit't dahinterkämst – «

»Hinter was, alte Hex'? Schneid' nit lang h'rum!«

»'n Geduldengel ruf' an, 'n Geduldengel, daß dich der Zornteufel nit unterkriegt!«

– 253 –

»Bei dir braucht mer schon a Legion Geduldengel. Na, ich sieh, dich hat was ganz aus'm Häusel g'bracht, also nimm dich z'samm, fang amal an z'reden!«

»'s wird dir was abgeh'n, wann d' heimkommst.«

»So?«

»Aber g'stohl'n is 's dir nit.«

»Was denn, in drei Teufelsnam'?!«

»Jesses, fluch' nit, nit jetzt schon, eh' d' noch was weißt!«

»Red du, so erspar' ich's Schelten.«

»Dein' eiserne Geldtruh'n – sie is dir nit g'stohl'n – «

»Mein' 's, dö steckt keiner in' Sack.«

»Aber wegg'führt is 's word'n.«

»Bist überhirnt? Wer sollt' mir an die g'rührt hab'n?«

»Die Bäuerin –.«

»Himmelherrgottssakkerment«, brüllte der Alte, »die Einschleicherin, die Diebin, an 'n Mein'm vergreift sie sich, die –«

Kathel faltete die Hände. »Um Gotteswillen, Bauer, schrei' nit so h'rum, sonst rennen d'Leut au'sm Ort herzu, oder mer hört's ob'n auf'm Hof, und 's kommen welche nachschauen; Zutrag'n is mein' Sach' nit, und wann mer mich da find't, werd' ich af meine alten Täg' noch davong'jagt. Laß' dir lieber sag'n, wie's zug'gangen is!«

»Red'!« keuchte er.

»Da warst kaum fort, so ruft die Bäuerin 'n Michl, 'n Wastl, 'n Heiner und 'n Seff und tragt ihnen auf, die eisern' Geldtruh'n aus dein' Ausgedinghäusel z'schaffen.«

»Wohin? Wohin?«

»In d' schöne Stub'n, wo s' ehnder g'west is und wo s' hing'hört, wie d' Bäuerin sich hat verlauten lassen.«

»Hat sie sich?« lachte der alte Sternsteinhofer grimmig. »Und hitzt steht's dort?«

Kathel nickte.

»Soll a kurze Freud' g'west sein. Wie ich h'nauf komm', werd' ich der saubern Bäuerin mein' Meinung sag'n, und heut' noch, hitzt gleich an der Stell' muß mer all's wieder in alten Stand! Und dö vier Deppen, was blindlings an fremd's

– 254 –

Eigen d Hand anleg'n, dö will ich orndlich schuriegeln, daß s' an mich denken soll'n, wie können sie sich untersteh'n – ? –«

»Mein, was wollten s' machen? Denselben war's g'schafft. Hat eh' a G'schlepp' und Rackern dabei abg'setzt, daß ihnen der helle Schwiz über'n Körper g'loffen is.«

»Hehehe! Glaub's schon. G'schieht ihnen recht, und dasselb' Nämliche können s' gleich wieder zum Verkosten anheb'n; denn ehnder ruh' ich nit – und sollten s' d'halbe Nacht dazu brauch'n –, bis d' Kassa an ihr'm alten Ort steht.«

»Schau', hab' a Einseh'n, 'm Wastl, dem armen Hascher, is s' mit der ganzen Eisenschwer'n af'm Fuß g'fall'n, brüllt hat er wie a Ochs und einbeinlet hab'n s' 'n vom Fleck g'führt.«

»Hehehe! Hat einer dabei was abg'kriegt? Das is mir lieb und leid, daß 's nur der eine war! Hehehe, der wird sich's d'ermerken! Mein' schon auch, wann einer mit 'm Läufel unter paar Zentner g'rat't, daß er alle Engeln singen hört und nachplärrt, wann's auch nit so schön ausfallt. Hehehe! Schade nix so a Denkzettel. Geh' krump, Lump! Hehehe!«

Mitten in dem lauten Jubel über den Unfall des Knechtes besann sich aber der Alte, wie ganz kindisch und aus seiner eigenen Weis' das sei, er legte das Gesicht in ernste Falten. »Teufl«, murmelte er, »so weit wird's doch nit schon sein mit dir – du, Sternsteinhofer –, daß d' däppisch wurd'st?! Kam 'n andern recht, dir Herr z'werd'n. Ah, nein, fein g'scheit!« Er rückte ein wenig auf dem Kutschbocke zur Seite und sagte zur alten Schaffnerin: »Steig' auf! Woll'n mer gleich der Bäuerin unter d'Augen!«

»Wo denkst hin?« fragte erschreckt Kathel. »Der hab' ich ja g'sagt, ich wollt' af a paar Stündeln zur alten Matznerin; 's selb' hab' ich mir ausgebeten und schon a schöne Weil' mit'm Warten af dich verpaßt. Zeugschau leist' ich dir keine und brauchst doch auch keine. Hitzt muß ich mich nur schleunen, daß ich zu der in's Ort triff, damit ich sag'n kann, ich wär' dort g'west, wann d'Red d'rauf käm'. Gut' Nacht, Bauer, sieh' dich für und tu' nit unüberlegt!« Sie eilte an dem Wagen vorbei über die Brücke, dem Dorfe zu.

Der alte Sternsteinhafer schwang die Peitsche und hieb auf das Pferd ein, dieses jagte in Sprüngen den Hang hinan und riß das Wägelchen hinter sich her. Im Gehöft angelangt, fuhr er gerad'zu auf das Haus los und fast in die Gruppe dreier Bursche hinein, die vor der Türe plaudernd standen. Zwei nahmen lachend Reißaus, der Dritte, der, die Hände in den Hosensäcken, einen Sprung hinter sich getan, um den Rädern auszuweichen, blieb lässig und gleichmütig stehen.

»Was laufen denn dö?« höhnte der Alte, mit der Peitsche nach den Wegeilenden deutend.

»Weil s' Letfeig'n sein,« sagte der Bursche.

»Und du, Lump, b'haltst vielleicht a gut G'wissen, wann d' an einer Dieberei teilnimmst, und trau'st dich noch, mir in's G'sicht z'trutzen!?«

Der Knecht zuckte die Achseln.

»Kein Red' bin ich dir wert? Na, wart', dafür lehr' ich dich Sprüng' machen!«

Schon hatte der Alte mit der Peitsche zum Schlage ausgeholt und der Knecht die Arme abwehrend vorgestreckt, da trat die Bäuerin aus dem Flur. »Wie er dich schlagt, Heiner«, rief sie, »schlag' du nur z'ruck! Das brauchst dir nit g'fallen z'lassen. Du hast nur getan, was dir is auf'gtrag'n g'west.«

Da ließ der alte Bauer die Geißel hinter sich in's G'rät fallen und kletterte mit vor Wut bebenden Gliedern mühsam vom Wagensitz herab. »Du – Du –«, stöhnte er mit versagender Stimme, »hetz'test 's G'sind auf, sich an dein's Mann's leiblichem Vadern zu vergreifen? – Wo is der Toni?«

»Ob'n auf seiner Stub'n, durch's offene Fenster hört er jed's Wort, was wir da reden, und wann er mir was wehren oder verweisen will, bracht er nur'n Kopf h'rausz'stecken. Den Respekt, der dir als mein's Mann's leiblichem Vader zukäm', gäbet ich dir gern', wollt'st nur du da af'm G'höft nit mehr wie ein solcher bedeuten, aber ein' Neb'nherrn kenn' ich nit und, daß du von unserm G'sind züchtigen willst, wer g'horsamt, das leid' ich nit!«

»Kenn' ich nit – leid' ich nit – «, spottete der Alte nach.

– 256 –

»Oh, du –! Hast aber recht, was brauch' ich dem Kerl da erst über'n Grind z'fahren? Ledig an dich hab' ich mich z'halten. Und nit als Neb'nherr, als mein eig'ner und als Herr auf und von mein'm Eig'nem frag' ich, was hast du drauf zu suchen, was hast du mir davon z'verschleppen?«

»Schau', schau', du weißt das schon, bevor d' noch d'Augen in deiner Stub'n hast h'rumgehen lassen? No, das Ratsel is nit schwer z'raten; den Weg, den d' kommst, is kein's g'gangen wie d' alt' Kathel, dö Zutragerin.«

»Dös is a Eh'rnweib und af'm Hof alt word'n.«

»Und wann ich will, wird s auch kein Tag älter d'rauf.«

»Du jagest s' fort?« knirschte der Alte.

»Wann s' dir g'sagt hätt', was du nit erfahren durft'st, b'sinnet' ich mich kein' Augenblick, weil s' dir aber nur g'sagt hat, was ganz unverborgen bleibt, is mer d' Sach' nit so viel Aufhebens wert. G'hörig rüffeln werd' ich mir s' weg'n ihrer Hinterhaltigkeit, weiter nix.«

»Ja, hab' d' Gnad' und dann sei auch so gut und laß' mer nur gleich morg'n wieder mein' eisern' Schrein dorthin schaffen, von wo d' 'n heut hast wegschleppen lassen.«

»Dös weniger. Der bleibt, wo er is.«

»Vorenthalten tät'st mir's, Diebin?« brüllte der alte Bauer, die Faust gegen das Weib erhebend, das einen Schritt zurückwich, nicht vor der Bedrohung, sondern vor dem Schimpf. Er ließ den Arm sinken und knurrte höhnisch: »Meinst, hast was davon, dumme Mirl? Fehlt dir nit der Schlüssel? Den folg' ich dir nit aus!«

»Den b'halt nur«, sagte trotzig Helene. »Ich will a Ordnung, nit das Deine! Der Schrein is bei uns gut aufg'hob'n und der Schlüssel bei dir. Du bist a alter Mann, wie leicht versperrest amal nit, verstreuest selb'n was, oder a fremde Hand greifet zu, dann mußt' 's Oberste z'unterst g'kehrt werd'n, mer hält' d' Standari af'm Hof und 's ganz G'sind' im unb'schaffenen Verdacht. Besser bewahrt, wie beklagt! Wir langen dir nit h'nein, aber 's is nit mehr als billig, daß wir wissen, wozu du hineinlangst; du könnt'st auch aus Vergessen ohne G'schrift

Käuf' und G'schäften abschließen, dich betrügen lassen, und am End' wüßt' mer nit, wo's Geld hinkämma is, ob d' Gläubiger, die sich melden, auch rechte sein und wo mer d' Schuldner z'suchen hat, d' rum g'hört der Schrein hin, dort wo er hitzt steht, und er is nit's Letzte, was mer in Obhut nehmen muß, wann d' es so weiter fort treibst. Schau 's an, 's arme Roß, da steht's noch und kommt kaum zu ihm von dem Hetzen, wie d' d' Steil'n h'raufteufelt bist; wenn d'Roß und Rind vorabsäumst, so kann mer das unschuldig Vieh nit drunter leiden lassen und müßt 's halt auch in unsere Ställ' einstellen.«

»Du nahm'st mer auch noch mein Vieh?«

Die Bäuerin kehrte den Rücken und schritt in den Flur, einen Blick tat sie noch über die Achsel nach dem Alten, und obwohl dieser in der Dunkelheit den Ausdruck, der in demselben lag, nicht zu Unterscheiden vermochte, so empfand er ihn doch als eine ebenso entschiedene, wie verhöhnende Bejahung seiner Frage.

»Oh, du!!«

Er schrie auf, und dann, beide aneinandergepreßte Fäuste in einem gegen die Wegschreitende schüttelnd, keuchte er: »All's – all's – nahm'st mer? – Dafür nimm ich 'n Seg'n – von Haus und Hof und Grund! – Von Haus – und Hof – und Grund!«

Taumelnd schritt er seinem Ausgeding zu. Nachdem die braune Stute einen Augenblick nachdenklich gestanden, hierauf, wie von Fliegen beunruhigt, nachdrücklich den Kopf geschüttelt hatte, folgte sie bedächtig mit dem Wägelchen nach. Es war in der darauf folgenden dritten Nacht, der Mond schien in die Schlafstube, der junge Sternsteinhofer gähnte im Bette, und die Bäuerin fragte aus dem ihren nach dem seinen hinüber: »Du Toni?«

»Was?« murmelte er.

»Hast du die letzten Nächt' her g'schlafen?«

»Wie a Ratz'.«

»Hast nix g'hört?«

»Kein' Laut. Was sollt' ich denn?«

»War vielleicht nur a Einbildung von mir.«

»Wird schon sein.«

»Oder alleinig mir z'hören b'stimmt.«

»Dös is nur wieder a andere. Schlaf, los' nit auf, hörst nix. Gute Nacht!«

»Gute Nacht, Toni.«

Beide kehrten sich der Wand zu, es dauerte aber nicht lange, so drehte sich die Bäuerin wieder herüber, sie hob den Kopf und stützte ihn mit dem Arme und sah sich in der Stube um; milchweiß glänzte es von der Ecke her, wo das Gitterbettchen stand, in welchem der sechsjährige Muckerl und die anderthalb Jahre alte Juliane schliefen, die volle Mondscheibe beschien den Kindern das Gesicht.

Helene erhob sich rasch, sie eilte hin und verhing das Gitter mit Tüchern, damit die Kleinen nicht schwere Träume bekämen oder gar mondsüchtig würden.

Die Kinder hatten die Decke hinuntergestrampelt und lagen nackt. Helene betrachtete den kräftig entwickelten, gesunden Knaben, tippte ihm sachte auf die Wange. »Bist mein sauberes Bürschel, du«, sagte sie und, als zufällig in dem Augenblicke das kleine Mädchen eine greinende Miene zog und das Pätschchen gegen das Auge führte, fuhr sie begütigend fort: »Nein, nein, du auch bist mein schön's Dirndl.« Sie breitete die Decke über beide und schritt nach ihrem Lager zurück. Nahe demselben schwang sie sich plötzlich mit einem Sprunge hinauf und saß aufrecht und lauschte.

Da war es wieder, was sie schon zwei Nächte beunruhigt hatte, was sicher nur ihr zu hören bestimmt war, weil doch sonst niemand etwas darüber verlauten ließ. – Wie aus weiter Ferne, leise, doch deutlich, als liefe es innerhalb der Mauer hinan, für kurz aussetzend, dann hastiger wiederkehrend, scharrte und pochte es; heute aber war das Poltern ärger wie in den beiden Nächten zuvor.

Ein leiser Frost schüttelte die Bäuerin.

Welcher Spuk wollte sich da einnisten und ihr das Heim ver-

leiden? Rumorte die alte Kleebinderin, der sie den Tod gewünscht, oder der Muckerl, der ihr die Untreu' nachtrug,
oder die Sali, an deren Stelle sie sich gesetzt?

Wohl war sie nach ihrem Ziele über diese dreie hinweg-
geschritten, aber sie hatte dabei keines mit dem Fuße gesucht,
und daß die im Wege gestanden, wie ein ihr von ihnen zuge-
fügtes Leid empfunden; sie achtete diese Rechnung, Posten
durch Posten, aufgehoben, wer oder was wollte nun mit einem Male, gleichsam eines unbeglichenen Restes halber, an
sie heran?

Nein, nein, weder die Kleebinderin noch der Muckerl vermochten da auf dem Sternsteinhofe »umzugehen«, wo sie nie
heimgesessen waren; die mußten, wenn es sie nicht in der
Erde litt, auf dem Kirchhofe »geistern« oder in dem Häuschen, wo sie hausten und starben, hier oben nicht. Es konnte
nur die selige Bäuerin sein! Warum aber, wenn die ihr,
Helenen, etwas wollte, kam sie nicht in diese Stube, wo sie die
längste Zeit vor ihrem Ende zugebracht, an dieses Bett, in
dem sie die Augen schloß?

Ein jähes Grauen rüttelte Helenen zusammen, sie setzte die
Füße auf die Diele und trat von der Liegerstatt hinweg.

Der Spuk will sie allein an einen einsamen Ort laden und
wird nicht eher sich zur Ruhe geben und immer drängender
und ungestümer werden, bis sie gehorcht und Folge leistet
und dahin geht, wohin er sie verlangt!

Nichts blieb über, um wieder Fried' ins Haus zu bekommen,
als gern' oder ungern' ihm »nachzuschauen«, was es auch sein
mag und kann! Doch vor dem Ärgsten, daß sich das Gespenst
an einem vergreife, konnte man sich ja schützen, und nicht
alle Tage kriegt man Geister zu sehen und erfährt dabei sicher
Dinge, wovon nicht jeder weiß. – Ist's die vorherige Bäuerin,
so soll sie sagen, ob sie eine Sorge auf Erden zurückgelassen,
darüber sie nicht zur Ruhe kommt, ob für ihr Seelenheil etwas zu tun, oder ob sie aus Bosheit und Abgunst so »rumo-
re«; der Sorg' soll sie entledigt und erlöst werden, was für eine
arme Seele geschehen kann, soll geschehen, aber den Polter-

und Plagegeist würde man auch auszutreiben und hinwegzu-
bannen wissen! Nicht das Geringste will sich die derzeitige
Bäuerin gegen die vormalige vergeben, und stiege die gleich
unter Kettengerassel als leibhafter Höllenbrand aus dem Boden auf! O, sie soll es nur kundgeben, was sie will, und auf
Ansprache muß sie ja Rede stehen und das lieber gleich, ehe
einem der Graus über den Kopf wächst und man noch der
Sinne und der Zunge Meister ist.

»Alle guten Geister loben Gott, den Herrn, sag' an, was is
dein Begehr'n?«

Noch einmal wiederholte Helene flüsternd den Spruch, dann
begann sie, schwer aufseufzend, ihre Kleider überzuwerfen.
Als sie die Strümpfe angelegt hatte, schlich sie zu dem
Wäscheschrein, zog behutsam eine Schublade auf, aus der sie
eine geweihte Wachskerze nahm; im Vorüberhuschen ergriff
sie ihre Schuhe, und mit einem scheuen Blick nach den Schlaf-
stellen des Mannes und der Kinder öffnete sie die Türe. Deut-
licher schlug das unheimliche Geräusch an ihr Ohr. Zögernd
stand sie einen Augenblick, dann strich sie mit einem Zünd-
holz über die Mauer, entflammte die Kerze, nahm einen der
geweihten Zweige, die über dem Weihwasserbehälter hingen,
an sich, und nachdem sie die Finger in das Naß getaucht und
sich dreimal bekreuzt und besprengt, verließ sie die Stube.
Die Kerze und den Zweig zwischen den Fingern der Linken,
unter demselben Arme die Beschuhung, und mit der freien
Rechten das Licht schützend, eilte sie über den Gang nach der
Treppe, dort schlüpfte sie in die Schuhe und stieg dann bedächtig Stufe um Stufe hinab.

Im Flur hörte sie das Gepolter wie aus der Erde herauf-
schallen; um ihm nachzugehen, mußte sie also hinunter in das
Kellergeschoß.

Hundegeheul tönte vom Hofe her.

Sie preßte die Hand ganz oben gegen das Brustblatt, denn bis
zum Halse hinauf schien ihr das Herz zu schlagen. Sie ging
ein paar Schritte vor und lehnte sich an einen Haustürpfosten
und starrte hinaus in die schweigende mondhelle Nacht.

Unweit stand ein großer Hund, in braunem, schwarzgefleckten Felle, der seine mächtige Schnauze gegen den Himmel gerichtet hielt und zeitweilig langgezogene Töne ausstieß, die sich kläglich genug anhörten.

»Tiger«, rief die Bäuerin halblaut.

Das Tier wandte den Kopf und kam sofort in ungelenken Sprüngen schweifwedelnd heran.

Helene faßte den Hund am Halsbande, um ihn in den Flur hereinzuziehen; er kam ihr zuvor und hüpfte ungeschlacht um sie her und äugte dabei so dumm gutmütig wie immer, und kein Haar seines Felles war gesträubt; Orte aber, wo es nicht geheuer, machen Hunde fürchten und Pferde scheuen.

Tiger schnüffelte gleichmütig an der Kellertreppe, doch als die Bäuerin sich anschickte, hinabzusteigen, schoß er eilig voran.

Helene warf den geweihten Palmkätzchenzweig hinter sich, Gespenster waren keine um die Wege, »lebige« Leute trieben da irgendeinen Unfug und zwar welche, die zum Hause gehörten, das war deutlich dem Gehaben und Gebaren des Hundes zu entnehmen.

Sie hatte die Hälfte der Treppe zurückgelegt, da ward es unten lebendig; sie hörte in rascher Aufeinanderfolge einen Aufschrei, ein dumpfes Schelten, einen Prall gegen die Mauer wie von einem Steinwurfe und das Angstgeheul des Hundes; dann kam Tiger die Stufen heraufgejagt, fuhr an ihr vorüber, unaufhaltsam über den Flur hinaus in den Hof.

Helene stieg rasch vollends hinab und trat in das Kellergewölbe.

Fast wäre ihr wieder aller Mut gesunken. Sie fand sich allein in dem weiten Raume. Die Wände, die Umrisse der Fässer und wenigen Gerätschaften, die da untergebracht waren, schwankten in dem unsichern Lichte der Kerze, die sie in zitternder Hand hielt, und vom anderen Ende her, nahe der Mauer, blinkte ein Licht aus einer Laterne; die stand an der Erde und aus dieser wuchsen zwei Hölzer, mit einem Querbalken verbunden, wie man den Galgen aufgemalt sieht.

Nun stöhnte es von dorther, eine Hand erhob sich aus dem Boden und ein Kopf mit ergrauendem Haar, auf einem Stiernacken sitzend ...

Da war es vorbei mit all' und jedem Spuk, der Galgen war das Ende einer Leiter, die über eine Grube herausragte; an deren Rande stand die Laterne, und nahe auf einem Hügel ausgehobener Erde lag ein Grabscheit, und bis zu den Schultern stak der alte Sternsteinhofer da in der Tiefe und schlug mit dem Eisen gegen die bloßgelegten Steine des Grundmauerwerkes. Was für ein Absehen hatte er damit?

Knapp hinzutretend, fragte die Bäuerin: »Was machst denn da?«

»Jesus, Maria«, ächzte der Alte, zugleich sanken ihm die Arme, und entglitt ihm das Werkzeug, er taumelte rücklings gegen die Wand und starrte wie irr' und verloren nach Helenen.

»Ich frag', was du da machst«, wiederholte diese.

Indessen hatte er den jähen Streck verwunden. Er lächelte sie boshaft an. »Was ich da mach', möcht'st wissen?«

»Ja.«

»Hm! Hehe! Was ich da mach', – was ich da tu'? Jo, hehe«, – er sagte das unter einem verlegenen Lachen gleich dem eines Knaben, der über einem Streich ertappt wird, auf dessen Überlegenheit er sich etwas zugute tut – »no, 's Glück grab' ich euch da aus.«

Helene sah ihn mit großen, verständnislosen Augen an.

»In welcher Weis', meinst wohl?« fuhr er fort und sah mit zwinkernden Lidern zu ihr auf, den offenen Mund verziehend, daß die blanken Zähne zum Vorschein kamen.

»Mein' Sternstein hol' ich mir au'sm Grundg'mäuer.«

»Du Dieb, du pflichtvergessener Dieb!« schrie das Weib. »Das wirst du bleiben lassen. Das Haus ist unser, wie's liegt und steht, und daran zu rühren hast du kein Recht nimmer. Es is nit um 'n Sternstein, daß du's nur weißt, gar nit, aber's ganz' Gebäu könnt' ein'm über'm Kopf z'sammstürzen, wann du's untergrabst. Gleich steigst h'rauf!«

– 263 –

»Wie ich mich schon eil, weil du s sagst!«

»Vor d'G'richt kann dich das bringen, verstehst?«

»Vor d'G'richt meinst?« höhnte er und hob die Haue und führte einen Schlag, der im Gewölbe widerhallte.

»Halt' ein wenig noch ein«, rief die Bäuerin, »nur paar Wort' hör' an! Du denkst, vor'n Richter brächten wir's wohl nit, um uns selber kein' Schand' z'machen, und darein kannst recht hab'n, aber ich weiß da viel kürzern Prozeß z'machen.«

»Holst 'leicht 'n Toni«, lachte der Alte, »schau'n dann halt zwei zu.«

»Ich bin keine, die sich nit selb'n z'helfen weiß.« Damit nahm sie rasch die Laterne vom Boden auf, löschte das Licht, nahm dann die Kerze heraus und warf sie weit im Bogen hinter sich nach einer Ecke. »So! No, sei g'scheit und steig' h'rauf und komm' mit; für heut' in der Finstern wirst wohl's Suchen einstellen müssen, und daß d' weder morgen noch sonst'n Tag wieder damit anhebst, werd' ich'n Keller fortan versperrt halten und d'Schlüssel zu mir nehmen.«

Der alte Mann erwiderte nichts, er lehnte reglos und sprachlos an der Mauer; als ihm aber vor ohnmächtiger Wut Tränen in das Auge traten, da barg er plötzlich das Gesicht zwischen den Händen und begann bitterlich zu weinen.

Erstaunt trat die Bäuerin einen Schritt näher. »Bist du ein Kind? Sei doch nit einfältig wie ein solch's, das man sein' Bosheit nit ausüben läßt. War dein Führnehmen was anderscht? Denk' du d'ran, wie der Sternsteinhof noch nit so benannt war und du, noch jung, ihn von dein'm Vadern überkommen hast, wenig größer und reicher als hundert andere; daß er derzeit ein's von dö größten Anwesen im Land vorstellt, verdankt er deiner Arbeit und dein'm Wirtschaften, und hitzt wöll'st du mit selbeigenen Händen, was du aufg'baut, niederreißen? Das vermöcht'st du, während ich kein' andere Sorg' kenn, als daß der Toni sich eher z'zehren wie z'mehren anschickt, und kein' andern Gedanken hab', als wenigst all's so z'sammz'halten, daß amal der künftig' Eigner kein Furchen Grund, kein Stück Vieh, kein' Ziegel af'm Dach minder vorfind't, wie du dein'm Sohn, sein'm Vadern, übergeben hast! Du sollt'st dich wohl vor mir – ein'm Weib - schämen, wann d' schon d'Sünd nit' fürcht'st, vom Haus z'nehmen, was ihm Glück g'bracht hat und, wie d' selber glaubst, noch bringt!«

Die Bäuerin schien denn doch, trotz ihrer leichtfertigen Red' von vorhin, etwas von den guten Eigenschaften des »Sternsteins« zu halten.

Der Alte stand noch immer gesenkten Hauptes in der Grube, jetzt stöhnte er auf und murmelte: »Weder daß ich mich scham' noch a Sünd' fürcht', aber« – er preßte es zwischen den Zähnen hervor – »geh voran!«

Die Sprossen der kurzen Leiter standen weit voneinander ab, und mit seinen wankenden Beinen half er sich mühselig genug daran empor. »Rühr' mich nit an«, schrie er, als Helene den Arm nach ihm ausstreckte.

»Sei nit töricht«, sagte sie, »laß dir helfen! Es g'schieht dir nit z'lieb', noch z'Schimpf. Dir steckt noch von vorhin der Schreck in 'n Gliedern, und dö woll'n nit vorwärts, ich aber hab' da mehr kein' Zeit zu verpassen, und auch du wirst froh sein, wann d' vom Ort kommst.«

Nachdem sie ihm aus der Grube geholfen, nahm sie Haue, Grabscheit und Laterne an sich und schritt voran; auf der Kellerstiege hielt sie die Kerze etwas hinter sich und machte den Alten auf schadhafte Stufen aufmerksam.

Im Flur blies sie das Wachslicht aus. »Soll ich dir das h'nübertrag'n?« fragte sie, den mit Geräten beschwerten Arm hebend.

Er schüttelte den Kopf, nahm ihr das Grabzeug und die Laterne ab und schritt langsam von ihr hinweg.

Sie versperrte die Kellertüre.

Nach wenigen Schritten blieb der Alte stehen, er sah nach der Bäuerin zurück und murrte: »Hum?«

»Was denn?«

»Wer schütt' d' Grub'n zu?«

»Ich verricht's schon.«

»Du?«

»Kannst dich verlassen.«

»Sagst auch neamd was?«

»Neamad.«

»Auch'm Toni nit?«

»Auch'm Toni nit. 's braucht kein's d'rum z'wissen.«

Noch einmal hob der Alte den Kopf, sie großäugig anblikkend, dann kehrte er sich ab und ging.

Grabscheit und Haue unter seinem zitternden Arme schlugen klirrend gegeneinander, als er über den Hof schritt, und eilig flüchteten vor ihm die Hofhunde »Tiger« und dessen Kamerad »Türkl« an das andere Ende des Gehöftes.

Da die Bäuerin dem alten Sternsteinhofer ihre Überlegenheit hatte fühlen lassen und dieser eine zu tiefe Demütigung empfand, die nichts Geplantes sondern nur ein günstiger Zufall wett machen konnte, so legten die beiden einander vorläufig nichts weiter in den Weg, und es trat eine Waffenruhe zwischen ihnen ein; daß sie aber – und wie bald – vollen Frieden schließen würden, das hatten sie nicht gedacht.

23.

Bisher hatte es dem jungen Sternsteinhofer Spaß gemacht, zu den jährlichen Waffenübungen einzurücken, es war das doch für paar Wochen ein »Anderes«, man kam aus allem Gewohnten heraus; es gaudierte ihn, mit dem Gelde herumzuwerfen und sich von den armen Teufeln anstaunen zu lassen, die mit ihm in Reih' und Glied standen, und sie außer demselben trunken zu machen und zu allerlei Unfug anzustiften, den sie hinterher oft schwer genug zu verbüßen hatten, während man bei ihm, wo es irgend anging, ein Auge zudrückte, oder ihn wenigstens so glimpflich als möglich durchwischen ließ. Es konnte ihm gar nicht fehlen, daß er nächstens zu den Unteroffizieren aufrückte, denn diese gönnten schon lange den Gemeinen seine Kameradschaft nimmer, die für lustige Brüder und durstige Kehlen so vielverheißend war; und sie rapportierten über ihn als den besten Mann, der je unter ihnen im »Zuge« gestanden. Freilich konnte ihm diese bevorstehende Kameradschaft ein gutes Stück mehr kosten als die bescheidene frühere, aber er hatte es ja. Toll und liederlich trieb er es jedes Jahr diese Zeit über, die er seinen Fasching nannte, und hegte nicht den leisesten Wunsch nach einer Änderung in dieser Hinsicht; und es waren wohl wenige im Lande, welche mit gleicher Befriedigung wie er die Einberufungs-Bollette empfingen, vielleicht nur einige Allerärmste, die sich im Übungslager besser verpflegt wußten als daheim. Nun kam ihm aber ausnahmsweiser Zeit eine Ordre ins Haus, die ihn zu seinem Regimente abberief, und da geschah es doch, daß er sie mit allen »Himmelherrgottssackermenten« und »Heiligkreuzdonnerwettern« empfing; denn es verlautete allerwärts, und die Zeitungsblätter erzählten davon, daß irgendwo da unten im Reich halbwilde Leut' sich gegen den Kaiser aufgelehnt hätten und nun die Soldaten dorthin mußten, sich mit denen herumzuschlagen.

– 267 –

Himmelherrgottssackerment! Kämen Feind von fremd her über d' Grenz', so wollt' er ihnen wohl 'n Weg weisen und heimleuchten helfen, der Sternsteinhofer-Toni; aber Kriegs halber extra aus'm Land laufen, wo außerhalb mer nix z'suchen hat und nix z'finden is, das hatte für ihn keinen Sinn. Soll'n h'raufkommen die notigen Kerle, wenn sie was wollen, möcht' mer bald mit ihnen fertig sein! Aber ihnen 'n Karst h'nauf nachjagen, den Schuften, die d'Wehrlosen verstümmeln und verschänden sollen ... Heiligkreuzdonnerwetter!

Doch es war nichts zu tun als zu gehorsamen, und so fuhr denn der Toni, als es an der Zeit war, vom Sternsteinhofe weg. Helene, welche ihn nach der Kreisstadt begleiten wollte, saß mit den beiden Kindern im Wagen, und er hatte auf dem Kutschbocke neben dem Knechte Platz genommen und lenkte, um sich unnütze Gedanken fern zu halten, die Pferde.

Es war ein trüber Tag, unter grauen Regenwolken trieben wallende Nebel an den Bergeshöhen dahin. Als der Wagen über das Pflaster der Stadt rasselte, fleckte dieses schon von den ersten fallenden Tropfen, und als er das Bahnhofsgebäude erreichte, strömte es in stoßweisen Güssen vom Himmel nieder.

Der Bauer warf dem Knechte Peitsche und Leitriemen zu. »B'hüt' dich Gott, Heiner«, sagte er.

»B'hüt Gott, Bauer! Schau' dazu, daß d' uns fein wiederkimmst!«

»Sorg' nit«, rief Toni noch zurück, als er mit Weib und Kindern, denen er aus dem Wagen geholfen, unter dem Tore verschwand.

In der Halle reichte ihm die Bäuerin erst den Knaben dann das Dirnlein zum Kusse hinauf, nun hing sie selbst an seinem Halse.

Er hatte die Kleinen rasch wieder weg und auf ihre Füßchen gestellt, jetzt machte er sich aus der Umarmung Helenens frei. »Laß's gut sein, mach' dir nit unnötig 's Herz schwer, du weißt, ich mag solche G'schichten nit leiden.«

Er drückte ihr die Hand und ging, um in den Wagen zu steigen.

Als sich der Zug in Bewegung setzte, winkte er noch einmal flüchtig mit der Hand aus dem Fenster, dann trat er von selbem zurück – und war fort!

Die Bäuerin erinnerte sich später oft an diesen Augenblick. Alles Fauchen der Maschine, alles Kettengeklirre und Rädergerassel erstarb in dem Gebrause der stürzenden Wasser, die wie ein wehender Vorhang über die nächste Umgebung fielen, so daß unweit der Halle die Schienen sich im fahlen Grau verloren, und dahinein glitt wie lautlos und richtlos der Zug und verschwand ohne Spur.

So hauste nun die Sternsteinhofbäuerin allein auf dem großen Anwesen. Sie kam damit schlecht und recht zustande, die Nachbarn waren freundlich und das Gesinde willig; denn Helenens Lage erachtete man als ein hartes Müssen und in keinem Vergleich zu der Tonis, der mutwilligerweis' den Alten verdrängt und sich unberaten als Herrn aufgespielt hatte, den man mit rückhältiger Genugtuung gerne in Verlegenheit stecken ließ, wenn nicht gar aus Bosheit in solche setzte. Der Bäuerin gegenüber ließ man es an keiner Wohlmeinung fehlen.

Der Reif begann sich auf den Wiesen zu zeigen und das Laub auf den Bäumen zu vergilben, und unter der langen Zeit war nur ein Schreiben von fremder Hand auf dem Sternsteinhofe eingetroffen, das von Toni Nachricht brachte; der junge Bauer hatte dasselbe, in offenbar mißlauniger Stimmung, einem schreibfertigen Kameraden in die Feder diktiert; er berichtete kurzweg, daß er – Gott sei Dank – guter Gesundheit sei, aber die Rackerei bis an den Hals satt habe und kaum glaube, das Ende davon erwarten zu können. Selbst zu schreiben fände er keine Zeit und käme ihm ungelegen.

Weitere Botschaft blieb aus, aber diese in ihrer Kürze und Schneidigkeit ließ seine Leute sowie das Gesinde erwarten, er werde mit einmal ins Haus fallen, eh' wer einen Gedanken daran hätte!

An einem sonnigen Nachmittage, als die Zwischenbüheler vom »Segen« heimgingen, verließ die Sternsteinhofbäuerin

unter den letzten die Kirche; nachdenklich stieg sie die breiten Stufen vor derselben hinab, vor ihr hastete nur mehr ein altes Mütterchen in zappeliger Unbeholfenheit hinunter, sie erkannte in demselben die Matznerin, holte sie ein, leitete sie und brachte sie ungefährdet auf ebenen Boden. »Je, je«, lächelte die Alte, »wie du gut bist, Bäuerin. Vergelt dir's Gott!«
»Nix z'danken, gern gescheh'n. Aber sag' mir nur, eilt's dir so?«
»Ei, freilich, ich muß ja zu meiner Sepherl hoam.«
»Was is denn mit der? Ich hab' s' d'längste Zeit nimmer g'seh'n.«
»So is's dir nit z'Ohren kämma? Beim Grummetschneiden in albern' Necken hat dös dumme Mensch – der arme Hascher – einer andern in d'Sichel 'griffen und sich d'Hand arg zerschnitten, und hitzt hab' ich s' daheim sitzen; sie kann nix verdienen, und was richt' ich, was mer kaum kral'n kann?«
Die Alte sah Helenen mit feuchten Augen an.
»Warum seid's auch nit gleich zu mir kommen, wie das g'schoh'n is?« fragte diese.
»Hätt' mer därfen?«
»Ich denk', 's wär nix B'sonder's, wann's mir vertrauets und ich euch aus alter Freundschaft hilf.«
Die Matzner hustete verlegen. »Ich hab' wohl gleich an dich denkt, aber sie wollt's nit leiden.«
»Dalket g'nug von ihr.«
Die Alte nickte, dann sagte sie mit zutraulicher Geschwätzigkeit: »Du stellst dir's nit vor, Bäuerin, was für a Kreuz ich mit derer Dirn' hab'! Sie hat amal kein Glück af der Welt, und no verscherzet' s' gar dargebotene Hilf'! Warum s' dir nit kommen wollt', denkst dir wohl, wirst's ja g'merkt hab'n, wie ihr dein Seliger ins Herz g'wachsen g'west is? Aber ihm war an ihr nix g'legen. No, mach' einer ein' Knopf, wo der Schnur 's andere End' fehlt!«
Die Bäuerin senkte nachdenklich den Kopf. »Ich will mit der Sepherl nit d'rüber streiten, ob er's mit ihr nit besser g'troffen hätt', 's war sein' Sach' und – wann ja – sein Schaden; aber das sein alte G'schichten, Matznerin, die mehr nimmer her-

g'hören. Sag' ihr, ich ließ sie grüßen, und wann s' wieder heil
is, soll sie sich anschau'n lassen bei mir. Ich gäbet sie gern als
Aushelferin der alten Kathel bei, und wann s' anstellig is, wer
weiß, was sich noch schickt. Bis dahin komm' du, wann's
euch an was fehlt, ich helf' dir aus, das geht sie nix an. Du bist
doch nit z'stolz?«
Das alte Weib schied mit tausend Dankesbezeugungen von
der Bäuerin.
Als Sepherl von dem »großen Glück«, das ihr bevorstünde,
und von der Unterstützung, die ihrer Mutter zuteil werden
sollte, erfuhr, sagte sie: »Du magst von der Sternsteinhoferin
nehmen, was du kriegst und was sie dir vermeint; dir möcht'
ich nit zumuten, du sollt'st dir ein' Abbruch tun noch ihr ein
christlich Werk verleiden; aber ich nehm' nit 's Geringste von
ihr, und unter ein'm Dach mit ihr z'hausen, das brächt' ich nit
zuweg'. Versteh' mich auch recht, meinerwegen trag' ich ihr
nix nach, obwohl vielleicht allein mein Unglück war, daß sie
gleichzeitig mit mir und an ein'm Ort af der Welt g'wesen is;
aber wie s' an ihm g'handelt hat, der mir der Liebere war als
ich mir selber, das mag ich ihr verzeih'n, wozu mich mei
Christentum verpflicht', doch vergessen – vergessen kann ich
ihr's nit!«
Nie, während ihres noch langen Lebens, betrat Sepherl den
Sternsteinhof, Jahre durch half sie sich allein in der Welt fort,
und als altes Mütterchen gab sie ihr kleines Anwesen an ein
armes, junges Brautpaar, nur dürftigen Unterhalt für ihre wenigen Tage und die rückwärtige Kammer als Wohnraum aus-
bedingend. In ihrer letzten Stunde legte sie die »schmerzhafte
Gottesmutter« in die Hand des Priesters, der an ihrem
Sterbebette saß. »Ein rechtes, heiliges Bild und ein gar teuer'
Andenken«, und sie bat: daß man dasselbe »gut halten« möge,
ihr zum Trost und einem »anderen Verstorbenen« zur Ehr',
mit dem sie nun zusammenzutreffen hoffe, falls ihr von Gott
diese Freude bestimmt sei.

Als die Sternsteinhofbäuerin vom Kirchgange heimkehrte,
empfing die alte Kathel sie an der Haustüre: »A Brief is

kämma, Bäuerin, ich hab' dir'n h'nauf in d'Stuben af'n Tisch
g'legt. Papier und Siegelwachs is nit d'ran g'spart; wird wohl
was Obrigkeitlich's sein.«

»Hm, ein' neu' Steuerauflag' vielleicht.« Damit stieg die
Bäuerin hastig die Treppe empor. Wenige Augenblicke später
hielt sie das Schreiben in den Händen, es kam vom Notar in
der Kreisstadt, dessen Adresse stand vorne daraufgedruckt;
Helene zerriß den Umschlag, ein beschriebenes Blatt und
eine Nummer der Provinzial-Zeitung, welche die amtlichen
Verlautbarungen brachte, fielen ihr daraus entgegen.
Sie begann zu lesen, plötzlich erblaßte sie und sank auf den
danebenstehenden Stuhl, wie tot lag der Arm, welcher die
Blätter gefaßt hielt, über dem Tische. Nach einer Weile raffte
sie sich auf und schlich an das Fenster; die Papiere raschelten
in ihren zitternden Händen, noch einmal las sie aufmerksam
Zeile für Zeile; als sie geendet, sank ihr die Hand mit dem
Schreiben schwer herab, während sie mit der andern hastig
das Taschentuch herausgriff und vor die tränenden Augen
drückte.
Darnach stand sie lange, selbstvergessen und verloren, das
feuchte Tuch an die Stirne pressend, und starrte hinaus in die
Gegend, ohne zu sehen. Ein lautaufächzender Seufzer, den es
ihr unversehens herausstieß, machte sie zusammenschrecken,
sie wandte sich und verließ die Stube und das Haus. Als sie in
den Hof trat, kam um eine Scheunenecke der kleine Muckerl,
die Juliane auf dem Rücken, dahergaloppiert.
»Mutter«, rief er lustig, »da schau', wie sich dös Mehlsackl
schleppen läßt! Wie s' müd' wird, weint s', und dabei will s'
überall sein!«
Die Bäuerin winkte abwehrend mit der Hand und sagte ernst:
»Sei still!« Sie nahm die Kleine vom Rücken des Knaben herab und stellte sie an dessen Seite. »Is brav, wann du dich schon
jung um d'Weibsleut' annimmst. Gar um dein Schwesterl
wirst's wohl müssen, armer Bub'.« Sie fügte die Hände der
Kinder ineinander und schritt mit den Kleinen gegen das
Ausgedinghäusel des alten Sternsteinhofers.

Dieser saß auf der Bank davor und neben ihm der Käsbiermartel; als letzterer der Bäuerin ansichtig wurde, sagte er: »Guck' mal, geht dort nit der Drach'? Wie kommst denn aus mit ihm?«

»A Drach' is s' wohl«, murrte der alte Bauer, »aber was ein Schatz hüt't; ließ' mer so ein'm sein Fleckl aussuchen und 'n d'rauf in Ruh', hätt' mer's beste Auskommen; doch wer sieht denn so'n Untier gern af'm Sein'm? Übrigens, was wahr is, is wahr, breit g'nug sitz't s' af'm Ganzen; vor Schaden weiß sie sich z'wahren, muß sich nur noch weisen, ob sie sich auch auf'n Nutzen versteh'n lernt, dann is sie da der Bauer; mein Bub taugt amal nie dafür. Und was recht is, du hast kein' Grund, ihr aufsässig z'sein, dein Tochterkind halt't s' wie ihr eig'nes. Ich aber – der s' von all'm Anfang da wegwehren wollt' und dem s' hitzt z'Trutz da sitzt – ich will nix mit ihr.

»Ich aber auch nit, schon dir z'lieb nit. Und no will s' gar daher, da geh' ich. B'hüt Gott!« Käsbiermartel erhob sich und ging, doch nicht ohne der Bäuerin mit süßlichem Lächeln gute Tagzeit zu bieten und etwas von »immer schöner werden« verlauten zu lassen.

Helene nickte ihm einen kurzen Gruß zu und schritt vorüber, und der alte Sternsteinhofer nahm die Pfeife aus dem Mund und spuckte hinter dem »Kerl« aus, »der gute Worte ins Gesicht und üble hinterm Rücken gäbe«.

Als die Bäuerin ganz nahe herzutrat, blickte der Alte an ihr hinauf, und da er ihr bleiches Gesicht und ihre geröteten Augen wahrnahm, fragte er: »Was hast?«

»Nachricht vom Toni.«

»Was schreibt er?«

»And're tun's.«

Der Bauer starrte sie an. »Doch nit –?«

Sie schüttelte den Kopf.

»Blessiert?«

»Nein.«

»Auch nit? Was denn nachher?«

Sie reichte ihm das Schreiben hin.

Zögernd faßte er darnach und las es stille für sich.

– Der Notar, als langjähriger Geschäftsfreund und aufrichtiger Anteilnehmer an den Geschicken seiner verehrlichen Klienten, bedauerte unendlich, sich zu einer schweren, traurigen Pflicht gedrängt zu fühlen. Indem er voraussetzen müsse, daß direkte Mitteilungen vom Kriegsschauplatze bei den in solchen unruhigen Zeitläuften häufigen Störungen des Postverkehrs oftmals durch die amtlichen Verlautbarungen überholt würden und daß diese wieder den werten Angehörigen nicht sofort zugänglich wären, so erlaube er sich mit dem Ausdrucke wahrsten Beileids, aber auch mit dem beherzigenswerten Hinweis auf die Hoffnung, daß eine gütige Fügung des Himmels doch immerhin noch das Ärgste abgewendet haben könne, ein Zeitungsblatt mit der amtlichen Verlustliste aus den letzten Gefechten zur Einsichtnahme anzuschließen. –

Das Papier knitterte unter dem Finger, der von Zeile zu Zeile, von Namen zu Namen rückte, plötzlich hielt er, zusammenzuckend, inne.

»Vermißt.« Der alte Mann sah langsam auf, doch hastig gab er Raum an seiner Seite, Helene sank neben ihm auf die Bank.

»No, g'scheit sein! Mer weiß halt hitzt nit, wo der Toni steckt; doch der Notarjus hat recht, mer braucht nit gleich 's Ärgste z'glauben, er kann sich allmal wieder finden. Ich bin überzeugt, er find't sich wieder. Unkraut verdirbt nit.« Er machte den Versuch, ein verschmitztes Gesicht zu ziehen, und Helene versuchte zu lächeln, aber das war nur ein flüchtiges Zukken um Augen- und Mundwinkel; sie fühlten gegenseitig sich wie über einer Lüge ertappt und blickten wieder ernst.

Mit Tränen kämpfend, begann die Bäuerin: »Wir wollen 's Beste hoffen, aber wir müssen uns doch auf's Schlimmste einrichten. Ich möcht' dich wohl bitten, daß d' h'nauf ziehest zu mir, damit ich nit so verlassen in dem weiten Gemäuer haus', auch daß d' mir in der Wirtschaft an d'Hand gingest; aber wann d' nit mit mir unter ein Dach willst und mir kein' Rat gönn'st, so magst es ja lassen, ich tracht' mich dann schon einz'g'wöhnen und alles allein z'richten, wie gut ich's vermag. Aber die Gnad' hab'« – sie drückte die gefalteten Hände an seine Brust, – »um'n Bub'n nimm dich an; du bist sein Ehnl, er is dein Fleisch und Blut. Du sollt'st's, und von dir kann er was lernen, und ohne Mann-Anleitung wird aus ein'm Bub'n nix! Anfangs wird wohl 's kleine Menscherl da häufig mitrennen, denk' nit, ich wär' so albern, dich zu ein'm Kindshüter machen z'wollen, in den Jahren halten Kinder halt gern z'samm; aber wie unser Dirndl größer wird, nehm' ich's schon zu mir, und 's soll mein' Sorg' sein, sie rechtschaffen z'leiten und z'lehren, wie mir zukommt; aber'n Bub'n weis' und lehr' du, laß' ihm's nit entgelten, was d' etwa noch von früher her gegen mich hast.« Sie erhob sich, schwer die Hand auf seine Schultern aufstützend, und schob ihm den Knaben zwischen die Knie. »Schau', wenn halt hitzt nit wär', was sich geschickt hat und geworden ist, nit nur ich stünd' verlassen af der Welt, auch du wärst nu vereinsamt af dein'm weiten, reichen Anwesen.«

Der Alte runzelte die Brauen, sah finster vor sich hin, dann nickte er paarmal mit dem Kopfe und legte die breite Hand auf den Scheitel des kleinen Muckerl.

Über eine Weile hob er sich sachte vom Sitze, ohne die Rechte wegzuziehen; mit dem Rücken der Linken aber strich er sich dicht unter dem Hutrande über die Stirne und keuchte: »Heiß ist's, Bäuerin, heiß, – hätt' 's nit denkt, um die Zeit noch ...« Plötzlich warf er die Hand vor sich und stöhnte laut auf: »Ah, es is arg.«

»Gar arg«, weinte sie leise.

24.

Jahre schwanden dahin, der Toni kehrte nicht wieder. Die beiden Kinder wuchsen auf dem Sternsteinhofe unter der Aufsicht der Mutter und des Großvaters heran. Muckerl hatte großen Respekt vor der ersteren und eine wahre Anhänglichkeit an den »Ehnl«; der ging ihm über alles, der war für ihn das Muster aller männlichen und bäuerlichen Vollkommenheit, dem er nachstrebte; und der Alte, dem diese Neigung wohltat, den diese Schätzung mit Stolz erfüllte und die Gelehrigkeit des Knaben vergnügte, war in diesen vernarrt und erklärte in seiner rücksichtslos offenen Weise, daß ihm sein Enkelkind lieber sei, als ihm sein eigener Sohn je gewesen, der nicht biegbar, noch brauchbar gewesen sei.

Juliane hatte wieder gewaltigen Respekt vor dem Ehnl – mehr beanspruchte der von ihr nicht – und hing der Bäuerin an, auf deren Schönheit und Klugheit sie sich was zugute tat; wer die Mutter »herausstrich«, der redete ihr zu Gefallen, und wer gar zu verstehen gab, daß sie derselben nacharte, der hatte ihr das Liebste gesagt. Dieses stürmische Anschmiegen, diese kindlich trotzige Parteinahme gewannen denn auch das Herz der Bäuerin; und daß es trotz der Vorliebe der beiden Erzieher für einen ihrer Zöglinge weder zur Verhätschelung und Verziehung des einen noch des anderen kam, das rührte nur daher, weil der alte Bauer und die junge Bäuerin einander gegenseitig auf den Dienst lauerten; die Mutter litt keine unzukömmliche Bevorzugung des Knaben und der Großvater keine des Mädchens, eine Rivalität, die zum Nutzen der Kinder ausschlug.

Oft legte man der Bäuerin nahe, die Todeserklärung ihres Mannes bei Gerichte zu betreiben, um bei schicklicher Zeit und Gelegenheit wieder heiraten zu können; aber sie erklärte, vorab wolle sie erleben, daß ihr Bub' als Bauer auf'm Sternsteinhof säße und die Dirn' unter die Haube kam', bis dahin beschäftigten die beiden vollkommen ihr Sorgen und Sinnen; im übrigen sei sie darüber hinaus, von einem abzuhängen und ihm zu Gefallen zu leben; den Kindern lebe sie zuliebe, weil die von ihr abhingen, und werde ihnen keinen Stiefvater aufhalsen, der gerne aller Herrn spielen möchte – und wenn man sie darauf aufmerksam machte, daß sie doch selbst zu Julianen Stiefmutter sei, fragte sie lächelnd: »Bin ich a solche? Verspürst du was davon?« Worauf das Mädchen ungehalten den Kopf schüttelte.

Wohl sah man zweifelnd nach dem lebensfrischen, seiner Schönheit bewußten Weibe, aber niemand in Zwischenbühel noch sonst irgendwo wußte zu sagen, daß die Sternsteinhofbäuerin je ein Ärgernis gegeben. »Ist sie eine Heimliche«, – so sagten jene, die es am meisten verdroß, nichts ausspüren zu können –, »so ist sie's aber auch schon recht.«

Dieser ihr Unabhängigkeitssinn, der schließlich dem Anwesen und dessen Erben zugute kam, ihr allerdings nicht von Eitelkeit freies Bemühen, den eigenen Jungen und die Stieftochter rechtschaffen zu erziehen, um als achtbare Mutter wohlgearteter Kinder vor den Augen der Welt dazustehen, ihre Bereitwilligkeit, Bedürftigen beizuspringen, da ihr der Anblick der Not, die sie aus eigener Erfahrung kannte, peinlich war und sie sich gerne von selbem loskaufte, ihre freilich mit etwas Prahlerei auftretende Freigebigkeit für gemeinnützige Zwecke – Straßen- und Brücken-Anlagen, Schulbauten und dergleichen – aber auch nur für solche, nie für fragwürdige: das alles waren ebensoviele Steine, die sie bei den Leuten im Brette hatte, und in Zwischenbühel sowie in der Umgegend galt sie für ein »Kernweib in allen Stücken«. Über dieses »Kernweib« vergaß man die Zinshofer Dirn' und des Herrgottlmachers Weib; man fragte nicht darnach, was die Sternsteinhoferin gewesen, noch was sie wurde, man nahm sie, wie sie war.

Sie wußte das.

Wenn sonntags mit dem dritten Läuten der Wagen vom Sternsteinhofe unten an der Kirchentreppe hält, dann steigen Muckerl und Juliane die Stufen voraus hinan – wohl ein prächtiges Paar junger Leute –, ihnen folgen Großvater und Mutter. Die Bäuerin schiebt ihren Arm leicht unter den des Bauern; es sieht nicht aus, als wolle sie den Alten stützen, sondern mehr, als ob es geschähe, gleichen Schritt mit ihm zu halten; denn er scheint Ernst machen zu wollen mit den hundert Jahren, die er zu leben sich vorgenommen.

Die Älteren blicken vergnügt und stolz auf die voranschreitenden Jungen und nicken den grüßenden Leuten mit herablassender Freundlichkeit zu, und dann blinkt es in den noch immer jugendfrischen Augen der Bäuerin so selbstbewußt und überlegen: Wie ich bin – weil ich bin!

Sie war sich bewußt, daß sie etwas gelte und daß man etwas an ihr verlieren werde, und pure Eitelkeit war es, die sie vom ersten Augenblicke an, wo sich dies Bewußtsein in ihr regte, darnach trachten ließ, auch etwas »Rechtes« zu gelten und nichts zu unterlassen, was ihren Verlust zu einem augenfälligen machen konnte; und so gewann sie, die immer und allzeit nur sich allein lebte, einen größeren und wohltätigeren Einfluß auf viele als manche andere, die hingebungsvoll nur einem einzigen Wesen oder wenigen, ihnen zunächst, leben, oft allein durch diese Ausschließung sich gegen alle Fernstehenden bis zur Ungerechtigkeit verhärten, und, nachdem sie das Beispiel einer fast selbstsüchtig erscheinenden, engumgrenzten Pflichterfüllung der Welt gegeben, bedeutungslos für diese, vom Schauplatze abtreten.

Wer hat die wack're Kleebinderin, ihren braven Sohn, den Holzschnitzer, bedauert? Wer wird die rechtschaffene Sepherl beklagen? Niemand. Sie taten das immer unter sich, der Überlebende den Vorangegangenen; ein anderes aber, wenn Helene stirbt; nicht nur ihrem eigenen Kinde wird das Herz schwer werden, auch das fremde wird ihr heiße Tränen nachweinen; die Armen in der Umgegend und alle jene, die gewohnt waren, freundnachbarlich sich Rat und Tat zu erbitten, wird der Tag bedrücken, an wechem der Tod die Bäuerin hinwegholt vom Sternsteinhofe.

Der Leser hat eine Frage frei. Warum erzählt man solche Geschichten, die nur aufweisen, »wie es im Leben zugeht«? Allerdings gibt das ein unfruchtbares Wissen, da es nichts an den Vorgängen ändern lehrt, und was es lehrt, doch nie, selbst von den Wissenden nicht, mit dem Handeln in Einklang zu bringen versucht wird; so bleibt es denn voraussichtlich noch lange mit allem menschlichen Treiben und Trachten beim Alten; und eine neue Geschichte kann nur dartun, daß, was vorging, noch vorgeht. Übrigens ist es nicht neu, von den Gefahren der Schönheit für den, der sie besitzt, wie für andere zu erzählen. Es ist nicht neu zu erzählen, wie in manches Menschen Leben die Treue gegen das eigene Selbst mit dem Verrate an anderen verknüpft zu sein scheint; und solche alten Geschichten von erprobter Wirkung in ein neues Gewand zu stecken, ist nur ein künstlicher Behelf, und ein anderer ist es, das letztere aus Loden zuzuschneiden; es geschieht dies nicht in dem einfältigen Glauben, daß dadurch Bauern als Leser zu gewinnen wären, noch in der spekulativen Absicht, einer mehr und mehr in die Mode kommenden Richtung zu huldigen, sondern lediglich aus dem Grunde, weil der eingeschränkte Wirkungskreis des ländlichen Lebens die Charaktere weniger in ihrer Natürlichkeit und Ursprünglichkeit beeinflußt, die Leidenschaften, rückhaltlos sich äußernd, oder in nur linkischer Verstellung, verständlicher bleiben und der Aufweis: Wie Charaktere unter dem Einflusse der Geschicke werden oder verderben oder sich gegen diesen und das Fatum setzen – klarer zu erbringen ist an einem Mechanismus, der gleichsam am Tage liegt, als an einem, den ein doppeltes Gehäuse umschließt und Verschnörkelungen und ein krauses Zifferblatt umgeben; wie denn auch in den ältesten, einfachen, wirksamsten Geschichten die Helden und Fürsten, Herdenzüchter und Großgrundbesitzer waren und Sauhirten ihre Hausminister und Kanzler.

– 280 –